本著作由哈尔滨师范大学跃滨学术出版基金资助

A LIBRARY OF
DOCTORAL
DISSERTATIONS
IN SOCIAL SCIENCES IN CHINA

中国
社会科学
博士论文
文库

20世纪90年代女性诗歌研究

On Female Poetry in the 1990s

董秀丽 著

导师 罗振亚

中国社会科学出版社

图书在版编目（CIP）数据

20世纪90年代女性诗歌研究／董秀丽著．—北京：中国社会科学出版社，2019.9

（中国社会科学博士论文文库）

ISBN 978-7-5203-3741-0

Ⅰ.①2… Ⅱ.①董… Ⅲ.①妇女文学—诗歌研究—中国—当代 Ⅳ.①I207.22

中国版本图书馆 CIP 数据核字（2018）第 282610 号

出 版 人	赵剑英
责任编辑	周晓慧
责任校对	无 介
责任印制	李寡寡

出　　版	中国社会科学出版社
社　　址	北京鼓楼西大街甲 158 号
邮　　编	100720
网　　址	http://www.csspw.cn
发 行 部	010-84083685
门 市 部	010-84029450
经　　销	新华书店及其他书店
印　　刷	北京明恒达印务有限公司
装　　订	廊坊市广阳区广增装订厂
版　　次	2019 年 9 月第 1 版
印　　次	2019 年 9 月第 1 次印刷
开　　本	710×1000　1/16
印　　张	19.25
插　　页	2
字　　数	323 千字
定　　价	89.00 元

凡购买中国社会科学出版社图书，如有质量问题请与本社营销中心联系调换
电话：010-84083683
版权所有　侵权必究

《中国社会科学博士论文文库》
编辑委员会

主　　任：李铁映

副 主 任：汝　信　江蓝生　陈佳贵

委　　员：（按姓氏笔画为序）

　　　　　王洛林　王家福　王缉思
　　　　　冯广裕　任继愈　江蓝生
　　　　　汝　信　刘庆柱　刘树成
　　　　　李茂生　李铁映　杨　义
　　　　　何秉孟　邹东涛　余永定
　　　　　沈家煊　张树相　陈佳贵
　　　　　陈祖武　武　寅　郝时远
　　　　　信春鹰　黄宝生　黄浩涛

总 编 辑：赵剑英

学术秘书：冯广裕

总　序

在胡绳同志倡导和主持下，中国社会科学院组成编委会，从全国每年毕业并通过答辩的社会科学博士论文中遴选优秀者纳入《中国社会科学博士论文文库》，由中国社会科学出版社正式出版，这项工作已持续了12年。这12年所出版的论文，代表了这一时期中国社会科学各学科博士学位论文水平，较好地实现了本文库编辑出版的初衷。

编辑出版博士文库，既是培养社会科学各学科学术带头人的有效举措，又是一种重要的文化积累，很有意义。在到中国社会科学院之前，我就曾饶有兴趣地看过文库中的部分论文，到社科院以后，也一直关注和支持文库的出版。新旧世纪之交，原编委会主任胡绳同志仙逝，社科院希望我主持文库编委会的工作，我同意了。社会科学博士都是青年社会科学研究人员，青年是国家的未来，青年社科学者是我们社会科学的未来，我们有责任支持他们更快地成长。

每一个时代总有属于它们自己的问题，"问题就是时代的声音"（马克思语）。坚持理论联系实际，注意研究带全局性的战略问题，是我们党的优良传统。我希望包括博士在内的青年社会科学工作者继承和发扬这一优良传统，密切关注、深入研究21世纪初中国面临的重大时代问题。离开了时代性，脱离了社会潮流，社会科学研究的价值就要受到影响。我是鼓励青年人成名成家的，这是党的需要，国家的需要，人民的需要。但问题在于，什么是名呢？名，就是他的价值得到了社会的承认。如果没有得到社会、人民的承认，他的价值又表现在哪里呢？所以说，价值就在于对社会重大问题的回答和解决。一旦回答了时代性的重大问题，就必然会对社会产生巨大而深刻的影响，你也因此而实现了你的价值。在这方面年轻的博士有很大的优势：精力旺盛，思维敏捷，勤于学习，勇于创新。但青年学者要多向老一辈学者学习，博士尤其要很好地向导师学习，在导师的指导下，发挥自己的优势，研究重大问题，就有可能出好的成果，实现自己的价值。过去12年入选文库的论文，也说明了这一点。

什么是当前时代的重大问题呢？纵观当今世界，无外乎两种社会制度，一种是资本主义制度，一种是社会主义制度。所有的世界观问题、政治问题、理论问题都离不开对这两大制度的基本看法。对于社会主义，马克思主义者和资本主义世界的学者都有很多的研究和论述；对于资本主义，马克思主义者和资本主义世界的学者也有过很多研究和论述。面对这些众说纷纭的思潮和学说，我们应该如何认识？从基本倾向看，资本主义国家的学者、政治家论证的是资本主义的合理性和长期存在的"必然性"；中国的马克思主义者，中国的社会科学工作者，当然要向世界、向社会讲清楚，中国坚持走自己的路一定能实现现代化，中华民族一定能通过社会主义来实现全面的振兴。中国的问题只能由中国人用自己的理论来解决，让外国人来解决中国的问题，是行不通的。也许有的同志会说，马克思主义也是外来的。但是，要知道，马克思主义只是在中国化了以后才解决中国的问题的。如果没有马克思主义的普遍原理与中国革命和建设的实际相结合而形成的毛泽东思想、邓小平理论，马克思主义同样不能解决中国的问题。教条主义是不行的，东教条不行，西教条也不行，什么教条都不行。把学问、理论当教条，本身就是反科学的。

在21世纪，人类所面对的最重大的问题仍然是两大制度问题：这两大制度的前途、命运如何？资本主义会如何变化？社会主义怎么发展？中国特色的社会主义怎么发展？中国学者无论是研究资本主义，还是研究社会主义，最终总是要落脚到解决中国的现实与未来问题上。我看中国的未来就是如何保持长期的稳定和发展。只要能长期稳定，就能长期发展；只要能长期发展，中国的社会主义现代化就能实现。

什么是21世纪的重大理论问题？我看还是马克思主义的发展问

题。我们的理论是为中国的发展服务的,绝不是相反。解决中国问题的关键,取决于我们能否更好地坚持和发展马克思主义,特别是发展马克思主义。不能发展马克思主义也就不能坚持马克思主义。一切不发展的、僵化的东西都是坚持不住的,也不可能坚持住。坚持马克思主义,就是要随着实践,随着社会、经济各方面的发展,不断地发展马克思主义。马克思主义没有穷尽真理,也没有包揽一切答案。它所提供给我们的,更多的是认识世界、改造世界的世界观、方法论、价值观,是立场,是方法。我们必须学会运用科学的世界观来认识社会的发展,在实践中不断地丰富和发展马克思主义,只有发展马克思主义才能真正坚持马克思主义。我们年轻的社会科学博士们要以坚持和发展马克思主义为己任,在这方面多出精品力作。我们将优先出版这种成果。

2001 年 8 月 8 日于北戴河

序　言

罗振亚

　　1999年深秋的一天，在哈尔滨师范大学机关供职的董君秀丽找到我，言明要报考中国现当代文学专业的硕士生。我说，你研究生毕业也不一定找到目前这份好工作，可以再仔细考虑一下。她却态度坚决，希望好好读书，她说她喜欢。在滚滚红尘之中，能够毅然放弃许多人趋之若鹜的机会，守护灵魂的清净和独立，其单纯与执拗给我留下了深刻的印象。

　　第二年，她如愿以偿地入学了。在秀丽读研的过程中，作为导师的我十分尽心，只是说不上很给力。那其间我虽然早已评上教授，但也因为酷爱读书，以老学生的身份远赴武汉大学去读博充电。同时，为所在的学校争取文艺学博士点，事务繁杂，心力交瘁，实在无暇顾及太多。好在秀丽非常勤奋和自觉，先是一路优秀地修完各种课程，之后我们师生间几经琢磨商讨，确定了她20世纪80年代中国女性诗歌的研究视域，最终她顺利毕业，论文三部分都分别在刊物上公开发表，并留系任教。

　　2007年，秀丽又随我到南开大学攻读博士学位。经过系统深入的研读，视野、思维和方法上均获得了较大幅度的提升。待到定学位论文选题时，我们又一次不约而同地想到了90年代的女性诗歌。究其缘由，一方面是支撑着人类诗歌一半的女性诗歌，在中国诗歌每况愈下、日趋边缘的90年代，和男性诗人的精神阵痛和逃亡相比，质地特殊，异常平静，非但"老"诗人锐利不减，"新"诗人源源不断，置身于消费文化冲击的残酷现实中却能普遍波澜不惊，超然淡远；并且以精神创造的反消费力量为诗歌"招魂"，在人类灵魂的高地继续为人类灵魂救赎，拥有着难得的练达和成熟，自成一脉风景。另一方面，学术界对90年代女性诗歌的独到精神现象正视不足，研究薄弱。已有的一些成果或大多运用单一的女性主义理论方法，概念化倾向严重；或研究者诗性思维匮乏，文字僵硬乏味，忽视文本与语言维度的研究，严重滞后于创作；或有些研究死角和盲区亟须"照亮"。至于在出版的论著中，对90年代的女性诗歌也都语焉不详，没提供出人人认可的相对成熟的知识板块和说法。正是研究对象学术价值的重要和丰富，与研究现状的薄弱之间构成的裂隙、反差，决定90年代女性诗歌的研究仍然有较大的空间。

当然，啃下这块学术的"硬骨头"难度也不小。已有的研究成果不好超越，如何找准问题切入点需要眼光，大量隐在民间的资料不容易搜求，和对象距离太近、评价标准不好确立等，都对秀丽构成了一种考验。所以，尽管秀丽动手很早，用力很深，坚持一如既往的韧性精神，还是有一路爬坡的"累"的感觉，中途也产生过歇一歇喘口气的念头，做了四年毕业的准备。但我清楚她的能量和潜力，最后在我有点不近人情的"逼迫"下，她还是如期完成了论文写作，现在要出版的就是这部书稿。至于说论文写得如何，当时的几位评议专家对之有如下判定：

中国人民大学程光炜教授：女性诗歌是1984年中国城市改革启动后，在一些大中城市的诗人中出现的现象。论文以令人信服的观点，叙述了女性诗歌运动的全过程，并有自己不失鲜明的分析和评论。

中国社会科学院王兆胜研究员：论文视野开阔，采取更包容、合理的态度和美学倾向考察20世纪90年代女性诗歌，对其做出了全面、深入的探讨。论文文风朴实，条分缕析，深入浅出，论证有力，时见新见。

武汉大学方长安教授：论文选题具有前沿性，从大众消费视野审视女性诗歌，找到了阐释的应有角度，关于女性意识、个人化写作的向度、诗艺空间等的宏观论述颇见功力，结构合理，层次清晰，材料丰富。

山东师范大学吕周聚教授：论文将研究对象放在消费文化的历史语境中予以考察，着重从其生产、传播及消费过程中的变异来辨析、把握其与80年代女性诗歌之间的差异，选题角度新颖，具有理论创新意识。

西南大学蒋登科教授：论文资料全面，对90年代女性诗歌的社会、文化背景分析比较透彻，论文在揭示女性诗歌精神内涵的同时，在艺术上进行了深度把握，观点令人信服，具有一定的纠偏作用。

专家们从多方面肯定了秀丽的论文，也以更高的标准指出了一些不足，如论文还可适当引入文化批评的研究方法，视野还应该再进一步开阔等。我完全同意他们客观中肯的评价，也一直感谢他们的热情负责。

秀丽的论文是比较有厚度的。如果说学术研究有"从头做"和"接着做"两种类型的话，秀丽的研究无疑属于后一种，要想做好就得"后发制人"，在这点上她做到了。秀丽在广泛搜求、占有和阅读文本的基础上，注意和已有的相关成果构成一种深层"对话"，所以能够有针对性地展开研究，在大众文化消费语境的背景下，将90年代女性诗歌的女性意识、写作向度、诗艺特征等问题整合到一个相对严谨自足的逻辑架构之内，纵横交错，既考察其和80年代女性诗歌的差异，又注重女性写作个体研究，使研究对象的个人化写作风格落实到了实处，提升了以往女性诗歌研究的水准。这篇论文的答辩距今已有九年，后来的同类研究对其不断地进行借鉴和引述，也从另一向度上证明它已经成为女性诗歌研究中无法绕开的学术存在。

论文提出的许多观点新鲜而富于启发性。我对秀丽的培养自认为比较成功的地方，就是使她逐渐拥有了学术自信。当初读硕士时，伶牙俐齿的她一和我谈到专业话题，就满脸涨红，有时还忍不住流泪；之后在南开校园最希望见到我，询问一些问题，又最怕遇到我，怕的是我询问她的资料准备、写作速度等；而今她能够在大庭广众之下侃侃而谈，准确严密地表达自己的观点，这令我很欣慰。论文里的一些想法和做法就显得自信而大胆，譬如它有力地揭示了90年代女性诗歌在大众消费文化冲击下的复杂处境和生存状态，并在此基础上凸显出研究对象的异质性特征；再有，她能够突破模式化的女性主义批评樊篱，以回归女性诗歌文本的方式，印证女性意识在90年代女性诗歌中多维度、多层面的呈现，使对90年代女性诗歌创作中女性意识衍变历程的描述深入到位。

还有一点，就是论文贯彻了我一贯主张的"文章意识"。一篇学位论文具有"问题意识"是毋庸讳言的，它也是论文能否有所突破的关键；但仅仅具备"问题意识"还远远不够，因为学位论文和一般的专著并不完全相同。秀丽这篇论文每一部分都是相对独立的，其中许多章节单独相继在刊物上发表就是明证；同时章节相互间密切关联，是一个系统完整的浑然之物。这和我指导学生时提倡的"文章意识"有关，更源于秀丽思考问题的细致与缜密，不断对自己论文的结构、语言做出高要求，反复打磨修改，这种意识无形中强化了论文的学术含量和理论密度。秀丽持有的这份对文学研究必要的虔诚，恐怕是真正学者立身之本的一部分。

  如今的秀丽能够摆正学术和生活、事业和家庭的关系，在课堂上她是优秀的教师，回到家中她更是称职的好妻子和好母亲。写到这里，我的脑海里不自觉地浮现出秀丽他们一家三口其乐融融的场面，他们夫妇与我们相处时一幕幕温馨的记忆情境。我做过学生，心里很清楚，学生有好导师是一生中的幸运；同样，做老师有好学生也是一生的幸福。我是幸福的，我有不少秀丽这样的好学生。

2018 年 9 月 7 日于哈尔滨

摘 要

进入现代社会以来,在诗歌写作领域中,从未有20世纪90年代以来这样多的女性从事诗歌写作,她们的努力使女性诗歌呈现出前所未有的多元化的繁荣景观。进入21世纪后,回顾90年代,会发现大众消费文化语境下的女性诗歌创作与80年代相比,发生了明显的变化。而学界对90年代女性诗歌的研究却相对滞后,关于90年代女性诗歌,绝大多数研究论著都语焉不详,缺乏能够通约的、成熟的认知体系和观点,这就为本书留下了一定的研究空间。

本书以20世纪90年代女性诗歌为研究对象,"90年代女性诗歌"不是标签,不是女性诗人站队。作为一个审察角度,提出它,是为了寻求这一时期的女性诗人和她们的前辈、同代人以及其他写作群体之间的关系,辨析在大众消费文化语境中90年代女性诗歌所表现出的特质及其与西方诗歌、传统诗歌所存在的复杂审美关联,并通过对上述问题的研究与梳理,呈现出90年代女性诗歌既不同于80年代又与21世纪女性诗歌相区别的异质性特征。

本书共分为六个部分,其中正文四章。

绪论部分首先对"女性诗歌"的概念进行界定。鉴于"女性诗歌"批评话语在概念和定义上的歧义,本书试图持"中性立场",使论题中的"女性诗歌"回到最简单的那一层含义上,即由女性所书写的诗歌;进而对古代和现代女性诗歌的发展脉络进行纵向梳理。其次,重点对90年代女性诗歌所呈现的多元景观进行阐释,并在对国内外有关90年代女性诗歌的研究现状、存在的问题做出细致把握的基础上,阐明本书的研究意义和价值所在。

第一章透过大众消费文化的潜望镜对90年代女性诗歌进行比较全面的考察,着力揭示其在大众消费文化冲击下的复杂处境和生存状态。着重从文化工业的角度阐释90年代女性诗歌的生产、传播及消费过程在大众消费文化影响下所发生的变异，以此凸显其迥异于80年代女性诗歌的异质性特征。同时，对作为90年代女性诗歌自身传统的80年代女性诗歌的文化特征进行论述。

第二章从女性意识呈现角度重审90年代女性诗歌创作。本章力图突破那种模式化的女性主义批评樊篱，以回归女性诗歌文本的方式印证女性意识在90年代女性诗歌中多维度、多层面的呈现，清晰地展示90年代女性诗歌创作中女性意识衍变的历程，以此透视90年代女性诗人的写作其实是各有特色和倚重的，其诗作亦呈现出女性意识的多元张扬以及多维度、多层面的叠加，显示出复调多声部的特色。

第三章着重探讨90年代女性诗歌的三种写作取向——身体写作、智性写作、青春的游戏写作。女性诗人群体的复杂性和个人化写作观念在其内心的深植，使90年代女性诗歌写作呈现出繁富而多元的写作向度。本章对上述三种写作取向进行研究，并非有意凸显女性诗歌的写作模式，而只是试图在纷杂的90年代女性诗歌文本中归纳出一些共性的特征。

第四章着重从90年代女性诗人的共同题材、诗歌语言及文体互渗三个审美维度，对90年代女性诗歌本体进行研究，并透视其话语的形成机制及其与国内外文学环境的交叉关系。同时对90年代女性诗歌群体话语与个体诗学的互动关系进行研究，以使女性诗歌群体话语里大量的个性化元素得以凸现。

结语部分对90年代女性诗歌进行恰适的价值评定，指出其对80年代女性诗歌的超越及对21世纪女性诗歌的影响。

综上可见，本书立足于大众消费主义的社会文化语境，对90年代女性诗歌整体特点与风格进行探索，从纵向切入女性诗人及其文本；同时从横向兼顾"大众消费文化""女性意识""写作向度""诗艺特征"四个角度，不仅希求呈现90年代女性诗人复杂与多元的写作群落与写作个体，辨析在大众文化语境中90年代女性诗歌所表现出的特质及其与西方诗歌、传统诗歌所存在的复杂审美关联，而且努力揭示90年代女性诗人的创作既表现为时间上与逻辑上的递进态势，又展示为空间上并行交错的态势，多种创作形态相互裹挟，构成了诸多女性诗歌写作并存的新景观。

关键词：90年代女性诗歌；大众消费文化；女性意识；个人化写作

Abstract

In modern society, it has never appeared so many female poets in creative writing poetry. Because of their efforts, it represents diversified and flourished landscape that is never seen before. Coming into the new age, it has some obvious changes that both are about the poetry which is created by female in the context of mass culture and are about comparing the 90s with the 80s. However, the research of the poetry in this period lags behind. There is no general, common and mature recognition and knowledge block in this part. Because it is vague and rough identity and not mentioned in most monographs, there is a huge space to study and research further for this dissertation.

The research object is the poems written by female poets in 1990s. It is not a label, nor is it the female poets to stand in line. It is proposed as a survey view. The purpose is to seek the relevance among the predecessors, the contemporary female poets, and other writing community; it is to analyze the features of the poetry which is created by female in the context of mass culture in the 90s and to analyze the complicated aesthetic relationship between the western poetry and Chinese traditional poetry. It represents the heterogeneity features that are different from either the 80s or the new century female poets by studying and analyzing the above subjects.

It includes six parts and the main body has four chapters.

The part of introduction contains two aspects. One is about how to define the feminine poetry. Because of realizing the ambiguity of the critical utterance in the concept and definition, the dissertation will try to hold the neutral attitude. The aim is to make the sort of poetry return to the simplest meaning. That is to say, it just talks about the feminine poetry itself. And the other purpose is to clarify and comb the development of ancient and modern feminine poetry. The other is to interpret the diversity of the feminine poetry in the 90s. By clarifying the situation of domestic and abroad study as well as the existing problems, it will state the value and significance of this dissertation.

The Chapter 1 gives an overall view to the female poetry in the 90s in accordance with the mass consumption culture to reveal its complicated environment and survival state under the culture shock. Furthermore, from the point of culture industry it will explain the variation in the process of female poetry's production, spread and consumption, which comes from the influence of the mass consumption culture, and the variation shows the different features with the female poetry in the 80s. Meanwhile, it will analyze the cultural features of female poetry in the 90s as a role of the inheritance of female poetry in the 80s.

The chapter 2 resurveys the female creative writing poetry from the angle of female consciousness. It tries to breakthrough and jump out of the mode of feminist criticism. By backing to the female poetry versions, it proofs the multi-dimensions and multi-level representations of the female consciousness which is in female poetry in the 90s. The development of female consciousness is clearly showed in female creative writing poems in the 90s. According to all of these, it reveals the poetry has their own features and emphasizes on different points. In addition, it represents the overlying of female consciousness that is of the multi-displays, the multi-dimensions and the multi-levels as well as shows the polyphonic either.

The Chapter 3 mainly discusses three writing orientations on female poetry in 90s of the 20th century, including body writing, intellectual writing and youth writing for recording the story of the youth. The complexity of the group of female poets and the rooted individual concept of writing flourish the female poets' scope in the 90s. The researches on three kinds of writings do not mean to show the writing mode of female poets, but to try to find out the common features of female poets' textures in the 90s.

The Chapter 4 mainly researches the textures through the point of view of common theme, poetic language and mutual percolation of style. Moreover, it grasps the essence of formational mechanism of language and the cross relation of literary environment in the national and the international literature. Meanwhile, it also researches the interactive relation between collective language and individual poetics in the poetry by female writers in the 90s, which highlights the amount of the individual elements in the collective language.

The conclusion gives the suitable evaluation to the female poetry in the 90s, pointing out the exceeding achievement, comparing with the female poetry in the 80s, and the influence on the female poetry in the new century.

Therefore, this dissertation, based on the social context of mass consumerism, probes the particularities and styles as a whole of the female poetries in 1990s. Starting from the lengthwise angle of the female poets and those texts, meanwhile from the breadth wise angle of giving the consideration of mass consumer culture, feminist consciousness, writing dimensions and poetic features synchronously, it presents the complexity and diversity of the female poets as groups and individuals in 1990s, and it differentiates the traits of these poetries particularly presented in the mass cultural context and analyzes their relation between the ones of western and traditional poetries. Moreover, it reveals that the writing of female poets shows a trend which is not only on time and logic but also on space which are paralleled and intersected. This kind of style starts a new way for female poetry writing.

Key words: feminine poetry in 1990s; the mass consumption culture; female consciousness; personalization writing

目 录

绪 论 ……………………………………………………………（1）

第一章 大众消费文化视野中20世纪90年代女性诗歌…………（38）
 第一节 90年代女性诗歌的语境：大众消费文化…………（38）
  一 大众消费文化时代的来临………………………………（39）
  二 诗歌处境的尴尬与女性诗歌的相对繁荣………………（42）
  三 大众消费文化对女性诗歌的侵袭与浸染………………（51）
 第二节 女性诗歌的自身传统：80年代女性诗歌及其特征……（55）
  一 内宇宙的发掘与拓展……………………………………（57）
  二 意象："黑夜"与"死亡"…………………………………（59）
  三 独特的话语方式…………………………………………（63）
 第三节 "在非诗的时代展开"：90年代女性诗歌的新质……（68）
  一 女性诗歌与新媒体的互动………………………………（69）
  二 女性写作的个人化选择…………………………………（73）
  三 女性诗学理论的探索与构建……………………………（77）

第二章 彰显·淡化·超越：女性意识的复调……………………（85）
 第一节 女性精神家园的坚守：女性意识的停留……………（86）
  一 女性意识的生长与凸现…………………………………（86）
  二 自由而独立的女性精神宇宙……………………………（90）
  三 孤绝而封闭的女性空间…………………………………（96）
 第二节 自我的隐匿和遁逸：女性意识的拓展………………（98）
  一 女性角色的"退场"与女性本真的回归………………（99）

二　女性主体消隐后的多重视域观照 …………………………（103）
　　三　极地隐遁后可能的超越 ………………………………………（110）
　第三节　新的女性理想：女性意识的超越 ……………………………（114）
　　一　穿越性别之门 …………………………………………………（115）
　　二　"用诗歌想象世界" ……………………………………………（119）
　　三　超性别写作的当下意义 ………………………………………（128）

第三章　女性个人化写作的三种向度 ……………………………………（132）
　第一节　"另类"乌托邦建构：身体写作 ………………………………（133）
　　一　张扬生命感性原欲的先锋身体写作 …………………………（135）
　　二　原生态的诗性身体写作 ………………………………………（142）
　　三　身体书写的双重性 ……………………………………………（148）
　第二节　诗与思的对话：智性书写 ……………………………………（151）
　　一　历史视域中诗歌的智性书写 …………………………………（152）
　　二　90年代女诗人的智性舞蹈 ……………………………………（160）
　　三　智性写作的性别价值 …………………………………………（173）
　第三节　戏谑与文字相遇：青春的游戏书写 …………………………（175）
　　一　情欲主题的游戏书写 …………………………………………（176）
　　二　传统老年女性生存状态的游戏书写 …………………………（179）
　　三　佻复的语言操作 ………………………………………………（183）

第四章　诗艺空间的多维建构 ……………………………………………（188）
　第一节　回到尘世：日常生活的诗意呈现 ……………………………（188）
　　一　日常生活的隐遁与崛起 ………………………………………（189）
　　二　女性对日常生活诗性追寻的自觉 ……………………………（191）
　　三　日常生活的集中再现 …………………………………………（197）
　　四　日常化取向的利与弊 …………………………………………（208）
　第二节　"面对词语本身"：语言世界的重建 …………………………（213）
　　一　直面词语本身 …………………………………………………（214）
　　二　语言的日常口语化倾向 ………………………………………（218）
　　三　语言的叙事性和澄明化 ………………………………………（226）
　　四　语言狂欢的陷阱 ………………………………………………（233）

第三节 文体的交响与互渗 ……………………………（240）
  一 女性诗歌文本的跨体集结 …………………………（241）
  二 女性诗歌文体"兼类"的审美动因 …………………（253）
  三 文体大门敞开后的反思 ……………………………（259）

结 语 ……………………………………………………（264）

参考文献 …………………………………………………（270）

索 引 ……………………………………………………（278）

致 谢 ……………………………………………………（282）

Contents

Introduction ·· (1)

Chapter one　Female poetry in the 1990s from the perspective of mass consuption culture ··························· (38)

　Section one　The context of female poetry in the 1990s:
　　　　　　　　mass consuption culture ······················ (38)
　　I. Advent of the mass consuption culture ····················· (39)
　　II. Embarrassment of poetry and the relative prosperity of
　　　　female poetry ·· (42)
　　III. Mass consumer culture invading and infiltrating female
　　　　poetry ··· (51)
　Section two　Tradition of female poetry: female poetry in
　　　　　　　　the 1980s and its characteristics ················ (55)
　　I. Discovery and expansion of internal universe ············· (57)
　　II. Imagination: "night" and "death" ··························· (59)
　　III. Unique modes of discourse ···································· (63)
　Section three　"Development in the age of non-poetry":
　　　　　　　　new characteristics of female poetry in the
　　　　　　　　1990s ··· (68)
　　I. Interaction between female poetry and new media ········ (69)
　　II. Personalized choices for female writing ···················· (73)
　　III. Exploration and construction of female poetic
　　　　theories ·· (77)

**Chapter two　Highlights, desalination and transcendence:
　　　　　　polyphony of female consciousness** ·············· (85)

　Section one　Holding on to female spiritual home: retention
　　　　　　　of female consciousness ······················· (86)

　　Ⅰ. Growth and emergence of female consciousness ············ (86)
　　Ⅱ. Free and independent female spiritual universe ············ (90)
　　Ⅲ. Lonely and isolated female spaces ······················· (96)

　Section two　Self-hiddenness and escape: expansion of
　　　　　　　female consciousness ························· (98)

　　Ⅰ. Exit of female character and return of female
　　　　herself ··· (99)
　　Ⅱ. Observations on mutiple domains after disappearance
　　　　of female subject ···································· (103)
　　Ⅲ. Possible transcendence following polar concealment ······ (110)

　Section three　New female ideals: the transcendence of
　　　　　　　　female consciousness ······················ (114)

　　Ⅰ. Crossing the gender gate ······························ (115)
　　Ⅱ. "Imagining the world with poetry" ···················· (119)
　　Ⅲ. Current significance of writing beyond gender ·········· (128)

**Chapter three　Three dimensions of female personalized
　　　　　　　 writing** ·· (132)

　Section one　"Alternative" utopia construction: body
　　　　　　　writing ·· (133)

　　Ⅰ. The pioneering body writing publicizing original desire
　　　　of life sensitivity ···································· (135)
　　Ⅱ. Original poetic body writing ·························· (142)
　　Ⅲ. Duality of body writing ······························ (148)

　Section two　Dialogue between poetry and thought:
　　　　　　　intellectual writing ································ (151)

　　Ⅰ. An intellectual writing of poetry from the perspectives
　　　　of history ·· (152)

II. Intellectual dance of female poets in the 1990s ············ (160)
III. The gender value of intellectual writing ··············· (173)
Section three Encounter of banter and word: youthful
             game writing ·································· (175)
I. Game writing of erotic theme ························ (176)
II. Game writing of living conditions for traditional
    old women ·· (179)
III. Reproductive language operations ···················· (183)

Chapter four Multidimensional construction of poetic
             art space ·································· (188)
Section one Back to the ture world: poetic representation
             of daily life ···································· (188)
I. Concealment and rise of daily life ····················· (189)
II. Women's consciousness of pursuing poetry in
    daily life ··· (191)
III. Concentrated reproduction of daily life ················ (197)
IV. Advantages and disadvantages of daily orientation ········ (208)
Section two "Facing the words": reconstruction of the
             language world ································ (213)
I. Facing word itself ································· (214)
II. Daily colloquial tendency of language ················ (218)
III. Narrative and clarification of language ················ (226)
IV. Trap of language carnival ·························· (233)
Section three Symphony and interpenetration of style ············ (240)
I. Cross-body assembly of female poetry text ············· (241)
II. Aesthetic motivation of concurrent female
    poetry style ······································ (253)
III. Reflections on opening gate of style ·················· (259)

Concluding remarks ·································· (264)

References ……………………………………………………（270）

Index ……………………………………………………………（278）

Acknowledgement ……………………………………………（282）

绪　论

男女之别不仅是生理学和生物学意义上的划分，也是文化和政治上的某种规范。千百年来，女性一直被作为"对象"而存在，被看作"置于男子和社会之间的一种情感调节器。女性处于主客体的连接处，是个人与社会的交叉点"[①]。在长期的男性中心文化的控制下，女性不仅没有书写的自由，而且没有自己的话语。无论如何，天才的女性总是在男性的话语空间中活动，而男性的话语则无不显现出对女性的歧视、控制与遮蔽，一部民族话语的流变史往往就是女性的屈辱史。因此，女性写作作为一种特殊的写作实践，在以往我们所习见的男性文学史中是不被正视的，一直被归在其他诸种文学潮流之下予以论述，一部男权文明史极力将其排斥于历史之外，使其在历史的镜框里淡出。因而，一种有别于男性文明的性别体验就被压抑于历史地表之下，难得尽情凸显。

综观过去的文学作品，可以看到男人的风貌与气度已经被他们自己描摹、传扬了几千年，而女性的生命与风采却在压制中没有得到应有的表现。女性的身影是经过改造之后以符合男性的审美观而出现的，即使在女诗人自己的笔下，表达的也不是属于女性的声音，她们通常以自己的口笔来传达男性的话语与意志。因此，尽管自古以来中国女性从未中止过创作活动，尽管新文学中早就有了像张爱玲、萧红、丁玲、王安忆等作家成熟的女性表达，尽管新时期文学中女作家的一些作品得到了人们的特别关注，但她们中的大多数还是习惯以男性理解的女性去指认自己，她们强化的是男性的语言霸权。正如英国作家乔·亨·刘易斯所说："女性文学的出现，展示了妇女的生活观点和经验，换言之，它提供了一种新的因素在

---

① ［日］浜田正秀：《艺术家概论》，中国戏剧出版社1985年版，第263页。

这个充满差异的社会中，它进一步证实了男女两性之间确实存在着不同的生理机制，各种体验大相径庭……但是，迄今为止，妇女文学没有起到它应有的作用，很大程度上仍是一种模仿文学。这是出于一种非常自然而又极为明显的弱点：妇女在创作中总是把男子一样写作当作目标，而作为女人去写作，才是她们应该履行的真正使命。"[1] 从中我们可以得出这样的结论：女性写作的实质，不是女人写或女人作，而是以女性的意识、观念、态度和立场从事的创作活动。自20世纪80年代以来，中国的女性对其性别有了更深一层的自觉，女性写作也随之呈现出新的态势，表现出鲜明的女性立场和女性意识。而这种新的写作观念首先发轫于女性诗歌，自此中国的女性写作才真正得以浮出历史地表，"女性诗歌"这一概念才作为一种批评话语出现于诗歌批评界。

一　女性诗歌：概念界定及其历史轨迹

（一）"女性诗歌"概念的界定

学界对女性诗歌的研究是从概念探讨开始的，至今人们对"女性诗歌"这一文学样态的命名、性质、内涵、表现范围等仍然见解不一，未达成共识，颇多歧异，这是由于对"女性"的定义标准不一。[2] 实际上，关于"女性"一词有两种相关而又迥异的解释："女子"和"女子气"。前者属于生理概念，而后者强调文化特征。由此，女性诗歌就具有了两种不同意义的命名。从广义上讲，女性诗歌囊括不同时代、不同地域、不同写作风格的所有女诗人的作品，但是不包括男诗人写给女性，描写女性或具有女性性别特质的作品。[3] 从狭义上讲，女性诗歌则特指一批女性主义作品，它们往往带有明显的意识形态色彩，记载和反抗着男权社会里女性

---

[1] ［英］乔·亨·刘易斯：《女小说家》，谢玉娥编：《女性文学研究》，河南大学出版社1990年版，第18页。

[2] 20世纪90年代以后，学界从多种角度对女性诗歌进行命名。1995年《诗探索》编辑部举行了"当代女性诗歌：态势与展望"座谈会，对"女性诗歌"的命名出现了以下不同意见。第一，认为女性诗歌是女性主义诗歌的代名词，特指翟永明、唐亚平、伊蕾等80年代中期出现的女诗人的作品，突出强调其作品中特殊的性别经验表述与性别心理的揭示；第二，反对把女性诗歌划定在狭小的性别经验叙述范畴里，而认为女性写作诗歌的意义大于对女性诗歌命名的意义；第三，认为应该抛弃对命名的论争，进入对女性诗歌写作的技术层面研究。

[3] 吕进：《女性诗歌的三种文本》，《诗探索》1999年第4期。

从属于男性的命运。①

在一些批评家那里，女性诗歌其实已经成为女性主义诗歌的简称。如唐晓渡就认为，并不是女诗人所写的诗歌都是"女性诗歌"，而那些由女诗人创作的有意识地表现女性性别经验和诗歌性别特征，具有鲜明的反抗男权文化特点的诗歌文本才堪称"女性诗歌"。在唐晓渡看来，真正的"女性诗歌"回到和深入女性自身，并基于女性独特的生命体验获具人性深度，建立起全面的自主自立意识，因而他将林子等女诗人的作品排斥在女性诗歌范畴之外。唐晓渡的观点得到了广泛的认同，《中国当代文学史》即做了这样的界定："所谓'女性诗歌'，是那种'回到和深入女性自身'，表达她们基于独特的生命体验所获具的人性深度的诗歌。"② 洪子诚等人认为："从较为严格的意义上说，女诗人写作上表现的'性别经验'，和诗歌的'性别'特征，应是'女性诗歌'的基本条件；因而不是所有的女诗人的写作，都可以归入这一范畴之中。"③ 谢冕也认为，"女性诗歌"是"在新的环境中生长的女性对于她们处身其中特殊的文化境遇的思考和把握，并以她们特有的直觉与感性的方式予以表达"。"它有鲜明的性别的差异，它的基本的和主要的倾向是来自女性自身。女性有自己独特的世界，不仅情感、思维，也不仅性情、体态，而且有仅仅属于女性的生理和文化的特征。"④ 周瓒更是坦言道："在大陆中国文学界，'女性诗歌'这个概念出现于20世纪80年代中期，而且可以说是与翟永明的诗歌写作相伴生与叠合的。彼时，我们有著名的女诗人舒婷，但没有女性诗歌。"⑤ 与其类似，陈旭光、刘福春、汪剑钊等也认同狭义的女性诗歌。陈旭光指出，生理性别与社会性别不同，女性诗歌凸显的是作者的社会性别意识，它是一个典型的"以他定我"的概念，没有西方女性主义思想的影响和自觉，没有诗歌中所表现出来的与那些产生于西方，但在一个"地球村的时代会很快成为公共财富的女性主义思想的某些契合，这个概

---

① 唐晓渡：《女性诗歌：从黑夜到白昼——读翟永明的组诗〈女人〉》，《唐晓渡诗学论集》中国社会科学出版社2001年版，第209—211页。
② 洪子诚：《中国当代文学史》，北京大学出版社1999年版，第308页。
③ 洪子诚、刘登翰：《中国当代新诗史》，北京大学出版社2005年版，第228页。
④ 谢冕：《从盆地走向高原》，唐亚平：《黑色沙漠》，春风文艺出版社1997年版，第8—9页。
⑤ 周瓒：《女性诗歌：自由的期待与可能的飞翔》，《江汉大学学报》2005年第2期。

念就不可能产生,也不可能获得诗论界的首肯。"[1] 按其界定,舒婷、王小妮、张真均被排除在女性诗歌话语之外。而李震区分"前女性诗""女性诗"和"后女性诗"显然亦是从狭义女性诗歌的界定标准出发的。[2]

另外,一些批评家和诗人如吴思敬、崔卫平、贺麦晓、李小雨、翟永明等人则不赞同女性主义味道过浓的评判标准和命名。他们认同广义的女性诗歌,认为将"女性诗歌"与"女性主义诗歌"等同显然是不恰当的,这样的命名范围太窄,把许多优秀女诗人的诗作都排除在外了。对此,吴思敬曾明确地阐述道:女性诗歌是指由女性作者创作的,侧重反映女性的情感、女性的存在状态和女性对世界态度的诗歌;女性主义诗歌则是指不同程度上受到西方女权主义的影响,与我国当下的女性主义思潮紧密联系,体现了女性的自我意识、个体意识和男权文化的批判意识的诗歌。女性诗歌可以包括女性主义诗歌,而女性主义诗歌不宜简单代替女性诗歌。[3] 崔卫平认为,"女性诗歌"应该包括张真、王小妮、张烨等女诗人的作品。李小雨则认为:"女性主义诗歌与女性诗歌是不同的。前者有女权的意味,即便是后结构主义文学理论中的这一术语也未能完全摆脱这种色彩。在我看来,拥护赞同女权立场的男人也可以写这种主义的诗歌。女性诗歌则全然不同,它是纯然的女性写作,是女性以自我的本身状态关注自身心理特征和生存境遇的写作,即以女性的眼光看世界。"[4]

与上述对于女性诗歌的二分法不同,翟永明将女性作品分为三类:"女子气的抒情感伤""不加掩饰的女权主义"和"女性"的文学。在翟永明看来,"女子气"的作品将纯情女子的寂寞、自恋、怀春聚集到支离破碎的情绪中,而"女权主义"的创作则仅仅将语言梳理成顺理成章的狭隘观念,一种因果同一的行为。女子气—女权—女性是三个高低不同的层次,只有"女性"的文学才是最高层次的,才具有真正的文学价值。因为在"进入人类共同命运之后,真正的女性意识,以及这种意识赖以传达的独有语言和形式,构成了诗的真正圣境的永久动力"[5]。这反映出

---

[1] 陈旭光:《凝望世纪之交的前夜》,《诗探索》1995年第3期。
[2] 李震:《母语诗学纲要》,三秦出版社2001年版,第232页。
[3] 吴思敬、李小雨等:《当下女性诗歌的走向及其他》,《诗潮》2002年第3—4月号。
[4] 李小雨:《失却女性》,《诗探索》1995年第3期。
[5] 翟永明:《黑夜的意识》,吴思敬主编:《磁场与魔方:新诗潮论卷》,北京师范大学出版社1993年版,第140—143页。

作为书写者的翟永明尊重女诗人自身的自主性，同时指认女性文学虽然是性别化的，但在主题上却可以超越性别的范畴。吕进则进一步提出了另一种三分法："女性主义诗歌""女子诗歌""超性诗歌"。他认为，创作主体的性别是女性诗歌的基本前提，并指出女性主义诗歌是女性诗歌的基本文本之一，专指80年代翟永明、唐亚平、陆忆敏等女诗人的诗作。女性意识与自白方式是女性主义诗歌的共同风貌，而性别话语则是其唯一的话语。女性主义诗歌与60年代西方的女权主义思潮密不可分，有其内在的思想联系。而所谓"女子诗歌"是指女诗人言说女性的世界，在诗与社会的联结上披露女性的性别觉醒，在内心世界与外在世界的联结上咏唱那些属于女诗人的主题。比之女性主义诗歌，女子诗歌显得更乐意打量他人，更乐意观照外部世界，视野更开阔，音域更宽广。吕进认为，冰心一代的女诗人开启了现代女子诗歌的先河，而舒婷的诗歌以及傅天琳、林子等女诗人歌颂母性、爱，感悟怀孕等题材的诗歌也应划归女子诗歌之列。相对于前两者，超性诗歌是视野更为开阔的女性诗歌。女诗人们力求摆脱浅层的生存状态，言说男女两性都栖身于其间的社会生活的种种诗情，言说人、人类、历史、未来，言说价值理想，终极关怀。[①] 王小妮、李小雨、闫月君、刘畅园等女诗人的部分诗歌均被归入超性诗歌。此外，陈仲义也对女性诗歌提出类似的三分法：角色/性别确认、角色/性别强化、无角色/中性在场。[②]

  从狭义的女性诗歌出发，批评家和学者们的观点都不无道理，但也都面临着种种陷阱，要么无端歧视，要么偏袒女性书写。倘若以广义的女性诗歌为发端，就会导致性别作为一条有效文学批评标准的最终缺失。正是由于意识到该批评话语在概念和定义上的歧义，本书试图持"中性立场"，使论题中的"女性诗歌"回到最简单的那一层含义上，即由女性所书写的诗歌。因而本书中所论述的女性诗歌既指用一种明晰的言说方式表现与社会性别有关的主题、经验、心理的女诗人作品，也指那些超越诗人生理性别和社会性别而采取超性别立场的女诗人作品。这是为了体现相对的包容性和差异性。所谓包容性，是指女性诗歌大于、多于女性主义诗歌，而差异性则指女性诗歌在多个具体层面上所表现出的与男诗人作品的

---

  ① 吕进：《女性诗歌的三种文本》，《诗探索》1999年第4期。
  ② 陈仲义：《扇形的展开：中国现代诗学谫论》，浙江文艺出版社2000年版，第212页。

差异,尤其是那些表现特殊的女性意识经验的作品。这样界定女性诗歌,可以将女性诗歌置于一个更为宽阔的视域来考察,避免把女性诗歌框定在一个简单的概念中,而使它失去生命力与创造力。

正如乔以钢所言:"注意研究女性意识浓厚、取鲜明女性立场创作的作家作品,不等于可以漠视现实中仍广泛存在的不带有明显性别意识、女性色彩的女性创作现象。女性文学与时代的联系是整体的、多层次的,作为生活在社会中的人,所谓女性情感、女性生命体验等实际上都不可能完全脱离现实生活而纯私人化地存在。"[①] 女性诗歌不应该只是女性主义的诗歌,它不应该仅仅是具有"女性意识"的女性主义诗人的天地,而应该是具有两性合作意识的非女性主义女诗人们的天地。总之,应该是以性别为分界的,能够充分展现文学写作性别价值的女诗人们的共同天地。这也是本书对女性诗歌进行论述时所秉持的基本态度。

(二) 女性诗歌的历史轨迹

鉴于以上对于女性诗歌概念的论述及界定,回溯历史语境我们发现,众多的女诗人虽然同样为读者呈现出了杰出诗作,但是一直以来都缺少发现并肯定她们的眼睛。这是因为"长期以来,妇女所面临的选择或者是被排除在权力机制之外,或者是被同化在男性的阴影里,妇女独特的价值一直难以实现"[②],所以,在历代文学史中,留存在我们视线内的女诗人就是那么屈指可数的几个。尽管历史上的女诗人所发出的声音都比较微弱,但自古至今从未消失。据胡文楷《历代妇女著作考》著录,中国古代女作家凡4200余人,而明清两代就有3750余人,特别是清代女作家有3500余家,这些还是有文字记载的,可见湮没于历史尘埃中的女作家或许更是不计其数。

女诗人是女性中受到一定程度教育的群体,在她们的背后,是被遗忘的更多的沉默女性。当我们拂去历史的尘埃,刻意去找寻早已被忘怀、被湮没了的女诗人的芳踪时,又不得不为她们被遗忘的命运而感叹。在"女子无才便是德"的中国封建社会中,女性用写作的方式来抒发自己的情感,往往不被提倡,甚或受到压制。中国男性权力话语系统使女性的话

[①] 乔以钢:《20世纪中国女性文学研究的回顾与思考》,《天津社会科学》1998年第2期。
[②] 李银河:《女性权力的崛起》,文化艺术出版社2003年版,第252页。

语权受到越来越多的限制，即使发出了声音，也往往被限制在狭小的范围内。就是一些开明的士大夫，也只允许女性写一些风花雪月的短诗小令。因此，一部长达三千年的中国文学史，实际上是一部妇女缺席的文化史。虽有个别的女性试图通过男性话语的缝隙，做一丝微弱的喘息，其所造成的影响也不过是男性世界的几道点缀的花边，我国古代的几位才女蔡文姬、李冶、鱼玄机、薛涛、李清照、秋瑾等，虽然她们的诗才不亚于同时代的男诗人，但也不过是当时男性写作中心微弱的补白而已。

从中国古代女性诗歌来看，多数诗歌囿于婚姻家庭生活，走不出爱情、婚姻等范畴，因而古代女性诗歌最终难逃被视为劣等文学作品的命运。这是由于自古以来形成的性别劣势的客观存在，女性无法作为一个社会人在国家的经济、政治、文化的历史发展轨迹中成为主流，从而自主地实现自身的社会价值。即使是在开明的家庭和社会中，女性允许接受教育，甚至在社会交际的机会大大增加的情况下，女性也依然无法改变被禁闭于一个恒定的社会结构内的事实，她们根本无法实现诸多层次的自我。与男性"学而优则仕"的人生价值取向截然不同，她们接受教育的最终目的，不过是成为男性眼中的贤妻良母，成为知识女性并没有使女诗人的生存空间和生存质量得到任何改观。因此，这就使古代女诗人作诗在题材的选择上，必然从与自己最直接最具体的生存环境出发，或是撷取在男性看来最琐碎最微不足道的事物，或是以诗歌来慰藉孤独而敏感的内心，思索与表现自己人生在世的种种遭际和坎坷命运。这种由于受到历史先天制约而形成的诗歌选题、意象与情绪，就必然与男诗人笔下的大漠孤烟、金戈铁马的宏阔画卷大相径庭。古代女诗人的这种生存处境似乎从创作伊始便决定了其诗歌品位的劣势。

到了现代社会，伴随着社会的发展和进步，女性获得了一定程度的解放。回首在中国现代文学的 30 年历史上，活跃着的一群女诗人，她们不仅接受了现代教育，而且视野更加开阔，甚至有些女诗人还有赴西方留学的经历。如 20 年代以"小诗"蜚声文坛的冰心，清新明丽的冯沅君，哀伤彷徨的陆晶清，以悲动情的白薇、石评梅，富于知性的学者型诗人陈衡哲；30 年代清丽活泼的林徽因、方令孺；40 年代擅长哲学思辨、静穆雍容的郑敏，温柔敦厚的陈敬容，以歌当哭的关露，呼唤自由的杨刚等。此外，还有许多以创作小说散文而闻名的女作家如丁玲、萧红、庐隐等，也偶尔涉足诗坛。这些现代女诗人凭借她们敏捷的才思，细腻的感受和学贯中西的渊博知识，留下了韵味深长，满溢着灵性之美和智慧之彩的女性诗篇。

由于这些女诗人一方面接受着深层的传统文化影响，另一方面又接受着西方思想的不断撞击，她们的诗歌显现出一定的时代内容，有宏大开阔的一面。加之这些现代女诗人大多为新文化运动的感应者，积极参与文化传统意识的改造，因此，在她们那里，常常具有古代女子未曾拥有过的社会责任以及由此而衍生出的启蒙者、引导者的骄傲。其诗歌中的女性抒情者视野、心胸较为开阔，自我与社会紧密联系，展现了一个个带有拯救、引领的精英启蒙意识色彩的新的抒情"自我"。应该说，与中国古代女性诗歌相比，现代女性诗歌的意蕴要开放得多。但是，如果依据男诗人的评价标准，那么很多女诗人的作品依然是难以被承认的，因为这些女诗人的大多数作品还是局限于爱情、婚姻、母爱、童真等的书写范围。而且相较于此时期男诗人的激情爆发，现代女诗人则更倾向于温情的抚慰与感伤的抒发。在她们的大部分诗作中女性"自我"还缺乏真正成熟、理性、冷静的力量。

"每个女人的主体性不只建立在与全体妇女认同之上，同时还表现在她与自己所处阶级和种族的同一关系中。"[①] 社会的苦难要求艺术和诗成为她们的代言，在这样的大环境中，50—70年代的女诗人在新的政治信仰中寻找到了灵魂的家园，女诗人不得不掩藏她们自身的性别身份，她们还来不及思考自身的价值，就不得不把目光投向阶级斗争的前沿，投向广阔的社会生活，主动地进行关于民族、国家和阶级的"宏大抒情"，在关注广阔的社会现实的名义下，个人及女性往往被视为必须忽略的问题，成为无暇顾及的盲点。在特定的时代背景下，这种选择有一定的历史合理性，因为这是时代赋予她们的职责，而非自由选择的结果，她们是自觉而非自愿地关注外部现实。为取得社会的认同，她们将自己的性别特征和独有的感受与体验隐藏起来，将自己看作社会的存在而非女人的存在。应该说，这一类诗在50—70年代的女诗人作品中占有一定的比重，当然，我们不能怀疑这类作品在艺术和社会方面所具有的双重价值。但无法否认的是，这类诗使女性的"自我"完全湮没在她们坚定的政治信仰和阶级斗争中，很难代表女诗人的风格与特色。而那些男诗人所无法代言的、真正意义上的女性诗歌在此时段却只能处于地下休眠状态。

---

① 康正果：《女权主义与文学》，中国社会科学出版社1994年版，第112页。

直到20世纪70年代末80年代初,林子、灰娃的"出土"和舒婷的出现才迎来了女性诗歌冬眠后的春天。在这些女诗人的诗作中,我们读到了一种久违的女性气息。"性别"的声音开始朦胧地响亮于人们的耳廓。无论是林子的《给他》,还是舒婷的《致橡树》,都重新表达出从沉重的性别道德文化传统中跋涉出来,对于男女人格平等与精神自由的渴望与慕求。自此,以这两位女诗人为先锋,王小妮、傅天琳、张烨、李小雨、李琦等一大批女诗人开始极力开辟一条背离男性中心,摆脱传统羁绊的诗路。而真正在这条诗路上走得更远的,是80年代中后期以翟永明、伊蕾等为代表的女诗人,她们以女性的独特思维方式、情感方式以及对世界的感知方式,第一次寻找到真正属于女性诗歌的内容。她们的诗歌表现出鲜明的女性特征、独立的女性意识和纯粹私密的女性经验,包括女性自我主题以及女性心理体验的犀利作品。这些当代女诗人以决绝的态度反叛男权中心,使女性诗歌成为当时诗歌界一道异常亮丽的风景。一方面,她们的写作与男诗人是截然不同的,她们的精细敏锐、对生命的独特体验与感受都是男诗人无法企及的。另一方面,她们与郑敏、舒婷等女诗人也有本质的区别。以郑敏为代表的一代女诗人依附于男诗人,她们有意识地成为男诗人的协奏,或者说进行着一种毫无顾忌的模仿;而对于舒婷那一代女诗人而言,她们虽然是与男诗人站在平等的位置上协同作战,但是获得女人的独立和自尊是其最基本最普遍的要求,她们的目的是获得更大程度的妇女解放。直到以翟永明为代表的一代女诗人,才真正以挑战的姿态反抗男性中心世界和男性话语霸权,以前所未有的方式表达着女性长期压抑的痛苦、悲愤的欲望和与男权主义文化决裂和分庭抗礼的决心。这对于几千年来的中国女性无疑是一次震撼。

80年代的女诗人在寻找女性自我的同时,还试图建立一个属于女性的话语系统,长时间的沉默使她们失去了自己的语言权利。"当反抗和表达的机会到来时,她们便无法再保持沉默;当她以长期被压抑着的女性心理来重新打量和观察这个世界时,女性写作无论对男性还是女性而言,都是一个新的课题,因为在历史上从来就没有一个女性写作的文学传统,也无女性大师和楷模供后来者模仿,一切都从空白处填充起来。"[①] 面对

[①] 杨匡汉、孟繁华主编:《共和国文学50年》,中国社会科学出版社1999年版,第312页。

空白的创作历史与文学背景，女诗人在不断的探求与摸索中形成了自己独特的创作风格，无论是语言的运用还是意象的选择都打上了鲜明的女性烙印，她们也因之获得了真正属于女性的话语权利。女人写女人，女人用女人的方式来写，她们使诗歌的世界不再单一，也使诗歌具有了独特的认识价值；她们将性别视角带入了诗歌，从而为诗歌带来了新的话语空间和活力。从这一意义上讲，80年代女性诗歌成为对诗歌的一个必不可少的补充，同时又有利于完善人性的发展。因此80年代的女性诗歌无论在创作力量、作品数量还是在成就上都与男诗人达到了真正意义上的平等。80年代女性诗歌的发展岁月，正是女诗人与男诗人不断争夺奋斗的过程，正是因为她们个性的凸显，才使女性诗歌更加丰富和深刻。

　　但是我们应该看到这样一个事实：80年代女性诗歌创作的大范围崛起，是与西方女性主义理论的传播和女性自我意识的成熟密切相关的。西方女性主义理论在中国的引进与实践，始于80年代，最早是在女性诗歌领域的实践，这就是女性诗歌所掀起的引人注目的躯体写作的狂潮。西方女性主义理论一方面为女性诗歌在80年代作为一种文学现象和文化现象的兴起提供了重要的理论资源，使得女诗人的写作获得了文化政治的指认。这种文化政治的指认，为女诗人的创作提供了一种"集体身份"。另一方面也为社会指认和评价女诗人的创作，提供了一种特定而有效的辨识方式，并且，由于理论与创作的互动关系，这在很大程度上规范了部分女诗人创作的基本走向。对于以翟永明、伊蕾、唐亚平、陆忆敏、海男、林雪等为代表的那批先锋型的女诗人而言，西方女性主义思想启蒙了她们的女性意识，唤醒了她们的深层体验，并在相当程度上为她们无所顾忌的女性诉求提供了有力的理论支持。由此使她们热衷于寻找一种能够表述自身权利、愿望、要求的女性话语方式，以便对抗或消解男性权利话语，并在此基础上试图建构一种源于女性自身经验的女性文化，最终达到与男性文化相抗衡或最大限度地减低男性文化的压力与影响的文化目标。

　　1995年，联合国第四次世界妇女大会在北京召开，推动了女性主义在中国的传播，引起了广泛而复杂的社会文化反馈。如今，女性的自我意识已经明确地成为女性创作活动的支撑之一。但在社会文化现实中，女性诗歌也被当作一个丰厚的市场资源加以利用和挖掘，这也是80年代中后期女性诗歌创作一度面临困境和危机的重要原因。进入90年代以后，文化格局发生变化，文学从主流退居边缘，诗歌也失去了往日的辉煌，但这并不能改变女诗人对于诗歌这门艺术的向往。我们看到，当90年代许多搞文学、写诗歌的人放弃了他们的艺术追求时，许多女诗人却依然坚守在诗歌的阵地上，并以其诗歌的丰富性、持久性、广泛性及创新性，形成了90年代女性诗歌星光灿烂的多元景观。

二 90年代女性诗歌的多元景观

在消解精神乌托邦和启蒙神话的大众消费文化语境的冲击下，人们更多地关注瞬时性、娱乐性的文化形态，传统文学沦为边缘。如果说诗歌是文学中的边缘，那么女性诗歌就是边缘中的边缘，但就是在这双重边缘的世界中，女诗人们却为我们撑起了一方灿若云锦的天空。自20世纪90年代以来，"女性诗歌"已在中国诗歌版图上成为一个无法绕开的亮点。一大批雄心勃勃的女诗人开始在诗歌中建设着自己独特的文本。在这些文本中，她们将女性的清新、单纯加以复杂化和深化，引起了越来越多诗评家的重视。如著名诗歌评论家谢冕认为，中国当代女性诗歌展现出了前所未有的丰富和卓越，无论是和中国的传统诗歌相对照，还是和现代新诗相比，都是一次有创世纪意义的拓殖。女性诗歌以与当代男性诗歌同步并进的规模和成就，填充了一个巨大的历史空缺，而且以其富有朝气的新鲜质素和非凡的表现，拓展了当代中国诗歌的精神空间和艺术空间，也为汉语诗歌加入世界文学格局做出了一份特殊的贡献。在《中国女性诗歌文库·总序》中，谢冕甚至不吝其辞地说："从长远的历史眼光去看，这一宏大的女性诗歌进程，或可更影响到整个中国文化、文学和艺术的未来之发展。"[①]

可以说，"在文革结束之后的诗歌成就中，除去'朦胧诗'在反思历史和艺术革新方面的贡献是别的成就无可替代的之外，唯一可与之相比的艺术成就，则是女性诗歌创作"[②]。女性诗歌在80年代中期得到了巨大的发展，并形成一种创作潮流。90年代的女性诗歌在经过了80年代的"狂

---

① 谢冕：《中国女性诗歌文库·总序》，海男：《是什么在背后》，春风文艺出版社1997年版，第4页。
② 谢冕：《丰富又贫乏的时代》，《文学评论》1998年第1期。

飙突进"后，渐渐驶入了平稳舒缓的航道，并由此进入了稳定的推进期。单一的女性视角趋向多维，在诗意发现、诗歌意象、语词实验、形式艺术、自我意识等向度全方位铺展，形成了一种多元化的女性诗歌审美态势。女性与诗歌仿佛天生就是一个整体，90年代的女诗人群体日渐壮大，她们由个体结为群体，以集团式的面目出现，北方以《翼》诗刊为阵，南方以《女子诗报》为营，她们群星璀璨，遥相呼应，形成了90年代女性诗歌的两大基本阵营，并以其创作的个性色彩与多元化而日益受到关注，形成了几代女诗人共同构筑女性诗歌的繁荣景象。

（一）单一的女性视角趋向多维

虽然说诗歌是没有性别的，但诗人总是会被性别所划分的。而"将性别作为诗歌史的分类方式之一，主要基于女诗人在八九十年代取得了突出成绩这一事实"[①]。因此，对于女诗人而言，女性这个性别是永远也绕不开的问题。我们看到，80年代大部分女诗人都是以女性主题的诗作在诗坛上立身扬名的，90年代以来，女性题材和女性经验仍然是女诗人书写的重要对象。但与80年代很多女诗人为反抗男性话语书写女性自身而采取的激进的性别对立姿态不同，90年代的女诗人走出男女二元对立的思维模式，大多以温和的姿态从容地书写和讲述女性自身经验。进入90年代以来，很多女诗人都具有了自觉的自省意识，她们越来越意识到性别角色的凸显所带来的局限，因而自觉地淡化诗歌中的性别色彩，突破单一的女性视角，扩展诗歌的书写主题和表现内容，不再仅仅将视域停留在对于女性题材自身的关注上，而是逐渐拓展自己的写作视野，以多重的视角关注和书写现实与周遭的一切。

相对于80年代的女诗人，90年代的女诗人不但忠实于自己的性别，而且还忠实于自己性别的感知方式。因此，无论在她们的生命中，还是在她们的诗歌文本中，都力图找到自己的支点。她们不再像80年代的女诗人那样，仅仅针对男性话语场为女性自身找到一个支点，也并非直接从男性话语中寻找支点。她们的诗歌写作的意义已经与80年代截然不同，不再局限于80年代女诗人仅仅停留在对男权文化的批判与颠覆以及女性对于话语权利争取的层面上，而是"为自己的心情去做一个诗人"，进行更

[①] 洪子诚：《中国当代文学史》，北京大学出版社1999年版，第308页。

加自由的个人化书写。所以，透过90年代女性诗歌文本，我们看到在女性题材之外，女诗人开始面对纷繁复杂的世界人生，回溯悠久的历史传统，关注现实与时代共生的种种现象，她们将视域投向了自然、传统文化等宽广的领域。单一的女性视角趋向多维，90年代女性诗歌的视域因而显得开阔宏大。

已经抛弃了性别主义的90年代女性诗歌，将人类自身与自然界甚或整个世界融为一体。这种精神上的自由已经超越了80年代的女性诗歌。90年代的许多女诗人都表现出对于自然的关照，她们依托于大地和自然万物向天空仰望，抒发自己的诗情。如女诗人蓝蓝就将自然万物中的微小事物作为其书写的对象，对大自然的感激之情和对美好事物的颂扬成为她诗歌的永恒主题。无论是《习作》中的"雀噪""狗吠""檐头融雪的嘀嗒声"等自然界的天籁之音，还是再平凡不过的《柿树》中挤在枝头上幸福的"柿子"，抑或是微小的《一穗谷》，在蓝蓝的眼中都是大自然恩赐的美好事物。诗人由"柿子"看到了普通人幸福的生存状态，由微小的"一穗谷"引申出深奥的人生哲理。蓝蓝的诗歌"由一粒沙看世界，由一朵野花看天堂"，表现了一个普通人在物欲横流时代的内心操守。在蓝蓝俯身书写这些自然界的微小事物时，流露出的是对于自然的感恩之心。杜涯也创作了很多书写大自然的诗歌，秋天、春天、风、树、树林、花、水、月光、村庄等词汇占据了杜涯诗歌的绝大部分空间。与蓝蓝抒写自然时心怀感恩之情不同，杜涯书写自然的诗歌散发着一如既往的古老忧伤。如在《回忆一个秋天》中，杜涯书写了季节时序的变化，在大自然的律动中诗人敏感地感受着属于生命和时间的哀愁。在《致故乡》中，杜涯为我们描绘出故乡优美的自然景观，诗人由对故乡特有风物的歌咏表现出对故乡的热爱和依恋，但同时也呈现出诗人对时光流逝所引起的痛感，散发着淡淡的哀愁。同杜涯一样，宋小杰的诗歌也总是能从乡土自然中捕捉诗情，如其《大芦荡》用树木、芦苇及河流等来营造诗美的亮点。路也在其90年代的诗歌中也有对自然的关照，她的诗歌中有很多植物意象，小到一花一草，大到海河山川，甚至整个宇宙，都成为路也诗歌的关照对象。而80年代步入诗坛的丁丽英，在进入90年代后也开始了对自然的静观默察。如其《蝴蝶》《蜻蜓》等诗歌就是对自然之物的书写之作。90年代的女诗人对大自然的关照，与其说是出于对自然的热爱和钟情，不如说是她们对于在这个时代中环境污染的抵制和抗议。如路也曾经在一篇散文中说她写到的植物们正变得越来越稀少,而她笔下的一些山川和田园正面临着消失,或者现在已经不存在了,她写的诗均成为上述消失和灭绝事物的一份悼词。路也的这种观点在杜涯那里得到了回应,如杜涯《秋天》中的诗句就说明女诗人对于日益污染的环境的忧心:"我所热爱的事物都在枯黄、坠落/我所记下的一切都在消亡、衰败/我提到了阳光、流水、气候/它们却迅速逝去/我曾说起花朵、爱情、夏天、月光/说起过苹果树和白杨/——这一切消失在了什么地方?"

80年代的女性诗歌在颠覆了男权话语霸权后,又面临着借鉴域外资源所必然带来的影响焦虑,毕竟普拉斯也好,玛格丽特也罢,如果不能与本土的文化土壤相结合,都只是异己的"他者"之声。因而,90年代的女性诗歌开始放弃先锋而向传统回归和深入。90年代的许多女诗人向传统移情,她们在写作内容上向传统靠拢和回归,热衷于对传统题材进行重新书写和阐释,这在很多女诗人的诗作中都有集中的体现。如翟永明的《三美人之歌》分别取材于中国戏曲、小说、民间传说中的孟姜女、白素贞、祝英台三位女性;《时间美人之歌》写三位古代美人赵飞燕、虞姬、杨玉环;同样地,《编织行为之歌》也写了三位古代女性:黄道婆、花木兰、苏蕙。上述这些诗作都是书写历史上杰出女性的,而它们本身也是杰出的女性诗歌文本。单从这些诗歌的取材上,就可以看出翟永明在90年代已将视线投注于中国传统文化,表现了对传统文化的某种认同与回归。此外,这种向传统的回归与认同还表现在唐亚平的《侠女秋瑾》《才女薛涛》《美女西施》,张烨的《长恨歌》《半坡女人》《大雁塔》《雨夜》中;也流露在路也的《萧红》《梁祝》,沈杰的《博物馆,与西汉男尸》,燕窝的《关雎》等诗歌中。在这些以传统题材为主题的诗作当中,女诗人面向东方传统,或借助于神话传说和女性人物,对这些历史上的杰出女性和她们伟大故事的礼赞与向往,甚至是在带有悲伤的感受中表达对女性命运的叩问;或通过名胜古迹、古典意象等,表达女性个体对历史的沉思、体验和认同。90年代女诗人重返历史世界,对古代美女、民间传说、传统戏曲以及历史事件进行大规模重写,这些诗作不仅表达了女诗人强烈的自我反思精神,而且表现出女诗人对传统的某种认同和回归。

布罗茨基说过:诗歌是对人类记忆的表达。在女诗人放弃激烈的两性对抗后,回忆和在回忆中寻找自我成为许多90年代女性诗歌经常触及的素材。她们或是通过回忆,或是通过梦境寻找自我,并以此揭示隐秘的个人经验。无论是在朱虹《落日前的雪》——"我需要一场大雪的介入/将从前的记忆落白/必定有一座雪山让我终生仰止/必定有单纯而坚硬的物种/让我停留"——中，还是在李南《记忆有时也断流》——"记忆跟随着鸟群飞远、飞远"——里，我们都感到了记忆的伟大力量。而这些与记忆相遇的诗句又呈现出女性在记忆的幽微颤动中情感的擦痕和内心的忧伤。在丁丽英的诗中，童年生活的书写、少女时代的回忆、梦境的追忆等主题占据着显著的比重。如《梦》中"回忆的碎屑撒落一地"，《秋天的境遇》中"往事在耳畔轰鸣"。女诗人在记忆的海洋里畅游，既有对童年生活的回忆，也有对少女时代成长的回眸，而这其中更蕴含着迄今仍然驻留在女诗人内心的不为人知的创伤经验或记忆。与丁丽英不同，忧郁而伤感的回忆是杜涯诗歌的独特标签。这种忧郁气质似乎缘于诗人童年的记忆，因而杜涯的诗常常是由眼前的此情此景勾起对孩提时代的感伤记忆。在《春天的声音》中，无名的悲伤和模糊的死亡观念在不经意间就嵌入一个五岁孩子幼小的心灵中，由于死亡观念的过早植入，在《回忆一个秋天》中便有了"后来我踩着落叶，向树林外走去/我知道我的童年已经结束"。如果说丁丽英的诗歌是借助回忆来展现她自己或快乐或伤痛的成长经验的话，那么杜涯的诗则更多的是借助情景的描写来勾起对苦难往昔的伤感回忆和生命意义的追问。90年代的女诗人们或者在回忆和对过去的追忆中书写她们自己的成长经验，或者退回到梦境中为我们建构了一个虚拟的生活环境。这个生活环境既有现实的影子，也包含着诗人对理想世界的想象和幻想。或许，女诗人们是由于对现实的不满或抗拒，才在回忆和梦乡中编织她们自己的诗歌世界的。在这个诗歌世界中，女诗人们由于回避了现实苦难的压迫，化解了她们内心深处的焦虑与不安，她们走入梦中，回到过去，变成自由的精灵，使在现实生活里绷得紧紧的神经得到松弛的机会，让紧张的心灵获得自由和平静。

　　此外，综观90年代女性诗歌文本，我们可以看到女诗人开始关注与时代共生的种种现象，如现代文明、现代科技及商业化潮流对于人类的冲击和挤压等都成为90年代女性诗歌的书写对象。现代文明和现代科技的发展对现代社会和现代人的心灵所造成的影响可能是当代任何一位诗人都无法回避的主题。翟永明也不例外，如她在《轻伤的人，重伤的城市》中对现代文明进行了反思；在《三天前，我走进或走出医院》中则充满了对现代科技的犹疑与恐惧，运用现代医疗器械治疗是为了减少病痛，延长寿命，但在翟永明的笔下，这些现代科技的产物竟成了对人的存在的一种莫大的伤害。同样，在《拿什么来关爱婴儿?》一诗中她也试图阐明现代科技暴力和环境污染给每一个普通人所带来的伤害。另外，翟永明的《潜水艇的悲伤》，宋晓贤的《上午大战爆发》，不仅表现出现代社会中商业大潮对于人的生存空间的侵蚀，还表现出诗人对于战争、企业、经济等问题的关注。李南、孙悦的诗歌为我们呈现的则是当下现代都市人的生存困境及社会问题。如李南的诗歌《他们，或是我们》不仅表现了都市中人类生存环境的日益恶化，而且还展示出现代都市人的精神窘境以及缺少公德等一系列社会问题。孙悦不仅在诗歌《遍地激流》中真实地表现了喧嚣的城市生活，书写了现代都市人所生存的恶劣的城市环境，而且在《欲望和恐惧》中展示出现代城市人的焦虑与困窘。90 年代的女诗人回归现实世界，对社会和世界许多热点问题的关注，一方面使其诗作重新获得了一种现实维度；另一方面也使我们看到了女诗人处理和体验身边世界的优异能力。

综上可见，90 年代的女诗人不再甘于担当女性角色的代言人，而是更乐于做一个真实生命与独特的女性言说者。她们突破单一的女性视角，不再仅仅将视域停留在对于女性生存状态和女性自身命运的关注上，而是不停地变换着她们的写作角度，将视域投放得更为宽远和辽阔，写作场域的扩展为我们呈现出 90 年代女性诗歌写作的新空间。无论是对于自然的观照，还是向现实和传统精神向度的回归，抑或是转而流连于世俗人生等，90 年代女性诗歌的视域与题材都呈现出令人赞叹的丰富性和复杂性。这一方面表明 90 年代女诗人已经由女性自身重新回归现实，将诗性的目光投向外部世界或悠远的历史，甚至她们已经将其视界从女性自身拓展至整个人类、整个世界；另一方面说明 90 年代女诗人已经具有了一种与时代和诗歌双重对话的能力，女性诗歌也因而具有了提升和开掘新空间的可能性。

女性视角的多维拓展，使 90 年代女诗人获得了宏大而多元的视角，涵纳更高的人文关怀，视角的宏大和多元使 90 年代女诗人获得了开阔的视野，女性诗歌的写作呈现出愈加敞开和开放的姿态。而尤为可贵的是，我们看到，90 年代女诗人的写作在保有新的女性独有体验的同时，又向着更为广阔的精神维度伸展，变得广阔而舒展。她们以其实践证明：女性诗歌可以如同男诗人的诗歌一样，抵达我们所处的世界、现代都市、物质的各个角落,甚至直接抵达灵魂的深处。正如程光炜所言,90年代女性诗歌"通过多视角、多层次的方式,来体现女性超越自我的省悟力,证明女性诗歌的当代素质"。"当女诗人开始用目光关注自身以外的世界时,女性诗歌才算是真正解除了各种陈规陋见和因袭的枷锁,而实现自己向着未来的本质意义上的跃进。"①

(二) 异彩纷呈的女性个人化写作

在商品化、物质化、世俗化的全面围攻之下,80年代建立起来的文学一元化的局面全面瓦解,文学开始了由集体话语向个人话语的转变。在90年代大众消费文化的语境中,诗歌写作也发生了具有深刻意义的转变。"大体上看,1989年标志着一个实验主义时代的结束,诗歌进入沉默或是试图对其自身的生存与死亡有所承担。"② 90年代的诗人们摆脱了沉重的意识形态负担,摆脱了集体言说,卸去了曾经强加于诗歌和诗人自身的重负,开始追求一种独立的个人写作。诗人们开始有意避开对峙的话语系统,拒绝为任何意识形态代言。他们完全按照自己的标准和喜好写作,表达个人的独特生存体验和生命感受。此时的诗歌写作完全成为一种个人化的行为,80年代诗歌的集体登场已经成为一种遥远的记忆。"个人化写作"成为90年代诗歌写作的最大特色,而且以不可阻挡之势成为21世纪诗歌创作的主流倾向。在这种"个人化写作"的时代氛围中,90年代的女性诗歌也出现了个人化写作倾向,这使其与一贯以群体为特征的80年代女性诗歌区别开来,并逐步呈现出繁花似锦的景观。

在90年代这个非诗的大众消费文化时代,任何宣言与口号式的集体写作已哑然失效,那种宏大的乌托邦式的写作已经无法适应90年代复杂的社会现实。很多女诗人显然已经敏锐地感知到诗歌写作所面临的巨大变革,已经进入一个微观、多元的个人化写作阶段。要适应时代而又不被这个高度商品化和物质化的时代所同化而成为其体制的一部分,只有改变和突破以往的诗歌观念和写作方式,寻求与90年代社会发展进程相关的新的个人化写作路径。除了社会转型的因素外,90年代女性诗歌的个人化

---

① 程光炜:《由美丽的忧伤到解脱和粗放——新时期女性诗歌嬗变形态内窥》,《文艺评论》1989年第1期。
② 王家新:《回答四十个问题》,《夜莺在它自己的时代》,东方出版中心1997年版,第55页。

写作也是女诗人顺应女性诗歌自身现代性变革的一种需要。众所周知，80年代中后期的女性诗歌由于写作取材的单一，写作技巧的粗制滥造，审美取向上的媚俗倾向和写作风格的趋同等，已经使女性诗歌面临着严重的危机，甚至一度陷入了写作的困境，这使女性诗歌本身急需现代性变革。面对女性诗歌写作的危机和困境，很多女诗人都思索着新的写作出路，个人化写作成为90年代女诗人的最终选择，因为只有个人化写作，才能使女性诗歌突破80年代的单一，走出写作的危机和困境。因此，在90年代特定的时代背景和女性诗歌自身现代性变革的合力因素的综合作用下，女性诗歌必然要在90年代这个特殊的年代里，在诗歌观念和功能上，在诗歌写作方式上，实行一种个人化的现代性变革，开始一场个人化的也是现代化的先锋艺术实验。90年代的每一位女诗人都是一个独立的写作个体，都有其独特的写作风格。她们更注意区分自我与他人的界限，从而避免让其鲜明的个性淹没在某个集体的原则之中或陷入写作的重复和审美的一致性之中，诗人与诗人之间彼此既不可替代，也不可通约。正是女诗人个人化写作观念的增强，使得90年代的女性诗歌呈现出异彩纷呈的个人化写作新格局。

"最个人的就是最真实的，也是最人类和时代的。以个人的名义，主动承担时代给予他的每一个生活细节和其中的责任，是诗人的真正使命之一。"① 90年代的众多女诗人纷纷规避80年代女诗人的浮躁和对轰动效应的热衷，以平和的心态转向相对深沉和冷静的发展阶段，以更加贴近现实生活的姿态和更加个人化的写作方式走向诗美。这使90年代的女性诗坛出现了许多思想和艺术表现力相映成辉的女诗人。如翟永明、小安、虹影等几位风格成熟、成就卓著的80年代的女诗人，仍然保持着良好的写作竞技状态，她们在诗歌写作中推进了成熟的经验和技巧。翟永明90年代的诗歌坚持了她一贯的美学品格，语言透明，技艺纯熟；在风格上则更简练、更尖锐，透露出对复杂而残酷的社会现实的讥刺和对中国衰微而又不失活力的人文环境的反思。虹影90年代的诗歌给人耳目一新之感，与自白诗迥异的另一种倾向在虹影的诗作中显现出来，她似乎已经厌倦了无休无止的内心独白，试图寻找新的表现手法，开拓诗国的新疆土。她将外部

---

① 谢有顺：《诗歌与什么有关》，杨克主编：《1998年中国新诗年鉴》，花城出版社1999年版。

世界的某些片断、场景与其内心的情感、体悟加以融合，熔炼出既富于外部世界的质感，又蕴含着深远的精神内涵的境界。其诗歌篇幅变得短小精悍，诗歌主题也从欲望的挣扎、恐惧、死亡悄悄转向了回忆、沉思和对亲情的眷恋，并不时流露出悲天悯人的情怀。这使她的诗与以往相比多了一份温馨，在情感表现方式上也呈现出内敛的趋势。

如果说 80 年代的女性诗歌在写作主题和风格上还具有统一的特征，那么 90 年代以来的女性诗歌则体现出鲜明的个人化写作特征。90 年代的女诗人们都试图发出其独立的声音，她们努力寻找属于每个人所特有的语感、形式和风格。如晓音的诗歌内敛、沉郁、感伤，兼具女性内在感性与外在理性的双重表达形式，语言凝固，大气而豪迈；安琪的多数诗歌都具备一气呵成的良好质地，其诗歌语言突兀，大多具有狂躁、奔突、呐喊的后现代特征，并且其诗歌常常打乱内部常理性的规律，突兀出一种复杂而强烈的现实节奏感；施玮的诗歌具有博大的女性关怀精神以及对宗教人生的感悟思想；"李轻松的诗歌具有极端残酷的词语美感，她代表着女性诗歌在词语上进行着极端的尝试。她的诗歌经常采用设问句，制造某种扭曲，以打破平淡的语感。"[①] 另外一些在 90 年代才崭露头角的更为年轻的女诗人如唐丹鸿、胡军军、穆青、吕约、与邻、曹疏影、王海威等人，也大多清醒地坚持着写作的可贵的个人性立场，她们的诗歌也透露出独特的气质。这些年轻的女诗人虽然大多尚未出版诗集，但她们的诗作却显示出强劲的活力和多样风格的可能性。

90 年代的女诗人大多具有良好的高等教育背景和理论知识储备，这部分女诗人既有其相对成熟的诗歌观念，又能将敏锐的感觉和表达力与良好的知识储备、思辨能力较好地结合在一起，知识成为她们诗歌创作的强大后盾和最大优势。她们将深厚的理论知识注入诗歌中，形成其独特的知性风格。周瓒就是其中引人注目的代表之一。周瓒的诗善于让轻灵的感受和知识的底蕴互为内化，智慧的光芒与本色的语言在流动的叙述中所寄寓的思考已远远超越了性别角色。北京大学的诗歌传统和氛围使得周瓒的诗歌写作始终是一种"有意识"的追求，专业出身的她，将专业知识很好地运用在诗歌创作中。如她的诗歌《影片精读》《爱猫祭典，或我们的一年》《风景画的暗部》等都体现了她由于精于专业知识而表现出的知性特

---

① 李保平：《解读李轻松》，《诗刊》2006 年 11 月下半月刊。

征。总体而言,周瓒的诗特别讲究形式的整饬,具有流畅的整体感,精确丰富的细节传达,追求语言及情绪上的节制,具有独特的个人化风格。同样具有深厚知识背景的穆青,其诗歌具有知性与柔和的细节,内敛而节制的叙事,意象密集。

还有一些女诗人如王小妮、马莉等,在自80年代步入诗坛以来,从不为外物和潮流所动,不参与任何诗会,不参与任何诗歌流派,不参与各种争鸣,执着地坚持其个人化写作。王小妮无论是在艺术品位、独立性,还是在影响力等方面均有非凡的表现,是一位非常"个人化"的诗人。诚如她经常强调的那样——"写诗只是个人的爱好"[①]。无论是作为女性诗潮中风向标式的人物,还是面对近年来的诸多获奖和频频而至的赞誉,王小妮都只是被动地接受。她想要的只是做自己。因为王小妮始终认为,诗人是个人主义者,而诗歌只要满足写诗人自己就已经足够了。所以我们在王小妮的诗歌写作中,看到她从不为外物所动,跳脱于任何诗歌潮流之外,始终坚持其个人化写作,这使她越写越好,最终成为女诗人的中坚力量,至今无人可以超越。在王小妮那里,诗歌写作对于诗人而言无疑是一种最个人化的也是最深刻的精神生活。王小妮的心态始终是平和的,无论外面的世界如何喧嚣和躁动,她始终在一个安静的躲避处,经营着她自己"自言自语"的个人化空间,为读者奉献出最个人化的诗歌。

90年代以来,中国的社会形势发生了惊人的变化,政治、文化甚至科学的商业化潮流以不可逆转之势改变着人们对事物的认识。公众对诗歌的理解和兴趣亦日益萎缩。王小妮对此有清醒的认知,所以我们看到她在90年代创作出了《重新做一个诗人》这样的诗作,"今天,有什么东西跌落得像诗这么快",诗歌在世俗世界的跌落,而"在诗换不到一抹银子粉末的时候,它还不能自由吗?"也正是在诗人纷纷逃遁的充满躁动、欲望、物化的90年代,王小妮决定"重新做一个诗人":"我在亮穿透的地方/预知了四周/最微小的风吹草动。/那是没人描述过的世界/我正在那里/无声地做一个诗人。"(《工作》)诗人王小妮作为一种经历文化转型冲击与洗礼后的"独特个体",仍然"作为一个异体对抗自身以外的各种法则"[②],

---

[①] 王小妮:《诗不是生活,我们不能活反了》,《半个我正在疼痛》,华艺出版社2005年版,第217页。

[②] 何平:《世界的创建和坚守》,《当代文坛》2004年第2期。

以一种平和与宁静创作的心态坚守诗歌写作。王小妮的很多诗作，不仅表现出女诗人澄明的悟性、生命的从容和对世俗生活的热爱，也昭示出她在诗歌语言和诗歌节奏上的不凡禀赋。她以其恒久的诗心和良好的诗歌视力、充沛的创作能量，使其虽然一直身处边缘，但握住的却始终是存在的中心。21世纪的王小妮一如既往地以一种无比透彻的视觉穿透力去审视世间万物，在不经意间酝酿着非凡的诗意。她的诗歌写得越来越明洁，宁静、淡泊、澄清，这一切构成了王小妮诗歌新的追求方向。

与王小妮十分相似的另一位女诗人马莉，她的诗歌写作也体现出鲜明的个人化特征。在80年代就已经涉足诗坛的她始终游离在各种纷至沓来的潮流之外，执着地进行着个人化的写作。马莉认为，诗歌是一种极具私密化的个体劳动，并认为这才是一个在日常生活中进入写作状态的诗人的绝对良心。进入90年代，她"依然作为单独的人在行走"。梁晓斌在"首届中国新经典诗歌奖"授奖词中说："诗人马莉是我们这个躁动岁月里安静写作的典范。"马莉始终相信真诚的诗人都是为其心灵的渴望而写作的，她创作诗歌的原动力更多地来自于梦想而非现实之境。她既不选择日常与流俗，也不选择肉欲与色情。马莉选择的是缓慢。在这个飞速发展的时代里，马莉的姿态无疑是独特的。马莉的诗歌从一块"白手帕"的飘扬开始，直至抵达《金色十四行》，都呈现出缓慢的写作姿态。这种缓慢既是一种写作姿态，也是生命的尊严与豁达，诗人马莉正是用缓慢以去蔽，以敞露，从而接近日常的光芒，切实地实践着内心的诉求。马莉的贡献在于她恢复了中国古代女性词人的典雅传统，并把当代女性的日常生活提升到一个智性的高度，令世人瞩目。

90年代的女诗人都表现出了对个人化写作的探索，她们更关注个体的命运走向，更加关注对个人的心理、内心世界的展示，并由此对人类的灵魂进行更深广的探索。

> 诗人从社会的群体回到单纯的个体还只是问题的初始。诗人把以往对外部世界的无保留也无节制的才华的抛掷，来了个一百八十度的转变，他们开始把关注停留并凝注于个体生命的细观默察上，对心理的和潜意识的细末微妙之处的体察和把握上，诗歌创作发生了由"外"向"内"的移植。这也成了中国当代女性诗歌兴起的切实而巨

大的背景。①

譬如沙戈与娜夜都是具有个人化的心理抒写向度的女诗人，沙戈的诗，打开的是另一个女子苍凉、凄婉的内心世界。沙戈以其竭尽全部生命的、呕其心沥其血的写作，使其诗句宛如滴在白纸上的殷红的血，有一种凄绝的美。如其诗作《在寻找天葬台的路上》："在寻找天葬台的路上/我走错了三次/像是在活着的路上/走错了三次。"她觉得她实在走不动了："看见了路/一切都晚了我已经/费尽全部力气/走过了一生"。诗作表现了这位具有灵性、生动天性的女诗人陷于循环往复的人生迷阵中——对爱情与幸福的美好期望和沉重的失望。娜夜的诗歌具有浓郁的个性生命体验，并由此折射出较开阔的生存现实。"娜夜的诗极为大胆地、精细地描述了自己在缺氧婚姻中的种种真实感受。这种感受一旦被她看似冷静实则哀痛地细说出来，就令人心惊。她本是为自己的心灵做解剖手术，打开的却是无数中国人共同的、习以为常因而麻木了的隐痛。"② 诗人以女性的细腻感受，写出了日常生活中本真的人性、情感的欣悦和纠葛，吟述了对生命和生存的挚爱。在诗歌语言上，娜夜采用的是异质融会的方式。正如第三届"鲁迅文学奖"全国优秀诗歌奖评委会的颁奖词所评价的：她的一些诗，在轻逸中常含着内在的沉实，既有口语的自然和腴润，也不乏精敏的深层意象或隐喻。诗人将不同的语型和谐地融为一体以保持诗歌语境恰当的张力，体现了她较高的综合创造力。此外，尹丽川、巫昂、马兰、代薇、千叶、贾薇等女诗人的诗歌都体现出一种新鲜的活力，她们的写作风格各异，可以说都是相当个人化的，在词语的选择、节奏的控制，甚至整首诗的氛围方面，都是极个人化的，有时甚至十分私密化。

可以肯定地说，女诗人的个人化写作不仅为90年代的女性诗歌生长带来了新的土壤，使女性诗歌形成了坚实丰厚的艺术地基；而且个人化写作使女性诗歌的许多"遮蔽"不断地"敞开"，拓展了女性诗歌的美学场域，也由此使女性诗歌呈现出多元的审美境界。因为个人化写作意味着每位诗人在诗学观念、美学趣味与写作风格的差异方面存在着理论上的可能性。"坚持在差异中的写作，是一种因心灵始终保持本质上的独特而显出

---

① 谢冕：《丰富又贫乏的年代——关于当前诗歌的随想》，《文学评论》1998年第1期。
② 管卫中：《回忆与回味：80—90年代的诗歌流变》，《当代文坛》2007年第4期。

无限的多向性的写作。使诗对世界的解释，始终具有一种复调的性质，而在于使一切意在将之纳入某种固定程式中的惯性力量归于失败。"① 但与此同时，很多女诗人对于个人化写作却存在着误解，在她们那里，个人化等同于私人化。她们几乎把诗歌当成隐私性的写作，其诗歌完全剥离了一切社会、历史、文化、政治的内容，过度沉迷于自我的世界中，尽情地呈现其私密空间，甚至是坦然自若地暴露其性意识与性行为。虽然在她们的诗歌中女性个体意识得到了前所未有的凸现，但她们所建构的女性私密空间与个性化的言说方式，一方面，难免使女性个体意识因缺乏更为深远的文化视野而陷入了孤独与自恋的境地。这种"个人化的结果是诗歌的与世隔绝，它只有'自我'，而无视社会与群体的诉求。诗歌从来没有像当前这样自私，它陷入自恋，沉迷于'自我抚摩'。"② 另一方面，私语性写作的泛滥，女性自我的裸露，甚至落入商业化的"眼球经济"的圈套，也将女诗人及其诗歌再次置于"被看"的境地。就女性诗歌本身而言，"个人化写作一旦走向极端，脱离了与社会政治、读者甚至诗人自己的精神联系，就会异化为一种分裂或消解诗歌整体精神的否定力量，沦为浅俗的'物化诗歌'和'时尚诗歌'，一种贫乏的丰富。"③ 戴锦华对此深有体悟：

> 商业包装和男性为满足自己性心理所做出的对女性写作的规范与界定，便成为一种有效的暗示，乃至明示传递给女作家。如果没有充分的警惕和清醒的认识，女作家就可能在不自觉中将这种需求内在化，女性写作的繁荣，女性个人化写作的繁荣，就可能反而成为女性重新失陷于男权文化的陷阱。④

"个人化写作的进展，使游离的诗心复归于诗人的个性，这一方面显示了历史性的辩证；另一方面，大量的诗歌表现出对历史的隔膜和对现世

---

① 翟永明：《面对词语本身》，王光明等编：《现代汉诗：反思与求索》，作家出版社1998年版，第253页。
② 谢冕：《世纪反思——新世纪诗歌随想》，《河南社会科学》2004年第3期。
③ 陆正兰：《论诗歌精神重建的现实性与可能性》，《西南师范大学学报》（人文社会科学版）2005年第5期。
④ 戴锦华：《犹在镜中》，知识出版社1999年版，第204页。

的疏离,也使诗歌陷入了丰富之中的贫乏。"① 对于女性诗歌的发展而言,虽然私人化的写作可能展示出女性个体生命的丰富性与层次性,但是,如果只站在女性独立自足的私密空间里,就很难具有胸怀人类的思考。而这样的写作也不是真正意义上的个人化写作。实际上,个人化写作与社会生活并不是完全背离的。诗歌反映重大历史事件的悲壮美,体现民族文化精神和人类生存的普遍价值,与写作的个人化并不矛盾。因为个人化写作所确立的意义并不仅仅限于对某些"公约性"意识形态的疏离与反叛,它在使诗歌获得个人话语的同时,也努力坚持把个人置于时代语境和广阔的文化视野中。简言之,女诗人只有拥有更开阔的历史文化视野,提升女诗人个体意识的精神维度,女诗人的个人化写作才可能拥有更广阔的发展空间。尽管在个人化的探索中存在着诸多不完善的因素,然而,个人化写作带给女诗人内心的觉醒是不可低估的。正如诗评家罗振亚所言:"那种历史存在于任何在场现时现事的诗歌观念,那种积极推崇张扬的差异性原则,本来是因延续、收缩上个时代的'写作可能性'而生,却又为诗的进一步发展提供了新的'写作可能性'。"②

(三) 90年代女诗人的"共同诗学"

所谓"共同诗学"是指"同一时期诗人采用相似的主题,以一种统一的声音进行言说,或是运用相似的诗歌技巧"③。虽然90年代女诗人体现出个人化的写作追求,每位女诗人都是独立的个体,并形成独特的个体诗学,但综观90年代女性诗歌文本,我们会发现,事实上在强调和注重差异性的90年代女诗人的个人化写作潮流中流动着"共同诗学"的潜流。而且在"个体诗学"与"共同诗学"之间存在着一种互动关系。其"共同诗学"具体表现在题材的选取上有一个突出的共性,即日常化取向;在语言方面,侧重于原生态日常口语的运用;在诗歌文体方面,着力打破了各文体之间的壁垒,进行跨文体写作。

如果说80年代的女性诗歌主要书写的是女性的痛苦与生命的呼喊,那么90年代的女性诗歌则发生了向日常生活叙说的转换,更多的女诗人

---

① 谢冕:《丰富又贫乏的年代——关于当前诗歌的随想》,《文学评论》1998年第1期。
② 罗振亚:《"个人化写作":通往"此在"的诗学》,《中国文学研究》2004年第1期。
③ 张晓红:《互文视野中的女性诗歌》,广西师范大学出版社2008年版,第105页。

选择了回归日常生活。无论是80年代就已成名的舒婷、王小妮、翟永明、陆忆敏、唐亚平，还是路也、宇向、蓝蓝、巫昂、丁丽英、小安、千叶、尹丽川等90年代出现的诗坛新秀，她们的诗作都呈现出日常化特征。她们以日常化的眼睛透视生活的方方面面，看似平淡、无奇、琐屑的日常生活和饮食起居，在其笔下都可化为诗意昂然的诗篇。可以说，向日常化转换已成为90年代以来相当一部分女诗人的共性。在对日常生活的体验和感悟中，90年代的女性诗歌渐渐成长起来，与现实的关系越来越无间。

  90年代的女诗人们纷纷由"女诗人"回归到平凡的"女人"，归于平凡女人的90年代女诗人开始注重对于司空见惯、平凡琐碎的日常生活的描摹和几乎是零技巧的原生态呈现。从日常生活出发发掘诗的题材几乎成为她们的共同追求，她们往往截取其日常生活题材，世俗化的日常生活景观充斥于大量的女性诗歌之中，甚至连生活的锅碗瓢盆、饮食起居都成为女性诗歌美学的快乐使者。我们所习惯的80年代女性诗歌的神圣光环和生活的理想色彩已然褪去，呈现的只是最平凡最普通的原生态日常生活。向来并不擅长的宏大叙事再次名正言顺地在女诗人的笔下消隐。女诗人们以一种平常的心态对待诗歌，日常生活的点点滴滴都成为女诗人写作的对象，儿女情、家务事等大量日常生活琐事频频进入女诗人的诗行里，甚至连以往颇为神秘的女性经验也逐渐日常化了，这使得90年代的女性诗歌从总体上呈现出生活化、日常化的色彩，让人感到一种亲切、自然的普通与平凡。如舒婷的《天职》，小君的《日常生活》等诗歌都是对一个普通女人最为本色的世俗日常生活的真实呈现。路也90年代的诗歌也呈现出与时代及日常生活结合之后的一种鲜明倾向。其诗作《晚宴》《胡椒粉》《农家菜馆》《睡衣》和《一床棉被》等，由题目即知均是从人们熟视无睹的事情和物象中发掘诗歌题材的。90年代的翟永明已由一个滔滔不绝的独白者蜕变成为一个打捞日常生活的残章断片，并为之倾注热情的平凡女人。其诗歌关注的切入点已从80年代的自我经验描述转向生活现实中普通女人的生存状况，目光游走于世俗场景中捕捉写作对象。蓝蓝的诗歌《让我接受平庸的生活》即是体现其走向世俗，从日常生活中发现诗意的文本，该诗表现出诗人对日常生活进行审美考量，在归还事物在日常世界里所失去的光辉与真实的同时，也为我们带来了更加清新的目光和深刻的启示。

  尽管90年代的女诗人常常从日常生活的细枝末节入手，叙述那些看似微不足道的凡尘琐事，但是这丝毫未影响女诗人向更深层次开掘的力度。很多女性的日常诗歌都隐含着诗人深刻的哲思，这种思考尽管细微，与日常生活仿佛没有距离，但却隐含了很深的哲理意义。正如翟永明所表明的那样：

> 我更愿按事物本身的面目来理清某些实质。我其实更相信，某些朴素的事物比它们的表面耐人寻味，它们更深的层面被我们忽视了，我希望我的诗歌之锹在写作的时候刨开意象和词汇的浮土，不断挖下去，就接触到事物的核心，它们像砂架卵石一样，坚实、有力，滤干了多余的水分，因此成为美学大厦的最可靠的地基。[①]

综观女性诗歌文本，我们看到女诗人在日常生活中辗转，用女性纤细的心灵抚摸景象的细节，并且"不流连于具象"。日常生活的多个层面均在90年代的女性诗歌中得以丰富地展现，这其中，无论是少女、妻子、母亲，还是职业女性、家庭主妇的日常生活都在女诗人笔下一一呈现，她们对日常生活和经验做出了智者的领悟和提升，在现实中营造其诗意化的世界。这不仅是在男性话语的盲点之上女性界说自身的一种要求，也是对作为主流的民族国家书写的反叛和纠偏，在凸现女性日常生活的多样存在的同时，也张扬了女性日常主义诗歌作为边缘话语对主流中心话语的颠覆潜能。依据貌似公正的评判标准和艺术审美来看，重大的题材、宏大的主题在价值上必定高于细琐的题材、平凡的主题。90年代的女诗人以其杰出的日常主义诗歌证实，这纯粹是一种艺术审美的偏见。正如翟永明所言："真正划时代的声音，并不一定在浪尖上。在寂静中磨洗内心的激情，磨洗写作的基本精神和本质，才能磨洗出光可鉴人的文章和诗歌。"[②] 题材的日常化取向呈现出90年代女诗人内心的沉静和洗练，也证明90年代女性诗歌写作是一种更松弛平实的写作。

由于90年代的女性诗歌普遍走向世俗，女诗人以平民化的眼光透视社会生存的点点滴滴，用一种冷静、客观、心平气和的态度来叙述琐碎凡庸的日常生活，从平淡的日常生活里发掘诗意。所以，90年代的女诗人

---

① 翟永明：《献给无限的少数人》，《纸上建筑》，东方出版中心1997年版，第194页。
② 翟永明：《作者自白》，《纸上建筑》，东方出版中心1997年版，第3页。

开始躲闪女性主义的对抗激情和狭隘性，由自我独白的痛苦生命的呼喊向日常生活叙说的转换，因此在语言方面，90年代女性诗歌就自然地呈现出日常口语化的倾向以及叙事性的特征。90年代女诗人们已经褪去了80年代的晦涩和拗口的语言，注重挖掘口语的潜在诗学元素，以日常口语入诗，语言渐趋澄明。无论是80年代就开始写诗的女诗人，还是90年代初才步入诗坛的女诗人，都成为口语诗歌写作的追随者。以翟永明、王小妮为代表的女诗人，在最初的书面语写作中融入大量的日常口语，丰富着她们的诗歌语言资源。如翟永明曾明确表示，90年代以来她对词语本身的兴趣主要集中在口语、叙事性语言等方面，而以尹丽川、吕约、宇向为代表的新一代女诗人，从写诗之初就融入了大量口语。日常口语的宁静简洁、明亮生动、具有无限亲和力这些特点，使90年代女性诗歌焕发出新的活力。

抒情的放逐使叙事性语言在90年代的诗坛上风行，这使女诗人们趋之若鹜，叙事性语言在90年代女性诗歌中俯拾皆是。像王小妮的《得了病以后》，海男的《今天》，翟永明的《十四首素歌》等均是以叙事性语言入诗的杰作。毋庸置疑，叙事性构成了90年代女性诗歌的另一个显著特点。此外，90年代女性诗歌在语言上还有一个特点就是语言增殖，句子越来越长，叙事化成分不断加重。如海男的《女人》，路也的《尼姑庵》《单数》，安琪的长诗《九寨沟》《灵魂碑》等均有这样的特点。其中海男的《女人》组诗竟长达近万字。这种语言特点的形成主要是由于女诗人成熟之后语言愈益丰富，所要表现的内容日趋多样。

90年代的女诗人显然与于坚等男诗人出于反文化目的处理世俗生活的方式不同，她们试图寻找的是一种既与日常生活发生"摩擦"，同时又对人的生存表示严重关注的，更符合现代人复杂境遇的表达方法。她们以日常口语、叙事性语言写作对诗歌写作提出了更高的要求，使诗歌直接进入事物的本质，呈现出人类精神高尚、普遍、永恒的部分。与商业气息浓郁的炒作造势无关，与廉价的自我包装推销无关，更与流行时尚无关。90年代女性诗歌语言的日常口语化、叙事性和澄明化，使其显得更加质朴自然、单纯而深邃。

但值得注意的是，一些女诗人在写作中忽略了日常语言与诗歌语言之间的转换，而使其诗歌沦为口水诗。还有一批女诗人在直面词语世界的同时却玩起了语言，她们打破了传统的诗语言与非诗语言的界限，一些轻飘飘的语感训练和语言游戏纷纷出现，更为严重的是对语言施加暴力，不合常规的语言和不合语法逻辑的表达频频出现在她们的诗作中，这使她们的创作陷入了自言自语的困境中，而诗歌所要表达的深刻思想与女性的生命体验，也往往被含混晦涩的语言所遮蔽，这使女性诗歌一度陷入其所构筑的语言境域中。显然，在90年代女诗人的个别诗歌文本中，语言不是专为诗歌而存在的，语言的自我呈现和表演欲望尤为明显。女性诗歌在此成为精心策划的词语展示，成为汉语语言反常规的癫狂舞蹈。语言的弥漫式的飘动淹没了诗歌的诗性，语言的自由舞蹈颠覆了读者习以为常的阅读经验。在这些女性诗歌文本中，语言成为压倒一切的存在，词语本身的组合方式充满着诡异，其所指涉的意义变得不再重要。这种词汇的诡异组合，过度铺张性的语言释放，显示了女诗人一种强烈的语言表演欲望。

综上可见，与80年代的女诗人大多以一种纯粹的、直达核心的甚至超验的方式进行写作不同，90年代的女诗人们力求在写作中体现出对空洞、过度、嚣张的反对，注重对景象、细节、故事的准确和生动的体现。对具体问题的注重不仅使女性诗歌题材的选择更加丰富化，而且使构成女性诗歌的技术手段变得多样化，独白、叙事、反讽、戏谑等也作为手段加入了女性诗歌的构成中，从而使女性诗歌脱离了平面化的简单，提高了女性诗歌处理复杂日常生活经验的能力，使女性诗歌显得更丰满，更具复杂性，也更具表现力。总之，90年代女诗人对于日常题材的开拓和语言世界建构的努力，使女性诗歌实现了由80年代的"先锋"而至90年代的"常态"，以80年代的"盛名"而至90年代的"自然"的境界。

相对于80年代的女诗人而言，在诗歌文体方面，90年代的女诗人再次以先锋者的形象出现，她们着力打破各文体之间的壁垒，大胆借鉴和移植其他非诗文体的特征，调动了各种文体的优势，最大限度地服务于女性诗歌这一目标，形成了文体的交响和互渗。众所周知，90年代以来，跨文体写作成为普遍的现象，文体之间的融合加剧。就诗歌来说，它与各种文学文体之间的渗透加深，越来越多地吸取和融合了散文、随笔、戏剧、小说等文体的特征，文体包容性日趋增强。90年代的女性诗歌也着力打破以往诗歌写作中的文体界限，形成了前所未有的跨文体集结。其跨文体写作的创作实绩主要体现在翟永明、安琪、荣荣、李轻松等女诗人的部分诗歌文本中。女性诗歌的跨文体写作首先体现在对小说、戏剧文本特征的大胆移植上。如翟永明90年代的诗作注意吸取小说的长处，注重对琐屑生活与日常事件的描述与探寻，充满了生存情境与事件，诗歌文本变得沉缓而庞杂，呈现出小说化的趋势。同时，翟永明尤为擅长的是运用一些戏剧的表现手法入诗，使诗作富于戏剧性。翟永明诗的戏剧化，不借助于紧张的矛盾冲突，而是使用戏剧手段甚至是小说的叙事策略，在时间、地点、场景的维度上，搭建一个戏剧舞台，以此营造曲折婉转的戏剧效果。其诗作《道具和场景的述说》《祖母的时光》《孩子的时光》和《脸谱生涯》都是直接以中国传统戏曲为题材的诗歌文本。荣荣的诗歌也引入了诗歌和戏剧的表现手法，如《这里和那里》《诉说》等诗即将戏剧性的场景和对话嵌入诗歌中，使其体现出一种戏剧化的结构特征。其次，女性诗歌的跨文体写作体现在对散文、随笔表现手法的灵活借用上。90年代以来，散文化诗潮方兴未艾。王家新、西川也非常注重在诗歌文本的建构中融入散文、随笔的文本特征。同样地，一些女诗人也不断试验一种在形式上相当散文化、随笔化的诗歌新文本，这使90年代的女性诗歌呈现出散文化、随笔化趋于强化的特点。如在《死亡的图案》中，翟永明运用大量散文化的句子，将散文的自由与诗的空灵结合起来。路也曾表白说，她将诗当日记来写，这种诗观决定了其诗歌在选材和语言上都具有散文化的风格。这在《长途电话》《青岛》《曲阜印象》《写在去曲阜之前》《外省的爱情》等诗作中均有体现。路也的这些散文化诗歌文本语言随意，如果取消诗分行排列的限制，连缀成篇，即是一篇精致的散文。散文化不仅使女性诗歌呈现出开放的姿态，而且使其从外部形式到思想内质都获得了最大的自由空间，从而表现出真实的自我。但是，散文化也为女性诗歌带来了语言芜杂，诗体形式混乱，诗歌节奏弱化，诗思散漫等不可等闲视之的重要问题。这就要求女诗人在顺应诗歌散文化潮流的同时，也要对此保持应有的警惕，以防止因散文化的过度而导致女性诗歌散漫化的倾向。此外，女性诗歌的跨文体写作还体现在与其他非文学文体的杂糅上。这方面以安琪为代表，她是在跨文体写作的道路上走得最远的女诗人。安琪跨文体写作的实践主要集中体现在其诗集《任性》中，其中的长诗《轮回碑》打破了文类界限，堪称诗的一次跨体集结。诗中至少堆满了十几种非文学文体：邀请函、演出、访谈、儿歌、任命书、布道、写真、菜谱、词典、处方、案例，以及用括号标明的"后设"文体。可以说，《轮回碑》是跨文体写作的极端文本，既表现出诗的戏剧化、散文化以及与简历、菜谱、处方等应用文体的沟通，也显示出安琪"逾界"建构诗歌文本的意图。

90年代女诗人的跨文体写作打破了文体之间的壁垒，调动了各种文体的优势，最大限度地服务于女性诗歌这一目标，形成了一种文本的狂欢。90年代女诗人的跨文体写作显示了女诗人驾驭文本的非凡能力和才华，也是女性诗歌创作多元化，探索诗艺新路的具体表现。与80年代的女性诗歌相比，90年代"跨文体"的女性诗歌文本显得复杂、混沌、综合性强，有一种开放性以及多音齐鸣的效果，体现了90年代女诗人的精进、包容力以及写作的活力。但是"跨文体写作"应该是为文体增添新质的写作，增添的这种新质应该是与文体原有的肌理融通的、和谐的，是对文体固有美学特性的不断丰富和补充，因而它是十分有难度的写作。对女诗人来说，"跨文体写作"的尝试和摸索当然是值得肯定和鼓励的，因为它不失为女性诗歌写作的一个新途径。但问题是，如果女诗人对文体缺乏足够的理解和尊重，仅仅依凭打通文体的勇气而缺乏技巧和能力，那么她们的"跨文体写作"也只能是在文体创新名义下的哗众取宠，甚至会沦为一种毫无意义的诗歌行为。

综上可见，90年代的女诗人不再沉迷于80年代女性的神秘主义幻象和西方女性主义的迷雾中，她们突破单一的女性视角，努力找寻写作的新途径，找寻的结果是写作空间的加大与延伸。她们将其羽翼一再沉降，既紧贴着此岸世界形而下的世事万物与世俗生活，又能向着彼岸世界的理想与梦想抽身而出；既俯首委身于消费时代的物质文化，又君临超度在主体意识渐趋成熟的精神王国；90年代的女诗人已经找到了既表达个人倾向，又关怀人间现实的接合部，当女性诗歌将其贴近大地的时候，便已然生出了在空间展开的翅膀。90年代的女诗人们以其异彩纷呈的个人化写作和诗艺空间的多维建构，为女性诗歌打开了崭新的审美视域和情感空间，在经验和技艺的双重维度上扩展了诗人和诗歌的视域。我们有理由认为，90年代的女性诗歌文本是东方土壤孕育的文本，90年代的女性诗歌话语，是现代中国的本土话语。

三　研究现状、思路及方法

（一）研究意义

"90年代女性诗歌"不是标签，不是女诗人站队。作为一个审察角度提出这一概念，是为了寻求这一时期写作的女诗人和她们的前辈、同代人以及其他写作群体之间的关系。我们看到，尽管20世纪女性文学已经成为文学研究界的显辞，但是，对于同样在20世纪取得非凡成就的女性诗歌的研究，相对而言却是十分薄弱的，这就使本选题具有理论与现实的双重意义。

其一，进入21世纪后，回顾20世纪90年代，就会发现在大众文化语境下的女性诗歌创作与80年代相比，发生了明显的变化。而学界对90年代女性诗歌的研究，大多运用单一的女性主义理论进行解读，呈现出某种概念化倾向，令诗人们感到啼笑皆非。对诗歌文本、语言的忽视，或者说，部分研究者本人诗意的匮乏，让诗歌研究变得僵硬而乏味，有种步履蹒跚、跟不上诗人步伐的感觉。因此相对于女诗人的创作而言，学界的研究是滞后的，也可以说，在诗歌研究中最薄弱的环节就是90年代女性诗歌。关于这一部分，绝大多数研究论著都是语焉不详，十分匆促粗略，没有特别通约的，为大多数人所认同的、成熟的知识板块和说法。这就为本书留下了一定的研究空间，这也是本书研究的意义之所在。

其二，在进入现代社会以来，在诗歌写作领域中，从未有90年代这样多的女性从事诗歌写作，她们的努力使女性诗歌呈现出前所未有的多元化的繁荣景观。这就使得对90年代女性诗歌写作的研究有着独特的意义。第一，就时间维度来说，有利于梳理现代以来女性诗歌的写作脉络。90年代女性诗歌写作有着承前启后的关联作用，一方面，它努力接续五四运动以来的女性解放传统，并对"文化大革命"期间的文学观念进行清理，同时还要对80年代中后期女诗人所制造的"喧嚣与混乱"进行反思与超越；另一方面，90年代女性诗歌写作为新世纪的女性书写做了铺垫。因此，对处在转接处的90年代女性诗歌的研究，不但可以使我们透过丰富与多样的诗歌现象探究女性主体身份确认的复杂历程，同时亦会使这种研究被赋予文学史意义。第二，就空间维度来说，90年代女性诗歌在经历了80年代中后期的"概念化"写作后，从喧嚣走向平和，呈现出多元化的创作形态，如注重女人身份的女诗人创作，关注女性意识的女诗人创作，坚守个性立场的女诗人创作，张扬身体写作的女诗人创作等诸种写作姿态在90年代女性诗歌的舞台上都陆续登场，展示了女性诗歌创作的多元景观。女诗人在此间的创作不仅表现为时间上与逻辑上的递进态势，而且展示为空间上的并行交错态势，多种创作形态裹挟在一起，构成了诸多女性诗歌写作并存的新景观，对此现象进行考察不仅能够呈现出90年代女诗人复杂与多元的写作群落与写作个体,而且可以辨析出在大众文化语境中90年代女性诗歌所表现出的特质及其与西方诗歌、传统诗歌所存在的复杂的审美关联,通过对上述问题的研究与梳理将为我们呈现出90年代女性诗歌既不同于80年代又与21世纪女性诗歌相区别的异质性特征。

(二) 研究现状

关于中国女性诗歌的研究一直比较薄弱,这种现象一直持续到80年代中后期才略有改观。但是,就当下对80年代以来女性诗歌的研究成果来看,大部分研究者更多的是以西方女性主义诗学视角对其进行解读。不可否认,部分女性诗歌中确实蕴含着女性主义的特征,这固然不可抹杀,但是也不应该忽略和排除绝大部分的女性诗歌还兼具其他丰厚的文化内涵的事实。如果仅从女性主义这一向度对其进行考察,那么,无疑这些论者赋予女性诗歌的文化内涵及价值目标就显得过于狭窄,不仅不能覆盖丰富多彩的女性诗歌的创作现象,而且难以真正发现女性诗歌创作的意义及症候所在,因而不能推动女性诗歌向高品位的提升。何况一些论者在移植西方女性主义理论时的生吞活剥,也无助于女性诗歌和女诗人更快地健康发展,甚至对其造成了致命的伤害。无论如何,这些女性诗歌研究者都做出了某些拓荒工作,取得了一定的实绩,为女性诗歌在诗歌研究中赢得了一席之地。但我们不可忽略的事实是,从女性文学研究的总体格局看,诸多学者的笔锋较多地眷顾于更为贴近大众审美趣味的小说与散文,女性诗歌明显备受冷落。因此,相对于其他文体而言,目前对女性诗歌的研究还处于发轫阶段。而比照80年代女性诗歌研究相对成熟和繁荣的局面,对于90年代女性诗歌的研究话语则更是显得匮乏和单薄。

在对90年代女性诗歌加以研究的进程中,研究者们除了关注其概念的命名问题外,还对相应的女诗人及文本进行了观照,形成了一系列学理丰润的成果。国内对90年代女性诗歌的研究基本上有两条路径:一是将女性诗歌纳入朦胧诗后先锋诗歌、第三代诗歌、中间代诗歌等诸种诗歌潮流中予以论述,这样,女性作者作为一个有性别的群体,其特殊部分,尤其是她们的性别经验往往被遮蔽。二是将女性诗歌独立出来进行研究,其中又有三种不同的思路:第一,对90年代女诗人进行个案研究,比如徐敬亚、罗振亚、陈仲义、王光明、向卫国等对王小妮的研究;罗振亚、唐晓渡、周瓒、陈超、荒林等对翟永明的研究;吴思敬、张清华、荣光启对舒婷的研究；耿占春、张闳、王晓渔对蓝蓝的研究；张立群对路也的研究，等等。第二，从某一个特定的角度对90年代女性诗歌进行微观研究，比如罗振亚对女性诗歌"审美向度"的研究，唐晓渡对"黑夜意识"的研究，王艳芳对"生命意识"的研究，张晓红对"性别意识"的研究等。第三，从宏观的角度对90年代女性诗歌进行系统研究，如吴思敬对于女性诗歌90年代的调整与转型的研究，赵树勤、周瓒、欧阳小煜、王珂、方雪梅等关于90年代女性诗歌的综述，张立群从诗歌史的角度研究八九十年代的女性诗歌。这些研究形成了一系列颇具拓荒意义并富含理论深度的成果，但就总体而言，对于90年代女性诗歌的研究远远落后于女诗人创作的步伐，而国外对中国90年代女性诗歌的研究几乎是空白。由此可见，对90年代女性诗歌的研究还是十分滞后和贫乏的，存在着许多缺憾。

首先，90年代以来，虽然关于女性文学的研究成果可谓汗牛充栋、蔚为大观，但绝大部分是对小说和散文的专门研究，而对女性诗歌进行专门研究的很少。尤其是面对90年代如此丰富的女性诗歌写作现象，对其研究却略显滞后与单调。而且其研究对象主要集中于个别女诗人或"女性主义"这个概念上，或者说，个体研究与"综述式"整体研究未能形成一个有效整体。

其次，很多批评者对女诗人及女性诗歌抱有偏见，如"女诗人因生活的狭隘、情感的单调，都没有什么特别的成绩"的观点就成为许多批评家驾轻就熟的一种批评思路。这一论断的褊狭之处在于，否认了性别的不同所造成的写作上的差异。"性别这个因素在文学创作中是不可忽略的，无论在视角、叙事方式和语言风格方面，都会因女作家和男作家在经验和性别认同上的差异而有不同的表现。"[1] 这种对女性诗歌所具有的独特性的否定和忽视，加之女性诗歌本身的双重边缘化处境，也使得诗歌研究未能得到充分的发展，因而导致出现在现有的女性诗歌研究中，论文多专著少，个案研究多整体研究少，泛泛批评多深入考察少的现象，这直接导致女性诗歌研究的滞后和贫乏。造成这种状况既与前文提及的学界关注不够有关，也与女性诗歌理论本身的匮乏有关。

最后，就当下的研究成果来看，面对纷繁多彩的女性诗歌文本，大部分论者更多的是从西方女性主义诗学视角解读90年代的女性诗歌，缺乏

---

[1] 陈顺馨：《中国当代文学的叙事和性别》，北京大学出版社1995年版，第151页。

与本土语境的关联,故而产生了对女性诗歌机械、僵硬的解读模式。虽然这种解读也指出了90年代女性诗歌的一些特点,但是却缺少对文本的细读以及语境化的观照,因而抹杀了女性诗歌所具备的独特性特质;不仅忽视了女性诗歌文本的丰富性,同时也遮蔽了女性诗歌在90年代所呈现出的独特性、丰富性的多元景观。事实上,仅凭女性主义的解读方式来评论90年代女性诗歌,显然无法言说清楚其所包蕴的复杂性,或者说,对于90年代的大部分女性诗歌而言,这种解读方式已然失效。因此,这种研究现状为笔者留下了十分广阔的言说空间,为本书的操作提供了多种可能性。

(三) 研究思路与方法

当下很多研究者习惯使用"性别""身份""欲望""主体性"等抽象概念来对女性诗歌进行女性主义批评,这便容易遮蔽女性诗歌文本的丰富性。在90年代信息极为发达的大众消费文化社会里,想要完全避免或拒绝西方女性主义文学理论对中国女性诗歌创作的影响,是不可能的。但正是大众消费文化时代新媒体的出现和信息社会的多样性,必然导致对女性诗歌创作的影响也是多元的。所以,在研究90年代女性诗歌创作时,应从更为开阔的理论视阈出发,研究丰富多样的信息对女性诗歌创作的多方面影响。若仅仅拘泥于西方女性主义的影响,则不仅是女诗人不以为然的问题,而且必将导致女性诗歌批评日益走向褊狭。如翟永明曾经坦言:

> 我不是女权主义者,因此才谈到一种可能的"女性"的文学。然而女性文学的尴尬地位在于事实上存在着性别区分的等级观点。"女性诗歌"的批评仍然难逃政治意义上的同一指认。就我本人的经验而言,与美国女作家欧茨所感到的一样:"唯一受到分析的只是那些明确讨论女性问题的作品。"……事实上"过于关注内心"的女性文学一直被限定在文学的边缘地带,这也是"女性诗歌"冲破自身束缚而陷入的新的束缚。什么时候我们才能摆脱"女性诗歌"即"女权宣言"的简单粗暴的和带政治含义的批评模式,而真正进入一种严肃公正的文本含义上的批评呢?事实上,这亦是女诗人再度面临

的"自己的深渊"。①

由此可见，女性诗歌不仅是对具有女性主义色彩的文本进行命名，而且应该涵盖女性所创作的那些具有非女性主义色彩的所有文本。只有远离当下话语场的阐释惯性，以历史的态度将文化研究的方法纳入诗学讨论，才能建立起女性诗学的理论框架，重视回到女性诗歌本体挖掘其诗美的文本肌理，以历史的眼光还原90年代女性诗歌在其产生的特定历史、社会、文化场中的艺术独立性。正如吴思敬所指出的：如果把"女性诗歌"仅仅限定在性别经验表述范畴或是等同于女性主义诗歌，会使"女性诗歌"画地为牢。应该以一种敞开的胸怀看待"女性诗歌"，肯定女性参与诗歌写作的实践意义，因为如果仅仅把性别当作女性经验的能指，就会使女性诗歌失去应对社会文化象征意义的能力，也就很难重新阐释与建构女性文化本身。把性别放在社会象征体系中考察时，就会发现其与政治、经济、文化、权力等要素的微妙而复杂的社会文化意义。因此，"要给女性的写作实践下定义是不可能的，而且永远不可能。因为这种实践永远不可能被理论化、被封闭起来、被规范化——而这并不意味着它不存在"②。

因而，就某种意义而言，在学术研究的领域里，"90年代女性诗歌"还是一个比较新的领域，有启发性的研究尝试并不多。本书的目的就是在确认"90年代女性诗歌"具备了相对完整的断代诗歌史状貌的前提下，首先通过对"90年代女性诗歌"这一文学生长空间进行外围环境的考察，然后深入女性诗歌内部，对其诗歌观念和文本构造等方面进行深入勘查，查找"90年代女性诗歌"的肌理，以此勾勒出"90年代女性诗歌"的大体状貌，为可能的文学史叙述打下一个坚实的基础。

在展开研究的过程中，笔者首先透过大众消费文化的潜望镜对90年代女性诗歌进行比较全面的考察，着力于揭示其在大众消费文化冲击下的复杂处境和生存状态。大众消费文化作为90年代以来最为瞩目的社会文化现象，即使没有完全改变90年代女性诗歌的面貌，但其影响一直存在。笔者着重从文化工业的角度阐释90年代女性诗歌的生产、传播及消费过

---

① 翟永明：《再谈"黑夜意识"和"女性诗歌"》，《诗探索》1995年第1辑。
② 埃莱纳·西苏：《美杜莎的笑声》，张京媛主编：《当代女性主义文学批评》，北京大学出版社1992年版，第197页。

程在大众消费文化影响下所发生的变异,以此凸显其迥异于80年代女性诗歌的异质性特征。这在以往的女性诗歌研究中是被忽略的一个视角,也是本书的一个创新点。

其次,从女性意识呈现的角度重审90年代女性诗歌的创作。"女性意识是女性对自己作为人的价值的体验和醒悟。"[①]"是人的意识和性别意识的双重内容,即女性对人的角色、观念与价值问题的理解"[②]。80年代"女性诗歌"这一概念在提出伊始,其焦点便直指"女性意识"问题。而进入90年代以后,女性意识的彰显、淡化与超越,成为女性诗歌写作中意识形态领域里非常重要的一个问题。但是,在众多对女性诗歌秉持女性主义批评立场的辩护者眼中,20世纪八九十年代之交俨然成了女性诗歌默认的分水岭。在这些批评者看来,女性意识已经在90年代的女性诗歌中消散殆尽。仿佛伴随着80年代的终结90年代的来临,一夜之间,刚刚蔚然成风的"女性意识"就随着西方女性主义理论浪潮的低落而随风逝去。他们的批评空间昭示出,无论是出于作者的"自觉",还是由于评论家们"理论更新"的需要,90年代的女诗人们都迅速地完成了诗歌的转向,"女性意识"在她们那里已经成为某种策略的"完成时"。但是,如果我们透过90年代繁复的女性诗歌文本,就可以窥见并断定,这仅仅是一些批评者们一厢情愿的空想,更是一种脱离文本的主观臆断的粗鲁式批评。

事实上,在90年代女性诗歌和诗人群体中,女性意识呈现出复杂的复调特征。因此本书力图突破和越出那种模式化的女性主义批评樊篱,以回归女性诗歌文本的方式印证"女性意识"在90年代女性诗歌中的多维度、多层面的呈现,清晰地展示出90年代女性诗歌创作中"女性意识"衍变的历程,以此透视90年代女诗人的诗作其实是各有特色和倚重的,亦呈现出女性意识的多元张扬以及多维度多层面的叠加,显示出复调多声部的特色。这亦是本书的一个创新所在。

正如诗人翟永明所言,诗歌评论界对女性诗歌更多的是从社会学观点、妇女问题考察以及女性内心世界分析等方面做定向研究,很少把诗歌

[①] 刘思谦:《关于中国女性文学》,《文学评论》1993年第3期。
[②] 金燕玉:《"罗衣"与"诗句"——新时期女性文学之价值》,《文艺争鸣》1999年第5期。

文本孤立出来，从纯粹的诗歌价值和艺术的基本要素上进行具体分析。这一方面反映出女诗人对当前女性诗歌批评的不满，另一方面也体现出以往学界对女性诗歌研究的不足。因而本书第三章、第四章即回归诗歌文本及诗歌本身进行研究。这种回归一方面可以解决上述学界研究的不足，系统地研究女诗人的共同经验、主题、诗歌语言和技巧并透视其话语的形成机制以及女性诗歌与国内外文学环境的交叉关系。另一方面也可以对以往忽略的女性诗歌群体话语与个体诗学的互动关系及群体话语里大量的个性化元素进行研究。

因西方女性主义理论的引入，过度强调女性主义批评阐述的适用性与权威地位，从而弱化与抑制了多种批评方式介入与把握女性诗歌创作的可能性，所以对于90年代女诗人的创作，批评界往往在女性主义的狭窄视阈内，对其进行削足适履式的阐述，而鲜有对其进行超越女性主义疆域的分析与研究。这致使90年代丰富多彩、各显其能的女性诗歌创作，被一叶障目式的批评理念所遮蔽。

事实证明，女诗人与时代同构的思维走向及与时代相异的思考文本和文化的个性化方式，显然是单一的女性主义标准所无法涵盖的。鉴于此，本书立足于大众消费主义的社会文化语境，对90年代女性诗歌整体特点与风格进行探索，纵向切入女诗人及其文本；同时横向兼顾"大众消费文化""女性意识""写作向度""诗艺特征"四个方面。在展开研究的过程中既注重集束的观照，又注意条分缕析的求证，尽可能相对完整地把握90年代女性诗歌的真实存在状态与潜在发展脉络。在批评阐述的过程中强调文化形态分析方式，女性主义批评方式，美学—历史批评方式，新批评文本分析方式等多种研究方法的综合并用，寻求微观研究与宏观研究、审美价值与文化批判的统一。

第一章

大众消费文化视野中
20世纪90年代女性诗歌

  任何社会文化象征系统的构建都会通过一系列象征符号表现出来，诗歌这一人类古老的文化象征符号，也必然浸染着社会文化的痕迹。置身于大众消费文化语境中的90年代女性诗歌，虽然也无法避免受到大众消费文化的浸润和放逐，但相对于诗歌的尴尬处境，却呈现出相对的繁荣，并出现了一些不同于80年代女性诗歌的新质。与此同时，90年代女诗人的写作又是现代汉语诗歌的一个有机组成部分，因此，90年代女性诗歌与80年代女性诗歌一样，都有一个现代汉语的诗歌传统。面对商业大潮的冲击和物质诱惑还依然坚守诗歌写作的90年代女诗人，"她们对语言的态度，对诗歌的理解，她们的诗歌本身，证明了她们也和她们的男性同行一样分享着古典和现代诗歌传统。同时，她们还有自身的传统。这个传统，在当代文学史上，是由翟永明、陆忆敏、王小妮、唐亚平等女诗人在80年代培育的"[①]。就此意义而言，80年代女性诗歌为90年代女性诗歌的多元化发展奠定了基础。

第一节 90年代女性诗歌的语境：大众消费文化

  进入新时期的中国，已经将经济建设作为国家的基本国策，为了发展经济的需要，中国积极引进市场因素，1992年市场经济全面取代计划经济。这种经济体制的改革和国家建设重心的转移，彻底打破了中国过去长期以来在计划经济体制下所形成的一元化格局，代之而起的是转向市场经

[①] 周瓒：《透过诗歌写作的潜望镜》，社会科学文献出版社2007年版，第172页。

济条件下的多元化局面,也使整个中国由以意识形态为中心的格局转向以全面经济建设为中心的格局。随着经济的兴盛,市场的繁荣,整个社会财富的迅速增长和物质的高度累积,90年代中后期的中国社会已经步入了消费社会。市场、经济、商业构成了90年代的主流话语,大众传媒、大批量的大众文化产品充斥市场,强制性地左右着人们的视听,破坏了适合欣赏精英文化的氛围,主宰大众消费社会的主流文化是世俗文化。精英文化衰落,世俗文化迅速崛起,标志着大众消费文化时代的来临。90年代的文学转型几乎是与文化转型同时发生的,大众文化的消费性质决定了它的纯粹娱乐功能,以追求视觉和感官的刺激来娱乐甚至取悦观众以达到它的商业目的成为大众文化的内在驱动力。因此,在大众消费的文化时代,文学在整个社会生活中被边缘化,而诗歌作为文学中最纯粹的、最具形而上精神性的文体样式,在这个大众世俗文化占据主导的时代,其边缘化的命运就更加难以避免。而值得注意的是,相对于整个90年代诗坛的冷落状况,女性诗歌却呈现出繁荣的景观。我们看到,大众消费文化对90年代女性诗歌也带来了一定的浸染和侵袭,甚至一度使女性诗歌陷于被看的境地。但是女诗人却以对诗歌的执着追求和女性的坚忍与从容,借助大众消费文化所带来的新的技术、新的传播媒介和诗歌新的组织方式,使女性诗歌在90年代的无限进入成为可能,并使其呈现出新的特质。

一 大众消费文化时代的来临

90年代的中国社会开始发生了深层的演变,进入了"一个致力于最大规模的物质生产和消费的、机器的、由计算机所控制的完全机械化的社会"[①]。在这个以经济、科技、技术和消费为关键词的社会中,人们享受着富足的物质生活和科技进步所带来的惊喜和快捷,电视、电脑走进普通大众的生活中,由流行音乐引领的MTV热潮此起彼伏,深入人心,家庭影院、VCD大行其道。邓小平的"让一部分人先富起来"的主张,使新的阶层逐渐成长起来。正是由于宽松的政治环境和良好的经济体制,资本主义才得到了巨大的发展,工业化的急速推进,商品力量的极大增强,这些都成为孕育大众消费文化的土壤和温床。在20世纪90年代的中国,大众消费文化这一新的"以大众传播媒介为载体并且以城市

---

① 欧阳友权等:《网络文学论纲》,人民文学出版社2003年版,第136页。

大众为对象的复制化、模式化、批量化、类像化、平面化、普及化的文化形态"① 迅速兴起，并成为令人瞩目的社会现象，也宣告着大众消费文化时代的来临。

诚然，商品经济和市场经济带来了经济的持续发展和人民物质生活水平的提高，人民的生活空间日益扩大，物质需求得到极大的满足；自由宽松的政治环境使言论比以往更加自由，文化形式更加多样。但不容忽视的是，在商品经济的氛围中，伴随着整个社会财富的迅速增长和物质的高度累积，人们的情感无处搁置，精神操守遭到亵渎。一种商品化逻辑正全面渗透于整个社会生活中，商业消费开始刺激人们的世俗生活欲望。

> 于是在拜金主义之后，享乐主义盛行，放松、消遣、休闲、刺激，成了90年代世俗生活的时髦和人们津津乐道的字眼，并在实际生活中奉行自如。物质主义潮流、"商品化逻辑"、"商业消费"促成了90年代整个社会生活的世俗化的自发运动，文化在这一场运动中得以迅速转型，其结构形态也发生明显变异。大众文化喧嚣闹腾、耀武扬威地占领文化市场，将精英文化挤向边缘。②

所以我们看到，进入90年代之后，在市场、经济、消费、商业等主流话语的压迫下，在社会生活中形成一股强大的物质主义潮流，它使整个社会围绕着物质的轴心飞速旋转，精神渐轻，诗意顿消，物质主义左右着人们的思想和行为，物质财富成了人们不遗余力追逐的目标，"拜金"和"创富"成为新的时代主题，个人行为的驱动带着明确的功利性和目的性，而文化和精神价值关怀则仅为少数文化精英孤独地承担着。

伴随着经济的发展、物质的富足和大众消费文化的盛行，人们不再注重精神层面的追求，而更加迷恋对金钱的膜拜，满足于对物欲的渴望与占有，追求世俗性、功利性、实用性、娱乐性的大众消费文化。大众消费文化对90年代中国社会的影响是显而易见的，这种生长在经济、技术和消费基础之上的大众消费文化固然带给我们很多积极的因素，但也带来了人

---

① 潘知常、林玮：《大众传媒与大众文化》，上海人民出版社2002年版，第6—7页。
② 伍世昭：《90年代文化语境中的诗歌边缘化》，中国人民大学《复印报刊资料·中国现代、当代文学研究》1998年第12期。

文情怀在社会精神层面的主导地位急剧下滑以及伦理、道德界限的不断退却，也在很大程度上改变着人们的价值观念、生活观念以及大众的审美心理结构。"大众传媒、大批量的大众文化产品充斥市场，强制性地左右着人们的视听，破坏了适合欣赏精英文化的氛围，使人们对文学艺术的认识与反应日益被动、粗陋、迟钝、浅薄。90年代文化的世俗化转型过程也就是审美文化心理结构的重塑过程。"[①] 可以说，大众消费文化改变了人们的审美心理结构，使集世俗性、功利性、实用性、娱乐性于一体的大众文化风行并占据着文化的中心。反之，审美文化心理又反过来刺激着大众消费文化的盛行。如广告、流行音乐、时装、肥皂剧、家庭影院、卡拉OK、通俗文学等以休闲、娱乐、流行、时髦、刺激等为特征的大众文化得到普遍的青睐。正如王岳川所说："如果说，80年代是中国知识界'现代性'精神觉醒和反思历史重写历史的时代，那么，90年代，在商业消费大潮兴起及其与国际主流文化接轨中，整个文化界出现了全面转型，即从现代性走向了后现代性。"[②] 这标志着那个以整体、神圣、建构为特征的80年代已然成为遥远的过去，宣告着以琐碎、世俗、解构为特征的90年代不可阻挡地到来。

　　如果说20世纪80年代是文学的时代，是崇尚精神的时代；相比之下，20世纪90年代则是一个经济的时代、消费的时代。在这个特征渐趋明显的消费社会里，"文学读物面临着空前的边缘化，文学名著不断被拍成电视连续剧，文字在图像面前显得软弱无力"[③]。视觉文化、视觉快感成为当代中国文化的主流，而文学在很大程度上已经成为消费社会的一部分，"它从生产到传播到阅读都消费化了……它不得不面对消费社会，事实上，当代文学正在努力成为消费社会的一部分"[④]。文学已经在人们的视野中淡出，沦为整个社会生活的边缘。而在80年代的固有观念中，经商虽然不可耻，可也不是件光荣的事；到了90年代，转瞬间却出现了文人或弃文从商或将文学"商品化"的事件。如1993年深圳的"中国文稿竞拍"，就成为文人适应商品经济走向市场的一个标志性事件，这标志着

---

　　① 伍世昭：《90年代文化语境中的诗歌边缘化》，中国人民大学《复印报刊资料·中国现代、当代文学研究》1998年第12期。
　　② 王岳川：《世纪末诗人之死的文化症候分析》，http：//www.tecn.cn。
　　③ 周宪：《视觉文化与消费社会》，《福建论坛》2001年第2期。
　　④ 陈晓明：《表意的焦虑》，中央编译出版社2002年版，第431页。

一个更加商品化的文化时代的到来。文化从未像90年代这样商业化，文化越来越以商品的形式出现，而文化机器本身的运作也越来越受到赞助商和广告的制约，市场的导向和制约使得文学在某种程度上成为感官消费的对象，所以我们看到，各种文学体裁的地位由于市场经济的冲击和大众文化的需求而被重新定位。这种各种文学体裁间的重新洗牌，与其说是一个重新排队的问题，不如说是在大众文化语境中文学价值理念发生全面变更的重要信号。小说虽不及大众文化，但90年代的小说表现得依然不温不火，于坚的一段话表明了小说在90年代文坛上的地位："今天在这个国家，小说被置于一切文体之上，受到出版界和期刊乃至官方的普遍青睐，正是它天生媚俗性所致，小说在这个时代得以成为一种向现实投降的最便当途径。"① 而始终表现平平淡淡的散文在90年代却变得大红大紫，写散文的越来越多，无论是诗人、小说家、剧作家还是评论家、学者都加入散文创作的行列。90年代还出现了前所未有的"小女人散文"，并风行一时。而读散文的也为数不少，散文的升温从一方面或许说明这种体裁的长短适中及平易性、宽泛性的特点在某种程度上更容易被大众读者所接受，另一方面也反映出大众消费文化时代读者的阅读取向。而诗歌作为语言艺术的桂冠，这个20世纪80年代一度的贵族，在90年代这个"饿死诗人的时代"已经沦为"贫农"，开始快速地没落。诗歌，成为一种业余的消遣，诗人的地位也随之一落千丈。在90年代，整个社会已经成为一个飞速旋转的物质世界，这就决定了大众需要的只是广告、流行歌曲中碎片式的文学和散落的诗意，而真正的文学和纯粹的诗歌只能是"献给无限的少数人"的。无论是符合大众审美要求的通俗文学还是点缀零星诗意的碎片式诗歌，充满小资情调的"小女人散文"，抑或只是"献给无限的少数人"的诗歌，都只是文学在20世纪大众消费文化中一种命定的存在，是一种真实和自愿的精神状态的表达。

二 诗歌处境的尴尬与女性诗歌的相对繁荣

如上所述，20世纪八九十年代的中国社会发生了巨大的转型，这种社会的转型不仅促使中国社会发生文化转型，也促使八九十年代的中国文

---

① 杨克：《九十年代：诗歌的状况、分野和新的生长点》，《淮北煤炭师范学院学报》1999年第3期。

学产生了深刻的断裂,使 90 年代的文学创作发生深刻的变化和转型。在 80 年代,精英文化一度占据着历史舞台的中心,文学的各个门类如诗歌、小说、散文、戏剧无一不制造着社会的兴奋点和热度,甚至有过一首诗便引发万人空巷的辉煌。80 年代末的震荡使精英文化的凝聚力和整体感被彻底粉碎,价值根基遭解体,人们普遍处于被抛状态和碎片式生存体验之中。到了 90 年代的大众消费文化时代,文学在整个社会生活中被边缘化,而诗歌的文学中心地位也完全丧失,处于被边缘化的状态。

在 90 年代的中国,经济大潮淹没了一切,在技术主义盛行的时代,大众消费文化扼住了诗人的喉咙。大众文化的代表人物霍尔认为:"大众文化是争夺权力文化或与权力文化做斗争的场所之一。"[1] 诗人们才发出了这样的感叹:

> 当我们在九十年代某天早上一觉醒来,发现诗人和读者一夜之间被一个身份不明的人带走了,消费文化(大众文化)占据了我们的客厅、书柜、卧室,我们家中的每个角落。……而且它正在日益意识形态化,变成法律、政府文件和国家意志。九十年代代替诗人歌唱的是练歌房……减肥广告概括了这个时代对美的全部向往。[2]

90 年代的诗人在远离政治意识形态的同时,又被无情地卷入消费时代的市场经济大潮中。在 80 年代,诗是宗教,一个诗人就是一个上帝。"关于诗人,我认为除了伟大,他别无选择!"[3] 而到了非诗的 90 年代,诗人则丧失了原有的豪气和自信,诗人的身份是典型的边缘人身份,不仅在社会的阶层中,而且在知识分子阶层中,诗人也是边缘人。"今天诗人一词,已成为一个时代的笑话,可怜虫的代称。"[4] 如果说在 80 年代"诗人"这一称呼隐含的是人们对这一称谓的尊敬和艳羡的话,那么在 90 年代的中国,"诗人"这一称谓有时竟沦为人们调侃的对象,甚至诗人们也生怕他

---

[1] Stuart Hall,"Cultural Studies and Its Theoretical Legacies," *Cultural Studies*, eds., Grossberg et al., Routledge, 1992, p. 239.

[2] 西渡:《写作:意识和方法——关于"九十年代诗歌"的对话》,孙文波等编:《语言:形式的命名》,人民文学出版社 1999 年版,第 389 页。

[3] 唐晓渡、王家新主编:《中国当代实验诗选》,春风文艺出版社 1987 年版,第 132 页。

[4] 于坚:《拒绝隐喻》,云南人民出版社 2004 年版,第 20 页。

们被当作诗人来对待。诗人欧阳江河曾无奈地说："这是一个小品文和专栏文章的时代，硬要人们阅读现代诗有时简直是一种惩罚。"① 在文学已经失宠的 90 年代，诗歌的处境更是日渐尴尬，越来越处于文学的边缘。

回顾 80 年代的中国诗坛，一派繁荣景象。许多老一代的诗人因众所周知的政治原因在离开诗坛 30 年后，纷纷回归。如艾青、辛笛、郑敏、牛汉、绿原、曾卓、公刘、邵燕祥等，重返诗坛的老诗人们重新焕发出创作的激情。同时，一批青年诗人也以蓬勃的朝气现身于诗坛，如叶延滨、杨牧、雷抒雁、北岛、顾城、傅天琳、林雪、王小妮、舒婷等。被称为"朦胧诗人"的年轻诗人们掀起了诗歌创作的热潮，启蒙了一代人。他们的诗作在某种程度上有更多的"载道"功能，不仅承担着表达社会情绪的主要职责，反思历史并揭露现实生活中的矛盾，同时也不失个性的张扬和先锋性，如以北岛、舒婷、顾城为代表的朦胧诗作，率先进行了卓有成效的艺术观念与艺术形式的探索，强化抒情个性，影响了一代诗人。在20 世纪 80 年代中期，那些受惠于朦胧诗人的启蒙，但又不甘被朦胧诗人所遮蔽的更为年轻的一代诗人，即被称为"第三代诗人"的韩东、王家新、海子、于坚、李亚伟、西川、骆一禾、翟永明、陆忆敏、海男等人以集群的形式出现在诗坛上。或许是由于不想步"朦胧诗人"的后尘，或许是因为"影响的焦虑"，"第三代诗人"开始寻找和开辟其诗歌道路。他们主张诗歌内容与形式的平民化，力避诗歌语言朦胧、晦涩和以象征暗喻为核心的艺术特征，有意与主流意识形态疏离。老、中、青三代诗人使 80 年代的中国成为一个诗歌的时代。1986 年，安徽合肥的《诗歌报》和《深圳青年报》联合举办了"中国诗坛现代诗群体大展"，推出"后崛起"诗人 100 多名，分别组成了 60 余家自称的诗派。据 1986 年 9 月 30 日的《诗歌报》和《深圳青年报》统计，当时全国已经有两千多家诗社和十倍百倍于此数字的自谓诗人，已出的非正式打印诗集达 905 种，由此可见诗歌的繁荣。可以说，在 80 年代文学的诸种样式中，诗歌始终引领着潮流，处于受人瞩目的地位，而到了 20 世纪 90 年代，诗人头上耀眼的光环已经黯然失色，曾经喧闹的诗坛渐趋平静，诗人渐渐淡出人们的视野，诗坛一片沉寂。90 年代诗坛再也没有出现过像"朦胧诗人"那样勇于探索、撼人心灵的成功诗作，更不要说产生任何轰动的社会效应了。90

---

① 欧阳江河：《站在虚构这边》，生活·读书·新知三联书店 2001 年版，第 147 页。

年代的诗歌处境尴尬，备受冷落，用王光明的话说是："诗歌似乎真地走入了黄昏与黑夜。"①

《光明日报》1997年7月30日第五版的随机抽样调查附表显示："在所有的文学作品中新闻报道与小说类作品最受欢迎，而诗歌是受欢迎程度最低的一种文学作品类型。"那么，90年代的诗歌何以会沦为边缘之边缘而处于艰难、尴尬的境况呢？首先，最直接的原因就是大众消费文化的风行，使诗歌沦为孤立的边缘。大众消费文化的兴盛，使得庄重的诗歌朗诵会被时尚的演唱会、时装秀所取代；诗人的身影被影星、歌星所遮蔽。日新月异的物欲消费肢解了读者和作者队伍，诗人队伍发生分化。面对90年代汹涌而来的商业大潮和大众消费文化的冲击，许多诗人被世俗所吞没，他们纷纷放弃诗歌，转而以身试水地下海经商，在商海中寻求和印证自身的价值。此后便鲜有诗作问世。如1993年"非非"诗人集体下海，李亚伟、万夏、潇潇、骆耕野等成为成功的儒商等。还有一部分颇具实力的诗人相继封笔，一些中青年诗人如北岛、欧阳江河、杨炼、严力、江河、张枣等流向海外，加之那么多追求神性理想的诗人海子、戈麦、顾城、方向、徐迟、昌耀、蛾蟆等自杀和骆一禾等诗人病逝；另有一些诗人如韩东、朱文、秦巴子、叶舟、叶延滨、舒婷、海男等虽然仍在文坛上坚守，但却纷纷改弦易张，转而写小说、散文或杂文。这些曾经的诗坛中坚力量的离去，对诗坛产生的影响和造成的损失是不言而喻的。其次，在90年代这个大众消费文化的时代，人们忙于应付生存的压力和各种俗务，普遍有一种浮躁心态。在这种状况下，人们更愿意接受的是一次性的、快餐式的文化，更喜欢读图而不是文字，追求的是视觉图片所带来的娱悦和快感，而诗歌作为各种文学样式中最精粹的一种，既高度形象又高度抽象；不仅文字简约，而且寓意含蓄。较之阅读其他体裁，诗作用于读者的转化过程要复杂得多，诗歌的阅读需要阅读者具备一定的修养和功力。所以，已经鲜有人能够平心静气地阅读和欣赏诗歌了，更不要说体会诗歌的意境，品味诗歌的韵味了。

读者的流失固然是造成90年代诗坛冷清、无人问津的重要原因之一，但是诗歌内部的原因也尤为重要，即诗人自身的因素和诗歌本身也对此负有不可推卸的责任。自90年代以来，诗歌就以一种迥异于传统的面目呈

---

① 王光明：《现代汉诗的百年演变》，河北人民出版社2003年版，第610页。

现在读者面前,这也是诗歌遭到人们的不解和冷遇而处于边缘化状态的重要原因。有些诗人的诗作自身存在着很多问题,缺乏诗歌应有的思想内涵与艺术魅力,甚至沦为文字语言拼凑的游戏。有些诗歌或是"远离读者的情绪、意向,追求所谓自我的纯内向,有的甚至是无病呻吟",或是十分"晦涩,读者理解不了,乃至意会都无法入门"。一些"诗的散文化倾向越来越严重,失去了诗的音乐美。……有些诗,语言不纯,甚至失去流畅感,连句子都不通"[1]。试想,在大众消费文化盛行的90年代,对语言和读者如此亵渎的诗歌,岂能奢望它能吸引读者呢?因此失去读者,诗歌被冷落甚至被遗忘,也就成为一种必然。当然,很多诗人没有放弃对诗歌的坚守,他们不甘于诗坛的寂寞,制造着各种各样的诗歌事件,比如各类极端的诗歌行为艺术的肇始,各种诗人和诗歌排行榜的炮制等,但它们吸引的只是人们的眼球,而不是读者的阅读热情,这些对诗歌本身毫无意义甚至造成伤害的事件,便成为过眼云烟,并未给诗歌的落寞境况带来任何改观。最轰动的一次诗坛事件是在1999年末发生的诗坛关于"知识分子写作"和"民间写作"的论争。这场发生在世纪交替之际的诗坛论争,犹如一针强心剂,使委顿的诗坛焕发出活力,而这活力的迸发或许就只是定格在那一瞬间,事实上,这种貌似诗坛的复活与热闹留给人们的只是一时的一种假象。追求"知识分子写作"的诗人们强调艺术的纯化,注重人类的精神发展,追求由感受、情感、欲望向宗教哲学升华的一种境界。坚守"民间写作"的诗人们则强调对日常经验的切入与描述,以此达到对生命欲求的宣泄与满足的目的。在此,且不谈以上二者的观点孰是孰非,事实上,无论写什么,也无论如何写,只有写出的诗作是优秀的,才是无可置疑的,也是对自身所持有的诗歌观点的最有说服力的证明。但是,这种原本应该对诗歌本体的建设有所建树的论争,并没有在诗歌本体上下功夫,而是把功夫全放在了诗歌之外。这也是后朦胧诗为什么陷入写作困境的重要原因之一,因为"它自身总是不断陷入一种艺术和艺术品之间的脱节状态。后朦胧诗人往往有能力把写作变成一种艺术,却没有能力进一步把写作转化为一种艺术品"[2]。这场论争最终沦为不同阵营的诗

---

[1] 黎焕颐:《好诗不会与读者隔离》,《文学报》1996年3月28日。
[2] 臧棣:《后朦胧诗:作为一种写作的诗歌》,王家新、孙文波编:《中国诗歌——九十年代备忘录》,人民文学出版社2000年版,第214页。

人间的互相攻击，甚至是坚守不同立场诗人间的相互谩骂，丧失了其应有的价值，从而沦为一场哗众取宠的诗歌事件，为90年代的诗坛带来了负面的影响和巨大的伤害。因此，我们看到90年代诗歌作品数量急剧上升，却很少有精品，而诗人间的"相互间炒作和吹捧，对于批评意见的嫉恨和过激反应，都显示了他们创作心态的不严谨"①。这种更多的是针对诗歌本体之外的论争，同时也说明商业消费的逻辑已经深深侵入诗人的头脑中，浸润于诗歌的"肌体"里，大众消费文化语境中的90年代诗人，多半已经不再注重"思"，而只注重社会的轰动效应。

然而颇有意味的是，在90年代诗坛整体的孤寂冷落中，90年代的女性诗歌却在走向边缘的同时呈现出独特的相对繁荣的景象。女诗人以其自觉的诗歌写作为沉寂的诗坛注入了新的生机与活力，撑起灿若云锦的另一方天空，为充满黑暗与阴霾的90年代诗坛洒下一缕阳光。相对于男诗人而言，在大众消费文化时代带来的骚动不安的世界中，尤其是在物欲的躁动和世俗的诱惑面前，女诗人显得更具定力，她们坚执于自身的心性，以一种宁静的姿态表现出对诗歌的坚守，始终保有创作的激情。相对而言，90年代女性诗歌写作呈现出繁荣的景观，这从女诗人的写作队伍和创作数量等方面均可窥见一斑。在80年代，与男诗人的数量比较而言，女诗人只不过是零星的点缀。比较有影响力的除了舒婷之外，就是新生代女诗人翟永明、唐亚平等屈指可数的几位。而进入90年代，女诗人的队伍不断壮大，在数量上甚至可以与男诗人相抗衡，其阵容的强大是80年代所无法比拟的。老、中、青三代诗人同台竞技，蔚为壮观，展示了浩大的女性诗歌写作阵容。被誉为诗坛常青树的老一代诗人郑敏依然笔耕不辍；而在80年代风头甚健的中年一代诗人舒婷、张烨、翟永明、唐亚平、伊蕾、海男、陆忆敏、王小妮、张真、小君、林雪、虹影、小安、李轻松、靳晓静等诗人，在进入90年代后她们的诗作又有了新的突破，诗艺渐趋圆熟；一大批更年轻的女诗人如晓音、周瓒、穆青、路也、冯晏、丁丽英、李见心、赵丽华、唐丹鸿、蓝蓝、杜涯、安琪、吕约、巫昂、尹丽川、鲁西西、娜夜、代薇、丁燕、唐果、卢文英、柏明文、黄芳、宋冬游、安歌、燕窝、宇向、白地、与邻等也纷纷步入诗坛，

---

① 贺仲明：《中国心像——20世纪末作家文化心态考察》，中央编译出版社2002年版，第252页。

以她们的诗歌创作为 90 年代的女性诗歌注入了新的血液，也使女性诗歌的面貌焕然一新。

20 世纪 90 年代，以女诗人诗作集结而成套出版的女性诗歌集大量出现，展示出女诗人丰硕的文本成果。如 1992 年，未凡主编的《中国当代女诗人抒情诗丛》第 1 辑（12 册），刘湛秋主编的《女性的独白》诗丛（4 册），由中国华侨出版社于 1995 年出版。特别是由谢冕主编的《中国女性诗歌文库》的出版，不仅集中展示了女性诗歌的艺术成就，而且成为研究 90 年代女性诗歌的重要文本资料；该文库由春风文艺出版社于 1997 年、1998 年分两卷出版，第一卷 8 册，第二卷 7 册。与此同时，一些官方刊物如《诗刊》《人民文学》《星星》《诗歌月刊》及学术性期刊《诗探索》等诗歌刊物和诗歌理论刊物，都设专栏推出女诗人诗作及评论。或许是借助了 1995 年世界妇女大会在北京召开的东风，女性诗歌得到了前所未有的重视，关于女性诗歌的研讨会也如火如荼地举办起来。如 1993 年 12 月，中国诗歌协会和《女子诗报》联合主办的中国首届"女性诗歌"研讨会在北京召开，来自全国各地的 130 余位著名诗人和知名学者冰心、谢冕等参加了会议；1995 年 5 月 20 日《诗探索》编辑部在北京召开"当代女性诗歌：态势与展望座谈会"；1997 年 12 月 9 日《中国女性诗歌文库》出版研讨会在京举行。这几次会议的召开和大批女性诗歌集的出版，对 90 年代女性诗歌的写作与繁荣无疑起到了推波助澜的作用。除了上述官方刊物和出版物外，尤其值得一提的是，90 年代还出现了两份由女诗人编辑的、专门刊登女性诗歌及评论的民间报刊《女子诗报》与民间期刊《翼》，大部分 90 年代女诗人都集结在这一报一刊的周围，这也标志着女诗人第一次以集团的形式出现于诗坛之上。《女子诗报》与《翼》这两个女性诗歌阵营，是 90 年代女性诗歌繁荣的另一个重要表征，它们一南一北，遥相呼应，对女性诗歌的发展与研究具有十分重要的意义。

90 年代女性诗歌与 80 年代女性诗歌，特别是与 80 年代中后期的女性诗歌之间存在着众多诗学意义上的整体性与相关性联系。可以说，90 年代女性诗歌是在对 80 年代女性诗歌的继承和反叛中探索发展的。从某种意义上而言，90 年代女性诗歌是 80 年代女性诗歌的延续和拓展。我们似乎很容易就能通过 80 年代女性诗歌的代表作品概括出其写作的总体特征。比如 80 年代的女性诗歌体现出坚定的女性立场和鲜明的性别特征，女诗人更多的是将女性的体验和身体经验作为其写作对象，她们不仅营建了属于女性自身的意象空间，而且用自白这种独特的话语方式加以表达。虽然这些写作特征在90年代女性诗歌中依然有所体现，但对于90年代女性诗歌来说，仅仅以这些特征来评定其显然是无效的。因为相对在写作立场、表现内容和艺术技巧上都略显单一的80年代女性诗歌而言，90年代女性诗歌在表现内容的广度与创作技巧的深度上都有极大的拓展和提升，呈现出多元化的景观，甚至觉得用以往的评论无法对其进行综合的表述和评定。单就性别意识和女性立场而言，在女诗人的内部就出现了不同的声音。如有些女诗人继承80年代女诗人的衣钵，坚守女性立场和对抗的姿态，张扬女性意识。《翼》杂志的主编周瓒和穆青虽然也强调性别意识，但同时又削弱了对抗的声音而提倡一种平等的对话与交流的姿态。如穆青在《翼》创刊号中说："我们的愿望，是能够切实地建构女性写作的共同体，建构一方自由交往和真实批评的空间。"而有所不同的是，《女子诗报》的主编晓音则把"反女性意识写作，建立一个崭新的女性诗歌审美体系"[①] 作为《女子诗报》试图抵达的终极目标，强调以诗艺的提高来削弱、淡化性别意识对于女性诗歌写作的影响。她认为，女诗人应该"有意识地摆脱历来性别意识对笔下诗歌的纠缠。诗人们在一些具有前卫性创作倾向的诗歌创作中，用试图接近诗歌本身所做的有效实验和探索，进行了女诗人在进入高层次的诗歌领域中，性别意识的淡化和直至消失的创作实践"[②]。这些女诗人的表述表现出90年代女性诗歌中女性意识的复调与多元，也表现出女诗人对于中国历史与现实中女性诗歌写作的地位与价值的日趋清醒而自觉的意识。她们在坚守性别意识与超越性别意识的矛盾中不断开拓诗歌的表现空间，将其对于诗歌的热爱与清醒的思考并行。尽管这种思考也许仍显粗糙与稚嫩，但她们在此基础上对于诗歌艺术进行了大量实践与理论的实验和探索。

在整个90年代的诗坛上，女性诗歌写作之所以会呈现出相对的繁荣，固然与90年代以来中国自由宽松的政治经济环境与相对开放的思想生活空间密切相关，"同时也在一定程度上反映出90年代以来女性自我成长

[①] 肖晓英：《女子诗报简介》，http：//hk.netsh.com/eden/bbs/1522/html/tree_2842420.html。

[②] 晓音：《重现的花朵》，《女子诗报年鉴2003·代序》，明星出版社2003年版。

的新的高度。较之前期,她们的诗歌中的自我精神构成再次发生了悄然的变化"①。90年代的女诗人已经有属于她们自身的独立的精神世界,"较之男诗人们,女诗人们在商品化潮流面前似较为平和与从容,她们较少那种在金钱面前的'躁动'和在通俗文学面前的'改嫁',表现出寂寞中的坚执"②。在文字和诗歌被物欲浸泡的年代里,女诗人依然还是那样偏执地写作着。女诗人这种平和的心态和对于诗歌的坚守是90年代女性诗歌繁荣的重要原因。在寂寞中坚执着的当然不只是老一代女诗人,不少年轻的女诗人在商潮涌动、金钱诱惑面前都表现出自身可贵的操守。翟永明在她的散文《1995笔记》中曾有这样一段表述:"七月,大姐从北京回来,带回一份40集电视剧的合同和丰厚的稿酬,着实让人眼馋。大姐劝我写点电视剧挣钱。于是有几天坐卧不安,有几天摩拳擦掌,及至铺开稿纸,却发现,我自始至终热爱的,写起来趁手的,从中获得无限乐趣的,依然只有那些'鬼诗'而已。"③很多女诗人如舒婷、李轻松、阿毛等都有过与翟永明类似的表白,如李轻松在90年代虽然在小说、戏剧、影视等多个领域进行创作,但她却如此表白她对诗歌的热爱:"我觉得是诗歌培育了我写作的品质,它使我后来的小说、散文和戏剧都深深地打上了诗歌的烙印。如果说世上很多东西都可以抚慰我的眼睛的话,那么只有诗歌才能抚慰我的心灵。"④在众多的文体之中,她们始终对于诗歌情有独钟,为了她们的"鬼诗",她们拒绝了金钱和世俗的诱惑,在商潮汹涌的90年代,执着而寂寞地坚守着她们的诗歌。

相对于80年代而言,女诗人平和的心态与良好的创作心态,使其对诗歌的思考更加深入,她们不再局限于女性自身,而是着眼于更为广阔的世界和人生,自觉地寻求与心灵的对话和世界的共通。这种自觉的探求与突进,使90年代的女性诗歌跃上了一个新的高度。正如张立群所说,90年代是诗歌全方位地将个人、历史、民族的体验等融入创作当中的年代。具体到女性诗歌,我们看到,女诗人已经将其视野从女性自身拓展到整个

---

① 欧阳小昱:《守望与游移:二十世纪九十年代以来女性诗歌写作分析》,《名作欣赏》2007年第11期。
② 方雪梅:《激情时代的终结——20世纪90年代女性诗歌综述》,《当代文坛》2002年第6期。
③ 翟永明:《纸上建筑》,东方出版中心1997年版,第164页。
④ 李轻松:《诗歌的气味》,黄礼孩等编:《诗歌与人》第4期。

人类，甚至整个世界。女诗人试图书写自身体验之外的历史与民族，她们"以女性经验去展开想象，结构一种普遍的、人民和民族的经验，既再现了沉埋已久的女性经验，又使普遍的经验获得具体深度"[①]。此外，90年代的女诗人们在写作技巧上也不断地深化与创新，无论在叙述方式还是在意象营造上都与80年代女性诗歌迥然有别，她们已经走出了个人式的独白，不断地向诗歌艺术层面接近。

三 大众消费文化对女性诗歌的侵袭与浸染

伴随着大众消费文化时代的来临，一个非诗的时代也悄然而至。90年代的中国，市场经济高速发展，在这个商业化的社会里，精英文化已经被大众消费文化所遮蔽，退守到繁华的商业经济的阴影里。因此，我们必须面对一个残酷的事实，在90年代这个大众消费文化的语境中，诗歌注定要随同与其一体的精英文化的衰落而衰落，并最终趋于边缘化，代之而起的则是大众消费文化时代的诗歌。以往的许多诗歌作品在顷刻间就失去了魅力，伟大的题材和宏大的叙事已经在90年代的诗坛搁浅，而表达个人经验的题材和微观叙事已然在瞬间登上诗坛的顶峰，甚至成为一种势不可挡的潮流。这正如欧阳江河所说，在"已经写出和正在写的作品之间产生了一种深刻的中断。诗歌写作的某个阶段已大致结束了。许多作品失效了。就像手中的望远镜被颠倒过来，以往的写作一下子变得格外遥远，几乎成为隔世之作"[②]。在这个非诗的90年代，那种伟大的题材和宏大的叙事都受到了冷落，布满尘埃。正如舒婷在《伟大题材》中所表述的那样，在大众消费文化风行的90年代，"伟大题材"已经"濒临绝境"，这些在80年代风光无限的"伟大题材"，如今"必须学会苟且偷安"，"伶仃着一只脚/在庸常生活的浅滩上/濒临绝境"。而那种仅仅表达个人经验的题材和微观叙事则备受诗人的挚爱和推崇。这从另一方面体现了大众消费文化的无限威力。大众消费文化的到来，不仅使诗歌在选材取向和技术方面发生了变化，而且在诗歌的生产和消费环节也发生了很大的变化。大众消费文化的到来不仅改变了诗歌的内部特征，而且改变了诗歌的外部

[①] 荒林、王光明：《两性对话——20世纪中国女性与文学》，中国文联出版社2001年版，第248页。

[②] 欧阳江河：《89后国内诗歌写作：本土气质、中年特征和知识分子身份》，《站在虚构这边》，生活·读书·新知三联书店2001年版，第49页。

特征。

　　大众文化语境下女诗人的写作不仅在自我意识上有了更深一层的自觉，而且从某种程度上来说，大众消费文化对传统意识形态一元性规范的消解，为女诗人写作空间的拓展提供了理论上的可能。一方面，她们"以女性视角直面人生的书写更有力度，直抒胸臆时更加直白大胆，对商业化社会'游戏规则'的把握也更有穿透力；女性个人与历史对话的姿态更加孤独也更为执着；商业视域下的女性写作有了更为自由的广阔空间"①。所以我们看到，在90年代诗歌完全边缘化的境况下，很多女诗人借重大众消费文化而取得了不俗的战绩。但繁荣一时的90年代女性诗歌，依然没能逃过大众消费文化这把双刃剑的锋利剑刃。另一方面，它也因为大众文化的巨大商业渗透性而陷入"商业"和"文化"的双重陷阱中无法自拔，存在着"被看"、媚俗化和价值缺失的危机。有些女诗人主动迎合大众消费文化，甚至可以说，这些女诗人在诗坛上赢得的一席之地恰恰是她们与大众消费文化合谋的结果。如尹丽川、巫昂、水晶珠链等女诗人迅速蹿红就是最好的例证。她们借助大众文化的力量，使其诗作不再是高不可攀的贵族，而成为大众的娱乐或饭后的谈资，也由此为诗人个人带来了名利双收的效应。但与此同时，也降低了女性诗歌的品位。

　　另外一些女诗人虽然抗拒了强大的大众消费文化的侵袭，她们的诗歌创作本身仍然坚守着其诗歌理想，但是她们出版的诗集在外在的装帧设计上却沦为大众消费文化体制的一部分。我们时常看到一些以获取最大利益为旨归的商业出版商，"斡旋于作者与读者之间，更重要的是，他们代表了社会的经济利益对于文学领域的渗入。市场的经济行为不是单由买方或卖方说了算，也不是由市场管理机构用行政指令的方式来做规定，它是买方、卖方、市场管理者等多方进行讨价还价的洽谈结果，他们要照顾到艺术的审美惯例对创作的要求，要考虑到主流意识形态的规范性，要照顾到读者的心态，也要尊重读者的创作个性，在对这方方面面的平衡中，他们最关注的是创作的市场销售情况，因为这一点才是他们跻身于文学领域的根本目的"②。他们出版的女性诗歌作品实际上是经过商业包装之后推出的迎合大众消费文化的商品，在此意义上，这些诗歌作品只有符合大众消

---

① 徐坤：《双调夜行船：九十年代的女性写作》，山西教育出版社1999年版，第2页。
② 张荣翼：《文学在当前市场化运作中的几个境遇转向》，《艺术广角》1999年第3期。

费的口味，才能成为市场的热点和卖点。

在20世纪80年代那个崇尚诗歌的年代里，人们可以为了一首诗而出现洛阳纸贵的现象，但在90年代的大众消费文化语境中，除了诗人和在象牙塔里进行学术研究的学者外，已经很少有人会出钱购买诗集。因而一些出版商为了获得经济利益，必然会以迎合大众消费为目的，牺牲诗歌的严肃性和曾经的高贵地位，他们动用文学之外的、带有暗示性的设计等途径来包装女性诗歌，从而将女诗人的"女性"性别"商品化""物化"，以达到符合大众文化观赏趣味的目的。这种只为迎合大众阅读口味而降低诗集的艺术含量，包括版式设计等的做法，不仅深深地伤害了女诗人，而且对女性诗歌的健康发展产生了一定的不良影响。如翟永明一直梦想有一天能够出版一本属于她自己的，带有漂亮题花和古典名画的诗集，当成都出版社向她约组诗集时，她曾经天真地以为她的梦想就要成为现实了，然而得到的答复却是她永远不可能出这种类型的诗集，因为成本太高，诗集是不可能赚回钱来的。虽然出版商说诗集中不可能有漂亮的插图，却常常看到有些女诗人的诗集中有插图，但是，这些插图不但与诗集中的内容毫不相干，反而充满了各种暧昧的暗示。这种暗示往往是为了寻求卖点而设置的，其结果是将读者引导至一个与诗集内容大相径庭甚至完全相反的方向上。如翟永明的诗集《在一切玫瑰之上》，诗人自己称当她第一眼看到这部诗集时，几乎不敢相信这是一部诗集。翟永明在这部诗集中主要想展示的是"那些分裂和失控的内在意识与原始状态中的词语的美学上的围合"[①]。其封面却被设计成在一种主调为粉红的背景下，一朵很俗艳的玫瑰和一个女人俗艳的大红嘴唇。这使翟永明在很长时间里都不敢多看这部诗集一眼，更不敢送人，甚至生怕别人提起。这种追求出版效益的"非诗"因素的渗透，反映了在出版市场语境中商业与大众消费的合谋，及其对诗歌艺术的贬损。这使追求独立、平等生命价值的女性诗歌重新陷入了"被看"的误区。

由黄礼孩编选的女诗人合集《狂想的旅程》也表现出大众消费文化对于女性诗歌的侵袭。这本诗集共收录了95位女诗人的诗歌作品，可以说，几乎囊括了90年代以来所有优秀的女诗人，包括90年代新登上诗坛的新一代女诗人的作品。而且这部诗集在装帧设计上着实下了一番功夫，

---

① 翟永明：《插图是美丽的》，翟永明：《纸上建筑》，东方出版中心1997年版，第84页。

设计者确实对这部诗集投入了很多的心力。最明显的就是几乎每位入选的女诗人都配有照片，这本是无可厚非、毫不稀奇的，但不可思议的是在诗集内每一页的某个部位，或是在每一页的边角处，或是在边线的中部，都别有用心地附上中外模特儿和电影明星的性感照片。很明显，这些选印的中外美女的照片与此书中的选诗根本上就是风马牛不相及、毫无关系的。诗集固然需要装饰，但这种拙劣的装饰使这部诗集原本在内页的点线面的组合和变化多样的设计以及外观观感上所体现出的精良顷刻间变得黯然失色。或许，设计者的初衷并非对大众消费文化的迎合。但是，它却表现出似乎图片在和文字争宠，争斗的结果是文字以失败而告终，这恰恰使这部诗集散发出既陈腐又世俗的气息。我们捧起它，就会感受到文字被照片所挤压和围困得几近窒息，文字的力量已经受到照片的严重干扰，而深刻的诗歌内容也被性感的照片所割裂。性感美女的照片在诗集中大量展示、喧宾夺主，不但表现出对大众文化的退让和屈服，也显示出在大众文化的语境中女性仍然被视为男性欲望的对象这个由来已久的事实。

在出版商们煞费苦心的推介之外，还有一些女诗人为了名利，自觉地配合市场经济的规律和策略，甚至将诗歌作为取悦和迎合大众口味的可口茶点，亵渎着诗歌的尊严。在个别的女诗人的诗作中，她们将女性始终定位于一个被看的位置，她们积极响应和实践着张爱玲的"出名要趁早"的主张，主动地出卖其性别特征和个人隐私，以此换取其"声名"。固然，在90年代这个"饿死诗人"的消费时代中，对于任何一个严肃的写作者来说，以文谋生无疑是艰难的。但是，这也不应该成为她们出卖自己甚至整个女性群体的理由。尽管这些女诗人没有像一些男诗人那样跳入商业大潮中淘金，即使她们依然坚守在诗坛上书写着诗歌，但是这种充满商业气息和布满卖点的诗歌写作实际上已经不会有太大的自我突破，已逃脱日后灰飞烟灭的命运。

诚然，大众消费文化时代使更多的女诗人能够登上诗歌的舞台以展示自身的卓越才华，也造就了90年代女性诗歌写作的繁荣景观，而且女性诗歌在写作上所达到的高度不仅是80年代女性诗歌所无法比肩的，甚至连许多男诗人也自愧不如。如果仅就此而言，也许我们要感谢大众消费文化时代的包容和开放，大众消费文化时代提供给90年代写作者的自由语境，为写作的多种可能性提供了生存和发展的巨大空间，尤其是女性写作者在其中更是受益匪浅。在这样自由的语境中，即使是胡闹也会得到时代的宽容，甚至会获得相应的理论根据与阐释。当然，这样自由的语境给女诗人带来了一定的发展空间和既得利益。虽然我们并不排斥有些女诗人或是为生存或是为名利而主动迎合大众消费文化的行为，女诗人固然需要适应大众消费文化的语境，并借助其发展女性诗歌，但值得警惕的是，女诗人同时也要坚持和固守女性诗歌的品格，防止女性诗歌被大众消费文化所同化和吞噬，最终沦为其体制和规范内的一部分，从而丧失女性诗歌的自身价值。

第二节 女性诗歌的自身传统：80年代女性诗歌及其特征

在现代以前，中国文学史上的女诗人是屈指可数的，而且通过考察我们发现，在20世纪80年代以前，由于历史原因，女性很难在诗歌领域里获得更好的表现。这是由于长期以来，新诗的发展都是处于男诗人所开创和制定的审美评价标准和规范之下的。事实上，"规矩"已经由男性早就拟定完毕，相应的"得分标准"也已由"权威"订出。在"规定动作"中，女诗人很难达到已久经训练的男诗人的水平，而"自选动作"又由于标准的严格而不被认可。因此，女诗人始终难以进入主流诗歌史，女性诗歌也始终被视为次等艺术。正如谢冕所言："从中国新诗史上看，20世纪70年代以前的女性诗歌，其业绩的展现是断续而不连贯的，且未形成大的格局。集团式地展现，量与质并重而高水平的突起则是在20世纪80年代以后。"[①] 80年代的女诗人在人数上有了极大的突破，一批卓有成效的女诗人创作了大量的诗歌作品，尤其是那些带有自觉的女性意识的、书写女性身体和自身隐秘的个人经验及生命体验的诗歌，为女性诗歌的发展奠定了坚实的基础，也为女性写作开辟了一条新的道路。在一定程度上可以说，80年代的女性诗歌构成了90年代女性诗歌的自身传统，所以在此有必要对80年代的女性诗歌进行回顾和考察。

80年代初期，舒婷、林子等女诗人是作为朦胧诗人中的点缀而出现在大众视野中的，她们还是以个体的方式散落在众多男诗人中的。直到80年代中后期，女性诗歌创作才形成了当代中国女性写作的第一个高峰，

---

① 谢冕：《中国女性诗歌文库·总序》，春风文艺出版社1997年版。

这标志着中国女性写作自觉的开始。女诗人通过其诗歌写作消除了长久以来男性话语的遮蔽，努力确立女性自己的话语方式，营造出一个完全边缘化和个人化的女性诗歌空间，使女性的自我世界浮现出来，以期达到对意识形态中心话语的颠覆。那么女性诗歌何以直至80年代才成为一种潮流？这缘于新时期以来中国社会的现代转型与西方女权主义理论的深入推介，由此中国的女性对其性别有了更深一层的自觉，因而，女性写作也随之呈现出新的态势，进入了书写女性自身以去除男性中心历史对于女性的遮蔽与扭曲，表现鲜明的女性立场和女性意识的女性写作阶段。而这种新的写作观念首先发轫于以翟永明、唐亚平、伊蕾、海男等为代表的80年代中后期的女性诗歌。这些80年代的女诗人们"以一种大胆直白的'自白'话语，近于神经质的敏感、偏执和极端反常的情绪宣泄，毫无顾忌地撕破东方女性温柔多情、含蓄慈爱等传统形象，并强劲持久地冲击着诗坛的审美思维惯性"[①]。她们摆脱了男性中心话语模式，以一种完全不同于以往的姿态营构着她们的诗歌世界，以对自身内部世界和生存、命运所做的深入、有力却又不无褊狭的体验和开掘，以及真正属于女性的书写角度和普拉斯式的自白呐喊使中国的女性写作真正得以浮出历史地表。这种性别意识鲜明的女性诗歌写作，传达了女性觉醒以及对妇女解放的呼唤与期待，引起了阵阵的喧哗与骚动，成为新时期诗坛的重要景观，也为90年代女性诗歌的创作和发展提供了前进的动力和宝贵的经验。

"在人类生活中的一切偶然性、突发性背后，一定有更为深刻的动机，有时代、历史对于个人或群体的命运悄然的干预。"[②] 20世纪80年代女性诗歌的崛起及其写作观念的生成自然也不是个意外。笔者认为，首先，女性诗歌得以在80年代崛起主要是由于新时期以来中国多元文化土壤的孕育。新时期的中国正处于社会转型的关键时期，由此所引发的中国社会的文化转型，使中国社会的文化发展呈现出多元化的趋向。在80年代，文化的多元并存使任何一种人文思潮都难以成为主潮，中心价值也分裂为多元价值，此时人们的文化心态也因此变得异常多元与复杂。这样一个缺乏主导话语的时代背景，无疑为女诗人提供了建立女性自身话语的契机。其次，独立的女性意识的觉醒是80年代女性诗歌崛起的重要原因，

---

① 陈旭光：《女性诗歌与黑夜意识》，《文艺学习》1991年第2期。
② 利昂·塞米利安：《现代小说美学》，陕西人民出版社1987年版，第84页。

也是女性写作观念形成的根本性内因。80年代的女诗人以女性主义作为一种精神立场、观物方式，实现了真正意义上的女性书写。她们作为自觉的、有使命意识的女诗人，为了获取自由而退回女性之躯，从自我出发，将女性内在的境遇文本化，从而使躯体写作成为80年代中后期女性诗歌写作的根本方式，获得了与女性深度存在相对应的话语形式。此外，80年代的许多女诗人在写作上还在很大程度上从西方汲取理论资源和写作素材，很多女诗人都积极研读西方理论著作和诗人的创作。而西方女性主义理论的传播使部分女诗人产生了共鸣，她们自觉地接受西方女性主义理论，并在写作中加以实践和贯彻。可以说，在80年代，西方女性主义理论给女性写作带来了话语参照，世界妇女经验的共鸣使西方女性文学作品对中国女作家发生了直接的激活作用。因而我们看到，在80年代中后期的女性诗歌中，很多女诗人选择"女性之躯"作为话语策略，而躯体写作即源自于西方女性主义理论中的女性躯体叙事学；以西尔维亚·普拉斯为代表的美国自白派诗歌对于80年代女性诗歌生成的影响，可以说从诗的意象、语言和节奏诸方面都有所体现。细读80年代女性诗歌文本，就不难发现80年代中后期女诗人对于外来文化的接受，已不再像"朦胧诗人"那样主要集中在以"象征"为核心的手法和形式技巧上，而是逐渐向文化内涵和人文心理深处探入。具体来看，80年代的女性诗歌主要有以下特征。

一　内宇宙的发掘与拓展

用属于女性自己的话语来真正表现女性生活是女诗人的共同期盼。但在男性中心文化中，女性被剥夺了一切外在的权利，只有她们的身体是真实的存在，是属于她们自己的。"妇女必须通过自己的身体来写作，只有这样，女性才能创造自己的领域。"[1] 对于被剥夺了一切的女性而言，躯体的自由才是最本质的自由。"只有用我的躯体才能抵御来自幻想中那种记忆和时间的夭折。"[2] 妇女只有在躯体的写作中才能使躯体获得自由，获得自我申诉的权利，因而躯体写作不仅是女诗人建构女性诗学话语最适宜的方式，也醒目地构成了对男性中心话语的反叛。

---

[1] 张京媛主编：《当代女性主义文学批评》，北京大学出版社1992年版，第201页。
[2] 海男：《紫色笔记》，陕西师范大学出版社1998年版，第27页。

由于80年代中后期的女诗人心中充满了历史的苦难感和无法克服的焦灼意识，太多的压抑使她们选择以新的方式倾诉，在臆想和冲动中触及和表达女性感情生活的真实质地，使得女性性心理在尖锐、深刻而又强烈、独特的表述中被剥离出来。伊蕾的《独身女人的卧室》以细腻的笔触和大胆的裸露将女性诗歌推向极致，不仅是对女性生命渴望的一次淋漓表达，而且成为女性"性意识"在诗歌中的一次正名。"你不来与我同居"式的欲望激情，有力地喊出了女性的反抗和压抑，渴望自由的私人话语。如果说"舒婷在《致橡树》中固然矗立着情爱寻求中个我的尊严"，那么"伊蕾在《独身女人的卧室》中又何尝不坦陈着性爱渴望中个我的诚朴"①。唐亚平的《黑色洞穴》也写出了女性被男性社会变为驯服的工具的悲叹；"每一个夜晚都是一个深渊/你们占有我犹如黑夜占有萤火"是翟永明对生存在男权中心的女性生存状态的深刻揭露。正如诗评家程光炜所言："性的写作对翟永明、伊蕾和唐亚平们，无异于是对被忽略的女性处境的一种肉体上脆弱的抗议。"②

男人的理想是对外部世界的创造和负责，而女人的理想则是对内部天地的塑造与完善。就在男人依着社会所给予的条件全面发展的时候，女人只有心灵的缝隙可供发展，于是女人在这条狭小的道路上，走向了深远的境界。因此从某种意义上说，女性的存在是一种"身体的存在"。它是女性得以确证和证实自身价值的凭证，也是女性通向男性世界的桥梁。在男权社会的统治下，女性身体是她们最后的一块领地，她们"用自己的身体和眼光去发现事物，又通过种种发现进一步肯定自己与世界的联系"③。而身体又因为女人的母性而被她们看得尤为重要。"一事物能把我引向另一事物，引向成千上万种的事物，我的身体能触类旁通。"（唐亚平语）女性身体的敏感带有一种坚韧的穿凿力，它能穿透时间和空间、理性和感性，直达事物的本质。因而在80年代女诗人那里，躯体成为语言的载体，她们将身体作为存在的依据，也将身体的感觉作为感知一切事物的依据。她们总是通过对自身内部的关注来感知外部世界，如唐亚平在《身上的天气》中以身体表现心情的起伏不定，以身体的感觉代替了脑部的思维：

---

① 骆寒超：《论中国新诗八十年来诗思路子的拓展与调控》，《文学评论》2001年第1期。
② 程光炜：《孤独的漫游者》，海男：《是什么在你背后·序》，春风文艺出版社1997年版。
③ 唐亚平：《我因为爱你而成为女人》，《诗探索》1995年第1期。

"我身上气象万千/摸不准阴晴/一场细雨湿不透心/腋窝长出一朵白云。"

事实上，西方女权主义者早已开始了躯体写作的实践。埃莱娜·西苏认为，不仅女性身体的神经质素更适合于艺术创造，而且女性的身体本来就拥有艺术创造所需要的激情。就某种意义而言，女性的身体是文体的直接源泉。中国80年代中后期的女诗人对女性身体的这种本质力量也有清醒的认识，翟永明曾明确地表示："作为女性，身体的现在进行时也是她们感悟和体验事物的方式之一，对美的心领神会，对形式感本身的特别敏感，使得女艺术家的参与和制作方式，既是身体的，也是语言的。"[①] 所以80年代中后期的女诗人们无可选择地必然要从躯体写作开始，通过对女性身体和生理经验的描述来表现女性独特而隐秘的生命体验，使"性别"角色、性心理及情欲主题得以尽情凸现，从而将身体语言推向言说的巅峰。80年代女性诗歌以躯体写作集中从身体层面对男性话语封锁进行了突围，并采取了鲜明的女性立场与视角，是中国文学女性性别意识由混沌而彰显的必然结果。

二 意象："黑夜"与"死亡"

从自我躯体出发，80年代中后期的女诗人们找到了真正属于她们的意象词语：黑夜、死亡、血、镜子、飞翔等。她们以属于其自身的意象词语进行诗歌创作，以此刻意表现出女性特有的生存体验和深层意识。她们以这种前所未有的表达对男权中心文化进行讨伐，男性的主宰地位不是被放逐就是遭到无情的拆解和彻底的颠覆，成为女性文学的一次突起和裂变。舒婷等朦胧派女诗人选择花朵、大海、船帆等具有温和优美色调的意象词语，而80年代中后期的女诗人却"绝少用温柔平和、不偏不倚的中性词，而是大量使用感情反差极强烈、非此即彼、无所选择的极端性词语"[②]。这种情感表达方式和语言选择，显然受到美国以西尔维亚·普拉斯为代表的自白派诗歌的影响与启示，且达到了相当程度的契合。这是一个纯女性的空间，它有其词语世界和话语表达方式，男性可以驻足观看，却永远无法走进去。女诗人们置身其间，"寻求神的声音铺设阶梯/铺平一张张白纸/抹去汉字的皱纹/在语言的荆棘中匍匐前行"（唐亚平《自白》）。

---

① 翟永明：《天使在针尖上舞蹈》，《芙蓉》1999年第6期。
② 陈旭光：《诗学：理论与批评》，百花文艺出版社1996年版，第126页。

（一）黑夜

纵观女性诗歌文本，黑夜在女性诗歌中占据着显赫的地位，成为女性诗歌的基调和主旋律。在翟永明看来，"我们从一生下来就与黑夜维系着一种神秘的关系，一种从身体到精神都贯穿着的包容在感觉之内和感觉之外的隐形语言……它是黑暗，也是无声燃烧着的欲念，它是人类最初也是最后的本性。就是它，周身体现出整个世界的女性美，最终成为全体生命的一个契合"。因此"女性的真正力量就在于既对抗自身命运的暴戾，又服从内心召唤的真实，并在充满矛盾的二者之间建立起黑夜的意识"，"保持内心黑夜的真实是你对自己的清醒认识，而透过被本性所包容的痛苦去发掘黑夜的意识，才是对自身怯懦的真正的摧毁"[1]。80年代女性诗歌中的"黑夜"实际上指的是一个与男性中心秩序"白昼"相对而存的精神空间，使女性长期以来都处在被压抑遮蔽的境遇中，在别无选择的情形下退到一个疏离并对立于男性世界的私人化的生存及话语空间中，或说是"退缩到黑夜的梦幻之中去编织自己的内心生活"[2]。

翟永明习惯于传播她的黑夜意识，其组诗《女人》20首诗中无一例外地都出现了黑夜的意象。诗人以女性的个人视角为我们呈现了一个殊异于常态的隐秘空间，即个体的女性自我世界。如《独白》："渴望一个冬天，一个巨大的黑夜。""我想告诉你，没有人去阻拦黑夜/黑夜已进入这个边缘"（《边缘》）。"你的眼睛变成一个圈套，装满黑夜"（《沉默》）。"一点灵犀使我倾心注释黑夜的方向"（《结束》）。"两个白昼夹着一个夜晚/在它们之间/你黑色眼圈保持欣喜，我在何处形成/夕阳落下敲打黑暗/我仍是痛苦的中心。"（《憧憬》）这种黑夜意识和意象世界，得到不少女诗人的认同，一时间黑色意象四处弥漫。在唐亚平那里被建构成"黑色沙漠""黑色沼泽""黑色石头"等一系列黑色意象。唐亚平以《黑色沙漠》命名的13首"黑色系列"，这首组诗的序曲就是《黑夜》，黑夜使人迷惑却又带来潇洒和轻松。因为"在夜晚一切都会成为虚幻的影子"，而"在一片漆黑之中我成为夜游之神"，这首组诗既表现了女性潜在的欲望，像《黑色沙漠》："我总是坐立不安/我披散长发飞扬黑夜的征服欲望/我的欲望是无边无际的漆黑/我长久地抚摸那最黑暗的地方/看那里成为黑色

---

[1] 翟永明：《黑夜的意识》，《诗歌报》1985年9月21日。
[2] 李振声：《季节轮换》，学林出版社1996年版，第219页。

的旋涡";也表现了女性的力量,以对黑暗的体认对抗虚幻的光明,如《黑色沼泽》:"唯一的勇气诞生于沮丧/最后的胆量诞生于死亡/要么就放弃一切要么就占有一切/我非要走进黑色沼泽/我天生的多疑天生的轻信";还有在《黑色洞穴》中对女性命运的拷问,极言"在黑暗中我选择沉默冶炼自尊/冶炼高傲"的女性叛逆者形象。在海男的组诗《女人》中,黑夜成为她激越情感的来源,在黑夜中一切神秘不安的活力,汹涌的欲望和被压抑的矜持都毫无遮挡地释放出来,是黑夜给了女人以勇气和力量。翟永明创造了"黑夜",她将黑夜作为对宇宙和人类本体亲近的方式,"我目睹了世界/因此,我创造了黑夜使人类幸免于难"(《世界》),却又不可避免地置身于黑夜,在神秘的夜晚中让感觉和幻觉尽情飞舞。

虽然因为黑暗的遮蔽,女人没有历史,但是因为黑暗的曝光,女性的内部世界强力显现了她隐秘的真实面貌。无论是翟永明对女性整体生命的哀怨与悲情,还是唐亚平、海男对女人个体独立的骚动体验,"黑暗"最终都指向了性意识,都表明了女诗人通过其身体的写作直接走向私语化的努力。正如诗评家所言:"这个不断出现在诗歌中的黑夜,它不仅因为与女性心灵世界相似而呈现为实体的物理意义的黑夜,它更是一种心灵的世界,一种女性的心灵深渊。"[①] 由此可见,黑夜对于女性而言,是蕴涵了无限丰富意义的自我创造的心灵居所。"黑夜意识"不仅是一种来自女诗人内心的个人挣扎,而且是女诗人对"女性价值"的一种形而上的极端抗争。它充满着女性独特的感觉和梦幻的意象,是女性激情与压抑的生命在暗夜里叛逆的舞蹈,也是挫败与失落的女性灵魂栖息的梦幻之乡。

20世纪80年代女诗人的黑夜写作既是逃遁与回避,也是一种反抗的方式。黑夜使一切回复到混沌状态,它不错过任何一个真实环节,她们也因之获得了话语的权利和想象的空间。她们可以敞开其心灵,在想象中飞升,穿行在夜的天空,以此进行精神上的漫游,也以此寻找女性生命个体,默然地对抗男权社会。

(二)死亡

80年代的女诗人以各种笔触叩问着神秘而复杂的死亡意象。因而对于女性诗歌来说,不论是女诗人的主体意识,还是女性诗歌所表现出来的精神内质,都渗透着这一永恒的母题——死亡意识。"我的流浪生涯从没

[①] 陈旭光:《诗学:理论与批评》,百花文艺出版社1996年版,第129页。

有到达过尽头和疯狂的边缘……总有一天，我将不再流浪，不再回家，那突然面临的是什么？是死，是一个梦想实现后的死。"①"在天上刻一幅版画/拓印在地/一堆走肉哈哈笑/死不懂绝望/死什么也不懂。"（唐亚平《死不懂绝望》）她们以死亡为参照，用尖锐而痛楚的感觉，关注着人类生存的共相。这其中蕴涵着强烈的女性主观感受。

在陆忆敏被称为"夏日伤逝"（共12首）的诗歌作品中只有一个主题——"死亡"。在面对死亡这个人类无法回避的宿命时，女诗人陆忆敏不是将其放在与之对立、对抗的位置上，而是将它放到一个能够接受的位置上。死亡时而"带着呆呆的幻想混迹人群"，时而是"小小的井"，时而是一种食品"球形糖果 圆满而幸福"；在《美国妇女杂志》中，它又成为人类无法逃脱的终极："我们不时地倒向尘埃或奔来奔去/夹着词典，翻到死亡这一页/我们剪贴这个词，刺绣这个字眼/拆开它的九个笔画又装上/人们看着这场忙碌/看了几个世纪了/他们夸我干得好，勇敢，镇定/他们就这样描述"。死亡在这里被当作一件可消化之物，甚至是始终与人相伴的柔情蜜意的事物，所以"汽车开来不必躲闪/煤气未关不必起床/游向深海不必回头"。"可以死去就死去，一如/可以成功就成功。"女诗人对待死亡的态度是包容的、豁达的、宽大的。这从诗作的题目《死亡是一枚球形糖果》《可以死去就死去》《温柔地死在本城》（陆忆敏）《三月的永生》（伊蕾）上即可见出。

在80年代女诗人看来，"死亡"不再是恐怖的与生存对抗的概念，而成为对生命的观照与拯救，被赋予了冷静的哲学意义。如翟永明《死亡的图案》即将哲理与想象相互交融："我们都丧失了亲人/我们的心搭成了灵堂/我听着，我说话/于是我早知道：/死亡才是我们的遗产！/在这个世界上"，"神没有死的福气，一直活着多累/我们比神优越，我们会死"（唐亚平《我要一个儿子》）。死亡是最终的结果，除了死亡还是死亡。"唯有时间始终如一/一块瞎表不见四季/一匹蒙眼拉磨的驴/逃不脱一个圈套的命运/死亡没有谜底。"（唐亚平《不死之症》）人的生命本身就是一个奇迹，死亡却是一个永远也找不到答案的谜语。这体现出女诗人对于生命的哲学思考。80年代中后期的女诗人对于死亡意象的观照，拓展了女性诗歌躯体写作的诗路，使女诗人的创作视野飞升到一个永恒至全

---

① 海男：《空中花园》，云南人民出版社1995年版，第57页。

人类的高度。死亡已不再是一个简单的终结或否定，它更是一种使个体得以展开自身的无限可能性。"关于死我已经学得够多／现在学着求生／我有各种经验。"（翟永明《俄罗斯舞蹈》）自此，女性诗歌被涂上了精细厚重的生命之光。

血、镜子、飞翔也成为80年代中后期女性诗歌蕴涵深意的独特词语。苏珊·格巴指出，女性身体所提供的最基本的，也是最能引起共鸣的隐喻就是血。翟永明的《母亲》，唐亚平的《死亡表演》，伊蕾的《三月的永生》中的诗句都对血与女人的关系有很深刻的体验和揭示，它们标志着当代中国女诗人的血的自觉，将女性诗歌定格在创伤的记忆与体验之中。镜子的隐喻意义是内向的、自我的、忧郁的，甚至是迷恋的。而伊蕾在《镜子的魔术》中发现的却是一种坚持自我的独立人格："她不能属于任何人／——她就是镜子中的我"。从而将镜子扭转为反省自觉的象征。在80年代中后期女诗人的笔下，飞翔被赋予书写姿态与书写意象的双重意义。陆忆敏的《年终》《老屋》都以"我生来是一只鸟，只死于天空"（翟永明《七月》）的飞翔姿态，显示出女性跃出俗世、超出平常的一种状态。

20世纪80年代的女诗人希望以她们独有的诗歌方式建造女性的世界，构架属于女性自身的话语系统，这在给她们的创作带来极大的挑战与困难的同时，也赋予其更高层的意义。在某种意义上可以说女人创造了世界，她给人类生命、爱、温暖和无穷无尽的希望。女诗人就是在其独特的书写中寄予了无限的梦幻，试图以此建造一个自成体系的诗歌世界，也以此与父权社会相对抗。我们应该将其看作对女性现实困境的一种诗意性超越和心理代偿策略。

三 独特的话语方式

与舒婷等朦胧派女诗人含蓄蕴藉的语言风格不同，80年代中后期的女诗人将自我独白作为最本质的书写方式。这种不约而同的选择是由于女性诗歌表现女性自我意识这一特质所决定的。她们选择自白、呐喊这种独特的话语方式，使女性之"我"始终居于诗歌的中心位置，以此拆解男性中心的话语模式，女诗人凭借女性之"我"和女性的先天优势撑起了诗歌天空的另一半。

女性诗歌自我独白的书写方式无疑得之于美国自白派女诗人普拉斯等

人的启示。翟永明曾明确表示：

> 当时正处于社会和个人的矛盾中，心灵遭遇的重创，使我对一切绝望，当我读到普拉斯"你的身体伤害我，就像世界伤害着上帝"以及洛威尔"我自己就是地狱"的句子时，我感到从头到脚的震惊，那时我受伤的心脏的跳动与他们诗句韵律的跳动合拍，在那以后的写作中我始终没有摆脱自白派诗歌对我产生的深刻影响。①

这使得翟永明与其他80年代中后期的女诗人的诗歌话语具有强烈与决绝的表白性。不论是放肆的、充满了报复性的伊蕾，反常的个人咒语般的海男，还是冷静犀利的翟永明，她们的话语方式都带有燃烧的激情，语调激昂，节奏紧凑。"我不在你啜泣的风衣下死去/我不在你碎语的阴影中死去/我不在你朔风的地上死去/我不在你黑暗的三角网上死去/我不在你黎明的钟楼上死去"（海男《女人》）。一连串相同的句式，感情激越的倾诉与表白，极具感染力。伊蕾的《火焰》中有四小节，都是这样的句式，不仅写出了"火焰"的气势，诗人的抒写与情感也如火焰一般熊熊燃烧。在《黄果树瀑布》中伊蕾一口气排列了12个"砸碎"句式，用砸碎一切的勇气否决过去的生活方式、生命感受，重获新生。"把我砸得粉碎吧/我灵魂不散/要去寻找那一片永恒的土壤/强盗一样去占领、占领"，在80年代女性诗歌充满激情的自白中，我们读到了其间所蕴含的无限生机。

躯体写作的私密性特质要求女诗人采用第一人称的手法进行叙述，女性之"我"终居于女性诗歌的中心位置。第一人称的频繁使用和穿透力极强的语气，使"我"如同磁铁般把周围的世界吸引过来，与之融为一体，从而形成极强烈的叙述气势。这种视点的设定，既可以使女诗人在叙述中完成对女性存在的证明，既使被纷繁复杂的生活表象所遮蔽的生存本真重新变得豁亮，使作家对存在的意义和价值所进行的追问与探询成为可能，又可以增强文本的私语性特征。如"我有我的家私/我有我的乐趣/有一间书房兼卧室/我每天在书中起居/和一张白纸悄声细语/我聆听笔的

---

① 翟永明：《完成之后又怎样？》，翟永明：《纸上建筑》，东方出版中心1997年版，第252页。

诉泣纸的咆哮/在一个字上呕心沥血"。唐亚平的《自白》为我们构筑了一个独立的女性个体空间。"我真不明白我自己/我永远也不会完全了解自己/我无边无沿"。"没有边沿这个形象够我想象一万年/我的思维因此而无边无际/我的精神因此而无边无际/我无边无沿"。伊蕾在《被围困者》中那呼吸般循环反复吟咏的"无边无沿"是女性的"身体",是女性的"精神",是女性的"思维",是女性真正赖以存在的"自己的房间",是女性诗意的栖居地。女诗人在无边无沿的情境中体味刹那的永恒。"一片呼声,灵魂也能伸出手?/大海作为我的血液就能把我/高举到落日脚下,有谁记得我?"(翟永明《独白》)。"我把这世界当作处女,难道我对着你发出的/爽朗的笑声没有燃起足够的夏季吗?/没有?"(翟永明《母亲》)"你在哪里认识那个女人的/真棒你这样设计我来的情景"(唐亚平《铜镜与拉链》)。上述这些诗歌中强烈的疑问与反诘增加了语言的力度和容量,使诗歌显现出一种前所未有的风格与震撼力,使"看似间离的主体与话语关系同时强化主体自身的形象"——"一个诗歌史上前所未有的超级女性——女诗人的形象"[①]。

  自白派是美国的一个后现代派,它关注日常生活的现实,是一种风格化的描述。而在中国的诗歌界中,这个词语却成了对女性诗歌的一个缺陷性的描述。诗评家臧棣写过一篇文章《自白的误区》,该文指出,中国的自白话语不反映日常经验,而是远离日常经验,只是一种想象的经验。他的批评固然有合理的成分,是对女性诗歌的一种纠正,但不能涵盖所有的女性诗歌。因为自白话语的诗歌有其自身的发展,它还有可能在自白话语中拓展出新的写作。事实上,在90年代以后,翟永明与其他女诗人正逐渐远离自白派诗歌的巨大影响。虽然女诗人有时仍喜欢使用"自白"语式,但这时的"自白"已带有更多的客观性,构成了另外一种新的意义上的写作。如翟永明在写作《咖啡馆之歌》后,完成了久已期待的语言转换,自白语调被一种新的细微而平淡的叙说风格所代替。这标志着中国的女性诗歌正在走向成熟。

  20世纪80年代女诗人这种独特的写作方式扩大了女性解放的内涵,她们不仅用女性的目光去体察女性生命及一切,将诗歌世界缩小到女性的范围,苦心经营着一个创作空间,甚至试图颠覆男权中心的话语系统,建

[①] 唐晓渡:《唐晓渡诗学论集》,中国社会科学出版社2001年版,第221页。

立女性的话语模式，使女性诗歌从思想到载体都烙上了鲜明的女性色彩。这对中国女性诗歌史而言，不能不说是一次空白的填补，也是女性诗歌一次事实上的胜利与意义上的里程碑。

在20世纪女性职业书写历史上，"五四"以后几代女诗人写作的中心观念是为了寻求、显示与男性的平等，因而尽量在各个层次上追求与男性的同一，至80年代女诗人则转变到寻找、显示与男性相区别的女性自我上来。这种写作观念的转变标志着中国的女性第一次在诗歌领地中对男性中心主义的叛逆与解构。这种叛逆是女性解放自身的一个必然过程，女性诗歌也因这种叛逆而光芒四射。首先，从诗语建构的角度看，躯体写作有其值得肯定的一面。女性诗歌以长久被压抑和盲视的另一角度、另一情感和话语方式进行写作，无疑丰富了诗歌样态，开阔了诗歌观念。不仅成为女性解构男性中心主义文化强势最有力的突破口，也是女诗人建构女性诗学话语最适宜的一种方式。其次，从符号学的角度看，躯体写作用女性身体符号来争取建构另外一个话语空间，以此建构女性的主体性。身体符号进入写作，一方面打破男性的价值成规和价值标准，大量的私人经验、私人空间被带进了诗歌题材，使人性的丰富性得以展示。再次，躯体写作是任何一个具有生理和文化身份的女诗人写作时不可回避的出发点，是一条必须在迷雾、陷阱、诱惑中顽强走出来的狭路。从这种意义上说，女诗人的终极目标是从身体进入精神的层面，为其重建一个独立的精神空间。最后，躯体写作营造了新的诗美空间。80年代中后期的女性诗歌对于潜意识和无意识资源的开发，为诗美提供了一个新的艺术空间。女诗人对于"内宇宙"的关注，不仅拓展了诗美的艺术表现空间，而且丰富了诗美的蕴涵。诗歌中的身体描写与性描写，是被寄予审美的厚望的。躯体写作正是女性很好地运用其女性视角，通过诗歌话语改变其自身在历史中被书写被观看的命运。从总体上看，80年代中后期女性诗歌躯体写作的艺术探索主要立足于对诗歌本体的建构和对个体生命体验的观照，试图从女性主体的复杂体验中找到一些生命的与艺术的光亮，是回归女性自身的写作。这种回归女性自身的写作使得女性诗歌在总体上趋于凝重，沉思多于浪漫，生命感强于使命感。

自己的世界有如一面魔镜，它似乎是自己的真实写照，然而又全然不是。它的每一个细节都是不真实的，人在面对自己的时候，在自以为至善至美的时候,其实是在制造一种骗局——一种把自己也骗了的骗局。走入那魔镜是自欺欺人的开端,可怕的是,通往魔镜的通道有去无回。①

这段论断毫不讳言地指出了躯体写作的局限。个别女诗人的写作由于过分局限于私人的狭小空间而导致过度的自怨自艾,过度的物欲张扬,过度的性欲宣泄,因而成为自恋式的、陀螺般的循环往复,降低了女性诗歌的品格。一方面,有些女性诗歌过分关注对内心世界的挖掘,而缺乏对现实的关注和深刻、真实的生存体验,对西方女性主义的某些思想生吞活剥,使诗歌成为表达这些思想的手段和工具。如伊蕾以爱恋的目光顾影自怜,注视着她自己的身体:"四肢很长,身材窈窕/臀部紧凑,肩膀斜削/碗状的乳房轻轻颤动/每一块肌肉都充满激情。"(《独身女人的卧室》)从"全身镜里走出女娲/走来夏娃/走来我/直勾勾地望着我/收腹 再收腹/乳峰突起/我抚摸着温情似海"(林祁《浴后》),飘荡着肉欲的气息和性的暗示。另一方面,80年代中后期女性诗歌中情欲主题的凸现,对女性性体验的大胆触及,使得性心理的写作占有很大的比重。如伊蕾《流浪的恒星》:"我的肉体渴望来自另一肉体的颤栗的激情/我的灵魂渴望来自另一个灵魂的自如应和"。她甚至大声呼唤:"毁坏我吧,肆意地侮辱我吧/我宁愿伤痕累累","追逐我吧/猎取我/消灭我/我要和你融为一体"(《你隔着金色的栅栏》),以狂风暴雨似的叙述节奏宣泄着内心的性欲望。唐亚平的《黑色沙漠》组诗以放荡的语言和女性的主动姿态构成对男权的挑战:"点一支香烟穿夜而行/女人发情的步履浪荡黑夜/只有欲望猩红/因寻寻觅觅而忽闪忽亮"(《黑色子夜》)。与前两者相比,翟永明的诗要含蓄得多:"带着心满意足的创痛/你优美的注视中,有着恶魔的力量/使这一刻,成为无法抹掉的记忆"(《女人之渴望》),以隐晦的语言表现发自内心的渴望。虽然它们不仅为女诗人所采用,而且某些男性作家很可能是始作俑者。但当一切发生在女性身上时,就被贴上女性主义的标签,引起社会的好奇心和窥视欲,成为商业上的一个卖点。这使女性在通过书写其自身以改变被书写的命运时再一次陷入"被看"的陷阱。这是女性

---

① 徐小斌:《个人化写作与外部世界》,《创作的自由——中挪作家论文集》,中国摄影出版社1999年版,第51页。

诗歌躯体写作中无法回避的文化悖论。

必须承认，80 年代的女性诗歌有过短暂的绚丽，同时也充斥了喧嚣与混乱。翟永明对此曾有尖锐的批评："女性诗歌正在形成新的模式，固定重复的题材，歇斯底里的直白语言，生硬粗糙的词语组合，不讲究内在联系的意向堆砌，毫无美感作外在的性意识倡导，已越来越形成女性诗歌的媚俗倾向。"① 令我们欣慰的是，20 世纪 90 年代以来，女诗人在沉寂之中进行新的自身审视，她们已越来越意识到自身的局限并逐渐置身其外。她们已有足够的自觉关注艺术本身，亦即思考一种超越自身局限的新的写作形式，超越原有理想主义的，不以男女性别为参照但又呈现出独立风格的声音。这也是女诗人们进行诗歌创作所竭力要达到的一种境界。"如果你不是一个囿于现状的人，你总会找到最适当的语言与形式来显示每个人身上必然存在的黑夜，并寻找黑夜深处那唯一的冷静的光明。"② 我们在随后的女性诗歌作品中，已经看到了女诗人们的某种超越。尽管 80 年代的女性诗歌有种种的不足与缺陷，但 80 年代的女诗人与其他青年诗人一起，实现了对旧时代之僵死而非诗的一元中心体制的突围，从而进入现代主义的边缘中心化以及后现代意味的多元共生态，使委顿枯竭的中国新诗得以在大陆创世纪式地复生和崛起，并在此进程中显示了女诗人们独特的诗歌品质和持久的精神力量。

第三节 "在非诗的时代展开"：90 年代女性诗歌的新质

年代的印记是诗歌的标签，这就意味着特定时代的诗歌难免会受那一时代的影响，注定会打上那一时代的胎记。90 年代的女性诗歌自然也不例外。在这个大众消费文化盛行的非诗时代，女诗人却以其美丽的坚守使女性以诗歌的方式得以展开，为我们呈现出不同于以往的、具有鲜明异质性特征的诗歌文本。首先，很多女诗人都意识到，处于大众消费文化时代的 90 年代女性诗歌，受大众消费文化的支配与宰制，这是一个无法改变

---

① 翟永明：《"女性诗歌"与诗歌中的女性意识》，《纸上建筑》，东方出版中心 1997 年版，第 232 页。

② 翟永明：《再谈"黑夜意识"与"女性诗歌"》，《纸上建筑》，东方出版中心 1997 年版，第 235 页。

的事实。所以她们主动地适应大众消费文化的语境，并借助大众传媒发展女性诗歌，表现出女性诗歌与新媒体的互动。据此看来，大众文化并非一味地扮演反面角色。在某种程度上，女性诗歌与大众文化不仅有着对抗的关系，还有着合谋的关系，这也是90年代女性诗歌体现出一些有别于80年代的新质的重要原因。其次，90年代以来，越来越多的女诗人能够以比较专业的精神对待诗歌写作。在她们那里，诗歌不再是消愁遣恨的工具，也不再是青春期苦闷的宣泄口。大多数90年代的女诗人已经具有非常自觉的意识，她们对诗歌技巧孜孜以求的不懈探索和对阅读的重视，都表现出女诗人的专业意识和专业精神，这也是90年代女诗人得以实现对80年代女性诗歌的明显突破，并形成不同于80年代女性诗歌新质的重要原因之一。90年代的女性诗歌，仍是有着传统背景和现实活力的诗歌，是承续的诗歌，是反思的诗歌，是有着包容性和更大可能性的诗歌。

一 女性诗歌与新媒体的互动

在20世纪90年代的中国，互联网十分发达，网络的飞速发展对这个时代的冲击的确让人难以想象，网民增长迅速。1996年中国的互联网用户只有10万，但2008年7月中国互联网协会（CNNIC）《第22次中国互联网发展状况统计报告》显示，截至2008年6月底，中国网民数已经达到2.37亿。[①] 这样的增长速度使得网络充分渗透到社会生活的各个方面并产生了革命性的变化。网络这种新兴媒体与流行音乐、电影、电视、广告、时装表演、选美大赛等共同构成一种大众文化。大众文化从诞生之日起就在时间和空间两个向度上向传统精英话语的传统地盘侵袭。随着互联网的出现，传播媒介实现了由纸质媒体向电子多媒体的飞跃，而作为网络这一电子媒体产物的网络文学也随之诞生，作为大众文化样式之一的网络文学不断得以创新和扩容，领土得到前所未有地扩张。

"最能体现互联网给文学带来变化的，是网络上诗歌的繁荣。"[②] 从1993年起诗人诗阳使用电脑创作诗歌并通过网络大量发表，作为网络文学一个分支的网络诗歌宣告诞生。随后，在更多的网络诗人的推动下出现了网络诗歌的勃兴。除了90年代诗人自发创建的几个大型诗歌网，如网

---

① 《第22次中国互联网发展状况统计报告》，http://www.cnnic.net.cn。
② 陈霖：《文学空间的裂变与转型》，安徽大学出版社2004年版，第243页。

络诗歌月刊《橄榄树》（诗阳、马兰、鲁鸣）、网络诗刊《界限》（李元胜）等诗歌网站外，21世纪初，诗人创建的诗歌网站更是如雨后春笋般涌现出来：如诗生活（莱耳、桑克）、诗江湖（南人）、诗歌报（于怀玉）、丑石（谢宜兴、刘伟雄）、轻诗歌网（刘湛秋）、新诗代（海啸）、扬子鳄（刘春）、第三条道路（林童）、一行（严力）、女子诗报（晓音）、今天（北岛）、时代（九歌）、翼（周瓒）、蒲公英、独立诗歌网、乐趣园诗歌社区以及其他诗歌网站等。此外，还有10万个以上的网页信息和上百个网站，商业性网站中的诗歌社区也有上万个。如果说上述提到的诗歌网站的创建只是诗人一种自发的民间行为，体现的是民刊在网络上的突起，比如《新诗大观》《界限》《诗歌报》等，它们凭着多年的雄厚实力，使诗歌在网络上四处开花；那么随后部分官方著名的诗歌刊物也纷纷开设网站，并因成熟诗歌作品的大批涌现和纸质诗刊与网络版的互动而引人关注。它们的加盟对网络诗歌起着指导性的作用，大大促进了网络诗歌的发展，且有效改变了网络诗歌纷乱无秩序的状态。另外，各大诗歌网站年终也经常推出年度优秀作品或优秀网络诗人选集等，无疑加快了网络诗歌前进的步伐，这使中国的网络诗歌进入多元化时代。

在网络诗歌勃兴的90年代，女诗人以其特有的风姿竞相亮相于互联网上的各个文学网站，90年代女性诗歌表现出与互联网这个新生媒体的积极互动。在网络这个自由、平等、共享，具有民间特性的电子平台上，女性诗歌创作出现了非常繁荣的景象。因此，互联网不仅为女性诗歌提供了广阔的发展空间，也为女性诗歌的繁荣和女诗人群体的异军突起提供了载体和平台。

> 在诸多以诗歌为母题的网站中，亮出女性诗歌旗帜的论坛主要有：核心诗歌网中的《女子诗报》论坛（晓音、唐果等主持）；诗生活网站中的《翼·女性诗歌论坛》（周瓒、穆青、翟永明等主持）；中国女诗网（严家威、小羽毛主持）。在这三家被称为三足鼎立的女性诗歌论坛中，除"中国女诗网"外，《女子诗报》论坛和《翼·女性诗歌论坛》均是由女诗人主持，女性写作的纯粹女性诗歌集结地。[①]

---

① 肖晓英：《互联网中的女性诗歌》，http：//www.ksbs.cn，2007-8-30。

在《女子诗报》和《翼·女性诗歌论坛》这两个均以互联网为第一现场的纯粹的女性诗歌阵地上，聚集了中国诗坛上最广大最优秀的女诗人，她们不分地域，不论代际，也不做某一种诗歌主张和风格的限定，女诗人自由地遨游于网络中，构筑其网络诗歌世界，展现着女性诗歌写作的丰富性和可能性。《女子诗报》的主持人是女诗人晓音，在《女子诗报》上活跃着300多位女诗人，她们从五湖四海汇聚到论坛上，既有来自国内各省市的女诗人，如唐果、丰收、白地、尘埃、王小妮、丹妮、李轻松、李见心、赵丽华、马莉、七月的海、黄芳、周薇、如水人生、紫衣、罗雨、安琪、荆溪、西叶、梦乔、丁燕、李明月、寒馨、李云、李小洛、巫女琴丝、君儿、唐小桃、冰雪莲子等的聚集，还有身居海外的华人女诗人施雨、施玮、虹影、井蛙、马兰等的加盟，这些女诗人年龄跨度大，既有"60后"，又有"70后"和"80后"，不分年龄，不论地域，不分国界，在网络这个平台上以她们自己的写作方式，自由地进行着风格各异的诗歌创作，多种写作方式的共存与并立成为《女子诗报》的突出特征，这也使其成为互联网中包容性最大的一个女性诗歌论坛。

而在诗生活网站中的《翼·女性诗歌论坛》周围也聚集了一大批优秀的女诗人，如周瓒、翟永明、穆青、安歌、曹疏影、唐丹鸿、丁丽英、与邻、胡军军、吕约、伊索尔、弱水、白度、明迪、西平、阿芒、山桃花、张稀稀等。相对于《女子诗报》而言，《翼·女性诗歌论坛》更强调理论性和学术性，而且积极介绍西方诗学理论，翻译和研读西方诗歌。《翼·女性诗歌论坛》中的女诗人们"在诗歌创作上的理论意义远远大于诗歌文本的'文化型'格调"[1]。这主要是由该诗歌论坛的主持人周瓒所决定的，周瓒以其学者型的写作和诗歌批评影响着众多的论坛参与者，这使论坛上的众多女诗人在进行诗歌写作和诗歌实验的同时，十分注重对于诗歌写作及诗学理论的研讨。总体来看，《翼·女性诗歌论坛》倡导写作上的宽容，但在宽容之中还试图探索和建立严肃的批评标准。用女诗人穆青的话来说：

> 我们无意于建立话语霸权，也决不想自立山头，我们的愿望，是能够切实地建构女性写作的共同体，建构一方自由交往和真实批评的

---

[1] 肖晓英：《互联网中的女性诗歌》，http://www.ksbs.cn，2007-8-30。

空间；拒绝浮华的互相吹捧，拒绝不负责任的随意贬斥，也拒绝封闭性的自我欣赏。我们希望诗歌写作和理论建构共同前进，互相补充，互相监督，最终能够为中国的女性诗歌提供高质量的文本和有价值的批评话语。①

除了《女子诗报》和《翼·女性诗歌论坛》这两个纯粹的女性诗歌群体外，还有许多网站也汇集了大量的女诗人，如严家威、小羽毛主持的"中国女诗网"，莱耳主持的"诗生活网"，马兰主持的"橄榄树网"等，这些诗歌网站都成为女性诗歌的集结地。这些女性诗歌网站和女诗人群体以磅礴浩大的女性诗歌阵容以及女性诗歌独具的魅力与坚韧，在网络这个虚拟的世界里顽强地挥洒着女性诗歌的生命与力量。除此以外，还有一些活跃于网络的"游侠女诗人"，如水晶珠链、上善若水、网络妖精、游踪、马兰、小棉袄、宇向、匪君子、尹丽川、沈利、宇舒、燕窝、子梵梅、鬼鬼、梦乔等。这些女诗人并不固定于某个网站或论坛上发表诗作，她们散地出现在各个诗歌论坛和网站中，游离于整个女性诗歌群体之外，以独立自由者的写作姿态在网络中尽情遨游，书写诗歌，因而她们的诗歌创作显得更为随意自由、个性张扬。无论是聚集在女性诗歌论坛上的女诗人群体，还是如同游侠一样在网络中漂泊的单个女诗人，她们都昭示着女性诗歌创作群体的不断强大，在互联网上绽放着女性诗歌的生命。

可以说，女性诗歌与新媒体的互动，使其在互联网中得以尽情地绽放，也使女性诗歌呈现出一些新的特征。网络是一个庞大的多媒体，它为众多女诗人提供了一个展示和交流的平台，但网络作为一个新生体，同时又考验着传统女性诗写者的思维方式，改变着传统意义上诗歌的写作、阅读和传播方式。正如吴思敬所说："诗歌传播新媒体的出现，是诗歌传播史上的一次深刻变革，它在改变了诗歌创作方式的同时，也改变着诗人书写与思维的方式，并直接与间接地改变着当代诗歌的形态。"② 我们看到，女性诗歌因网络而有了新的艺术元素和想象的空间，并且形成了与纸质媒体诗歌不同的特色。如网络上的女性诗歌在表达情感时更加即时而张扬，

---

① 戴锦华、穆青、周瓒、贺雷：《女性诗歌：可能的飞翔》，http://news.xinhuanet.com/book/2003-02/27/content_748187.htm。

② 吴思敬：《新媒体与当代诗歌创作》，《河南社会科学》2004年第1期。

也更加个性化,而女性诗歌亦因网络文化的切入而使其在表达的主题及表现形式方面有了更多的拓展与创新。但是完全消弭公共空间和私密空间的界限是互联网的突出特征,然而,这种特点对于女性诗歌来说也是一柄双刃剑。一方面,当网络文学颠覆了传统范式和权利话语之后,使《女子诗报》《翼·女性诗歌论坛》等这种过去只能以隐秘和民间方式存在的诗歌群体能够在互联网这个自由、平等、共享的电子平台上得以自由地呼吸和发展,这些女性诗歌的论坛无论在选稿范围,还是在作者的覆盖面上,与纸质期刊相比,都占有明显的优势,这使得女性诗歌创作群体得以快速地发展壮大;而且大量女诗人能够以发帖的形式自由发表作品,这种自由焕发出她们无限的艺术探索激情和写作的活力。另一方面,"大量良莠不齐的诗歌作品泥沙俱下,貌似自由的民间写作也容易引发某种集体狂欢热症,造成女性主体性的另一种迷失"[1]。

二 女性写作的个人化选择

在商业文化和消费主义的全面进逼之下,诗的声音显得越发单薄而微弱。90年代的诗歌写作开始具有了深刻意义的转变,诗人们告别集体乌托邦式的群体写作而进入个人化的写作。80年代的诗歌承载了太多的责任与使命,与其说诗人的写作是一种个人行为,倒不如说是一种集体行动,因此80年代的诗歌更多的是意识形态背景下的集体文本,而非个人文本。90年代的诗人们在一夜之间就抛弃了曾经强加于诗歌和诗人身上的重负,开始追求一种独立的个人写作意识,他们的"写作有意避开对峙的话语系统,拒绝成为带有任何意识形态神话色彩的艺术仪式"[2]。这标志着80年代集体诗歌写作方式的解体和90年代普遍的"个人化写作"倾向的出现。综观90年代女性诗歌文本,我们不难发现,90年代女性诗歌也出现了个人化倾向。正如谢冕所说:

> 在90年代,诗歌的确回到了作为个体的诗人自身。一种平常的充满个人焦虑的人生状态,代替了以往充斥诗中的"豪情壮志"。我

---

[1] 乔以钢:《中国当代女性文学的文化探析》,北京大学出版社2006年版,第174页。
[2] 臧棣:《后朦胧诗:作为一种写作的诗歌》,王家新、孙文波编:《中国诗歌九十年代备忘录》,人民文学出版社2000年版,第201页。

们从中体验到通常的、尴尬的，甚至有些卑微的平民的处境。这是中国新诗的历史欠缺。在以往漫长的时空中，诗中充溢着时代的烟云而唯独缺失作为个体的鲜活的存在。①

很多女诗人敏锐地感觉到了在 90 年代这个大众消费文化的时代，群体歌唱式的集体写作已风光不再。在这个非诗化的时代，诗歌正面临着一场重要的变革，进入了一个微观的、多元的个人化发展阶段，以往那种宏大写作已不能表现当下泥沙俱下的复杂社会现实。既要适应时代而又不被这个高度商品化和物化的时代所同化从而成为其体制的一部分，就只有改变和突破以往的诗歌观念和写作方式，采取个人化的经验表述方式。除了时代转型的因素外，90 年代女性诗歌的个人化写作也是顺应女性诗歌自身现代性变革的一种需要。众所周知，女性诗歌在 90 年代已经出现了种种写作的困境和危机，如身体写作的狭隘性日益彰显，写作题材取向的单一，写作技巧的粗制滥造和审美取向的媚俗等方面都存在着严重的危机，这些局限甚至一度使女性诗歌写作陷入困境。因此，在 90 年代特定的时代背景和女性诗歌自身现代性变革合力因素的综合作用下，女性诗歌必然要在 90 年代这个特殊的时期里，在诗歌观念和功能以及诗歌写作方式上，实行一种个人化的现代性变革，开始一场个人化的也是现代化的先锋艺术实验，90 年代女性诗歌以个人化写作的方式走进当代大众文化的艺术视野中。

如果说 20 世纪 80 年代女性诗歌还有统一的主题和风格特征，如女诗人大多关注女性生存处境，从女性视角向传统的道德、伦理发起挑战，以自白风格为特征，那么 90 年代以来的女性诗歌则充分体现了个人化写作的特征，每个女诗人都是作为一个独立的写作个体而出现的，都有其独特的写作风格。在众多的女诗人中，王小妮始终是一个独特的存在。在近 20 余年的诗歌创作中，她始终不为外物所动，坚持着个人化的诗歌写作，这使她越写越好，最终成为女诗人中的佼佼者，至今无人可以超越。无论是女性诗潮中坚的封号，还是近年来在文学和评论界频频获奖的荣誉，所有的这些对于她来说都是一种被动的接受。她所要的只是做自己。因为王小妮坚信她自己的哲学："事情只有从每个生命个体的角度去理解，才变

---

① 谢冕：《丰富又贫乏的年代》，《文学评论》1998 年第 1 期。

得有意义。""语言在后,体会在先。左右皆是人,自己就是自己。不要以身边的东西为参照物。"在王小妮看来,"诗人是个人主义者","而诗,只满足小众,首先满足了写诗的人自己,它就足够了,不能要求它不胜任的"①。在王小妮那里,诗歌创作本身对于诗人而言无疑是一种最个人化的也是最深刻的精神生活。如王小妮写于1996年的《与爸爸说话》组诗,通过个人化的感受,一个平凡男人的现世存在经由做女儿的亲历得以渐显:"他在狭窄的暗处活着,在暗处的那个人,才是我真正的爸爸。"

王小妮曾说:"诗,是我的老鼠洞,无论外面的世界怎么样,我比别人多一个安静的躲避处,自言自语的空间。"② 在这个自言自语的个人化空间中,王小妮为读者奉献出最个人化的诗歌。正如"第二届华语传媒大奖·年度诗歌奖"授奖词所说:她置身于广袤的世界,总是心存谦卑,敬畏生活,挚爱着平常而温暖的事物。她迷恋词语的力量,并渴望每一个词语都在她笔下散发出智慧的光泽和悠远的诗意。她的写作充分体现了诗人在建构诗性世界时面临的难度,以及面对难度时诗人所能做的各种努力。她的语言简单而精确。王小妮的很多诗作,不仅表现出女诗人内心的宽广、澄明、温情和悲悯,也昭示出她在诗歌语言和诗歌节奏上的不凡禀赋。她良好的诗歌实力,充沛的创作能量,使得身处边缘的她,握住的也一直是存在的中心。

马莉的诗歌写作也体现出鲜明的个人化特征,在20世纪80年代就已经步入诗坛的她从来不为潮流所动,不参与任何诗歌流派,不参与各种诗会,不参与各种争鸣,执着地进行着个人化的写作。进入90年代,她"依然作为单独的人在行走"。马莉诗歌的原动力更多地来自于梦想而非现实之境。因为她始终相信真诚的诗人都是为其自己心灵的渴望而写作。她"依靠自身的智性和心灵的极光,挖掘被遮蔽的幽暗之物,发现生活中投影到内心深处的印痕"③。面对不断更迭的诗歌潮流,她既不选择日常与流俗,也不选择肉欲与色情。马莉选择的是缓慢,在这个飞速的时代,马莉的姿态无疑是独特的。马莉说:

---

① 王小妮:《半个我正在疼痛》,华艺出版社2005年版,第223页。
② 王小妮:《诗不是生活,我们不能活反了》,《半个我正在疼痛》,华艺出版社2005年版,第217页。
③ 马莉:《马莉自述》,《今天》,http://www.jintian.net/today/? action-viewnews-itemid-17272-page-4。

> 我选择缓慢，就是昆德拉所说的缓慢。是的，除了缓慢，还是缓慢。缓慢不是以一种悠慢的节奏应对生命的短暂，缓慢是一种写作姿态，是生命的尊严与豁达，我用缓慢以去蔽，以敞露，从而接近日常的光芒，切实实践着我内心的诉求：诗歌是一种极具私密化的个体劳动。我认为这才是一个在日常生活中进入写作状态的诗人的绝对良心。①

正如著名诗人梁小斌所宣读的"首届中国新经典诗歌奖"授奖词所说：

> 诗人马莉是我们这个躁动岁月里安静写作的典范。马莉诗歌从一块"白手帕"的飘扬开始，直至抵达《金色十四行》，其全部凝望均表达了天下经典诗歌的一个基本奥妙，这就是：在一定的尺寸上燃烧。马莉的贡献在于她把当代女性的日常生活提升到一个智性的高度，而令世人瞩目。马莉的诗歌恢复了中国古代女性词人的典雅传统，这个典雅来之不易，几乎要被暴戾撕碎。马莉诗歌精神里无处不在的纯净之光，终于演变为中国当代女性诗歌的一个重要母题。马莉的诗歌尺度自给自足，无限柔韧，并且如此多娇。正如诗人自己所说"光芒，并不需要光芒的照耀"，我们完全赞同。

90年代的女诗人都表现出对个人化写作的探索，她们更关注个体的命运走向，更加关注对个人的心理、内心世界的展示，并由此对人类的灵魂进行更深广的探索。如鲁西西和阿毛都是具有个人化的心理抒写向度的女诗人，鲁西西的诗以表现日常生活中的平凡事物为主，她以女性特有的敏锐与对于现实事物的穿透力，表现了平凡女性丰富而深厚的内心世界，同时在诗歌语言的选择与诗歌艺术的建构上有其自己独到的追求。跟鲁西西的诗时常表达一种喜悦之情不同，阿毛的诗则以痛苦的情感为主色调，往往表达出一种行进在路上的焦虑感，并时有对自由意志与精神的寻求，只是这种追求往往没有结果而已。② 此外，唐丹鸿、小安、吕约、虹影、

---

① 马莉：《马莉自述》，《今天》，http://www.jintian.net/today/? action-viewnews-itemid-17272-page-4。

② 邹建军：《90年代以来湖北诗歌写作的三种向度》，《文艺报》2006年11月7日第7版。

胡军军、穆青、周瓒等女诗人的诗歌都体现出一种新鲜的活力,她们的写作风格各异,可以说都是相当个人化的,从词语的选择、节奏的控制,甚至是整首诗的氛围上,都是极其个人化的,有时甚至十分私密化。

"个人化写作是一种真正的生命的涌动,是个人的感性与智性、记忆与想象、心灵与身体的飞跃与踊跃,在这种飞翔中真正的本质是人获得前所未有的解放。"[①] 从宏观上看,女性诗歌的个人化写作标志着90年代女性诗歌多元化写作格局的建构与形成,因为个人写作意味着每位诗人在诗学观念、美学趣味与写作风格上的无穷差异存在着理论上的可能性。正如诗评家罗振亚所言:"因为'个人写作'的另一种说法就是多元化,诗人们在个体生命体验、经验转化方式和话语方式诸方面的不可通约性,令任何概括都难免挂一漏万、捉襟见肘。"[②] 但与此同时,个人化写作对于女诗人来说其实也是一种挑战,要将诗歌写得既具有风格和素材的真正个人性,又具有人性和精神的普遍性,其实是需要女诗人历经相当艰苦的磨炼的。真正的个人化写作是建立在个人生命体验与生命提炼,个人文化修养、艺术修养和哲学沉思的基础之上的。固然一个诗人只有在自我建构的世界里,心灵才能飞翔、高蹈,获得真正意义上的独立自足与解放。但一些女诗人的写作由于太重视观念的独创性和抒情主体的情绪力量,过度沉迷于自我的世界中,从而将个人化写作推向极端,甚至导致其沦为一种私语化写作。这是由于这些女诗人对个人化写作理解的褊狭所致,她们将其绝对化、褊狭化,甚至将个人化等同于私人性、私密性。毫无疑问,这些女诗人在追求个人化写作的同时却忽视了个人化写作的真谛:个人化写作"其意义在于自觉地摆脱、消解多少年来规范性意识形态对中国作家、诗人的支配和制约。摆脱对于'独自去成为'的恐惧,最终达到能以个人的方式来承担人类的命运和文学本身的要求"[③]。

三 女性诗学理论的探索与构建

90年代女诗人与以往各个时代的女诗人最大的不同之处在于,她们中的绝大部分既有其自身相对成熟的诗歌观念,又能将敏锐的感觉和表达

---

① 林白:《记忆和个人写作》,《花城》1996年第5期。
② 罗振亚:《朦胧诗后先锋诗歌研究》,中国社会科学出版社2005年版,第165页。
③ 王家新:《夜莺在它自己的时代:关于当代诗学》,《诗探索》1996年第1辑。

力与良好的知识储备、思辨能力较好地结合在一起,这一点成为90年代女诗人区别于以往女诗人的独特之处,也成为她们最大的优势。这不仅使这些女诗人的创作优势越来越明显地表现出来,而且使众多的女诗人越来越热衷于女性诗学理论的建构。或许在惯常的思维习惯中,女性一直被看作感性与柔弱的代名词。相对于男性而言,女性的感性多于理性。但是这一论断早就应该被改写和纠正了。回顾以往的女性诗歌创作,我们确实看到了诸多具有感性表征的女性诗歌文本,透过这些文本的感性外衣,我们也能够依稀看到闪烁在这些感性文本之内的智性火花。无论是现代女诗人陈衡哲、冰心、林徽因、方令孺、郑敏,还是当代女诗人晓音、周瓒、翟永明、李见心,她们在其诗歌创作中或有意或无意地追求着诗与思的交融。但是,我们不得不正视这样一个事实,与男诗人多如牛毛的智性文本相比较,女性诗歌的智性文本可以说是门可罗雀。诗歌文本智性的提升一直是女诗人有待于解决的问题。而且,很多男诗人同时还是优秀的诗歌评论家,他们在进行诗歌写作的同时,还进行着积极而自觉的诗学理论建构。而长期以来,女诗人在诗歌批评领域却始终缺席。这种长期缺席的境况与其说是由于女性的思维特点使然,不如说是由于女诗人没有意识到女性诗歌理论的建构对于女性诗歌写作的重要性所导致的。因此,女性诗歌理论的贫乏,使得长久以来女性诗歌写作一直处于感性阶段而难以上升到智性写作的高度。

直至20世纪90年代,很多女诗人意识到女性诗学理论的建构对于女性诗歌的重要性,并试图建立一个新的女性诗学理论体系。如晓音在《女子诗报》创刊时曾提出女诗人的理想是要建立一个新的诗歌审美体系。而事实上,一个完整的女性诗学理论体系的建构,不仅需要有感性的诗歌创作者,而且需要有智性的理论力量的加入——诗歌评论者的积极参与。二者就如同诗歌的双翼,缺少任何一个翅膀,女性诗歌都无法实现飞翔的梦想。女性诗歌只有实现诗歌创作与理论力量的多向度结合,才能构筑起坚实的女性诗学理论体系。因而我们看到,在90年代女性诗歌批评的园地里,涌现出了很多女诗人的名字,如郑敏、崔卫平、周瓒、翟永明、安琪、蓝蓝、罗雨、黄芳、晓音等,她们既是优秀的女诗人,同时又是优秀的女性诗歌评论家。她们的出现改变了以往女性诗歌在发展的同时诗歌的评论却明显缺失的局面,为90年代的女性诗歌注入了理论力量,她们以优秀的诗作与理论批评进行着女性诗歌理论的探索,共同建构着当代女性诗学理论体系。

以往的女性诗歌都是由男性诗歌评论家评论的，然而，大多数男性诗歌评论家对于女性诗歌的评价和认知都是狭隘和片面的，这难免会让女诗人有隔膜之感。比如翟永明对此就有深切的感受："事实上，仍然存在着一种对女作者居高临下的宽宏大量和实际上的轻视态度"，甚至当"涉及对具体作品的分析评价时，就会有许多限制性及大打折扣的方式。通常对女诗人的作品评论有一种定见"[①]。由此可见，这些男性诗评家对女性诗歌更多的是从社会学的角度或妇女问题考察及女性内心世界分析等方面做定向研究的，很少从纯粹的诗歌价值和艺术的基本要素上对女性诗歌文本进行具体的分析。因而，很多男性批评家或是把"女性诗歌"等同于"女权主义诗歌"，或是认为"女性诗歌"是过度的"自我抚摸"，与社会脱离，进而影响到女诗人的创作。这些男性批评家对女性诗歌的评论，虽然看到了女性诗歌的不足，但却没有真正深入地理解女性诗歌。如果说男性诗歌批评者是因为性别、所处社会地位等各方面的原因而对女性诗歌的理解存在隔阂的话，那么，在90年代身为女性的女诗人兼诗歌评论者的加入，无疑对于女性诗歌及其批评的健康发展起到了助力作用。由于相同的性别以及自身丰富的诗歌创作经验，这些女性批评家对女性诗歌的解读和批评更加贴切到位。因而我们看到，90年代女诗人在建立起女性诗歌大厦的同时，也试图建立与之相应的理论文本和批评系统。

进入90年代后，郑敏不仅仅作为一个诗人，更是作为一名学者、诗歌理论家而受到诗学界乃至学术界的广泛关注。郑敏在诗歌创作和诗歌理论上获得了难能可贵的双重收获。她对当代中国诗歌现状与思潮发展的批评，既有理论深度又有现实针对性。如她在90年代连续发表的《中国诗歌的古典与现代》《世纪末的回顾：汉语语言的变革与中国新诗创作》等重要的理论文章，批评"五四"以来的新诗传统割裂了中国现代诗歌与母语传统的联系和中国当代诗学的语言论转型倾向。这些诗学观点在中国当代诗坛与学术界引起了很大的争议，引发了一场关于传统与现代、诗歌语言问题的，遍及诗歌界乃至整个学术界的广泛论争，且一直延续到21世纪的今天。此外，郑敏在学术上是专攻西方文学的，其创作也多受西方

[①] 翟永明：《"女性诗歌"与诗歌中的女性意识》，《纸上建筑》，东方出版中心1997年版，第231页。

现代文学及其理论的影响。90年代以来，郑敏将德里达的解构主义理论同中国新诗批评结合起来，"郑敏的诗与诗学是解构理论在汉语语境中寻求遇合的一个典型例证"①，"她在对解构理论的读解中探索汉语新诗理论，在中西视野中融会贯通中国新诗，是她在诗学理论上的独特贡献"②。郑敏在诗歌理论上的建树，既是学者的学术研究，更是诗人在创作上自觉探索的写照，对20世纪的诗歌研究具有重要意义。

对于女性诗歌，郑敏也提出了其建设性的批评意见，其诗学观点主要集中在《女性诗歌：解放的幻梦》和《女性诗歌研讨会后想到的问题》两篇论文中。首先，郑敏认为，西方的女权主义理论确实为女性诗歌带来了新的血液，丰富了女性诗歌的内容，使它走出了单纯的爱情主题、母性主题、婚姻主题。但是由于东西方的差异，这种生硬的移植和套用也为女性诗歌带来了负面的影响。如80年代中期以来女性诗歌中反观自我的女性自白与毫不避讳的身体书写，郑敏对此提出了批评，她认为，以身体写作来解构男性中心观念的压抑，这是无可厚非的，也是西方女权主义运动所采取的一个重要的文化策略。但是西方的女权主义理论对于中国的女诗人来说，毕竟是移植的。因为当西方的女权主义者在反对阳性中心时，我们却在寻找阴性的世界，"一个愿意向阳性退赔若干领土的阴性国度"③。因为中国并没有真正意义上的女权主义运动，所以当女诗人退守到女性之躯并将身体书写作为反抗男权中心的唯一策略，将民族的女性书写局限于女性一己的身体感受范围之内时，女性诗歌也仅仅是中国女性解放的幻梦而已。其次，郑敏认为："女性作为独立自我的发展既是女权运动的重要课题，也是女诗人成为出色的诗人的关键。"④ 但是女性作为独立自我的发展并不是简单地回到性别上封闭的自我，而是应当开掘女性的深度自我。这种女性深度自我不是通过单纯的爱情主题、母性主题、婚姻主题就能达到的，它要求女性完全参与到人类命运的思考中去。女诗人如果完全参与了人类命运的思考，那么在自我的深广度上与男性作家就不再有高低深浅之分了，那时就没有必要再从性别上考虑作家了。因而在郑敏看来，

---

① 张桃洲：《诗思与诗学言路的共通性》，《诗探索》1999年第1期。
② 霍俊明：《〈朝圣者的灵魂——郑敏诗歌创作与理论研讨会〉综述》，《诗探索》2004年第Z2期。
③ 郑敏：《女性诗歌：解放的幻梦》，《诗刊》1989年第6期。
④ 同上。

"今后能不能产生重要的女性诗歌,这要看女诗人们怎样在今天的世界思潮和自己的生存环境中开发出有深度的女性的自我了"。而"只有在世界里,在宇宙间进行精神探索,才能找到20世纪真正的女性自我"①。综上可见,郑敏在诗歌理论上的建树,既是学者的学术研究,更是诗人在创作上自觉探索的写照,郑敏对80年代中期以来女性诗歌的身体写作和自恋倾向及由此形成的固定的书写模式的中肯批评,推进了女性诗歌的写作及女性诗歌的健康发展。

周瓒这位毕业于北京大学的文学博士,不仅学识渊博,才智过人,而且具备深厚详赡的知识和理论体系。向卫国曾评价道:"给周瓒以自信和自知的能力的,是她深厚的'知识底色'。她的学识渊博,许多诗歌论文和评论都见解不凡,深刻而独到。实事求是地说,在女诗人中有如此深厚的理论功底的,迄今只见周瓒一人。"②作为女诗人,周瓒被誉为翟永明的当然继承人;作为诗歌评论者,周瓒在21世纪被评为十大新锐诗评家之一。除此之外,她还是诗歌史研究者。作为一个新生代的女性诗歌批评者,她能够跳脱当时的历史情境,通过其理性思考,对曾经纷争不断的女性诗歌评论进行反思和批驳。应该说,周瓒对当代诗歌和诗人个体都有她自己的研究,但周瓒的着力点更多地在于为女性诗歌"正名",对以往女性诗歌批评的一种评定和反思,从而消除以往批评不当所引起的对女性诗歌的误解,因而洪子诚称周瓒为"女性诗歌的守护者"③。

周瓒认为,评论界对女性诗歌的理解和研究不足,在批评中存在着对女性诗歌、女性意识的简单化理解,而且解读的方式是一种非常男性化的自以为是的方式。为此她写了《女性诗歌:自由的期待与可能的飞翔》《女性诗歌:误解小词典》《九十年代以来的女性诗歌》等一系列学术论文,为女性诗歌正名。首先,周瓒认为,诗歌界一直以来都把"女性诗歌"这个概念简单化、狭隘化了,而且对女性诗歌不成熟的批评话语已经蜕变成衡量写作的标准,这使很多女诗人产生了一定的压力。为此,她提出把"女性诗歌"作为一个批评概念的主张。一方面,她申明对"女性诗歌"这一概念界定的必要性,是"对于历史和现实状况的体认和反

---

① 郑敏:《女性诗歌:解放的幻梦》,《诗刊》1989年第6期。
② 向卫国:《现代性汉诗谱系学——边缘的呐喊》,作家出版社2002年版,第216页。
③ 洪子诚:《透过诗歌写作的潜望镜·序》,周瓒:《透过诗歌写作的潜望镜》,社会科学文献出版社2007年版,第1页。

抗，有一种性别意识作为前提，这种性别意识首先当然也是强烈地做女诗人的感知"①，强调要通过这一概念"进行质疑和再阐释，以纠正或扩展人们对它的理解"②。另一方面，她指出女性诗歌这一概念不是标签，而是一个"诗人的集合"，是优秀的女诗人的集中但不是诗歌写作的集中营；是在批评中发现诗歌中所存在的"女性意识"，女性的性别经验，女性写作的独创性，并通过批评、开拓、培育来丰富这种经验，推进独特的女性诗歌的文体、风格的形成。周瓒"将'女性诗歌'从80年代的那种作者'身份'、诗歌类型学的认定转化为具有孕育、生长的写作意义上的概念"③。周瓒认为，女性诗歌包含两方面的含义：其一，诗歌中有能够被称作"女性意识"的经验；其二，这些经验正在被写作者不断地开拓和丰富，并最终赋予完美的或具有独创性的形式构造，而且富有独创性的形式还可能构成独特的女性文体和风格。④

其次，在学界对女性诗歌持有固有成见的前提下，为批评界对女性诗歌的误解正名。在《女性诗歌：误解小词典》一文中，周瓒主要列举并批评了诗歌评论界对女性诗歌的一些误解，特别是男性批评家对于女性诗歌的不当评价。在此文中，她为"翟永明""自白话语""性别意识"三个女性诗歌的关键词目正名。周瓒认为，从性别批评的角度看，诗评界对翟永明诗歌的误读与曲解非常有代表性，很多诗歌批评一方面总是给翟永明的诗歌贴上"性别问题"的标签，另一方面把"女性诗歌"牢牢框定在一个被简化和粗鄙化了的性别阐释模式中。很多诗歌评论者在考察诗人创作的阶段性历程时，没有细致地考察诗人精神历程的复杂转变，更没有抓住诗人作品中的感性因素，因而导致片面的误读。对于"自白话语"，周瓒肯定了臧棣对于女性自白话语评价的合理性，有些女诗人也确实是仅仅将自白当作写作的内趋力。但同时她也指出，在关于女性诗歌的批评中"自白话语"这个词语渐渐成了一种诗歌缺陷性的描述。事实上，批评家们应该认识到女性诗歌也有通过自白话语实现诗歌内涵扩展的可能性，如她们开创了一种跟自白性，跟自我反省，包括性别意识有关的另外一种风

---

① 周瓒：《透过诗歌写作的潜望镜》，社会科学文献出版社2007年版，第131页。
② 周瓒：《九十年代以来的女性诗歌》，《扬子江诗刊》2005年第1期。
③ 洪子诚：《透过诗歌写作的潜望镜·序》，周瓒：《透过诗歌写作的潜望镜》，社会科学文献出版社2007年版，第1页。
④ 周瓒：《九十年代以来的女性诗歌》，《扬子江诗刊》2005年第1期。

格——关注日常经验，很直观地表达了一种对日常生活的批判。周瓒认为，当我们在分析"女性诗歌"中自觉的性别意识时，我们不能回避由文化史所构造的各种权力关系，性别立场中包含着种族的和阶级的冲突。她认为，女性无法真正摆脱历史政治各种问题的影响，她说："我们挖掘不同历史时期的女诗人的时候，在我们呼吁大家关注'女性诗歌'的时候，我们也无法逃避历史的、政治的、社会的各种各样的问题，我们必须把诗人的创作置于整个社会的大环境之中。"① 可以说，周瓒以其理性的诗歌批评和诗学主张为我们界定和廓清了许多有关女性诗歌批评方面的概念，在学界对女性诗歌持有固有成见的前提下，对批评界对女性诗歌的误读进行了纠偏，这种全新的女性诗歌评论的声音为女性诗歌及其批评开辟了另一方天空。

在 90 年代以前，写诗同时又从事理论和批评工作的女诗人是相当罕见的。这种境况在 90 年代得以打破，90 年代汇集了许多优秀的女诗人，她们既是诗人同时又以诗歌评论者的身份出现在诗坛上，除了郑敏、周瓒外，崔卫平、翟永明、安琪、蓝蓝等女诗人在创作的同时也进行诗歌批评，她们以其诗歌与诗学理论共同建构着女性诗学理论体系，这是 90 年代女性诗歌区别于以往的一个突出的异质性特征。但值得我们注意的是，虽然 90 年代的努力在理论上投入了一定的力量，但相对于男诗人而言，这些女诗人的诗歌评论和诗学观点，其感性还常常凌驾于理性之上，其理性的支撑点还是略显单薄。同时，我们也不得不承认女性诗歌在理论力量上一直比较匮乏的事实，而女性诗歌要真正实现女性诗学理论建构的理想，还需要更多的理论力量的注入，只有这样，女性诗歌才能构筑起自身的理论大厦，走得更远、更稳健。

综上可见，伴随着大众消费文化时代的到来而引发的中国社会文化的转型，加之女性诗歌对自身诗歌传统的传承以及西方女权主义理论的不断引进，这三者的相互作用是导致 20 世纪 90 年代的女性诗歌呈现出多元化景观的主要而直接的原因。90 年代的女性诗歌，无论在写作主题、思想内涵，还是在技术的运用等方面都发生了深刻的变化，呈现出区别于 80 年代女性诗歌的异质性特征。90 年代的女诗人在传承传统文学和女性诗

---

① 周瓒：《女性诗歌：误解小词典》，《透过诗歌写作的潜望镜》，社会科学文献出版社 2007 年版，第 131 页。

歌自身传统的基础上，既书写了大量表现鲜明而强烈的女性意识和女性情感体验的女性诗歌，又由于女诗人写作队伍的壮大和写作上的差异和特质，其诗歌表现出主题和技艺追求的各异，呈现出独特的个人化风格，因而使90年代的女性诗歌呈现出爆发式的多元景观。可以说，90年代的女性诗歌创作超乎以往任何时期，它以一种盛势和锐利的姿态矗立于中国诗坛，成为一股不可忽视的力量。这种爆发式的、多元的繁荣景观，既充分标示着中国当代女性意识的觉醒已转化为女性写作的主动与自觉，也标志着女性诗歌写作不断走向成熟。如果说，作为女性诗歌自身传统的80年代女性诗歌是一粒种子的话，那么在90年代文化转型期宽松、自由的社会环境的呵护和西方女性主义理论的不断滋润下，90年代的女性诗歌已经成长为一棵顶天立地的参天大树。

第二章

彰显·淡化·超越：女性意识的复调

女性意识恰如一条飘逸于女性诗歌中泛光的彩带，它也是女性诗歌区别于男诗人创作的一个鲜明的标志。那么，何谓女性意识？所谓女性意识，就是指从女性主体立场出发，在其文学话语中所浮现的对"女性"这一性别特质从发现到认同再到审视定位的认知过程，并给予特殊的表现形态。

> 从女性主体的角度来说，女性意识可以理解为包含两个层面：一是以女性的眼光洞悉自我，确定自身本质、生命意义及其在社会中的地位；二是从女性立场出发审视外部世界，并对其加以富于女性生命特色的理解和把握。①

相对于西方悠久的女性主义写作和女权运动的历史，中国作家作品中女性意识的勃兴是在20世纪80年代。女诗人翟永明、伊蕾、唐亚平、海男、林白等的诗歌与张洁、张辛欣等的小说一起凸显出鲜明的女性意识，构筑了中国女性写作最初的亮丽风景。到了90年代，女性意识在女性诗歌中却呈现出复杂的复调特征，即彰显、淡化、超越的多声部特色。这既说明在90年代女性诗歌中女性意识的流变总趋向和一个呈现螺旋式上升的历时性的线性历程，同时也表明女性意识的彰显、淡化和超越是共时性地并存于90年代的女诗人和她们的诗歌文本中的。即使在个别女诗人身上，女性意识也是复调而多元地存在着的。她们既坚守女性立场，在诗作

---

① 乔以钢：《多彩的旋律——中国女性文学主题研究》，南开大学出版社2003年版，第9页。

中彰显女性意识，同时又试图挣脱女性身份的束缚，进行超越女性意识的超性别写作，从而对女性诗歌的写作做出全面均衡的理解与把握。由此可见，女性意识及超性别意识并不矛盾，它们共存于90年代的女性诗歌文本中。而对于女性意识这种复调存在的考察，一方面为女性诗歌在90年代的多元展开找到了内在的依据，另一方面使我们看到，90年代以来，伴随着整个社会的进步与对诗歌认识的改变，女诗人不仅以诗歌的姿态表述自我，而且以具有女性主体性的"人"的立场进入诗歌，聆听和感受世界，既不放弃性别立场，又不放弃艺术价值，使女性诗歌达到了人文价值与诗性价值合一的高度，女性诗歌从此走入包含性别但又超越性别的更为广阔的艺术空间。

第一节　女性精神家园的坚守：女性意识的停留

　　虽然在女诗人这里，女性意识与性别立场更多的是一种天赋的本能，但是在女诗人的诗歌中女性意识却构成了一种非凡的艺术震撼力。对于女诗人来说，女性意识始终是一个无法回避的问题，虽然女性意识不能作为评判女性诗歌的标准，但我们可以看到它对于女性诗歌的重要性。简言之，女性诗歌能够在当代汉语诗坛上崛起，并且得到广泛的认同和高度的评价，一个重要的原因就在于女诗人女性意识的觉醒与复苏。很多女诗人对自我及自身女性身份的重新确认，使女性意识在女性诗歌中日益彰显，她们重新构筑起属于女性的独立的话语空间。在这个预设的性别空间里，女性意识得到了前所未有的张扬，而这一特征恰恰显示出与以往诗歌创作的差异性。

一　女性意识的生长与凸现

　　女性意识在父系社会的传统形成中，一直是被压制的，因而在漫长的父权制社会中，女性长期处于"边缘人"的地位和失语状态。女性的性别特质和精神内涵成为历史的盲点，女性要成为具有主体性的人，首先必须寻找女性的性别特质。西方女性对于丢失已久的女性意识的寻找是通过轰轰烈烈的女权运动而引发的。西方女权主义运动曾经掀起了三次浪潮，虽然女权运动的初衷是为妇女争取政治权益和寻找女性特质，但西方女性主义文学批评也随之兴起。如在18世纪末至20世纪五六十年代，伴随着启蒙运动而展开的第一次女权运动的高潮，是旨在争取妇女选举权、参政权、受教育权和就业权等基本人权。在20世纪60年代末到70年代，伴随着西方各国大规模的学生运动而展开的第二次女权运动的高潮，则强调性别差异和女性的独特性；西方女性主义文学批评就诞生于20世纪60年代末的女权主义运动中。第三次浪潮是指20世纪80年代后的女性主义思潮，此阶段的女性主义学者更注重接受后现代、后殖民、解构主义等理论，注重对女性主义理论进行反思和话语建构，注重女权、女性、女人的统一和男女文化话语的互补。

因为西方的女性主义文学批评本身就是由女性主义者所倡导的，所以不难想象，其倡导的初衷就是希望强调女性的自我意识，那是经过压制后的内省。那些表面的平静，似乎都是在女性还甘愿被压制的前提下，波纹覆盖着暗流。只要有压力的地方就有极限，所以出现觉醒的呼喊是压制的必然反映，这是规律。在生活上，最初的反映就是树立起女权运动发起者的旗帜，比如英国女权运动的先锋霍尔斯东·克雷弗特。1972年，她通过出版《妇女权利的呼喊》一书，发表了女性如何做到与男子平等的种种意见，这些意见再深入扩展开来，焦点自然就集中在女性自我意识存在的环境问题上。事实上，解救物质不是女性主义的根本目的。解放精神，确实是一个漫长而复杂的女性工程，能让长期被压制的女性自我意识发出星光，最好的途径就是通过诉说。所以不难理解，早期英美女性主义文学批评的发展与女权主义的发展一直都是齐头并进的，英国女作家率先觉醒，也是与维多利亚时代英国妇女解放相互推进的。通过文学创作，表现生活和自我意识，这是接触知识的女性比较容易找到的进入精神世界的方法，所以女作家的发展速度常常出乎意料。"在二十世纪七十年代，西方女权运动又赋予女性诗歌以显著的时代血液，这类诗歌主要是女权运动的战歌……因此西方今天对女性诗歌的主要概念是女权运动的一种诗歌形式。"[①]

相对西方而言，我国既没有轰轰烈烈的女权运动，也没有英国维多利亚时代的妇女解放。由于"五四"新文化运动的重心由人的问题转移到了民族问题，妇女问题便随之流失。这就是五四时期妇女问题之所以未能深化，妇女的自我觉醒意识之所以未发育成熟的原因。中华人民共和国成

[①] 郑敏：《诗歌与哲学是近邻》，北京大学出版社1999年版，第395页。

立后，人们就认识到男女平等这一真理，男女同工同酬、婚姻自由，实现了女性经济、人身的独立，可是，这并不标志着妇女的自我意识和整个社会意识达到了某个理想水平。男权文化依然存在，女性仍停留在对男权社会的依附与认同上，社会中也仍然存在着性别歧视。

  文学发展至朦胧诗运动，是继"五四"之后的第二次"人的觉醒"的真正开始，在文坛上久违了的"人"，在诗歌中重新站立起来。朦胧派女诗人透过这种表面的平等看到了问题的实质，她们开始重新思索女性人格独立问题和女性的生存状态。以舒婷为代表的女诗人们的诗既是个人的情思，又传唱着时代的声音。虽然她们一再强调在诗歌中要有抒情主体的出现，却没有因此沉迷于狭小的自我空间，这是"人的觉醒"，也是群体意识的复苏。它对于女性诗歌创作的意义是十分显见的。女诗人们终于在这种集体的复苏中认识到了自身除了社会人之外，还肩负着女人的身份。在她们迈出这艰难的一步之后，关于女性自我的命题在她们的创作中一发而不可收地浮现了。虽然这种觉醒是群体的而非个人的，但却使女性诗歌发展出现了一个质的飞跃，久违的女性主体又在诗坛上出现了。但是，由于这一时期女性对自身解放仍停留在取得尊严和独立的阶段，从这一意义上讲，它仍然属于对人性的呼唤，是带有性别色彩的人道主义情怀，缺乏深层的开掘和洞察，所以在此我们只能将其视为女性意识的初步觉醒。

  女性主体意识的完全觉醒是在20世纪80年代中后期。20世纪八九十年代，中国人的解放潮流随社会转型而深入并内在化了，这正是妇女问题获得深层发现的机遇，所以女诗人对性别问题的关注、女性意识的建立，由不自觉走向自觉也是一个必然。在我国，直至新时期，女性意识才开始萌芽，在20世纪80年代中后期，女性意识才破土而出。由此可见，女性意识的确立经受了时间的洗练。从女性的感觉发育为女性意识，是人的觉醒到人的解放的成果。只有关心人的问题才会关注妇女问题，而与此相关的女性觉醒才能成为可能与现实。因此可以说，人的觉醒是女性意识觉醒的催化剂，人的解放必然带来女性意识的健全发育。也可以说，女性意识的觉醒与大面积复苏是恰逢机遇。其一是人的解放的潮流。其二是社会转型中心旁落所带来的话语空前自由，写作空前繁荣。其三是西方女性主义理论的深入推介。

  中国新时期以来人的解放与社会转型所引发的文化转型，其结果使文化发展呈现出多元化趋向。任何一种人文思潮都难以成为主潮，中心价值分裂为多元价值,人们的文化心态也因此变得异常复杂。20世纪80年代的女诗人恰恰置身于这样一个主导话语空无、缺席的时代背景下,这无疑为她们提供了寻找自我、发现自我和建立女性话语的契机。

自新时期以来,各种高扬人的主体性的文艺思潮和运动为女性诗歌创作创造了良好的人文环境。我们看到,五四运动成为妇女解放的肇端,而后的伤痕文学、朦胧诗等各种思潮都强化了人的主体意识。可以说,中国的文化土壤以及人文环境孕育了80年代中后期女诗人特有的个性、气质,女性主体意识以最大的可能性破土而出,并迅速成长。进入20世纪80年代中期,西方的各种文艺思潮、美学思潮、社会思潮纷纷涌入中国。诗人们在经过长期的封闭之后,对一切新思潮都如饥似渴地予以吸取,并按照其理解或感兴趣的某些方面,各取所需式地融合于其诗歌创作实践中,甚至作为其艺术信念与价值准则。正如程光炜所说:"20世纪中国女作家对自身的认识在经历了20年代的怀疑、三四十年代的内省与五六十年代的赞颂之后,开始走向它的反面:以激切的文化态度放弃自己。"[①] 文化的多元导致了艺术的多元,女性诗歌就是在80年代这种多元的文化环境中孕育而生的。

西方女性主义理论的深入推介,无疑成为中国女诗人的女性意识觉醒和复苏的催化剂。进入新时期以来,中国已经开始大面积地介绍西方女权主义运动及女性主义文学,这种引进对中国的女性写作产生了直接影响,一系列女性主义文学评论的著作相继出版。先期的著作如李小江的《女性审美意识探索》,孟悦、戴锦华合著的《浮出历史地表》。这两部著作将西方理论与国内写作实践相结合,虽囿于当时中国的实际情况,并没有获得大范围的认可与反响,但却具有成功的示范意义。直至中国女性写作的狂欢之年——1995年,许多有关女性文学专题的学术著作才大量问世。如刘慧英的《走出男权传统的藩篱》,陈顺馨的《当代文学的叙事与性别》,王春荣的《新女性主义论纲》,任一鸣的《女性主义与美学》,林树明的《女性主义批评在中国》,王绯、孙郁的《莱曼女性文化书系》,王绯的《睁着眼睛的梦——中国女性文学书写之召唤》,康正果的《女权主义与文学》,荒林、王光明的《两性对话》,荒林、王红旗主编的《中国女性文化》,徐坤的《双调夜行船》,陈惠芬的《神话的窥破》,鲍晓兰的

[①] 程光炜:《诗歌时评》,河南大学出版社2002年版,第69页。

《西方女权主义研究评介》，张京媛的《当代女性主义文学批评》等。除了后两种著作是对西方女权主义理论的专门评介外，前面的著作都以女性视角对中国从古至今的文学史、现当代文学中的著名篇章等进行梳理，得出了与以往男性视阈下截然不同的结论，对以男权为中心的审美机制提出了诘问与挑战。

不可否认，西方女性主义理论的引进极大地影响了当下中国的女性文学，一种明确的性别意识在许多女性作家的文本中得到了维护和张扬。普遍的认识是：女性是一个被忽略了的性别，她们惨遭男性的统治和压迫。"女性一直是男人的奢侈品，是画家的模特，诗人的缪斯，是精神的慰藉，是护士、厨师，替男人生儿育女，是她们的文秘和助手。"[①] 由此可见，进入新时期以来，中国介绍西方女性主义的话语更为成熟，西方女性主义理论给女性写作带来了话语参照。世界妇女经验的共鸣使西方女性文学作品对中国女作家发生了直接的激活作用。20 世纪 80 年代中期以来，中国女性诗歌性别觉醒与女性意识的凸显无疑与这股西方女权主义思潮的传入与女诗人对其欣然的接受有着密切的关系。如以西尔维亚·普拉斯为代表的美国自白派诗歌对于 20 世纪 80 年代中后期女性诗歌生成的影响，可以说，从诗的意象、语言和节奏诸方面都有所体现。新时期以来，中国知识界的文化热正在走向高潮，这一特殊的时代背景使得美国女诗人西尔维亚·普拉斯为 80 年代中后期的女诗人所接受。因而在此时期的女性诗歌中呈现出典型的"独白期"。在一定程度上可以说，诸多女诗人的写作中不单充满着普拉斯那著名的讽刺口吻，同时也充斥了她作品中特有的气味，女性意识得到前所未有地彰显，使女性诗歌具有独特的女性气质。

二 自由而独立的女性精神宇宙

在继 20 世纪 80 年代创造了一个"关于女性的神话"后，90 年代女性立场的自觉空前深化，磨砺了当代女诗人们的触觉，在她们陡变而锐利的意识投射下，一个女性的精神宇宙赫然矗立。但这一独立而自由的女性精神宇宙却是经历了近 70 余年才建立起来的。从五四时期一直到新时期，许多文化的先行者都看到了女性的独立对于推动民族文化发展的重要性。但是，每当我们回首时，总会发现这种认识往往被裹挟和淹没在政治独立

---

① 孟繁华：《想象的盛宴》，云南人民出版社 2001 年版，第 80 页。

的浪潮中，所以女性的独立往往沦为一种理想和空想，始终未得以实现。如从冰心一直到舒婷，女性精神独立的追求就一直在政治独立的浪潮下被忽视。在新时期，女性精神的独立追求才成为一种可能，这种情形始有所改观。如舒婷的《神女峰》和《致橡树》等诗就体现出女性意识的觉醒。无论是《神女峰》中"与其在悬崖上展览千年/不如在爱人肩头痛苦一晚"的追求精神层面的平等与独立的女性形象，还是《致橡树》中"我必须是你近旁的一株木棉/做为树的形象和你站在一起"的彰显女性存在独立性的"木棉"形象，她们作为诗中的女性抒情主体都是以独立的个体身份出现的，都是自尊自立的女性形象。这两首诗通过爱情形式，对男女两性差异的一系列贴切比喻，不仅表明了对人性尊严的呼唤，而且表达了对理想两性关系的呼唤；从这些诗歌中可见，此时的舒婷已经表现出女性意识的初步觉醒，所以舒婷诗歌中的女性形象成为当时众多女性的理想追求。

到了80年代中后期的翟永明、伊蕾、海男、唐亚平、陆忆敏等女诗人那里，女性意识获得了全面的苏醒和强化，女性意识的彰显使女诗人群体空前壮大，使女性诗歌得以成为新时期诗坛上不可忽视的力量，并一度成为话题的中心。80年代的女诗人自觉地寻找女性在精神上的独立位置，努力发现女诗人不可取代的精神和情感的源泉。她们的诗歌就是植根于孤绝的女性精神宇宙之上的，这可以从翟永明组诗《女人》的序言《黑夜的意识》中找到明证。

>作为人类的一半，女性从诞生起就面对着一个完全不同的世界，她对这世界最初的一瞥必然带着自己的情绪和知觉……她是否竭尽全力地投射生命去创造一个黑夜，并在各种危机中把世界变形为一颗巨大的灵魂？事实上，每个女人都面对自己的深渊——不断泯灭和不断认可的私心痛楚与经验——远非每一个人都能抗拒这均衡的磨难直到毁灭。这是最初的黑夜，它升起时带领我们进入全新的、一个有着特殊布局和角度的、只属于女性的世界。这不是拯救的过程，而是彻悟的过程……"[①]

[①] 翟永明：《黑夜的意识》，《诗歌报》1985年9月21日。

这段宣言既表明了女性意识的完全觉醒，宣布了女性的精神性别，也彰显了中国女性终于实现了精神的独立。如上文所述，虽然女性意识与性别立场在女诗人这里，更多的是一种天赋的本能。可是，它使80年代的女性诗歌一度成为诗坛的热点和焦点却是不争的事实，如翟永明、伊蕾、唐亚平、陆忆敏等在80年代创作的很多诗歌就是最有力的明证。所以，在某种程度上，女性意识的觉醒既成就了一批女诗人，也成就了女性诗歌。女性诗歌中的女性意识与性别立场，影响了包括90年代在内的一大批后继的女诗人。甚至直至21世纪的今天，这种鲜明的女性意识与坚定的性别立场对中国女性诗歌的精神成长仍然不失为最为完整与最为有力的贡献。

以翟永明为代表的80年代女诗人，她们对于女性精神宇宙的执着建构主要是通过对于内宇宙的挖掘而得以实现的，这种回到女性自身的躯体写作使得女性诗歌彰显出前所未有的女性意识，流露出女诗人对男权的反抗和颠覆。从她们的诗作中可见，80年代中后期的女诗人对待男性的压抑采取的是激烈、决绝的对抗姿态，表现出强烈的性别对抗色彩。男女两性之间完全是二元对立式的关系。因而这使她们专注于如何扮演好一个女性角色，所以我们看到80年代的女诗人专注于女性意识和无意识，并孜孜不倦地进行女性自身身体的开掘。甚至一提到80年代中后期的女性诗歌，就会使人马上联想到身体书写。似乎女性的神秘、内在、不可穷尽，对女诗人来说，始终有着巨大的吸引力，因为这种感受与冥想是她们所真实地体验着的。所以到了90年代，新登上诗坛的女诗人如李轻松、沈杰、唐丹鸿等基本上没有脱离伊蕾、翟永明、唐亚平们80年代的诗歌写作模式，她们继承了前代女诗人对于女性意识的凸显和无意识的开掘，专心于女性身体的抒写，一种明确的性别意识在她们的诗歌文本中得到维护和张扬。对于90年代女诗人的身体抒写，笔者将在第三章中做详尽的论述，在此不再赘述。这里提及女诗人的身体写作只是想表明女诗人对于女性精神空间的坚守主要是通过身体写作来实现的，或者说身体写作是女诗人建构女性独立的精神空间的一个有效途径。

90年代女诗人对于女性独立的精神空间的建构除了上述所提及的通过专注于内宇宙的挖掘与探索而彰显女性意识之外，还有一些女诗人如路也、阿毛等的诗歌中也表现出鲜明的女性特征和独立的女性意识，但这些女诗人诗作中的女性意识更多的是一种自然的流露，而不是前者的有意彰显。相对于80年代女诗人激进的性别对立，她们对待男性的态度显得平静和客气很多，对于男性的压抑她们往往采取温和的姿态，从容地讲述着女性的自身经验。这或许就如同翟永明所认为的："女诗人作品中的'女性意识'是与生俱来的，是从我们体内引入我们的诗句中，无论这声音是温柔的，或是尖厉的；是沉重的，或是疯狂的，它都出自女性之喉"，女诗人"站在女性的角度感受世间的种种事物，并借词语表达出来，这就是我们作品中的'女性意识'"[1]。同样，"女性美学认为妇女的作品表现出明显的女性意识，妇女写作具有一种独特和清晰连贯的文学传统，那些否认自己女性特征的妇女作家限制甚至削弱了自己的艺术"[2]。

80年代的女诗人致力于对女性自我的发现，她们在男性无法企及的角落建构女性独立的精神空间，这些女诗人在亮出女性旗帜方面确实做到了与男诗人分庭抗礼。她们把其自身置于与男性世界对立的位置上，认定男性是伤害女性的主体，那么背弃男人，冷漠地对待男人就成了恰当的姿态。而在阿毛看来，坚守女性意识并不意味着必须强调男女两性的尖锐对立，在她那里，男女两性之战是可以避免的。如阿毛的《消声器》就是典型的女性书写，诗中不乏现代观的女性意识：

    如果可以，请删除这个细节：
    手指一弹，序幕拉开。

    舞台上，她那么柔软，
    他还是捏造了一处硬伤：

    "这是我的肋骨造的，
    你的荣誉也是。"

    男人使劲鼓掌，
    女人拼命拧大消声器。

---

[1] 翟永明：《纸上建筑》，东方出版中心1997年版，第240页。
[2] 张京媛：《当代女性主义文学批评》，北京大学出版社1992年版，第2页。

> 我想做个中性人，
> 长在天秤杆的正中间。
>
> 最后，请记住这样的细节：
> 他（她）们颔首，鞠躬，流泪谢幕。

阿毛在近乎独白的喃喃自语中，将男女两性关系这个一度在翟永明、唐亚平、海男、伊蕾等女诗人笔下被解构的主题，又一次流淌成洁净的小溪，温柔、细腻、轻盈，散发出女性意识的自然而亲切的光芒。

从这个意义上说，阿毛的诗也是 80 年代女性诗歌的延续，仍然写女性自身经验，但又另辟蹊径，她"不再追求诗歌创作中的那些惊涛骇浪，或者坚硬的素质，而是用静水一样安静而平缓的诗风，用时光赋予的柔软嗓音，去歌唱去抚慰生命流程中的美丽与疼痛。静水流深是我要达到的另一种境界"①。阿毛虽然也致力于女性经验的书写，但与 80 年代女诗人有所不同的是，她不再把其自身看作某个群体的代言人，而是忠实于自我内心的悸动。在她的诗歌当中，她始终听从自我心灵的召唤，真实地面对其内心。在阿毛的诗歌中，她强调的是女性的阴柔，表达的是一种退缩式的女性立场。由于"静水流深"是阿毛的诗歌追求，所以我们看到她以其诗歌沉静、孤独、痛苦的品质区别于 80 年代女诗人强烈的女性意识。如"破碎在一瞬间完成"，"肉体活着，责任与灵魂/更痛地活着，柔蔓的句子/围绕一些深深的洞穴长长。/抚摸的手与唇总是太匆忙，/轻柔的翅翼也构不成/实质上的安慰。"（《女人辞典》）由此可见，"阿毛的女性意识是传承了很多担当的意识，同时又体现了自我的色彩。阿毛的诗歌写作里面，首先一个强烈的感觉就是她有一种时光流逝当中非常孤独的个体的经验和想象"②。

阿毛诗歌中的女性意识较之 80 年代女性诗歌中强烈的女性意识是不同的，因而阿毛的诗歌与 80 年代的女性诗歌也是有区别的。80 年代的翟永明、唐亚平等特别注意女性自身的经验，她们以"黑夜意识"来阐释女性生命深处的激情，而"阿毛虽然也写女性自身的经验，但她的女性

---

① 阿毛：《阿毛诗观》，《诗选刊》2007 年第 11 期。
② 霍俊明：《旋转棱镜的诗意折光》，《诗歌月刊》2008 年第 1 期。

特征体现的是作为一个女诗人的气质：柔弱，敏感，对爱情的珍惜、对生命和死亡难以把握的深深犹疑。她在夜色进入自己的肉体，进入自己的灵魂，进入自己的思想。她深陷其中，迷恋词语，温情地回忆，疑惑地思考，却并不试图揭开白昼世俗的面纱，充分体现出作为一位女性的温和与智慧"①。

路也90年代的部分诗歌也表现出明确的女性意识，同样地，路也诗歌中的女性意识也是自发的、自然的一种流露。路也从多个角度对女性角色进行全景式的敞开，显现出诗歌书写者对于自身女性身份的自觉认同。如路也的部分诗作也有一些关于女性身体的书写，虽然在某种程度上，这些关于女性身体的书写可以看作路也对于80年代女性诗歌身体写作的一种延续，但她的聪明之处在于，她绕开了市场经济以及男性视域对于女性身体书写的构陷。我们看到，路也的视域已经越过人本能欲望的自然需求和自由欢愉的层次，上升到了对女性自身的深层反思，并将人性向神性向度提升。如在《妇产科门诊》一诗中，路也就对女性生育这一女性经验进行了书写："这种疼痛纯粹得像盐/铁定之约被轻轻穿透/女人的灵性在这疼痛里磨砺得/光芒四射"。但从诗歌中我们看到的更多的是路也通过生育这一女性共有的而男性又无法染指的女性经验，表达女性在生育的疼痛中所展现出的母性的伟大及荣光。在《眉毛》一诗中，美容院对女性容貌的修饰是根据女性自身"低眉顺眼的理想"："美容店里刑具齐全/把女人的脸当成苗圃/对于眉毛，则根据低眉顺眼的理想/以鬼斧神工，该拔的拔，该剃的剃/然后用涂料绘制成标本/纹进皮肤毛孔，一百年不许变"。在诗人路也看来，女性对其容貌美的追求，表现出许多女性自始至终还是主动迎合男性的审美观，体现出"女为悦己者容"的姿态。在诗中，路也以强烈而自由的反讽对此进行揶揄，表现出明确的女性意识和性别特征。

这种鲜明的性别立场和女性意识还体现在她的《女生宿舍》《文史楼》《镜子》和《姓名丁香》等诗中。《镜子》为我们勾画出一个"使镜子真正成为镜子的/该是一个充满期冀与忧伤的女人"，相对而言，女人漫长的一生免不了等待和被忽略的命运，因此"镜子是她的信仰，她的乌托邦/今生与她最相爱的，不是别人/而是囚禁在镜中的那一个/两个女

---

① 霍俊明：《旋转棱镜的诗意折光》，《诗歌月刊》2008年第1期。

人如此对称地/栖居在不同的深渊里/连光阴也被复制出蒙蒙的影子/无数瞬间在镜子里重重叠叠/成为同一瞬间"。女性在现实中无法寻求到其自己的依靠，因而她们将镜子作为其乌托邦，"如果镜子出现裂痕/那是命运遇上了劫数/心撕裂过才知道什么叫沧桑/如果镜子彻底摔碎/那就是一个宇宙遭到了毁灭/那样的碎片真的不亚于一场嚎啕"。一旦这个仅有的信仰破灭，对女性而言就无异于"一个宇宙遭到了毁灭"。而《女生宿舍》诗中的抒情主人公是一个正值豆蔻年华情窦初开的女大学生，她和她的房间都成为诗歌描摹和书写的对象："其实女生宿舍就相当于/古代小姐的闺房/如果念的是中文系/那就算是潇湘馆或蘅芜苑了"，"课桌里塞着伙食费换来的口红/这是给美丽上交的那么一点点税/印染床单铺着大面积的鲜花/花丛里隐匿着蜜蜂般的机缘/床架上的长筒袜很慵懒/一件颜色愁苦的连衣裙月经不调"。诗歌中的女性性别通过"潇湘馆""蘅芜苑""口红""长筒袜""连衣裙""月经"等词昭然若揭。在路也的笔下，甚至连文史楼都具有了性别："也许文史楼从本质上讲/性别应该为女/她阴柔，PH值呈酸性"（《文史楼》）。在《姓名丁香》中更是以"四月、丁香、嫁妆"来暗喻"待嫁的闺中少女"。"四月是丁香的四月/一个月份成为一种植物不菲的嫁妆。"因此，有评论者指出，女性意识几乎贯穿了路也的全部作品，构成了路也创作的最根本意识。

三 孤绝而封闭的女性空间

由上文分析可见，90年代有为数不少的女诗人创作出具有鲜明女性意识的诗歌，并在这些诗歌中表达了强烈的两性对抗意味，使女性的"性别"角色得以尽情凸显。这种性别意识鲜明的女性诗歌或许正应和了整个90年代的文学思潮，如戴锦华曾说："90年代女性写作最引人注目的特征之一便是充分的性别意识与性别自觉。……女性写作显露出在历史与现实中不断为男性话语所遮蔽，或始终为男性叙述所无视的女性生存与经验。"[①] 或许正是女诗人的女性身份使得女性诗歌总是隐藏着什么奥妙的东西，它不是一览无余的美丽，而是引人探幽的诱惑。这或许就是女性意识能够得以在90年代继续崛起和滞留的一个重要原因吧！事实上，从根本上看，这种凸现女性意识的诗歌写作是一种着重于表现女性自身特

---

① 戴锦华：《奇遇与突围——90年代女性写作》，《文学评论》1996年第5期。

征，并且更加个人化的写作倾向。

不管我们是否同意90年代女诗人的价值与情感取向，但她们以坚定的姿势走进女性的内在世界，那种对纯粹的追寻，那种如歌的倾诉，使得90年代女诗人彰显女性意识的诗歌写作像是一次无望的女性晚祷。毕竟，她们都是在夹缝中生存着，并且正在书写历史。无论90年代女诗人在其强化女性意识的诗歌文本中如何渴求个人的内心生活，都已经与80年代迥然相异。如果说80年代的女性诗歌多多少少还带有女权思想，甚至在表现方式上还有些男性化，那么，90年代以后出现的一大批很受诗坛关注的女诗人，她们虽然都与阿毛、路也等女诗人一样，更加注重内心的自我感受和那种独特性，但她们不是作为一种"类"来写作，写作的时候不代表全体女诗人，而只代表她们自己。这种只代表女诗人自己的个人化写作，有时候应该比那种女性群体的代言人式写作更真实，而且在艺术上的探索也走得更加深远。

由此可见，90年代坚守女性意识的女诗人不同于翟永明等前辈诗人，她们从来都不像80年代的女诗人那样总是习惯于从先验的或者是理念化的女性主义立场出发，而是通过比较自觉的性别意识观照，寻求女性身份的认同，敞开历史与现实的女性境遇，展开女性的文化想象。她们的诗歌不同于新时期以前的女性诗歌，因为新时期以前的女诗人遵循的是男性话语的成规，顺从男性读者的阅读趣味，承认男性批评派给她们的角色，她们书写的是优美的感伤的精致的抒情的充满女子气的诗歌；当然，她们的诗歌也不同于80年代女诗人那种有意彰显女性意识的充满女权气息的诗歌。90年代的女诗人虽然坚守女性意识，但是她们的女性意识是一种身为女性身份的自觉认同，这种女性意识是自然地流淌于诗行当中的，而非刻意为之。这说明她们已经真正进入了女性的自然感觉世界和心灵世界。总体来看，90年代部分女诗人虽然坚守女性意识，但她们的诗歌与80年代女诗人作品有了很大的不同。如果说80年代女性诗歌中的女性意识是以怨诉倾向或强烈的自白作为一种外在标志的，她们的声音迫切、尖锐、犀利，她们的诗歌锋芒毕露，那么，90年代女性诗歌中女性意识的体现则是偏于内省的，在语感上也显得随意、柔和，但又不乏内在的锋芒。

90年代的女诗人对女性意识和独立的女性精神家园的坚守固然很可贵，但是在表达女性自我的坚守之时，很容易陷入一种自我心态的直白之中，进入了一种孤绝封闭的生存空间，呈现出一种病态自恋的生命状态。无论是唐丹鸿、路也，还是阿毛、李轻松和沈杰，90年代的女诗人都将目光投射到世俗化的社会和女性自身，以"欲与男性试比高"的姿态，争取女性的自尊、自重、自强，实现自我的精神超越，完成了"五四"以来女性意识失落后的重建。与此同时，我们也看到一些女诗人的诗歌写作和社会、历史的结合特别少，总是不断地重复着她们自己，这种自恋和孤僻貌似建立了一个女性自己的话语空间和精神世界，但其结果必然会造成自我封闭，导致女性生命价值的丧失。其实，女诗人的性别并不重要，力图让她们自己的每一首诗歌都有所超越和创新才是最重要的。正如女作家张抗抗所指出的："女人也同时把自己限制在女人的天地中，把一个原本共同的世界拱手相让了。"作为现代女性，首先是人，即社会的人，然后才是女人。这就要求女性首先要认识到她们自己的社会身份，然后才是女性的性别身份。因为女性意识不仅源于性别——这是生理的、先天的，是女性自然拥有的区别于男性的性别意识，而且源于她们所处的社会政治、经济、文化等背景——这是社会的、后天的，是女性应具有的同男性一样的社会意识。完整的女性意识是作为女人的性别意识和作为人的社会意识的共同体，二者缺一不可。只强调一个方面而忽视另一个方面，都不是完整意义上的女性意识，也不可能真正实现女性的生命价值。因此，女诗人不应沉浸在狭小的私人空间和纯粹的身体书写中，而应以独特的女性视角烛照历史、烛照现实，反映社会和人生，使女性诗歌在女性意识的全面张扬中继续开出美丽的花朵。

第二节 自我的隐匿和遁逸：女性意识的拓展

进入90年代，许多重要的女诗人的诗歌写作都淡化了女性意识，她们以其不急不躁的写作心态，用日常口语表达着普通女人对于普通生活、平凡生命、尘世幸福的达观与平淡。90年代的许多女诗人也放弃了80年代中期以来女诗人与男性话语的对抗姿态，她们不再仅仅将视域停留在对于女性生存状态和女性自身命运的关注上，而是逐渐拓展其写作视野。一些女诗人的诗歌表现出对于自然的观照；一些女诗人在回忆和过去中追寻自我；一些女诗人转而朝传统精神向度回归；一些女诗人将目光聚焦到女性个体的日常生活上，其诗歌更多的是对日常场景的呈现；还有一些女诗人通过写作个体经验来表达复杂而深厚的人文关怀。凡此种种,不一而足。她们剥离了时代与历史文化的包裹,从真实的人格出发,以自身鲜活的体验表达她们对生命与生活的感悟,从外部的人回到内在的真实。她们不再甘于担当女性角色的代言人,而是更乐于做一个真实的生命个体与一个独特的女性言说者。

一 女性角色的"退场"与女性本真的回归

众所周知,80年代的女性诗歌是以关注女性身体、女性自身生存状态和女性命运而出现在人们视野中的,并以书写女性题材在诗坛上赢得了一席之地。90年代以来,我们看到很多女诗人逐渐向其他题材拓展,不停地变换着她们的写作角度。正如翟永明所言:"在80年代的作品中,个人体验一直是我作品中延续的重要主题;90年代后这一主题慢慢弱化。""写作的主题较为自由和宽泛,也较随意,但若隐若现地仍延续着与个人体验有关的东西,只是它们表现得更为含蓄和更隐晦罢了。"[①] 这种表述不仅是针对翟永明自身的,它同样适用于90年代的大部分女诗人。她们由对自我的大胆、直率的剖露而转向对自我乃至女性身份和女性经验的隐匿和回避。从表面上看,这些诗歌似乎表现出一种女性角色的"退场",而事实上,则是更内在地体验了女性生命的回归与本真的"在"。如果说80年代的女诗人更多的是站在一个女诗人的立场上强调性别差异,以此抗争强大的男性中心的话,那么,90年代的部分女诗人已经回归了平凡的女人身份,淡化了女性意识,注重与男性话语的互补,以此寻求与男性和谐共处的途径。女诗人何以会在20世纪90年代出现这种转变呢?具体分析起来,无外乎以下两方面的原因。

(一)双重失语的焦虑

解构主义大师德里达在其著作《书写与差异》中认为,现代社会是"菲勒斯(男性)中心"社会,也是"逻各斯(语句)中心"社会,而政治社会的秩序控制了语言,他将"菲勒斯中心"的象征秩序引入"逻各斯中心"系统,将这两个词复合为"菲逻各斯中心"。由此可见,女性身受男权社会和语言的双重压迫。语言的压迫"使妇女处在沉默的状态

[①] 翟永明:《完成了之后又怎样?》,《纸上建筑》,东方出版中心1997年版,第243—244页。

中。妇女好像哑巴一样,不管她有多么复杂的经验,到头来连一个字都说不清楚"[1]。在以男性为中心的文化语境中,女性没有她们自己的话语,她们所使用的只能是对男性语言的重复。因为语言所具有的作为文化存在镜像的功能层面,注定了人们在日常不假思索地加以操持的语言之中,早已无意识地并且充分地沉淀和渗透着体现男性中心文化的权利意志,从而对女性诗歌的生成和确立,设置了语言文本上的直接困难。从翟永明的《人生在世》中,就可以清楚地看到女性写作中话语缺失的焦虑:"女人用植物的语言/写她缺少的东西","通过星辰、思索并未言明的/我们出世的地方/毫无害处的词语和毫无用处的/子孙排成一行/无可救药的真实,目瞪口呆"。在被男性世界包围和统治着的语言中,女性被命定地置于一种无言的悲剧境地。女诗人在试图建立其自己的精神世界以摆脱男权中心压迫的同时,却又不得不使用属于压迫者的语言模式,这就使她们陷入了进退两难的境地。

女诗人试图建立属于女性的话语模式,使其成为语言的主宰者。她们最初用来消解男性话语遮蔽的语言武器是从西方引进的女权主义话语模式。这种模式虽然在摧毁男性话语方面威力无比,甚至一度成为80年代中后期最具冲击力的理论话语,但它毕竟不是在其自己的生存体验中获得的,是植根于另一种不同的文化土壤与政治经济背景中的。所以西方女权主义的话语方式虽然有力,但却是异己的。因此,女诗人承受着双重失语的焦虑。一重失语是针对男性中心文化的遮蔽而言的,另一重失语是针对西方女权主义话语运用而言的。正是这双重失语的交织与相互作用,使女诗人开始寻求新的话语策略,使女性诗歌也由彰显女性意识的女性写作自觉地走向淡化女性意识的诗歌写作。

(二)女诗人清醒的自省意识

"现在我睁开崭新的眼睛/并对天长叹:完成了之后又怎样/……/整个冬天我都在小声地问,并莫测地/微笑,谁能告诉我:完成之后又怎样?"(《女人·结束》)翟永明的《女人》组诗在敲打出女性意识的最强音的同时,也留给女性与女诗人无尽的问题,那就是自我认识达到了这样的高度,如何再进行超越?当诗歌写作达到这一水平之后,该如何处理各种视角?在翟永明那里,我们看到诗人在女性意识觉醒复苏后的90年代

---

[1] 康正果:《女权主义与文学》,中国社会科学出版社1999年版,第134页。

已经越过黑暗来到白昼，摆脱了小世界的桎梏。但"完成"并不代表成功。所以她反复地追问："完成之后又怎样？"这表现出女诗人一种深刻的自我反省意识。我们看到，处于20世纪80年代文化转型期的女诗人在充分彰显女性意识的同时，已经完全抛弃了传统的女性价值标准，而后她们却陷入了迷茫中。她们在其诗作中也逐渐显示出对女性生命意义的怀疑与对女性价值在社会现实中无法体现的困惑。如伊蕾在《被围困者》中就发出"我是谁"的自我追问，而唐亚平在《黑色沙漠》中则发出"我的眼睛不由自主地流出黑夜/流出黑夜使我无家可归"的感叹。这既是两位女诗人对于其前期写作的一种反思，同时也显示出她们清醒的自省意识。诚然，女性诗歌中的女性意识是与生俱来的，但是作为一种自然的存在，当女性意识需要本能的释放时，人为地压抑它，势必会导致它的反弹与爆发，这是一种自然规律，其直接的后果就是导致女性意识在女性诗歌中空前地、一泻千里地释放，80年代中后期的女性诗歌就是典型的例证。当女性意识已经得到一定程度的彰显后，再继续做无限制地发挥和释放显然会产生过犹不及的负面影响，这在很多对于80年代女性诗歌褒贬不一的评论中就可见一斑。

值得庆幸的是，90年代的部分女诗人已经敏锐地感知到了这一点，她们自觉地淡化诗歌中的女性意识，不断寻求诗歌创作的新突破。比如翟永明对很多评论者将她的诗歌与女权主义联系起来进行批评表示强烈的不满。

> 我不是女权主义者，因此才谈到一种可能的"女性"的文学。然而女性文学的尴尬地位在于事实上存在着性别区分的等级观点。"女性诗歌"的批评仍然难逃政治意义上的同一指认。就我本人的经验而言，与美国女作家欧茨所感到的一样："唯一受到分析的只是那些明确讨论女性问题的作品。"尽管在组诗《女人》和《黑夜的意识》中全面地关注女性自身的命运，但我却已倦于被批评家塑造成反抗男权统治争取女性解放的斗争形象，仿佛除《女人》之外我的其余大部分作品都失去了意义。[1]

---

[1] 翟永明：《再谈"黑夜意识"和"女性诗歌"》，《纸上建筑》，东方出版中心1997年版，第235页。

这表明翟永明对评论界仅关注其"女性诗歌"已经感到十分厌倦，而且她也对此进行了深刻的反思：

> 我反感以男性价值观、男性话语权利来界定"女性意识"，以男性概念来强化"女性意识"，好像女诗人除了表明自己的女性身份之外没干过别的事。……对女作者是否依赖性别经验这一点我觉得不是根本问题，无论依赖何种经验，只要能将它最终处理成一篇好作品，那就是才能，"好诗"才是我们的最终目标。[①]

舒婷认为，女诗人只以一种自然的平常心去创作就足够了，并不需要在写作中特别强调其性别属性。因此我们看到，90年代舒婷诗歌中的女性意识也呈现出逐渐淡化的趋势。李轻松一直以来都被称作以女性意识写作的作家，但在接受记者采访时，李轻松却说：

> 我希望多一些人性的关怀，少一些女性的自恋或自怜的情绪，在关注生存现实的同时，也关注她们的心理现实。真正地把女性被淹没被忽略甚至是被践踏的那部分呼唤出来，解救出来，让她们拥有完整的人格，健康的情感和坚实的人生。所以我一直从一个女人生命的本质出发，从不约而同的男性视角形成的话语霸权中找到我们自己的权利和自由。

由此可见，在李轻松那里的女性意识已经不同于80年代女性诗歌中所彰显的与身体写作等同的女性意识，她对此保持着警惕：

> 在目前的女性写作中，我很忧心一提到女性意识，就是那种肢体化语言，而就人物而言把女性妖魔化。我想这是以偏概全而遮蔽了女性的真实处境与真实形象。所以一个女作家，如果摈弃不了自恋情结，那是很致命的。女性意识并非仅仅是强调感官的刺激、内心的暴力、身体的革命、欲望的放纵，其实还有更深层的东西，更坚硬的东

[①] 翟永明：《完成之后又怎样?》，《纸上建筑》，东方出版中心1997年版，第240页。

西，我一直在试图触摸到这种东西。①

综上可见，90年代的很多女诗人都有自觉的自省意识，她们越来越意识到性别角色尽情凸显所带来的局限，90年代的她们已经在思考如何扩展诗歌的书写主题和表现内容，并不断探索新的写作方法，比她们的前辈诗人更注重诗歌的形式感。这些女诗人已经逐渐超越了仅仅寻求自身特性的阶段，她们逐渐置身其外，更加自觉地关注诗歌艺术本身而不是她们本身的性别。她们自觉地淡化诗歌中的性别色彩，以多重的视角关注和书写现实与周遭的一切。

二 女性主体消隐后的多重视域观照

福柯曾说："在书写中，关键不是表现和抬高书写的行为，也不是使一个主体固定在语言之中，而是创造一个可供书写主体永远消失的空间。"② 在一些女诗人如蓝蓝、杜涯、丁丽英等90年代的诗歌里，女性身份似乎始终是一种"缺席的在场"。也就是说，虽然在这些女诗人的诗歌里，那种被80年代前辈女诗人为之奋激呐喊的女性意识从表面上看似乎销声匿迹，甚至无迹可寻，但实际上女性意识已经作为女性诗歌与生俱来的一部分，天然地为后继的女诗人所熟识。换言之，90年代部分女性诗歌中的女性意识与性别立场看似在淡化，或者说，它并未在这些后来人那里得到普遍的深化，但事实上它已经深入骨髓。只不过相对于80年代而言，这些女性诗歌中的女性意识已经敞开，其内涵更加丰富，表现形态也由激烈转为平和，并逐渐贴近纯粹的自由。而且，90年代女性诗歌中这种活泼并富于生长性的女性意识与女诗人渐趋精致的技术自然地融为一体，从而使女性诗歌在貌似女性主体消隐后实现了多重视域的观照，这在很多女诗人的诗歌中都有比较集中的体现。

（一）对自然的观照

女性意识的淡化使很多女诗人开始将写作的对象由女性自身的书写转向对自然的观照上，如女诗人蓝蓝就将自然万物中的微小事物作为其书写

---

① 李轻松：《与轻松一起舞蹈》，《辽河》2005年第2期。
② 米歇尔·福柯：《什么是作者》，《后现代主义文化美学》，北京大学出版社1992年版，第288页。

的对象，在她的诗歌中以往被我们忽略的那些大地上简单的存在都焕发出前所未有的诗情。在《柿树》中，蓝蓝从"五颗红柿子还在枝头——"这一再平凡不过的场景，看到了它们"那么幸福"的生存状态。在微小的《一穗谷》中，蓝蓝却看到了"每种事物中都有一眼深井／一穗谷，你的井竖在半空中"，由微小的事物引申出深奥的哲理。在《习作》中，诗人为我们描述了自然界的天籁之声："最好的尺度仍旧来自倾听／天亮时的雀噪、狗吠／檐头融雪的嘀嗒声"。

杜涯也创作了很多赞美大自然的诗歌，这从《秋天》《河流》《春天的声音》《苦楝花紫星星般》《夏天，你的常春藤，你的苹果树》《回忆一个秋天》《桃花》《嵩山北部山上的栗树林》等诗歌题目中就可窥见一斑。被耿占春称为"以博物学或植物态式的方式罗列着众多夏天事物的存在"的诗歌《夏天，你的常春藤，你的苹果树》这样吟诵道："果园里，蝴蝶成群飞舞着／蜜蜂的翅翼又多么清凉／夏天，你的红柿树，你的／南瓜开花。你的牵牛／盛开在废墟上／而篱墙，月光一样温柔／桃树的叶丛／无花果树的枝子／葡萄的藤蔓，攀缘的、伸展的／夏天。"在这首诗里，诗人杜涯"历数着夏天这个世界或上帝所拥有的一切财富：它的绿叶、南风、橄榄、百合、棕榈树的气味，石榴花、槐树和毛白杨，以及燕子、鹭鸶的入侵，苦艾、薄荷、风铃花的国度……这是夏天的宽阔的国土：事物、气味、经验、感觉、欢乐——多么广阔！"① 在《致故乡》一诗中，杜涯为我们描绘出故乡优美的自然景观："它的天空蔚蓝／它的田野广阔／它的庭院寂静，月光和水井清凉／在春天，它的桃花和苹果花绚烂／苦楝花盛开在街巷的每一个角落／在它的土地上遍布着白杨。"诗人由对故乡特有风物的歌咏表现出对故乡的热爱和依恋。在《回忆一个秋天》里写道："那是一个下午，天空／有着宁静的瓦蓝色／风　一阵阵从西北方吹来／平原上回荡着秋天的声音／我是偶尔走进了那片／村外的树林。树林中有着榆树／槐树、柳树，还有十几棵／高大的白杨"。杜涯书写了季节时序的变化，并在大自然的律动中敏感地感受着属于生命和时间的哀愁。

如同杜涯一样，宋小杰的诗歌也总是能从乡土自然中捕捉诗情，用树木、芦苇及河流等营造诗美的亮点。如那首描写其家乡芦苇荡的《大芦

---

① 耿占春：《只在赞美领域内才悲哀》，《诗生活月刊》，http://www.poetlife.com，2008 - 02 - 01。

荡》："在北半球的中国/在中国的东北部/在东北部的盘锦境内"，"一群群流浪的水草在此登岸/一根两根、一片两片/从此，生长蛮荒和贫瘠的大地上/芦苇像喜讯一样蔓延/……叱咤风云惊"。路也90年代的诗歌也有对自然的观照，她的诗歌中有很多植物意象，在接受霍俊明的采访时，路也说："一直喜欢植物。我以为植物是女性的。"① 小到一花一草，乃至小昆虫，大到山川大海，甚至整个宇宙，都成为路也诗歌的观照物。如在《女儿》中"我在荆钗布裙下裹着山河，忘记前半生的苦/和后半生的愁/一条大河啊是知音，在身边日日夜夜地向着大海奔流"。丁丽英的《蝴蝶》《蜻蜓》等诗歌也是对自然之物的书写之作。

与其说女诗人对大自然的书写是出于对自然的热爱和钟情，不如说是她们对于如今这个时代的不喜欢，"谁会说自己喜欢这个环境污染的时代呢？我写到的植物们正在变得越来越稀少，我写到的山和田园正面临着消失，或者现在已经不存在了。我用诗把它们记下来，后来再看，有的更像是挽歌或悼词了。"② 路也的这番话在杜涯的笔下得到了应和："我所热爱的事物都在枯黄、坠落/我所记下的一切都在消亡、衰败/我提到了阳光、流水、气候/它们却迅速逝去/我曾说起花朵、爱情、夏天、月光/说起过苹果树和白杨/——这一切消失在了什么地方？"(《秋天》)

（二）在回忆和梦境中追寻自我

"90年代女性文学创作群体中有这样一种信息码，她们的精神空间抗拒今天的生活形态，但是她们找不到更好的精神探求来进行补充，所以她们只好在'回忆'和'过去'中寻求寄托。"③ 诚如万燕所言，在女诗人放弃激烈的两性对抗后，回忆和自我寻找也成为许多90年代女诗人诗歌中经常触及的素材。她们或是通过回忆，或是通过梦境来寻找自我，并以此揭示隐秘的个人经验。在丁丽英的诗中，童年生活的书写、少女时代的回忆、梦境的追忆等主题占据着十分显著的比重。女诗人在记忆的海洋里畅游："往事在耳畔轰鸣，飞到她/无法动弹的记忆深处。/快乐和伤心事一样/跑向她够不着的地方。"(《秋天的境遇》)"我那有着异色眼珠的兄弟——/你有力地扶住童年的紫藤。/灿烂的嘴唇吐出一朵百合，/让回忆

---

① 霍俊明：《我的子虚之镇乌有之乡——路也访谈录》，《诗探索》（理论卷）2007年第1期。
② 同上。
③ 万燕：《当代女性写作的精神空间》，《南方文坛》2002年第2期。

的露水洗清固执的疑问吧，/一件花瓣的外套，一个喷泉的眼神。"（《白雪盖住了我们的屋顶》）"梦中的岛屿甜美，（假如没有记错）像块/蛋糕放在盘子里正准备端上来。/我和姐姐坐在沙滩上/吃早餐，阳光的叉子和/微风做的餐巾却纹丝未动。/梦，轻柔的梦！正如残忍的内心，/回忆的碎屑撒落一地。"（《梦》）在这些耐人寻味的诗句中既有对童年生活的回忆，也有对少女时代成长的回眸，而这其中更蕴含着迄今仍然驻留在女诗人内心的不为人知的创伤经验或记忆，或许正是因为这些曾带给诗人伤痛的记忆是不为人所知的，也是不想为人所知的，所以，这或许正是使以写小说而成名的丁丽英最终选择以诗歌的形式来书写它们的原因吧。

杜涯是一个喜欢重复的女诗人，她的笔下总是书写着同样的主题，而书写的模式似乎也大体如下所述："杜涯的诗常常是眼前的此情此景勾起对孩提时代的感伤记忆，或者干脆就是如烟往事的无端回味，但这些回忆往往能够激起读者同样的生命痛楚，或者是对存在的深沉之思。"[1] 如果说丁丽英的诗歌是借助回忆来展现她或快乐或伤痛的成长经验，在某种程度上还具有一定的私密性的话，那么杜涯的诗则更多的是借助情景的描写来勾起对苦难往昔的伤感回忆和生命意义的追问，由景及情，又由情及景。如在《暮春二首》中，"树木摇曳，人流渐稀/他开始走入一场回忆"，"走进往事/他看见鲜花和人面//走进风景/他看见人世上正花谢花飞"。在 90 年代这个强调"叙事性"而放逐抒情的时代，这种写作方式使她的诗歌具有与众不同的鲜明特征，既是叙事的，又是抒情的。忧郁而伤感的回忆便成为杜涯诗歌的独特标签，这种忧郁气质似乎缘于诗人童年的记忆，"那一年我五岁，田野上/刮着风"，幼小的我牵着父亲的手走在田野上，"我听到 一种声音 自北面/而来，渐渐地/逼近了树林/这时我听到了旗幡在风中//呼啦啦摆动的声音/接着坡顶上似乎有人'啊啊'地/喊了两声，又喊了两声，喊声里带着/无人回应的悲泣"，"我吃惊地望着空无一人的坡顶，心中充满/莫名的伤感 和 恐惧/那一年我五岁，我不知道那是/春天的声音，也不知道，春天的声音和死亡"。无名的悲伤和模糊的死亡观念就这样在不经意间嵌入一个孩子幼小的心灵中，"呼啦啦地摆动着，'啊啊'地/悠长地喊着，带着无人回应的/悲泣，许多年，令我/迈不动脚步"（《春天的声音》）。随着诗人的成长，这种莫名的

---

[1] 张清华：《阅读杜涯》，《诗刊》2006 年第 1 期。

悲伤和死亡观念日渐明晰起来："那一年我是九岁，或者是十岁。在以往的/岁月中，我也曾无数次走进/那片树林，/……我看到木叶在我的四周/纷纷落下。我看到了/风。""那一年我是九岁，或者十岁/我还不懂得死亡/（我的父亲死去是在若干年后）/我也不懂得生命 流逝 和消亡/但我看到木叶自树上纷纷/落下。我看到了/风。"由于死亡观念过早地植入，"后来我踩着落叶，向树林外走去/我知道我的童年已经结束"（《回忆一个秋天》）。

女诗人们或者在对过去的追忆中书写其成长的经验，或者退回到梦境中为我们建构一个虚拟的生活环境，这个生活环境有现实的影子，也包含着诗人对理想世界的想象和幻想。或许女诗人们是由于对现实的不满或抗拒，才在回忆和梦乡中编织其诗歌世界的。在这个诗歌世界中，女诗人们由于回避了现实苦难的压迫，化解了她们内心深处的焦虑与不安，她们走入梦中，回到过去，变成自由的精灵。对回忆和梦幻的抒写，使诗人在现实生活里绷得紧紧的神经得到松弛的机会，也让紧张的心灵获得自由和平静。

（三）向传统题材的移情和回归

此外，女性意识的淡化还表现在许多女诗人向传统移情上，她们在写作内容上向传统靠拢和回归，热衷于对传统题材进行重新书写和阐释。这在翟永明的《时间美人之歌》《编织行为之歌》《三美人之歌》，唐亚平的《侠女秋瑾》《才女薛涛》《美女西施》，张烨的《长恨歌》《大雁塔》《半坡女人》，路也的《萧红》《梁祝》，沈杰的《博物馆，与西汉男尸》等诗作中都有集中的体现。这些诗作都是书写历史上杰出女性的诗作，而它们本身也是杰出女性的诗歌文本。因为它们"以女性的经验去展开想象，结构一种普遍的、人民和民族的经验，既再现了沉埋已久的女性经验，又使普遍的经验获得具体深度"[①]。

翟永明80年代在颠覆了男权话语霸权后，又面临着借鉴域外资源所必然带来的影响焦虑，毕竟普拉斯也好，玛格丽特也罢，如果不能与本土的文化土壤结合，都是异己的"他者"之声。因而90年代她的诗歌风格发生了变化，开始放弃先锋而向传统回归和深入。但她没有丢弃一贯的性别立场，只是消除了早期写作中的警惕和夸张。如果说翟永明在20世纪

[①] 荒林、王光明：《两性对话》，中国文联出版社2001年版，第281页。

80年代后期的诗歌中还残留着女性主义的某些影子,到90年代其诗歌则充满了云淡风轻的闲适。她说:

> 我不认为自己是女权主义者,但我的朋友们往往认为我有强烈的女权思想,那么也许我是那种不想与男人为敌的女权主义者。另一方面,我乐意保持自己的女性特质,在任何困惑的时候也不会放弃这些特质而从各方面去扮演一个男人。我不会说:男人做得到的事女人也能做,我只想说:男人思考的问题,女人同样在思考。①

《三美人之歌》正是诗人思考后思想提炼的成果。而它所造成的戏剧性效果正如罗兰·巴特所说:我们既是遭命定论愚弄的被动演员,也是对命定论解释神秘化的自由观众。这就是视觉转移的效果,因此,翟永明后期诗作中"女性意识"的淡淡呈现,与其前期诗作中强烈的女性主义色彩相比似乎更容易使现代人产生共鸣。如果说《女人》以其开创时代先锋而著称,那么《三美人之歌》则更贴近现代的审美观。

《三美人之歌》分别取材于中国戏曲、小说、民间传说中的三位女人——孟姜女、白素贞、祝英台,诗中分别以红色、白色、黑色三种颜色象征这三位女性。高音一般的红色与黑色代表孟姜女与祝英台,中间加入休止符般的白色——白素贞。三个经典历史故事轮番在诗中出现。而这三位女性的共同之处是"她们的目光有时割破空气/有时又穿过那些光亮/繁衍自己的同类连同她们内心的颜色"。流露着坚定信心的"眼睛"再一次跨越时间与空间连接起这有着神秘相似的命运。红色的灵魂幽幽地叙说着她的故事:在花好月圆之夜,一身红色的新娘与新郎,在此圆月之夜如同上苍造物主般窥视着人类的不幸。"除了你的眼睛,还有谁?/看到那镜中猛然/飞入的一抹红晕/还有那映入记忆的/骨肉匀称"。从"你的眼睛"映出了她们的甜蜜,又仿佛打开了时光之门,再现了那一时那些人的花样年华。该诗巧妙地以"眼睛"为支点,运用蒙太奇转换意识上的时间场景。而诗中娇嗔的语气运用更是不由使人想象到叙说者眼波流转中的无限留恋。"我看到了来自远古的影像/……/我感到了来自远古的激情",由强烈的感官刺激,更确切地说是臆想"看"的刺激,为读者提供

---

① 沈苇、武红:《中国作家访谈录》,新疆青少年出版社1997年版,第328页。

了无限的想象空间，带来了强烈的心灵冲击。

用白色象征的白娘子，念叨着"为我的情郎／与我腹中的孩子"，"穿梭生与死的边界"，为"盗一株灵草"而上下奔走。千年的修炼仍然不能逃脱宿命的安排，"天上的一双眼睛"与"另一双眼睛"的期待注定了她的未来。而这样的女子"站在我的面前／白得耀眼　白得醒目／白得从这个世界上取走那曾经有过的颜色"，就是如此纯洁的女子，叫人无法用眼睛直视。"把她的灵魂镇压在一座塔下"，宿命却将她这样安排。在这里，翟永明将眼睛的位置转移，将"看"的权利交给抒情主人公，把她的眼换成"我"的"耀眼"与"醒目"。那种对眼睛的刺激再次给予心灵以强劲的冲击力。

黑色，是黑夜与死亡的象征。在"她比黑更逼人的目光"中包含着坚定的信念——"如果他死了，我也不活着／用痛苦把石碑捣烂。"同生共死的契约，海誓山盟的爱情，在祝英台的执着下显得如此真实，又那么令人肃然起敬。如此悲壮的情怀，如此柔肠寸断的爱情，不同以往的结局，并非以豪言壮语或是来自天籁的神秘莫测谶语，而是化作轻盈的灵魂"穿越玲珑剔透的小小形体／当我站在这里，向上流动的血液／鼓动着我黑色的风衣／向上劲飞好似她在领舞"。读到这里，读者眼前自然而然地幻化出那种轻盈、流动的画面。"起舞弄清影，何似在人间？"诗人不再单纯地以"眼"示人，解剖她的思想，而是将"观"与"思"的权利交给读者。这不仅是翟永明文字造诣的成熟，而且是她的心灵变得更敏锐的结果。此外，翟永明的《时间美人之歌》写三位古代美人赵飞燕、虞姬、杨玉环，同样地，《编织行为之歌》也写了三位古代女性：黄道婆、花木兰、苏蕙。单从这些诗歌的取材上，就可以看出翟永明在90年代已将视线投注于中国传统文化，表现了对传统文化的某种认同与回归。

这种向传统回归与认同的倾向同样还表现在唐亚平的《侠女秋瑾》《才女薛涛》《美女西施》，张烨的《长恨歌》《半坡女人》《大雁塔》中，也流露在路也的《萧红》《梁祝》，沈杰的《博物馆，与西汉男尸》等诗歌中。这些诗歌与翟永明的诗歌一样，"在选材上有传统音响的隐约回应，偏重于古典素材、语汇和意象的现代意识烛照与翻新"[①]。在这些以

[①] 罗振亚：《激情同技术遇合——90年代女性主义诗歌的审美新向度》，《文艺理论研究》2004年第2期。

传统题材为主题的诗作当中,女诗人总是通过对这些历史上的杰出女性和她们伟大故事的礼赞与向往,甚至是带有悲伤的感受中表达对女性命运的叩问。"一部枯燥的现代文学史/因你而清香荡漾/一条偏僻遥远的河水/因你而长流不息"(路也《萧红》)。"全中国的爱情都在这里/全人类的爱情都在这里/激情足以掀动千年的法典/忧伤使所有的美丽黯然"(路也《梁祝》)。①

综上可知,20世纪90年代的女诗人以她们独有的敏锐观察力,加上对文字的感悟能力,通过对传统题材的移情和对传统精神向度的回归,尽可能地呈现出她们所看到的世界。同时女诗人们对生活感受的积累及其文学观的转变,也使她们逐渐淡化80年代诗歌中强烈的女性意识。我们看到,从80年代印记着女性性别伤痕的黑色幽魅世界中走出的女诗人们,90年代后的作品风格呈现出多元化的特征,女性意识逐渐淡化。这种多变的视角也引领着读者追随她们一同探索新的意识空间。

三 极地隐遁后可能的超越

毋庸置疑,女性诗歌在80年代所彰显的女性意识的确引人注目,因为它是对男权中心的批判,抑或说是受女性意识的支配。需要指出的是,这一女性视角既表达了女诗人女性意识的觉醒,同时又不经意地设定了女性的压抑力量——男性中心。于是,拆解与颠覆这个中心就成了女性诗歌的主要策略。应该说,在彰显女性意识的诗歌写作中,女诗人们的确实现了一次对男性的有效颠覆,这种颠覆和置换犹如一场惊天动地的革命,动摇乃至摧毁了男性的霸权和优越性。虽然女性意识在女性诗歌中的强化是现实挤压的直接后果,但其局限性也日益彰显。

因此在90年代的女性诗歌中,包括身体等多种凸现女性意识的写作主题和包括叙事在内的多种技术的模式化多少隐现出危机,此时很多女诗人在她们的写作中或是出于一种写作的自觉,或是出于一种不自觉的自然行为,都开始淡化女性意识,使她们的诗作呈现出一种自然的质地,她们的这些书写自然、追忆过去、回归传统的诗歌,更多的是服从于诗人自身的情绪。这里所说的情绪并不是女性诗歌中常见的轻浮的直觉式的情绪,

---

① 转引自张立群《在突破中敞开——论路也诗歌风格的前后转变及其内在意义》,《诗探索》2005年第1期。

第二章 彰显·淡化·超越：女性意识的复调　　　　　　　　　111

而是女性经验在经过深度挖掘的同时转化而来的特有的深刻、节制却飘逸的情绪。这些女性诗歌文本呈现出的自然质地，使其完全不同于那些刻意凸显自己女性身份的女诗人过于观念化的生涩和刻意的书写。在这种自然的书写中，女性意识并未缺席，而是作为一个潜在的"场"规约着女诗人全部的感受力。在这些女诗人那里，女性意识既非符号，无须遮掩，又无须张扬，因为在她们看来，女性意识是一种天然的存在，一切都是自然而然的。所以虽然女性意识已经不再是她们考虑和关注的问题，但我们看到它却天然地流动和融合在这些诗篇中，并辐射出细微的光芒。

崔卫平曾经在《文明的女儿》一文中这样阐释道："建立女性主体意识的另一种方式：不是在一个封闭的天地中和男人上演激烈的对手戏，也不是在男人离去之后于黑暗中注视自己身体上所受的伤害和伤口，而是在面临一个女性群体时所产生的认同感，是无条件地加入自己这一性别和其遭遇的共同行动中去。"[①] 事实上，生活本身不能使男女两性互相排斥，他们要共建一种文化，男人创造的文化是世界一元，女人建造的也是一元，别无作为。她们要对一切男权的虚伪去弊扬弃，挖掘自身的力量，其终极旨归是人类本身。他们可以把世界看作一个信息的来源体和承载体，有世界，就有男人和女人，也就有生存，而生存本身是对人类状态的思考，包括男人的思考，女人的思考，每个人都是其自己存在状态的思考者和主宰者。因而女诗人没有必要刻意彰显女性意识，刻意留意自身的女性身份。很多女诗人对此都有深刻的体认。如女诗人路也在接受霍俊明的采访时曾说：

　　在我看来，故意地张扬女性特征或者有意识回避女性特征都是没有必要的。这两种方式虽然方向相反，但其实骨子里是一致的，都是把一个"女"字看得过重了。在写作过程中，我有时会忘记自己是一个女人，但是忘记了也是没有用的，写出来的东西依然具有女性特征，因为本来就是女的嘛。当然有时候我意识到了自己的性别，那写出来的作品的女性特征也一样程度地具有着，因为作为作者，我就是女的，我是一个百分之百的女人，但不会扩张成为一个百分之一百二十的女人。写作不可能只是心理和精神上参与的一项活动，我相信，

---

① 崔卫平：《文明的女儿》，《当代作家评论》1998年第6期。

一个人的生理也是可以参与写作的，但性激素分泌得再多，也不可能多到足以把自己的性别当成一面大旗举到天上去的程度。①

与路也一样，很多女诗人意识到，作为女性作者，女性特征是无须张扬的，因为它本来就在那里；作为女性作者，女性特征也是用不着回避的，也是因为它本来就在那里。正如翟永明所说：

> 我认为女诗人作品中的"女性意识"是与生俱来的，是从我们体内引入我们的诗句中，无论这声音是温柔的，或者尖厉的，是沉重的，或是疯狂的，它都出自女性之喉，我们站在女性的角度感悟世间的种种事物，并借词语表达出来，这就是我们作品中的"女性意识"。我反感以男性价值观、男性话语权利来界定"女性意识"，以男性概念来强化"女性意识"，好像女诗人除了表明自己的女性身份之外没干过别的事。……对女作者是否依赖性别经验这一点我觉得不是根本问题，无论依赖何种经验，只要能将它最终处理成一篇好作品，那就是才能，"好诗"才是我们的最终目标。②

此时的女诗人不但忠实于她们自己的性别，而且还忠实于她们对性别的感知方式。因此无论在生命中还是在诗歌文本中，她们都力图找到其支点。她们不再像80年代的女诗人那样仅仅针对男性话语场为女性自身找到一个支点，也并非直接从男性话语中寻找支点。她们的意义已经不再仅仅限于80年代女诗人那样停留在对男权文化的批判与颠覆以及对于话语权利的争取层面上，在题材上也不再局限于女性题材自身，而是将视域投向了自然、传统文化等宽广的领域。她们的作品流露出淡淡的女性意识，表现出沉静自然的女性诗歌风范。正是这些优秀的作品对女性诗歌的发展做出了独特的贡献。因此我们看到很多女诗人的诗歌呈现出女性主体的消隐，随之而来的是女性意识淡化后的多重视域的观照。

在女性意识淡化后，自然万物都走入了女诗人的视野中，自然界中任

---

① 霍俊明：《我的子虚之镇乌有之乡——路也访谈录》，《诗探索》（理论卷）2007年第1期。

② 翟永明：《完成之后又怎样？》，《纸上建筑》，东方出版中心1997年版，第240页。

何细小的生命都有女诗人们关怀眼光的眷顾。显然,女诗人对自然温婉、细腻的书写与男诗人笔下宏大壮阔的自然是有所区别的。我们从她们书写自然的诗歌中,不仅看到了女诗人不同于男诗人的柔婉与细腻的创作风范,也看到了女诗人们和谐的自然观。如果说在书写身体、欲望等敏感的主题时,女诗人的自我意识往往还或多或少地受到男权时代伦理道德规范的约束的话,那么,在女诗人面对自然的时候,则完全可以将这些由于性别文化强行赋予的价值观弃置一旁,以女性主体自我的身份对审美对象进行自如的书写和提炼,她们将对自然万物的喜爱、关怀等复杂的情感以冷静、细致入微的叙述赋予90年代的女性诗歌某种诱人的属性。虽然这些书写自然的女性诗歌文本在某种程度上仍然被女性意识所统摄,但此时的女性意识更多的是一种自然的流露,而不是刻意的彰显。

如果说80年代的女性诗歌恰如诗评家唐晓渡所言,创造了一个"关于女性的神话",将"独白"诗风发挥到了极致,那么90年代的女性诗歌则消除了"神话"本身高度抽象和本质化的立场,代之以多重视域的观照和细节的力量。"激越沉郁的内心独白被冷静反讽的世情观察所更替,紧张敏感的口吻也为沉静的语调所取代。"[①] 与其说这是因为女诗人摆脱了所谓的普拉斯的影响,不如说是女诗人找到了人与诗的相处方式。这是一种牢固而坚定、自足自信的方式,正如她在一首诗中所写的:"于是谈到诗 不再动摇:/——就如推动冰块/在酒杯四壁赤脚跳跃/就如铙钹撞击它自己的两面/伤害 玻璃般的痛苦——/词、花容和走投无路的爱。"(翟永明《十四首素歌》)较之于诗歌在文化中出演举足轻重角色的20世纪80年代,90年代的诗歌已然成为文学和文化的边缘物。或许这要求诗人的,一方面是真正的淡泊名利之心,另一方面则是更严肃和艰巨的反思意识,以诚实地表达出复杂的自我与现实世界。

综上可见,进入90年代以来,女性意识的淡化使得很多女诗人拒绝当下的书写,她们或是从回忆、梦境的追忆中寻找女性自我,或是转而选择对古代或现代题材进行书写的策略,这种转向收到了意想不到的效果。它使我们有理由确认,女性诗歌文本是东方土壤孕育的文本。女性诗歌的话语是现代中国的本土话语。值得庆幸的是,这种书写题材的转换使得90年代的女诗人们不再沉迷于女性的神秘主义幻象中,事实上,她们已

---

① 周瓒:《简评翟永明诗歌写作的三个阶段》,《星星诗刊》2002年第7期。

经找到了既表达个人倾向,又关怀人间现实的接合部。如果说80年代女性诗歌在对于女性自身身体和欲望的书写时不自觉地陷入了"被看"的境地,甚至成为市场经济的一个有力的卖点的话,那么90年代女诗人这种书写题材的转换和多重视域的观照是女诗人用价值理性对抗市场理性的智性选择。90年代的女诗人自觉地调整了女性写作的立场,对自身进行重新审视,淡化自赏、自炫色彩,从宣泄的激情中净化出来,与商业社会中女性身份消费化的倾向形成鲜明的对抗,并对商业社会中将女性置于被欣赏地位的男权文化予以自觉的抗拒。这也是女诗人走向成熟的明显的标志。多重视域的观照不但使女诗人自身走出了一度尴尬异常的困境,而且使女性诗歌得到了自救,获得了新生。

第三节 新的女性理想:女性意识的超越

90年代的女诗人既承继了80年代中期女性诗歌对女性意识的表现,又有对女性意识的超越,即超性别意识。这在诸多女诗人的诗歌文本中都有集中的表现。"超性别意识"看似与性别意识对立,而实际上是"性别意识的一种升华,是性别意识与人的意识的一种融合",所以"超性别意识是以有性别意识为前提的,它是性别意识的提升,但并不以抛弃性别意识为代价"[①]。因此,对女诗人而言,所谓的超性别意识就是要超越单一的女性性别意识,用一种既不同于男性也不同于女性的眼光来看待世界,理解生活。具体体现在写作实践中即表现为女诗人写女性却并不刻意表现其女性意识,不写女性却同样表现出女性意识。从某种意义上说,这种超性别意识的写作不仅是对既定女性意识的一种超越,也显示了女诗人在艺术上的创造力和文化上深邃的感悟力。

纵观当代新诗史,我们看到,在以前的男性中心话语中,女诗人或是进入男性话语领域,运用男性的口吻进行言说,或是作为男性中心话语的补充形式,只在狭小的领域里透露出几分淡淡的女性气息。由此可见,女性诗歌实际上走过了从郑敏的仿男性写作到翟永明、伊蕾等的女性写作,从晓音、杜涯、周瓒等的无性写作再到尹丽川、巫昂等人的女性个人化写

---

① 陈骏涛:《关于女性写作悖论的话题》,陈惠芬、马原曦主编:《当代中国女性文学文化批评文选》,广西师范大学出版社2007年版,第161—162页。

作的艰辛历程，相应地，女性诗歌中的女性意识也经历了彰显、淡化和超越的历程。这种历程是非线性的，是共时性地交织共存的，而与之相伴生的则是女诗人的创作心态经历了从妥协于男性价值观念到自甘于边缘独立、以我手写我心的过程。女性诗歌再也不是表现"那种裹足不前的女子气的抒情感伤"，也不再停留于表达"那种不加掩饰的女权主义"斗争的焦躁，而是充溢着"那些最朴素、最细微的感觉"[①]体验力量的超性别写作。超性别决不是放弃性别立场，而是不仅仅局限于性别角色本身。从女诗人的创作实践中我们可以看到，90年代女诗人这种超越女性意识的诗歌写作既摆脱了小女人的自赏与自恋，也放弃了80年代女诗人与男性社会抗争的斗争意识和两性对立的决绝姿态，而呈现出一些超性别特征，这是90年代女性诗歌的一个重要变化。此时的超性别不再是"花木兰"式的隐藏女性性别特征，而是以"人"的姿态眺望和理解世界，显示出90年代女诗人一种更开阔的视野和更深邃的思考。

一　穿越性别之门

90年代的女诗人何以会实现对于女性意识的超越呢？具体分析起来，无外乎有以下几方面的原因。

其一是女诗人顺应诗歌内部运行规律的结果。诚如前文所述，新时期的女性诗歌是以女性意识的彰显为主要标志，从而引起振聋发聩的轰动效应的，这种女性意识的强化是新时期女性主体自我意识的凸显，是80年代中后期的女诗人对抗男性"菲勒斯中心"的一种有效的抗争手段。对于长期压抑于男性话语霸权下的女性而言，它在诗歌中的彰显在其时确实是两性对抗中行之有效的武器，是有其存在的合理性的。但诗就是诗，诗作为一种艺术，归根到底它的最高层面是超越男性或女性的性别和角色的。女诗人在从男性话语遮蔽下现身后，又进入以女性为中心的私人空间，这必然不利于诗歌的艺术表达，也会使女性诗歌失去宏大的视野。因为诗歌艺术是超越性别的，所以女性诗歌的发展也应是超越性别的。唯有如此，才能触及人类意识之共同视点和深度，才能混沌而真实地理解和把握这个世界，并使女性诗歌进一步开阔、高远和永恒。因此，90年代女诗人对于女性意识的超越，不仅是她们的深刻卓绝之处，显示出90年代

---

① 张清华：《内心的迷津》，山东文艺出版社2002年版，第188页。

女诗人对于前代女诗人的超越,而且以超性别意识写作的诗歌文本也昭示出90年代女性诗歌的新突破。

从某种程度上说,90年代女性诗歌超性别意识的写作,是诗歌内部运行规律所导致的直接结果。女性意识的彰显使女性诗歌在80年代中后期达到了一定的高峰,这是不争的事实。尽管女性意识的自觉与强化使女诗人从女性视角、女性感受和想象切入,使女性诗歌达到了特殊的深度,但女性意识所闪现的女性一己之私的狭隘性却使得女性诗歌脱离社会,脱离生活而日益走向褊狭。人都是生活在社会中的,离不开周围的一切,女性诗歌亦然。女诗人只有将外部世界与自身的生存环境联系起来,才能开发出有深度的女性自我,正如郑敏所说:

> 当空虚、迷茫、寂寞是一种反抗的呼声时,它们才是有生命力的,是强大的回击;但当它们成为一种新式的"怨",一种呻吟,一种乞怜时,它们不会为女性诗歌带来多少生命力,只有在世界里,在宇宙间,进行精神探索,才能寻找到20世纪真正的女性自我。①

90年代的女诗人们也认识到了这一点,她们开始寻求新的写作方式,因此对于女性意识的超越也就成为女诗人必然的一种选择,超性别意识的女性诗歌写作即因之在90年代应运而生。就某种意义而言,可以说女诗人的超性别写作是代表着时代前进足音的创作趋势,它反映了诗歌内部运行的规律。如果女诗人仅仅坚守女性意识进行言说,而不触及女性以外的世界,那么即使女诗人能够顽强地发出女性自己的声音,那声音也必定是微弱的,是孤寂的,并将被时代的合唱所淹没。

其二是在经过了20世纪80年代女性意识的觉醒和强化,以及激烈的性别抗争之后,女性逐渐摆脱了男性附属物的身份,她们不再是男性的占有品,而是成为与男性一起分享生活的活生生的生命个体。因此,充满互相理解、互相眷恋和谐的两性关系,就成为90年代女诗人们共同追求的目标。这种目标体现在诗歌写作中,就表现为一种新的女性理想,即主张超越女性意识,并以此作为她们的艺术和精神追求,主张"彻底摆脱历来性别对女诗人笔下的诗歌纠缠。让诗歌回到诗歌,性别意识淡

---

① 郑敏:《诗歌与哲学是近邻》,北京大学出版社1999年版,第46页。

化直至消失"①。

女诗人在长期的创作摸索中,逐渐发现了其自身生命的欠缺和个人经验的有限,同时也察觉到本能的自恋和自我中心主义极大地束缚了她们自身的创作,使她们无力关注自身以外的事物,于是在长期的探索过程中回望和反思女性自身和社会,逐渐发展为女性诗歌的一种写作心态。由此可见,女诗人已经认识到以女性特有的视角客观地观照自己和身外世界的重要性。女性过分的"自我发现""自我抚摸"导致了"有的女性诗歌缺乏对现实的关注和深刻真实的生存体验"②,并进而使部分女性诗歌流于情绪化和理想化。南子也曾谈到其诗歌"缺乏女性本身意识的自觉和追寻,缺乏那种自我迷失到自我丧失的心灵痛苦的撞击,也缺乏生命大迁徙中绝望和困惑的精美……"③ 女性努力实现对自身和世界的进入,在诗歌和现实的壁垒面前"进亦艰,退亦艰"之时,她们不得不转而反思自我和世界。而几乎与此同时,1994 年陈染在《超性别意识与我的创作》中明确提出"超性别意识"这个概念,"异性爱霸权地位终将崩溃,从废墟上将升起超性别意识",主张"努力在作品中贯穿超性别意识,作为一个作家去观察世界并有自己内心的情感追求和独立的艺术探索"。"我将关注更加广阔的空间以及身边的万物","我必须超越个人的命运和爱情,把目光放到更远的地方","真正优秀的艺术家、文学家,不会轻易被异性或同性所迷惑,她(他)有自己的内心的情感追求和独立的艺术探索"④。

女诗人的反思加之"超性别意识"这个概念的提出,引发 90 年代许多女诗人开始对其性别意识进行深入的思考,对其诗歌创作进行精神和艺术整合。如翟永明曾指出:"事实上'过于关注内心'的女性文学一直被限定在文学的边缘地带,这也使'女性诗歌'冲破自身束缚而陷入新的束缚。"正因为如此,所以"要求一种无性别的写作以及对'作家'身份的无性别定义也是全世界女权主义作家所探讨和论争的重要问题"。90 年代的女诗人越来越发现专注于内宇宙的探索及女性意识的凸显对女性诗歌

---

① 远村(晓音):《意识的空间》,《女子诗报》1998 年创刊号。
② 陈旭光:《凝望世纪之交的前夜》,《诗探索》1995 年第 3 期。
③ 转引自杨光锷《现当代诗歌中的女性意识探幽》,北京语言大学性别文化研究网,2008 年 10 月 30 日上传。
④ 陈染:《超性别意识与我的创作》,《钟山》1994 年第 6 期。

创作所带来的局限，她们对此进行了新的审视，并思考一种新的写作形式，实际上，这也是女诗人寻求诗歌写作新突破的一种努力，这是"一种超越自身局限，超越原有的理想主义，不以男女性别为参照但又呈现独立风格的声音"①。《女子诗报》的主编晓音一直以来都强调女性诗歌的写作要淡化和超越女性意识，晓音说："《女子诗报》要超越性别上的'边缘'与'中心'，以诗歌为缺口寻求某种以'人'本身为基础的中性的话语体系，使女性诗歌最终融汇进人类诗歌的总体建筑。"②而冯晏也表明其超性别立场："当写作者已经自觉地进入对社会、对人深度的探索中的时候，性别上的差异已经不明显了。"③这些女诗人把女性的主体意识融入人类的客观意识之中，真正地以人类另一半的视角观照人类生活，"在一个大的现实背景和时代背景下去展开真实的女性对世界的认知"，"关怀现实社会中妇女的真实命运，将之作为创作的一种基石，作为一种写作的大背景"④。这样的写作才可以将女性真正解脱出来，从而使封闭、狭隘的女性世界向博大开放的世界靠拢。90年代的女诗人不再用偏激或纯女性的眼光看世界，而是以一个女性的视角客观、理智、平静地抒写生活，建构两性和谐共存的人类世界。

其三是90年代的女诗人对于女性意识的超越是她们在放弃的痛苦和艰难的摸索中所找到的与90年代社会发展进程相关的话语方式，超性别意识的写作即是这一新的话语方式下的产品。90年代以来，中国的社会形势发生了惊人的变化，政治、文化甚至科学的商业化潮流以不可逆转之势改变着人们对事物的认识。公众对诗歌的理解和兴趣亦日益萎缩。90年代的女诗人通过对80年代诗歌的反省，清醒地意识到诗歌的存在，不仅依赖其内部的发展规律，还与时代环境存在着某种相互刺激的共生关系。而任何单纯地将诗歌置于绝对化的人类精神活动范畴，不依据任何东西就可以独立存在的认识都显得过于幼稚，甚至不啻一种自我欺骗。因此，90年代的女诗人要进行更有深度的诗歌创作，就必须重新理解一些

---

① 翟永明：《再谈"黑夜意识"与女性诗歌》，《纸上建筑》，东方出版中心1997年版，第235—236页。

② 肖晓英：《〈女子诗报〉与女性诗歌》，晓音编：《女子诗报年鉴2002》，中国文联出版社2003年版，第5页。

③ 张桃洲、冯晏：《安静的内涵——关于冯晏诗歌的书面访谈》，《诗探索》2008年理论卷。

④ 陈旭光：《凝望世纪之交的前夜》，《诗探索》1995年第3期。

基本问题，再次明确写作的性质、意义与目标，为其重新选择、设计写作的方式与方法。超性别写作是 90 年代女诗人的最终选择，因为只有超性别写作，才能使女性诗歌的创作题材得到拓展，女诗人开始关注与时代共生的种种现象，如现代文明、现代科技及商业化潮流对于人类的冲击和挤压等都成为 90 年代女性诗歌的书写对象。女性诗歌的视域因而显得更为开阔、宏大。因此，只有超越女性意识的超性别写作才能使女诗人的写作最终站在与男诗人的创作比肩而立的平等位置上，并使女性诗歌最终走向成熟。

综上可见，由于 90 年代女性诗歌经历了文化转型的冲击和洗礼，女诗人的心态趋于练达与平和。同时，女性特有的性别意识又使其在与男诗人们做比较的时候，在商品化潮流面前显示出一种较为平和与从容的态度。她们在总体上较少那种在金钱面前和通俗文学面前的"躁动"以及在诗歌寂寞时代所表现出的坚忍都使这一时期的女性诗歌进入了前所未有的成熟状态。这些都是 90 年代女诗人性别意识淡化并进而出现一种近乎"超性别意识"写作的前提。

二 "用诗歌想象世界"

90 年代女诗人们自觉的超性别意识使她们的诗歌创作不囿于女性视角，不限于女性一己的个我空间，她们"有意地摒除明显地归属于'女性'的一些特征，尽量使文本显得缺乏直觉和经验的成分，同时又专注于某些'重大'的、所谓'超性别'的题材"[1]，在这一点上，郑敏、王小妮、舒婷、翟永明、杜涯、李南、晓音、周瓒等女诗人的创作都为其做了最佳的注脚。90 年代的女诗人们超越了女性意识，用诗歌想象着世界，表达着一个生活在这世界上的"人"的感受，进行着超性别的写作。

郑敏自从踏入诗坛就始终站在性别对立视野之外，她的诗歌相应地体现出对于女性意识超越后的大气。"男性与女性虽然各有特点，从自我的深广上却不再有高低深浅之分，那时就没有必要再从性别上考虑作家了。"[2]郑敏的诗歌总是能够站在哲学的高度，回避两性对抗，而达成人类共同存在的思悟。如其 90 年代的诗作《诗人之死》《梵高的画船不在了》等就

---

[1] 戴锦华、周瓒、穆青：《关于〈翼〉与女性诗歌的对话》，《诗林》2000 年第 2 期。
[2] 郑敏：《女性诗歌：解放的幻梦》，《诗刊》1989 年第 6 期。

是站在"人"学的立场上对知识分子的命运及整个人类进行观照的作品。

王小妮被诗人杨黎称为自朦胧诗以来最特别的诗人。从早期的朦胧诗作品开始,王小妮的诗就与时代保持着一定的距离,她从来不谈性别,不断在其创作中主动放弃对女性性别人称的使用,王小妮追求的是更为广阔的超性别的写作空间。虽然作为一个女诗人,她始终无法避免女性所固有的经验,但这些经验并没有成为她诗歌创作的桎梏。如其诗歌《不认识的就不想再认识了》:

> 到今天还不认识的人
> 就远远地敬着他。
> 三十年中
> 我的朋友和敌人都足够了。
> 行人一缕缕地经过
> 揣着简单明白的感情。
> 向东向西/他们都是无辜。
> 我要留着我的今后。
> 以我的方式
> 专心地去爱他们。
> 谁也不注视我。
> 行人不会看一眼我的表情。
> 望着四面八方。
> 他们生来就不是单独的一个
> 注定向东向西地走。
> 一个人掏出自己的心
> 扔进人群
> 实在太真实太幼稚。
> 从今以后/崇高的容器都空着。
> 比如我/比如我荡来荡去的
> 后一半生命

在此,诗人完全没意识到性别问题,这里的"他们"只是相对于她自己一个人之外的"他们"。诗人决定"我要留着我的今后。/以我的方式/专心地去爱他们"。诗人不再把其自身局限在社会学意义上的女性角色里，"他们"也就是那些无性别的"他者"。通过"爱他们"，诗人才能达到对"自我"的净化与提升。而"我"只是"全部人群的一部分"，"我"一贯想要关注的，也是全部的人群。① 事实上，不谈性别对立的王小妮，有着对性别问题深入而独到的理解。她回避直接言说男女的不同，而是把男女的不同生存状态予以揭示，在此揭示之中，人性的丰富和限度得以显示。在她的诗歌中，作为亲人的男人们的形象十分人性，让人感动和深感亲切。在组诗《与爸爸说话》中，王小妮以一个中性的、社会学意义上的"人"的感受来写一位平凡而胆小的爸爸。在《我和他，提着两斤土豆走出人群》一诗里深具激情的丈夫徐敬亚的形象，更是被写得生动而细致。

此外，舒婷、张烨和李小雨90年代的部分诗歌也显示出对于女性意识的超越。舒婷90年代的部分诗作坚定地站在个人生命和人性的立场上，深入生存细部进行观察，如她在《最后的挽歌》《国光》《阿敏在咖啡馆》《别，白手帕》等诗作中，展现出了现代人的生存景观，具有浓厚的现实感和深刻性。长诗《鬼男》是张烨在90年代创作的诗歌，这首诗显示出诗人已经将目光投向了一个"更高更远的境界"。《鬼男》是一部以民族文化为背景，融入了宗教意识，并与时代精神意识相碰撞的诗。它不再是对两性关系的单纯书写，而是在瑰奇而凄美的爱情历险中诗人完成了一次灵魂的超越，从人性和人的价值的高度探寻女性生存处境和精神解放的道路。90年代的李小雨虽然一如既往地保持了女诗人一贯温柔的基调，但在对现实、历史与文化的表现与思考方面，却体现出相当的深度。如她的《关于诗》就是表现在90年代商品经济大潮的冲击面前一个诗人的抗争，而这种抗争是极具代表性的。

翟永明在20世纪80年代说她"首先是个女人，其次才是诗人"，此时的她具有鲜明的女性意识；而到了90年代，她则宣称她"先是个诗人，其次才是个女人"。正如翟永明所说："在这一阶段的写作中，我更多地从个体生命出发，去展现历史和现代生活，试图从无性别的角度面对和把握人性的终极。"② 这说明她开始躲避女性意识所带来的狭隘性，她

---

① 王小妮：《派什么人去受难》，湖南文艺出版社1998年版，第30页。
② 翟永明：《正如你所看到的》，广西师范大学出版社2004年版，第69页。

的诗歌已经显示出对于女性意识的超越,而翟永明所说的"无性别"并非重新抹杀性别差异,而是以男女双性主体或曰双性主体间性的综合视角,平等地看待作品中的每一个男人和女人。她既不装扮、模仿男性,也不追求"雌雄同体",而是站在"人"的立场上进行诗歌创作,追求"通过作品显示女性的能力和感受,并试图接近艺术中最为深刻和广泛的问题——人类普遍的命运及人生价值"①。翟永明的这一写作诉求使她90年代的创作更加自由、纯净和澄明。

虽然翟永明在90年代集中探究了种种形而上的问题,"女人"不再是她关注的唯一焦点,但对女性命运的关注依然是她不变的主题。90年代翟永明的诗歌在写作内容上仍然大多贯注和表达女性意识和女性经验,但是她已经不再满足仅仅讨论女性问题,而是试图在更大的认知范围里写作,她关注的已经不单是女性的问题,而更多的是人的地位问题。② 比如在《三美人之歌》《时间美人之歌》中,翟永明所要表达的是现代女性面对生存的毫无出路之感。"男人呵男人/开始把女人叫作尤物/而在另外的时候/当大祸临头/当城市开始燃烧/男人呵男人/乐于宣告她们的罪状"(《时间美人之歌》),虽然在上述诗歌中诗人与传统的对接再次以女主人公的迷茫、困顿而告终,但是我们看到这种与传统的对接,却使翟永明的诗歌视域得到了拓展。如在《三美人之歌》中对于赵飞燕、虞姬、杨玉环这些中国古代女性遭际的吸纳,就不可否认地使她成功地扩充了诗歌创作的广度。在《时间美人之歌》《三美人之歌》这两首诗中,翟永明借历史和传说中的女性来感慨女性的不幸遭遇,切实道出了妇女的悲剧命运,揭示出悲剧之于女性的宿命意义,翟永明所体验的不是个体的遭遇,而是整个性别的命运。"她牢牢把握的是公共经验中个人的特殊性。"③ 在《莉莉和琼》中,诗人透过两个来自不同种族而又同处地球村中的异国女性的现实生活和内心世界,把她们所共同面对的生死、灵魂、宿命、爱情、欲望等诸多复杂问题放在一起加以思考,通过关于这一对女性际遇的书写,探讨了现代城市化进程中女性的命运,从而将女性的性别处境放到更加丰富的现实关系中展现并给予更为适当的定位。因此荒林评价道:"这

---

① 王光明、荒林:《翟永明:用诗歌想象世界》,《南方文坛》1998年第3期。
② 宋红岭、郭薇:《论翟永明90年代诗歌风格的转变》,《当代文坛》2008年第3期。
③ 钟鸣:《快乐和忧伤的》,翟永明:《黑夜的素歌·序》,改革出版社1997年版,第6页。

样的诗视野变得非常开阔,性别处境得到更为适当的定位。翟永明的变化使女性诗歌的写作不再局限于性别的领域,而是由性别转向对整个世界的关注。她完成了从性别的获取到超越的过程。"① 由以上分析我们也可以看出,90 年代的翟永明已经有了一种对性别的超越意识,正是这种超越女性意识的超性别视角,使其诗歌虽写女性却又超越了女性,达致一种人性的深刻。

对于女性意识的超越使翟永明及其诗歌视界拓宽了,由她 90 年代的诗歌文本,我们可以看到诗人对社会和世界许多热点问题的关注,这也显示出 90 年代以后翟永明心态的练达和诗歌创作题材的开阔。如《潜水艇的悲伤》不仅表现出诗人对于战争、企业、经济等问题的关注,还表现出在现代社会中商业大潮对于人的生存空间的侵蚀。

> 我的潜水艇最新在何处下水
> 在谁的血管里泊靠
> 追星族、酷族,迪厅的重金属
> 分析了写作的潜望镜
> ……
> 潜水艇它要一直潜到海底
> 紧急但又无用地下潜
> 再没有一个口令可以支使它
> 从前我写过现在还这样写:
> 都如此不适宜了
> 你还在造你的潜水艇
> 它是战争的纪念碑
> 它是战争的坟墓它将长眠海底
> 但它又是离我们越来越远的
> 适宜幽闭的心情

在现代商业社会里,潜水艇不仅失去了用武之地,而且连大海这个栖息地都失去了,只能躲在风平浪静的浅水塘里。但最终连这仅存的一处

---

① 王光明、荒林:《翟永明:用诗歌想象世界》,《南方文坛》1998 年第 3 期。

"浅水塘"都被商业大潮吞没了："国有企业的烂账以及/邻国经济的萧瑟还有/小姐们趋时的妆容/这些不稳定的收据包围了/我的浅水塘"。诗人在此暗喻了现代社会中的商业大潮对人的生存空间的侵蚀。

此外，现代文明和现代科技的发展给现代社会和现代人的心灵所造成的影响可能是当代任何一个诗人都无法回避的主题。翟永明也不例外。如她在其诗歌《轻伤的人，重伤的城市》中对现代文明进行了反思；其《三天前，我走进或走出医院》一诗则充满了对现代科技的犹疑与恐惧："三天前，一些电磁场/要穿透我的背脊/三天前，我幻化为/一个三维物体在旋转/风团和寒气侵袭时/我不能成为高科技的签名/科学飞舞幽闭天成/这二者要否定我的姿态？"运用现代医疗器械治疗是为了减少病痛，延长寿命，但在翟永明的笔下，这些现代科技的产物竟成了对人的存在的一种莫大的伤害。同样，在《拿什么来关爱婴儿？》一诗中也试图阐明现代科技暴力和环境污染给每一个普通人所带来的伤害："当他长到一米零五高//他已吃掉一千种细菌/一百斤粗制纤维/十公斤的灰沙入鼻/一吨的工业烟雾/如果是女孩她还得/吃掉一磅口红"。由以上分析可见，90年代的翟永明由于意识到了彰显女性意识的局限，而使我们看到了一位超越女性意识的优秀女诗人开阔的视野和愈加敞开的写作姿态。

杜涯是女性诗坛上一位独特的女诗人，尽管杜涯总是被诗评者放在女诗人的行列中加以论述，甚至获得了"新世纪十佳青年女诗人"的称号，但是她却说："说实话，我不太喜欢'女性诗歌'，对这个称谓也持一定保留态度。我从来没把自己放在'女性诗歌'行列里。"① 这说明杜涯始终站在超性别的立场上，而对她的女性身份保持着一定的距离。如果将杜涯的诗歌放置在90年代以来的女性诗歌中，这种超性别的创作心理和疏离女性的身份意识所带来的独特感也是极为鲜明的。在杜涯的所有诗作中，我们几乎找不到明晰的女性意识和追求女性意识的痕迹，显然，她的意欲并不在于书写个人的隐秘心理和女性独特的身体意识等象征女性意识的题材。检视她的诗作，我们看到，她关注的大多是个体的困境如何上升为普遍的人生困境。如其诗作《叙述》以鲜明的对比，描摹出城乡的差别和隔膜，城市的人们过着一种"有闲而高贵的生活"，"而在更小的地方，我的乡亲仍在为/买一件廉价的上衣而犹豫/考虑到农业和孩子的学

---

① 杜涯、张杰：《杜涯访谈》，《诗选刊》2006年第9期。

费,不敢有疾/他们不知道格局、英国别墅和贵妇人的狗/他们总是赶不上列车,拖着祖国前进的后腿/他们鼓励后代远走高飞,背离故乡"。诗歌中书写的是广大农村普通人的生存困境。此外,她面对世界的无常以及人类无法逃脱的死亡等人类共同的经验和恐惧的书写,也使其诗歌呈现出超性别的特征。如《宇宙的心》中对于即将消逝的一切的无从把握,显示出人类的渺小:"我恐惧于宇宙的消亡、时间的消失。"《北方安魂曲》中表现人面对世界的无常以及面临死亡时的脆弱与无助:"对于死亡的力量,我们该怎样估计?/我们总是被死亡打败,被它/带往我们无法知道的地方/而这个世界上有什么不被死亡带走?""……/我们不能选择自由——多年来/我们做着我们不愿意做的事情/……一切都身不由己,直到有一天你看到/自己的内心像庭院一样长满荒草"。由此可见,虽然杜涯的诗歌有一般女诗人写作的特点——细腻灵动,弥漫性强,有强烈的暗示性和悬浮感,但她却没有一般女性诗歌写作所常见的自恋性、泛性化,以及无边际的弥散性,这是非常难得的。这主要缘于杜涯从不依靠对两性世界关系的书写来表达她自己,甚至也不只关心潜意识领域中的主题,而是非常智慧地完成了从经验世界向着生命意识与哲学思考的超越。① 这使她的诗从始至终都体现出一种大气、淡定和不断向着超脱之界迈进的朴素沉稳,这种气质使她的诗歌避开了女性自恋的狭隘天地,也有效地避免了女性作家所往往陷于的女性意识狭隘性的俗常困境。

如果说杜涯的诗歌为我们展现的是农村普通人的生存困境以及人类的共同经验的话,那么李南、孙悦的诗歌则为我们呈现了当下现代都市人的生存困境及社会问题。如李南的诗歌《他们,或是我们》:"他们生活的城市看不到蓝天/肮脏、缺少公德。/他们呼吸的是尘土,而不是空气/他们喝的是纯净水/得用押金来赎买/他们的孩子有做不完的作业/他们的小区,遍地是晒太阳的老人/他们带着一大堆烦恼去工作。"不仅都市中人类生存环境日益恶化,而且展示出现代都市人的精神窘境以及"缺少公德"等一系列社会问题。在诗歌《遍地激流》中,诗人孙悦也为我们书写出现代都市人所生存的恶劣的城市环境:"置身于无数的腿和浅蓝色的废气之中/一种窒息的感觉包围着你/一种放浪的笑声尾随着你/除非你整天待在家里/除非你将自己变成一只古老的蜥蜴"。在此诗中孙悦不仅真

---

① 赵黎波:《杜涯的创作心态及身份意识》,《文艺争鸣》2008年第6期。

实地表现了喧嚣的城市生活给诗人的感觉与印象，在《欲望和恐惧》中她还展示出现代城市人的焦虑与困窘："没有想到今夜会宿在这儿/宿在这四面岩石的山里/狼的眼睛在不远处/绿成一片幽幽的梦/欲望和恐惧/从四面八方向我压来/将我压成一个肉球/巨大的黑幕阻止我呻吟"。上述诗歌表现出了因直面生存环境而造成的人的内在生命的困顿和窘境，既是女性所能感受到的，也是男性深有体会的，因而是超越女性意识，超越性别的诗歌文本。

《女子诗报》的主编、诗人晓音从不为女性意识所拘囿，在她的身上鲜有一般女诗人容易出现的过于柔弱、沉溺的气息。她习惯于用庄严的语调书写一些重大的主题，如书写普遍的人性和社会责任等，因而她的诗作往往具有一种超越性别的豪情。晓音曾说："作为一个诗人，我思索的对象已经超越了整个人类和整个人类所既定的秩序，面对一个博大无比的宇宙帝国，用笔与之对话。"① 她的诗歌《64号病房》《空房子：十一月十四日》《绕过一棵树》《乞力马扎罗的雪》等就是上述观点的文本实践。《64号病房》《空房子：十一月十四日》都是写死亡的诗。前者主要探讨死亡和人之间所存在的被动性问题："64号/这病人才会来的房间/只有睡着的人/才有说话的权利"。"在这里/64号病房/眼泪已经很不重要//我的父亲/我寒冷中结识的兄弟/都在这里死去"。"好久好久以前/很多人都来过这间病房/如今他们都死了"。"我连血都不会流了/可世界的人/还在讨论伤口"。而后者则以父亲的忌日和诗人生日的神秘重合来重新划定生与死的关系。对于死亡和自身存在根性的追问等重大主题的切近，使晓音的诗歌完全抛弃了女性诗歌所特有的温柔细腻、婉约缠绵，而呈现出超性别的特征。我们从中几乎看不出任何女性诗写的痕迹，看到的只是诗写者的厚重与大气。

被称为最具知识底蕴的女诗人周瓒，虽然一贯坚持女性立场，但这并没有妨碍她对于女性意识的超越。周瓒90年代的诗作也有着淡化和超越性别意识的倾向，虽然她始终以女诗人的身份进行创作，但是从她的一些诗作如《影片精读》组诗、《阻滞》《黑暗中的舞者》等已经可以窥见一种在男诗人那里都很少见的大气象，这些作品根本看不出是出自一位女诗人之手。而周瓒的《破碎》《相信》《灵魂和她的伴侣》《长椅上的两女

---

① 晓音：《我简单而失败的西屋》，晓音：《巫女》"后记"，文光出版社1992年版。

性》等诗歌则是用男性的视界和触角感受世界和事物的。诗作虽然表达了女性之间的"镜像结构"和女诗人拒绝"男性到场"的心灵与生命的疼痛感,但她的疼痛却是指向整个女性群体的,[1] 所以超越了女性意识的狭小视界,而获得一种超性别的特质。此外,周瓒的《窗外》也体现出对于女性意识的超越:

> 我时常想象自己抬起头,从书页上
> 我想象自己,看到了一片海
> 有蓝色的液体,游过窗棂
> 但我所能领受的,只是一小片海域
> 我告诉自己,那从来就不是
> 全部的深广,况且
> 我坐在一个固定的地方
> 它提醒我,想象也不能是无限的

"知识的底色和轻灵的感受并驾齐驱,虽然思维、语感和表达方式依旧是女性的,但节制内敛,处处闪现着智慧的辉光,本色的语言流动里寄寓的思考已经远远超越了女性意识,攀缘到了完全可以和男性比肩的感知高度,其价值再也无法仅仅用女性诗歌来甄别和断定。"[2] 因而,向卫国评价道:"很可能正是她,在坚守女性意识的书写中,完成对当代汉语语境中女性意识的成功超越,达到汉语诗写(不是女性诗写)的时代高度。"并预言:"欲与最优秀的男诗人比肩而立的,将会有周瓒的身影。"[3] 此外,安琪和李见心的部分诗作也呈现出对于女性意识的超越。如安琪的《五月五:灵魂烹煮者的实验形式》以及《任性》诗集中的诗歌均为中性甚至男性身份,超越了性别界限与特征;李见心的许多诗歌亦脱离了女性的浅唱低吟,尖锐地从生活里露出理性的匕首,直指人性脆弱的痛处,她

---

[1] 张立群:《在现实中敞开的技巧——论 90 年代女性诗歌》,《重庆社会科学》2007 年第 3 期。

[2] 罗振亚:《激情同技术遇合——90 年代女性主义诗歌的审美新向度》,《文艺理论研究》2004 年第 2 期。

[3] 向卫国:《〈女子诗报〉和〈翼〉诗刊》,《女子诗报年鉴 2002》,中国文联出版社 2003 年版,第 285 页。

对人生、人性、命运的思考都充满着"一种超越性别关照人类俯仰宇宙的理性气度"①。

从上述90年代的女性诗歌文本来看，消除或超越性别标记，已经成为20世纪90年代以来女性诗歌的一个醒目趋向，一种超越性别意识的写作已经在90年代开始萌芽并逐渐壮大。原来被过分强化的女性意识逐渐被消解，并在消解中实现超越，这种超性别的、由内而外的女性诗歌写作取向，使她们渴望以全社会、全民族、全人类的文化心理传统作为其心灵根据和文化背景来重新打量世界。她们摆脱了单一狭隘的女性意识的局限，努力开拓内围逼仄的女性视野，找到她们与世界之间宽阔的联结点，超性别写作使90年代女性诗歌的创作由此步入了一个更大的发展空间。

三 超性别写作的当下意义

对女性意识的超越使90年代女诗人获得了宏大而多元的视角，使90年代的女性诗歌涵纳着更高的人文关怀，因而与之相应的超性别写作更具有改变八九十年代女性诗歌的方向性意义。视角的宏大而多元使90年代女诗人的写作呈现出开放的姿态，她们的超性别写作为中国当代女性诗歌写作提供了新的可能，而超性别写作也成为中国女性诗歌发展的必然方向。她们已经以其超越女性意识的超性别诗歌文本证明了一个事实，即女性诗歌的写作可以如同男诗人的诗歌一样，抵达我们所处世界、都市、物质的各个角落，甚至抵达灵魂的深处。与此同时，她们的超性别文本也证明了一个真理，即女性写作可以不仅仅停留在表达性别经验和性别对抗上，相反，可以使个体性别和个体体验找到共性，并进而在平和理智的对话中辨析存在的真相。没有角色的干扰，没有对抗的纷争，90年代女诗人的超性别写作存在于近乎纯净的神话色彩中。而女性角色的缺失赢得的却是生命的整体在场。如果说女性意识的彰显使女诗人的视线都投向了对于自身独特经验的向内挖掘，那么90年代的女诗人对于女性意识的超越则使她们把更多的东西纳入其视野，而她们所关注的不再仅仅局限于女性自身的问题。女性诗歌中不应当只具有女性自我，"只有当女性有世界，有宇宙时才真正有女性的自我"②。这正是90年代女性诗歌所努力的方

---

① 晓音主编：《女子诗报年鉴2002》，中国文联出版社2003年版，第186页。
② 郑敏：《女性诗歌研讨会后想到的问题》，《诗探索》1995年第3期。

向。90年代女诗人思考的是如何从女性自身的独特经验出发，在诗歌中提出具有普遍意义的人性命题，这已经成为女性诗歌关注的焦点之一。为此，她们不仅需要摆脱女性自身的弱点，还需要具有成熟的哲性思维。一如成熟的女性走过的人生道路一样，女性诗歌在告别"自我"的天地，走向博大而神秘的世界的途程中，亦趋于成熟。女诗人认识到用女性意识的彰显来赢得读者的注目，毕竟不是诗歌的终极，因此有必要把触须伸向更远更宽泛的地方。要找到女性诗歌写作的新路，首先应该走进生活，走进时代，真正在深切的生命体验中触及、包容和消化生活本身的丰富、艰难、矛盾和希望，从根柢托举出一种厚重的、昂扬的，具有异样声音、异样冲击力与震撼力的东西，使生活因此而赢得新的活力和感觉，担当起一种新的生命形象和诗歌精神。

　　从接受美学的角度分析，90年代女性诗歌的超性别写作具有创造力，为读者提供了新鲜的经验，它有时是一种审美倾向的华丽登场，有时是一种哲学思想的横空出世，不仅构成了对既定的女性躯体诗学秩序的挑战，而且是对读者阅读惯性的挑战。在80年代的女性诗歌中，我们看到很多女诗人为了反抗男性话语，获取自由与解放而退回女性之躯，从自我的身体出发建构躯体诗学，因此，"女性之躯"仅仅是一种体现强烈女性意识的话语策略。虽然这种话语策略在90年代的许多女诗人中仍然广为应用，但是，我们并没有看到女性因此而获得真正的解放。恰恰相反，女性的"身体"和其诗歌一道陷入了被看的尴尬境地。值得庆幸的是，我们也惊喜地看到，部分90年代的女诗人已经实现了从作为女性主体自我确认的"女性意识"到"超性别意识"的转变。"超性别意识"即放弃对抗性的思维方式，因而，从某种意义上说，这些女诗人的"超性别意识"写作，实际上把女性问题和种族、历史文化等不同视野结合起来，进入自为阶段的女性写作中。它既超离男性逻辑秩序所属定的女性意识，也超越商业操作下女性话语被"奇观"的境遇。所以，这种写作也获得了真正的女性解放，因为女性的真正解放在于可以不再用强调她们是"女性"来获得身份地位的认同，在于女性可以独立自由地选择她们的生活方式，在于世界给了女性体验生命的尊严和自信。因此90年代以来，女性诗歌在多元文化背景下超越女性意识的超性别写作，是女性诗歌发展史上的重大进步，它必然会对女性诗歌真正进入文学主流并成为其不可或缺的一部分而产生深远的影响。

80年代女性诗歌的文化性格是反传统的，这从对其溢满女性意识的诗歌充满非议、褒贬不一的评论中即可窥见一斑。而90年代女性诗歌采取的是冷静、客观、中性的超性别写作。这种对于女性意识的超越不但使女诗人自身走出了一度尴尬异常的困境，而且使女性诗歌获得了新生。与其说90年代女性诗歌的超性别写作是时代发生变化的产物，不如说是90年代女诗人对于诗歌的认识发生变化所致。这种认识的变化反映到写作中，就使90年代女性诗歌有着更为内在、深沉与自审的东西。这是因为80年代部分女诗人大多处于青年阶段，进入90年代以后，她们已步入中年。人在中年阶段从心境、处境到命运与青年阶段都是迥异的。所以她们在前后两个阶段处理生活的方式自然就会有所不同。这一变化反映到诗歌中就是两种殊异的写作心态和方式。前者年轻气盛，彰显女性意识，专注于对女性独特体验的深入挖掘；而后者则人到中年，试图超越女性意识，她们以女性经验为出发点观照整个世界。也只有到了这个时期，才能写出真正超越性别的诗作。因此，从这个意义上说，90年代女性诗歌是从青年走向中年的诗歌，它蕴含着更为成熟、真实、长久的感动人心的艺术经验。

　　90年代女诗人超越女性意识而进行的超性别写作，在某种程度上可以说是她们在文本实践中找到了人与诗和谐相处的最佳方式。90年代女性诗歌的超性别写作"预示了某种既与我们正在经历的时代相对称，又与个人经验（包括写作经验）和诗的想象类型相适应的方法转换"[①]，而对于女性意识的超越使女性诗歌最终走向包含性别但又超越性别的更为广阔的前景。如果说80年代的女性诗歌恰如诗评家唐晓渡所言，创造了一个"关于女性的神话"，那么90年代的女性诗歌就如周瓒所说：消除了"神话"本身高度抽象和本质化的立场，代之以现实场景和细节的力量。与其说这是因为女诗人摆脱了所谓的普拉斯的影响，不如说是女诗人找到了人与诗的相处方式，这是一种牢固而坚定，自足而自信的方式，90年代的女诗人也因此多了一份坦然的心态，从容地面对世界，走进诗歌。

　　对于女性意识的超越使90年代的女诗人跳出了性别的限制，以宽广的胸怀拥抱社会生活，关注社会与人类的命运，以哲人的智慧观照生活。她们的女性色彩也未因刻意节制而隐退，由女性生命和生活所决定的观物

---

① 翟永明：《终于使我周转不灵·序》，河北教育出版社2002年版。

方式和思维模式使她们对于生命与世界的把握更为成熟，也更为光彩。她们在采用超性别写作策略的诗歌文本中，已经理所当然地剔去了通常在前期彰显女性意识的写作中所泛滥的急躁、焦虑与轻浮，取而代之的是岁月的厚重、积淀与馈赠。如果我们将20世纪80年代中后期女性诗歌的躯体写作看成是一种文化颠覆的实践，那么它于90年代超越女性意识的超性别写作就是一种文化建构行为，从某种意义上也可以说是女性诗歌写作的深化。超性别的立场使女诗人从男人、女人的二元对立式的关系走向一种多元的关系，使女性诗歌的写作更为广阔、丰富，更具有诗歌的意义，也更接近诗歌的本质。换言之，这种超性别写作在很大程度上突破了二元对立坐标，探询、拓展了女性经验的深度和广度。女诗人一方面成为女性诗歌写作的先锋代表，另一方面平等地与男诗人共享新诗的传统资源，共同开创新诗的前景。

但我们应该看到，90年代是一个文化话语多元化的时代，在此阶段的女性诗歌尚处于女性意识的彰显与淡化、张扬与超越多维度多层次叠加的时期，要真正超越性别，真正建构起超性别写作的话语模式还有很长很艰难的一段路要走。西蒙·波伏娃曾说："只要女人还在挣扎着去蜕变为一个与男人平等的人，她就不能成为一个创造者。"[①] 由此可见，虽然90年代的部分女诗人努力追求一种超性别的写作，但女性诗歌话语体系的建构，与男诗人平等对话的实现，其道路依然艰辛而漫长。而且要引起注意的是，女诗人在进行超性别写作时还要保持必要的警惕，在超越女性意识，摒弃性别局限的同时，还要防止陷入模仿男诗人的窠臼和重蹈"花木兰"式书写的覆辙。

---

① 西蒙·波伏娃：《第二性——女人》，湖南文艺出版社1986年版，第143页。

第三章

女性个人化写作的三种向度

20世纪90年代，在个人化写作深入诗歌写作内部的同时，女性诗歌创作也面临着时代转型的复杂影响。在告别集体态势的前提下，90年代的女性诗歌消解了那种集体的、同一的言说方式，将写作建立在一种更为独立的、沉潜的个人基石上。简言之，大众消费文化语境中的女性诗歌呈现出鲜明的个人化写作特征。无论从女诗人的构成，还是从女诗人的创作追求来看，90年代的女性诗歌显然是不同个体的文学集合。因而，90年代女诗人群体的复杂性，加之个人化写作观念在其内心的深植，均使90年代女性诗歌的写作呈现出丰繁而多元的写作向度。

面对90年代这样一个思想观念各异又变动不居的女诗人群体所创作出的堪称浩繁的诗歌作品，笼统地谈论其写作取向实难切中繁理，甚至会觉得无从下手。但作为同属女性、共事诗歌创作的一群，我们仍可发现贯穿于她们诗歌作品之中的一些共性的东西。比如女诗人不约而同地将身体作为书写的对象。作为80年代的女诗人秘密武器的"身体写作"，在90年代为很多女诗人所继承，并形成不同于80年代的两种流向。而许多受过良好教育、深具学院背景的女诗人，她们的诗歌普遍注重哲理思考与智性凝聚，讲求感性与理性的有机结合，张扬人文精神，体现出一种智性的追求；而另外一些更年轻一代的极具个性的女诗人，则是以青春的游戏书写现身于诗坛，以激进、自由和异端的文化态度和调侃与反讽的口吻削平精神深度。相对于传统的文化观念和价值观念，她们更相信其自身的生存体验与生命感觉，大胆、尖锐地直接道出现实问题和生存处境，她们比较注重性题材的开发，性感的语言和游戏精神在快乐的原则下飞动，溢满文本。在给我们带来视觉冲击的同时，也让我们感受到了游戏的青春所带来的轻飘。

除了上述身体写作、智性写作、青春的游戏写作三个向度外，90年代女性诗歌其他的很多写作取向也渐趋成为一种潮流，如鲁西西、沙光、施玮等女诗人的神性写作等。限于篇幅，本章着重探讨女性诗歌的身体写作、智性写作、青春的游戏写作。在此，我们对女性诗歌的写作取向进行研究，并不是要有意凸现女性诗歌的写作模式，而只是试图在纷杂的女性诗歌文本中梳理出一些共性的特征。正如韩东所说："划分不同的写作并不是为了以一种写作取代另一种写作，统一天下，恰恰是为了表明有不同的写作存在。它不是进攻性的，而是反抗性的，并不以取代战胜对方为目的。"① 何况，就时间的向度而言，任何一种写作模式持续太久都是对文学创造性的妨碍，也是对艺术审美的伤害。

第一节 "另类"乌托邦建构：身体写作

"身体"是一种融合了很多关于社会的、文化的、政治的观念因素在内的复杂的综合性的存在，是许多伟大哲学思想的核心，如莫里斯·梅洛·庞蒂所说："身体是我们能拥有世界的总的媒介。"② 身体本质上是一个表达空间，它容纳了主体的"投射"，是建立意义世界的具体要素和实体支撑，"身体是我们在世界中存在的关键……也是我们获取经验和意义能力的关键。身体代表着外在世界和我思得以发生接触的内在世界场所"③。由此可见，身体并非只是一个外在认识的对象，它具有经历知觉作用的能力，它与社会与文化都是分不开的，身体可使世界万事万物更能够彰显出其所潜藏的奥秘。文学能够以感性的力度反映社会，联系世界，也正是通过身体这个媒介才得以实现的。正如德国女神学家伊丽莎白·温德尔所说："身体不是功能器官，既非性欲亦非博爱之欲，而是每个人成人的位置。"④ 在后现代女性主义的身体修辞学中，女性的身体被看成是与女性的主体具有统一性的。在法国女性主义者埃莱娜·西苏看来，女性

---

① 韩东：《备忘：有关文学"断裂"行为的问题回答》，《北京文学》1998年第10期。
② [法] 莫里斯·梅洛·庞蒂：《知觉现象学》，姜志辉译，商务印书馆2001年版，第146页。
③ [美] 理查德·沃林：《文化批评的观念》，张国清译，商务印书馆2000年版，第171—172页。
④ 转引自刘小枫《个体信仰与文化理论》，四川人民出版社1997年版，第476页。

"描写身体",是"用自己的肉体表达自己的思想"。女性写作的特点就是"描写身体",通过描写身体而在肉体的快感与美感之间建立起密切联系,女性"描写的全是渴求和她自己的亲身体验,以及对她自己的色情质激昂而贴切的提问……每个迷人的阶段都塑造出一些令人回味的幻境和形象,一种美的东西,美得不再遭禁锢"[①]。

当我们回望中国当代文学史,在那些身体被专政的时代,我们每个人都拥有的,作家写作时赖以凭借以及最终要抵达的身体却遭到了放逐,在文学创作的过程中被宣布为是非法的。作家主动地将其身体和身体所感知到的细节藏匿起来。此时作家的写作没有自我,没有真实的身体细节,一切都以图解政治教条或者统治者意志为使命。"与此种文学相关的词语序列主要是:政治、服务、歌颂、揭露、工人阶级、典型人物、波澜壮阔的社会画卷"。进入20世纪80年代,"才有了自我、形式、语言、实验、个人等新词,但身体一词始终是缺席的,以至于我们一直有一个错觉,以为写作只和社会思想和个人智慧有关,它并不需要身体的在场"[②]。

自20世纪80年代中期以来,随着中国社会的现代转型与西方女权主义理论的深入推介,中国的女性对其性别有了更深一层的自觉,女性写作随之呈现出新的态势,进入了书写女性自身以去除男性中心历史对于女性的遮蔽与扭曲,表现鲜明的女性立场和女性意识的身体写作。这种新的写作观念发轫于以翟永明、唐亚平、伊蕾、陆忆敏、海男等为代表的80年代中后期的女性诗歌。由此可见,身体写作的发起者是一批女诗人,是她们率先将身体向文学开放,打破了身体在文学中长期缺席的局面,她们在其诗歌文本中对私人身体经验的书写,标志着身体的隆重出场。

正如诗评家陈仲义所说:"当20世纪90年代初,林白陈染们初涉小说文体的'身体写作',诗歌界的伊蕾们早已风火沙场。"[③] 过去被我们用道德的力量排斥在文学之外的身体世界,在80年代中后期的女诗人那里被敞开,被探索,被书写,这的确意义非凡。她们"以一种大胆直白的'自白'话语,近于神经质的敏感、偏执和极端反常的情绪宣泄,毫无顾

---

① 朱立元主编:《当代西方文艺理论》,华东师范大学出版社1997年版,第352—353页。
② 谢有顺:《文学身体学》,《花城》2001年第6期。
③ 陈仲义:《肉身化诗写刍议》,《南方文坛》2002年第2期。

忌地撕破东方女性温柔多情、含蓄慈爱等传统形象,并强劲持久地冲击着诗坛的审美思维惯性。"[1] 她们摆脱了男性中心话语模式,以一种完全不同于以往的姿态营构着女性诗歌世界,以对自身内部世界和生存、命运所做的深入、有力却又不无褊狭的体验和开掘,以及真正属于女性的书写角度和普拉斯式的自白呐喊使得中国的女性写作真正得以浮出历史地表。这种性别意识鲜明的身体写作,传达了女性觉醒以及对妇女解放的呼唤与期待,引起了阵阵的喧哗与骚动,成为新时期诗坛的重要景观。

综观90年代的女性诗歌,我们发现,这种发轫于80年代女性诗歌的身体写作在90年代女性诗歌中一直延续着,但是,这种延续却并非直接的传承,而是发生了深刻的变化。相对于80年代中后期那种单一意识形态性质的身体写作,90年代女性诗歌的身体写作呈现出多元化的写作态势。这种多元化局面的形成,主要是随着社会经济文化的转型,90年代的中国已经进入以后现代主义为核心的大众消费文化时代,而后现代主义倡导的是一种反对二元对立、解构中心的多元论世界观。在这种时代文化氛围的影响下,90年代女性诗歌中的身体写作自然消解了80年代中后期的二元对立性质,产生了一种深刻的断裂、转型与分化,呈现出一种高度个人化的多元化写作趋势和精神面貌。具体来说,90年代女性诗歌中的身体写作主要有以下两种类型的话语形式:其一是张扬生命感性原欲的先锋身体写作;其二是真正作为女性诗性话语的原生态意义上的诗性身体写作。

一 张扬生命感性原欲的先锋身体写作

过去,身体被看作从属于精神、思维的存在,是次等的和耻于被人提起的,为了发展道德和理性,人必须超脱身体。而"在当代社会,身体越来越成为现代人自我认同的核心,即一个人是通过自己的身体感觉来确立自我意识和自我身份"[2]。尤其是在90年代之后,中国现代化和高科技的发展,高速公路、高楼大厦、购物中心以及电影、电视和报纸等大众传媒迅速出现并深刻地改变了人们的日常生活,中国社会进入了被称之为

---

[1] 陈旭光:《女性诗歌与黑夜意识》,《文艺学习》1991年第2期。
[2] 陶东风:《镜城突围:消费时代的视觉文化与身体焦虑》,朱大可、张闳主编:《21世纪中国文化地图》(第3卷),广西师范大学出版社2005年版,第78页。

"消费社会""技术社会"的时期。在这一时期，世界在人们眼中早已不再是一个整体，而是呈现出了多元价值取向，并显示出断片和非中心的特征，艺术与商业、精神和物质、日常生活与非日常生活之间的界限正在缩小乃至消失。伴随着宏大叙事、真理、理性的不被推崇，身体、消费等过去被人们贬抑和忽视的问题现在成了消费社会文化研究的中心话题。正如费瑟斯通所说的："在消费文化中身体不再是盛满罪恶的容器"，"消费文化容许毫无羞耻感地表现身体"[①]。于是一种张扬生命感性原欲，对感官生命体验进行重新解说和美化的先锋身体写作，在90年代的女性诗歌中大量出现，这在唐丹鸿、贾薇、李轻松、张烨以及伊蕾等的诗作中都可以见到。

女性有其独特而隐秘的生命体验，如女性的身体生长、发育、月经、怀孕、流产、生育、哺乳等，这些都是男性永远无法感同身受的生命体验，长期以来，这些女性独特而隐秘的身体感受和心理流程却一直被掩埋在无名和混沌的状态下，直至80年代中后期，女诗人们将这些女性身体所独有的感觉以诗歌的形式书写和呈现出来，如唐亚平的《胎气》，张真的《流产》，翟永明的《人生在世》，伊蕾的《你愿意得到赞美吗》，陆忆敏的《出梅入夏》和刘虹的《女诗人》等诗作都是对女性身体生长、发育、怀孕等身体体验的表现。80年代的女诗人们以鲜明的性别意识对女性的心态、生命原动力进行了关注与展示，并意图将女性的身体由被动的欲望对象改写为主动的欲望主体，以对抗强大的男性话语权。对女诗人来说，女性的神秘、内在、不可穷尽始终有着巨大的吸引力，因为这种感受与冥想是她们真实地体验着的。正如一位女性主义批评家凯洛琳·G.伯克所说："女人的写作由肉体开始，性差异也就是我们的源泉。"[②] 因此，即使到了90年代，新登上诗坛的李轻松、唐丹鸿、沈杰等女诗人基本上没有脱离伊蕾、翟永明、唐亚平们的写作阴影，她们继承了前辈诗人对于男性难以染指的女性身体经验的书写。所不同的是，90年代的女诗人们在写作时显得更为直接，她们回归其身体，将身体作为提取写作资源的天然营地，甚至回到她们最内质的存在，即回到女性身体内部和深层的

---

① 汪民安、陈永国编：《后身体：文化、权利和生命政治学》，吉林人民出版社2003年版，第332页。
② 伊莱恩·肖沃尔特：《荒原中的女权主义批评》，王逢振编：《最新西方文论选》，漓江出版社1991年版，第264页。

本能欲望，将纯粹的心理、生理隐秘全部宣泄出来。

　　从生理角度讲，"女性身体所提供的最基本的，也是最能引起共鸣的隐喻就是血"①。"血"对女性来讲有着特殊的意义，所以"血"成为女诗人的独特词语。女诗人以此表征自我的主体性，这在 80 年代的女性诗歌中就有体现，如翟永明的《母亲》："你是我的母亲，我甚至是你的血液在黎明流出的／血泊中你惊讶地看到你自己，你使我醒来"。唐亚平的《死亡表演》，伊蕾的《三月的永生》都对血与女人的关系有着很深刻的体验和揭示，它们标志着当代中国女诗人对血的自觉。这种自觉一方面为女性诗歌确立了一种完全属于她们的诗学话语，另一方面把女性诗歌定格在创伤的记忆与体验之中。90 年代的李轻松在《被逐的夏娃》中再一次呈现了血与女人的紧密联系："是猎人使他们倒下／血光中有什么离开母性的尸体"。李轻松形象地描述了分娩的残酷性："最残酷的经历，是自身的桃子／——迸裂并流尽血水"。如果说翟永明、唐亚平们的女性体验是神秘的、黑色的，那么在李轻松这里，女性体验则是实在的、可以言说的，更具有形而下的意味。李轻松曾说：

　　　　我从来不信任我的思想，我只信任我的身体。或者说我不相信什么真理，我只相信肉体。我不知道什么才叫"精神"，是谁赋予它那么完美的意义使它高高在上？究竟是它遮蔽了我们的眼睛还是我们的眼睛看不到它？总之我看不见摸不着的东西我就保持质疑。只有身体才是我们活着的证据，是我们与这个世界与万物交流的通道。②

　　女性主义者指出，男人用理性想问题，女人用身体想问题；女性要重新发现其自身，就必须重新认识身体的生存位置，即在女性的体态和性征的基础上重建生命观、政治秩序和社会伦理。"女性用什么器官生殖文本？这就是她们的身体和子宫。"③ 因而，生育是女性与男性明显的区别，是实现女人身份的一种仪式。生育这一特殊的经验领域对女性心理状态有着深刻影响，女诗人们认为，这是男性永远无法感同身受的经验世界，因

---

①　张京媛主编：《当代女性主义文学批评》，北京大学出版社 1992 年版，第 177 页。
②　李轻松：《与轻松一起舞蹈》，《辽河》2005 年第 2 期。
③　伊莱恩·肖沃尔特：《荒原中的女权主义批评》，王逢振编：《最新西方文论选》，漓江出版社 1991 年版，第 264 页。

此，它成为很多女诗人的书写对象。如丁燕的《在妇产科的女人》表达了女性生育的痛楚："你的阵痛吓坏了你/肚里想出来的东西吓坏了你/你不知道它会是什么东西/它却是你唯一想要的东西……手术室里流出的是你的血/血迹却干在它的身上"。而利玉芳的《孕》则流露出女性孕育生命的喜悦和激动："怀了一季爱的女人/感到那蠕动的生命/是用伊的憧憬和心愿/凸出来的春天"。旋覆在《怀孕的女人》中传达出怀孕虽然是女性生命中必经的过程，但也会给女性带来困扰和烦恼："肚子越来越鼓胀/再也不敢拿针了/看见卫生纸也害怕/怕它突然变红"。李政乃的《初产》表达出女性受孕、生育的微妙感受："如爆发前的火山/子宫硬要挤出灼热的熔岩石/阵痛谁能替代/两条生命只靠女人的天性"。冉冉在《祈祷》中展现了初为人母的祥和心态和美好的心愿："绯红的空气/孩子们举起小旗/跌倒在奔向我的途中/我已怀孕　腹中有婴儿安睡/神怜我们请用/皑皑白雪遮掩遍地血水/再次临盆　这唯一的婴孩/是冬天的花朵"。林雪的《空心》则在母亲哺育婴儿的温馨中渲染了一种母爱的博大与平和："我的乳汁丰淳/爱使我平静/犹如一种情愫阻在我胸口/像我怀抱中的婴儿"。90年代步入诗坛的李轻松更是一位着迷于生育的女诗人。如果说利玉芳的《孕》表现的是女性成为母亲后所展现的母性本质的话，那么李轻松的诗歌《宿命的女人与鹿》所表达的则是受孕、生产给女性带来的感受、伤害、疼痛、希望、惊悸等微妙的变化："这被生育绞碎的身体　曾经空着/像离开海水的鱼，空有一身鱼皮/我惊悸的手指露出空心//有一滴水落在胎儿的身上，我体内的胎儿/紧裹在秘密的囊里，像苞蕾中的苞蕾/眼睛里的眼睛，她惊吓的蕊心一动不动/我被什么取回，放在胎心的上方/聆听我骨骼深处的撕裂声"。李轻松从独特的角度将分娩的过程进行了描述，展现了女性强大的包容性和巨大的承受力。

此外，还有很多女诗人也对女性性欲、生育、流产等生命经验进行了书写，如翔翎的《流失》即描述了流产这种男性永远也无法经历的不幸和伤痛的体验——"你是我/流失的生命/子宫内/最最深刻的伤痛"，表现出母亲对其体内流失掉的生命的悲痛哀悼；阎妮在《女人》中直接描述"子宫"，营造了"子宫崇拜"，大幅度地渲染了"母体"，赞颂了女性的伟大；而千叶则以《捕兽器》显示了女性潜在的巨大制服能力与不可抵抗的诱惑力，对男权文化中心话语的专制秩序实行了反制。女诗人们打破男性单一线性逻辑，以女性发散性思维，围绕着对女性身体的生命阶段的观照，描述了经由身体而感知的隐秘的女性生命体验，试图为女性诗歌确立一种完全属于它自身的诗学话语。由此可见，女诗人对于自身独有的生命经验的反复描写，既是她们试图通过身体写作来进行自我命名与自我阐释，以此完成对女性"无史"和"缺席"命运的抗争与反叛，同时也是对宏大叙事的消解。

80年代的女诗人在用身体写作表达女性体验时，隐秘的性意识和性体验是涉及得相当多的内容，她们从自觉的性别立场出发，体验女性生命中最感性的层面，大胆地采取相当直接的性视角把私人经验、幽闭场景带入公共文化空间，通过对女性私人经验的自我读解和情色话语的大胆摄入，表现女性内在的欲望，以挑战世俗的近乎极端的方式颠覆男性中心社会所建构的政治、历史、道德理念。80年代中期，伊蕾的《独身女人的卧室》发表时，因其对身体快感和欲望的大肆渲染，而一度引起了轩然大波，然而，即使将其放置于90年代或21世纪，它依然闪耀着夺目的诗性。而后伊蕾的《祈祷》则直接通过情欲主题将女性内心的渴望与焦灼展露于阳光之下："我的欲望是野火／最卑贱，最惨烈，最炽热／最无畏，最持久，最贪婪"。张烨的《暗伤》更是大胆地走进了关于男女欢悦的体验中，一反传统地、高姿态地表达了女性的强烈身体欲求："给你，以一个女人颤果的诱惑，沸腾的／血液，人全部的热情与主动……火山、地震、雪崩、海啸、战争／我们一无感知／紧紧拥抱一动不动"。在伊蕾和张烨90年代的诗作中我们依然可以见到其前期作品中一脉相承的身体写作。

90年代登上诗坛的年轻一代女诗人唐丹鸿、贾薇等的诗歌创作无疑延续性地忠执于伊蕾、张烨等前辈女诗人的写作信念，她们都以细致、大胆的笔墨，呈现了女性细密的心理世界。其作品中女主人公的情感如岩浆般热烈、大胆，对情欲、性欲进行了重新认识和打量，毫无顾忌地展示出女性的心理隐秘，无所掩饰地将性意识、强烈的生命原欲释放出来，给人们的文学惯性思维带来了强劲的冲击，同时也把身体语言推向言说的巅峰。按照唐丹鸿的说法，她是深受翟永明影响的诗人。因此，和90年代步入诗坛的其他女诗人一样，身体写作成为其诗作的一个非常明显的特征。但其身体书写与李轻松又有所区别。我们可以看到，唐丹鸿感兴趣的是性本身，在她看来，性几乎覆盖了日常生活，性在唐丹鸿这里与日常生活紧密相关，被个体化了，因而不厌其烦的身体描述、暗示的性意识，几乎遍及她所有的诗歌文本，如《闷热》："不干净的小树砸伤我颓丧的乳房";《用你的春风吹来不爱》:"没变成电波的头颅/不表示我们在搜寻/那未得春情病的屁股";《在爆炸的星空下》:"爆炸的星空下有两个人在做爱/一个是我的父亲/一个是我的母亲";《我的坏在哀求我的好》:"当我来到草原上拍摄春色却坐在守戒尼姑的阴道上","我的嘴/就像那守戒尼姑的阴道";《你可能是我的兄弟》:"她像抓在上空的大使的阴道谁注目,谁就要受到惩罚"。这些诗作中遍布女性的性器官,由此我们不难看到,在对女性身体的描述,对性意识的传达方面,与80年代相比,90年代的女性诗歌文本显得更为直接、有力。并且这种描述和性意识的体现,在女性主义者那里,描述者的性别将决定这种身体写作的文化意义。

唐丹鸿用她的诗作告诉我们,面对迅速到来的大众消费文化时代,人们拼命地追求一种真实的价值、真实的情感以及包括性在内的一切真实的生命最直觉的原始体验。因而,在一个男女互相倾轧的商品时代,在物质的中间,性是无所不在的,而且来自于性的引诱与强迫显得更加直接,更加强大。这也正如迈克·费瑟斯通在《消费文化与后现代主义》中借他人之语所间接表述的观点:"社会的死亡、真实现实的消失,这均使人产生对现实的怀旧,令人着迷地、不确切地追寻真实的情感,真实的价值,实实在在的性。"① 它在给女性带来伤害的同时,也带来暗暗的激情。如在《看不见的玫瑰的袖子拭拂着玻璃窗》一诗中,我们看到一天就这样充满色情地开始了:"红窗帘扭腰站定到角落/白窗帘哗的一声敞开胸襟/扁平透明的玻璃乳房/朝老板和秘书响亮地袒露","既然墨水在往下滑/浸染了公函洁白的花边内裤……闪光的胴体才有锋利的乳汁",这种女性的痛感是内在而又难以言说的。而《梨子与蝴蝶》更是一首涉及女性经验的作品,唐丹鸿从梨子中看出了女人的命运,商品时代的女人如梨子一样性感而充满诱惑,也一样不可自主。"当我来到草原上拍摄春色/裙裾从春季的腰身滑到脚踝/我看见难堪中出汗的夏天的丰臀/我看见闪光灯闪了又闪,啊,浑圆的,微酸的/秋日的梨子坐满了自由市场,她们的屁股/有的被长杆打击,有的被双手摇撼"。诗人对女性臀部进行描写,而女性的臀部作为身体的一部分,是跟"性意识"联系在一起的,被涵盖在"性暗示"话语之内。"大腿负担着肉体梨子形的部分/大腿间夹着失控的

---

① [英]迈克·费瑟斯通:《消费文化与后现代主义》,刘精明译,译林出版社2000年版,第23页。

凤凰自行车/我看见车轴转身又转身，润滑油温柔地催促/啊，胀鼓鼓的、橡胶味的轮子高弹/她们的屁股，跟随飞掠的凤凰飞掠"。诗人通过描述"骑自行车"这个极为具体的特殊性的事件，揭示了女性身体各部位之间的隐秘关系。在这里，"大腿"与"臀部"无疑是"女性身体"的隐喻。因此诗中所暗含的性意识通过诗人极具隐喻的语言得以体现。"除了梨子的幽灵还有一把闪光的提琴/她扣着胸温存地索要指挥的手如我看见弦紧了又紧，长杆和双手要求泛音荡起/我看见察弦她拉开翅膀，露出光看的蝴蝶形/啊，一粒、又一粒，产卵的蝴蝶，涉及她们的痛楚"。在此，诗人也终于完成了她所要表达的隐喻：从女性的臀部到"女性生育"，从梨子到蝴蝶，而中间用"一把闪光的提琴"将其连为一体。它们之间的隐喻与暗示是不言自明的，而且是读者的想象力所能抵达的。

　　唐丹鸿90年代的这种身体写作与80年代女性诗歌的身体书写是一脉相承的，但我们又能感觉到它与前者明显的相异之处，即唐丹鸿在描写性方面，不像其前辈那样半遮半掩、欲盖弥彰，在身体描述的语言上，她更为直接和大胆，更加注重生命原欲的张扬。正如诗人唐丹鸿后来所说："我都越来越感到自己是个动物，也许我一直在致力于把自己从人变成动物，变成一个感觉器官，变成一堆神经：倾听，看，触摸，舔尝，以及呼叫，以及试图懂得不可言说的部分。"[①]

　　昆明不仅盘踞着汪洋恣肆的女诗人海男，还卧藏着一个清新玲珑的女诗人贾薇。早在80年代，海男就在《准备》中说："我准备好身体，用来在词语中搏斗"。90年代的她仍然一如既往地坚持其创作理念："上帝让我溺死在蓝色中、然后靠语词来重压我，从而使我的身体像一只瓶子一样漂流下去。"（《黑红蓝私人生活》）而初入诗坛的贾薇则是一个纯情的女诗人，其早期诗歌充盈着古典的意境与情怀，如《三千里情歌》："自高原而来/我清雨纷纷/被你黄昏的恋歌打动"，盈盈立于水边。但在90年代中后期贾薇则一改清纯转而开始了对于情色的书写，从爱向情欲性欲倾斜，性逐渐成为诗的中心，爱退居其次，如《壁虎》："想象昨天晚上/情人进我的家门/我灵巧的双手宽衣解带"。在《掰开苞米》《黄昏呀拉索》《老处女》等诗作中，诗人大胆地走进了关于男女欢悦的体验中，一

---

　　① 参见《一切都在我内部——唐丹鸿访谈》，访问者：北大在线·民间影像·实践社梅冰，访问时间：2002年5月，http://www.heilan.com/tangdanhong/fantan.htm。

反传统地、高姿态地表达了女性强烈的身体欲求。如果说在《苔藓》中，贾薇对女性隐秘部位的描写还是象征体式的，对于爱欲的书写相对而言还具有隐蔽性的话，那么在《老处女》中则只剩下世俗的与利益相关的爱欲："除了科长/决不乱来"。所以伊沙说："贾薇的写作已经把一代女诗人逼（比）成'老处女'。"以前那个清纯如水的抒情主体已经成为一个专注于性的女人。但是其诗作《吸毒的赵兵》却让我们看到了一丝光亮，虽然该诗同样是处理性爱题材的作品，写得很直露，很直白，甚至也不乏性欲望与性行为的展示，但却丝毫没有肉麻、下作和低俗之感，反而让人同情赵兵的遭遇。

综上可见，这些女诗人在进行身体写作时，在诗歌意象上采用大量的自然身体感官意象，张扬感性原欲，对感官生命体验进行重新解说和美化。在诗歌主题上宣扬感性重于一切，身体感官原欲是生命的内趋力和存在的价值及意义之所在。这种身体写作重新解说生命的感官体验和意义，属于一种本真意义上的身体话语，因此就其本质而言，是一种对抗消费社会对人的异化的具有先锋性的身体写作，它构成了90年代女性诗歌身体写作的话语类型之一。

二 原生态的诗性身体写作

除张扬生命感性原欲的先锋身体写作外，20世纪90年代女性诗歌中还存在第二种类型的身体写作，即一种真正作为诗性话语的原生态的身体写作。如果说80年代中后期女性诗歌中的身体写作是女诗人用来解构男权传统的武器，是具有强烈的意识形态性质的性别对抗写作，是女性挣脱男权压抑后的呐喊，在作为手段和策略的意义上，可以理解为一种宏观的政治意识形态话语，那么，这种具有先锋性质的身体写作，从纯正的诗学意义上而言，也不能称为是一种真正的诗性话语行为，因此很难具有一种真正的诗学审美价值。这诚如美国著名的女性主义文学理论家伊莱恩·肖沃尔特所论证的那样：

> 女性美学也具有严重的弱点。正如许多女性主义批评家尖锐地指出的那样，女性美学强调女性生理经验的重要性非常危险地接近性别歧视的本质论。女性美学试图以假设存在着一种女性语言，丧失了的母亲大地，或是男性文化中的女性文化来建立一种独特的妇女写作，

但这样的做法不能够由学术研究结果来支撑或证明。……女性文体或称为女性写作仅仅描述了妇女写作中的一个先锋派形式。①

因此，女性诗歌的身体写作也只有限定于"先锋"的意义上，才会引起我们的格外关注。翟永明对此曾有尖锐的批评："女性诗歌正在形成新的模式，固定重复的题材，歇斯底里的直白语言，生硬粗糙的词语组合，不讲究内在联系的意向堆砌，毫无美感的外在的性意识倡导，已越来越形成女性诗歌的媚俗倾向。"②

令我们感到欣慰的是，90年代以来，伴随着女诗人思想素质的不断提高，她们在创作中不断进行新的自身审视。她们已越来越意识到身体写作的局限，始终思索着如何通过真正意义上的女性身体语言来建构一种和谐的、取消一切差异和对立的女性话语。正是在这种思想的指导下，一部分90年代女性诗歌中的身体写作，不仅摆脱了80年代中后期的意识形态性质，走出性别对抗和后现代个人化写作的喧嚣与浮躁，而且从内在精神上表现出诗性话语的彻悟和回归，并呈现出对身体、性别等一切差别意识的超越，从而使女性诗歌写作迅速从性别意识的觉醒飞升到语言意识的觉醒，从面向性别的写作、面向生活的媚俗化写作走向面向词语与诗歌自身的写作，使诗歌和语言最终通过真正的女性身体话语统一在一起，进而为诗歌在真正的女性身体诗性话语中找到最后的归宿，建构了真正的女性话语，即突破二元对立的语言等级意识束缚的话语，这正是90年代女性的卓绝和深刻之处。

我们在90年代的女性诗歌作品中，已经看到了女诗人们的某种超越。她们已有足够的自觉来关注艺术本身，亦即思考一种超越自身局限的新的写作形式，一种超越原有理想主义的，不以男女性别为参照但又呈现出独立风格的形式。这也是女诗人们进行诗歌创作所竭力要求达到的一种境界，女诗人唐亚平、李见心、路也等的身体写作实践即是典型的例证。这些女诗人不但写其身体体验，也写其身体对世界的感知。女性身体写作的这种对自身和世界进入的定位，使女性对世界的把握和介入的参与意识有

---

① 伊莱恩·肖沃尔特：《荒原中的女权主义批评》，王逢振编：《最新西方文论选》，漓江出版社1991年版，第264页。

② 翟永明：《纸上建筑》，东方出版中心1997年版，第232页。

了一个据点。

唐亚平曾明确地将她的女性身体诗学表述为一种"怀腹诗学"，并认为"整个女性的方式天生是诗意地拥有世界的方式"①。她明确地表述了关于身体、诗歌、语言和女性之间的关系。她说：

> 一切从身体出发……把身体作为语言的根据用诗召唤世界……女性本来是一种归宿，女诗人在组织语言的过程中也安排了语言的归宿，从而唤起诗的归宿，存在的归宿感——一种怀腹入睡式混沌暧昧的归宿感。……我的身体能触类旁通，我的诗能把语言组织起来，我的语言能把事物组织起来造成世界。②

在关于阅读的感悟中她进一步说道：

> 什么时候我把身体当成一种书写来看待，什么时候我就开始了自觉的写作。一个人能够通过自身的书写获得享乐获得存在的状态获得生命的无穷意义。……写作犹如情感和想象的舞蹈，人在如醉如痴的舞蹈中对身体的限制浑然不觉，对语言的限制浑然不知，从而使自身在阅读和书写状态中获得自如和圆融，持续人与世间万物的交流，把无知无觉的自然纳入自身生活，自身又消融在万物之中。③

正是缘于这种女性身体诗学观，90年代的唐亚平创作了许多有关身体诗学感悟的诗歌。

事实上，早在80年代末期，唐亚平就通过对于女性身体的直觉抒写来实现她对宇宙自然人生的诗性感悟，如她在1988年创作的《身上的天气》中有"我身上气象万千/摸不准阴晴/一场细雨湿不透心　手上的天气晴朗/戒指之光普照手相"。这种诗学观念在其90年代的诗作中进一步得到深化并渐趋成熟，从而最终形成一种诗学倾向——在诗歌、语言和女性、身体之间建立起内在的统一性，形成诗性的女性身体诗学。

---

① 唐亚平：《黑色沙漠》，春风文艺出版社1997年版，第220、222页。
② 同上书，第225页。
③ 同上书，第223页。

在其90年代的诗作中,这种典型的诗性身体话语更是俯拾皆是。诗人不但写其身体体验,也写身体对世界的感知。如《镜子与笔》:"我的四肢与笔画融为一体/在某个瞬间完成一生的使命/让每一个字光芒四射/那些笔画禾苗般生长/露珠滴翠";《镜子之二》:"我每天喂养镜子/养植一脸花草";《情绪日记》:"从丝绸上溜走的女人/悄然无影/过去的日子款款而来/听植物的心脏跳动如莲";《形而上的风景》:"一条河从身上经过/源远流长在风中领受缘分","浑身上下一气贯通/乐而不淫哀而不伤";《孤独的风景》:"温暖的季节来到心中/使我四肢发芽/浑身是柔韧的静"。唐亚平将其自我"始终置身于孕育与被孕育之中,犹如天空孕育大海。沉醉于孕育的状态,我感觉到世界和身体不分彼此的依赖"[①],身体处于与世界统一的平和状态。由此可见,在唐亚平那里,诗歌写作对身体的进入,其实也是对世界的进入,是对世界把握的一种策略。女诗人走进世界亦是为了进一步探索自身,正如唐晓渡所说:"对世界的进入就是对自我的进入。"[②] 因而,唐亚平所说的"怀腹"诗学就是诗人对她自己,对世界介入的反映。"怀腹是诗人诗意的孕护,是孕育世界的一种状态。"[③]

路也在其90年代的作品中也表现出鲜明的身体写作色彩,如《姓丁名香》《身体版图》《镜子》《尼姑庵》《单数》等诗作既写女人的私处,也写爱情以及与爱情的产生紧密相连的身体意象,还写对爱与欲的沉思。路也这些诗作中的身体书写,既大胆又不失节制。"如果说路也的诗创作是对其同性前辈的'回归',那也是在语言论的转折中,在女性突破重围(文化的、男性的、道德的、儒家的还有更为重要的——语言的)之中和之后的回归,那不是张扬自己的胆大或自大,而是精神和身体在某种程度上获得自由后的语言的自觉。"[④] 如《姓丁名香》既是对女性身体的不断"发现",也是对语言自觉意识的发现。而在其诗作《三八节》中有"我的子宫被文学异化/仿佛那种词藻华丽的无用诗歌/它过于后现代,分泌那么多可笑的爱情"。在此,路也用杂糅和戏仿连接了隐秘的身体和隐秘的语言。如果说《三八节》中的身体书写还具有

[①] 唐亚平:《黑色沙漠》,春风文艺出版社1997年版,第220页。
[②] 唐晓渡:《中国当代实验诗选·序》,春风文艺出版社1987年版,第96页。
[③] 陈旭光:《凝望世纪之交的前夜》,《诗探索》1995年第3期。
[④] 王洪岳:《路也:悖论的存在和隐秘的书写》,《文艺争鸣》2008年第6期。

隐秘色彩的话,那么在《身体版图》中的身体描述则显得十分大胆而张扬:"我的身体地形复杂,幽深、起起伏伏/是一块小而丰腴的版图/总是等着被占领、沦为殖民地/它的国界线是我的衣裳/首都是心脏/欲望终止于一条裂谷"。在对女性身体的描述上,路也借用了人文地理学的手法,因而这种身体描写虽然显得十分大胆而直露,但又恰如其分,而且颇具新意。"你对我的侵略就是和平/你对我的掠夺就是给予/你对我的破坏就是建设/疼痛就是快乐/粗暴就是温柔/雷电交加是为了五谷丰登"。这些诗句体现出某种情感和欲望的辩证法,美和爱的唯物主义与唯心主义之争,从而呈现出路也饱满而节制的诗学原则和立体的诗学观。《两点之间·距离》描写了刻骨铭心的爱情,诗人用了"把彼此嵌到对方的血肉里去",这比那曾经令人震惊的"零距离"还要使人震颤。路也在《核桃》中写道:"在这世上咬紧牙关/咬得咯吱咯吱地响/生都在拒绝/都在说一个字:'不!'"面对高悬在头上的铁锤,"决定以硬碰硬/略掉它蛮横的牙根",通过女性身体部位的隐性描写与具象暗示,张扬了女性巨大的创造力量,解构着父权制下性政治和性文化的旧有认识体系。《单数》则写尽了一个单身女人的心境:

> 如今,一切由双数变成了单数
> 棉被一床,枕头一个
> 牙刷一只,毛巾一条
> 椅子一把,照片保留单人的
> 窗外杨树也只有一棵
> 还有,每月照例徒劳地排出卵子一个
> 所有这些事物都是雌的
> 她们像寡妇一样形影相吊
> 像尼姑一样固守贞操
>
> 如今,一个人锁门,一个人下楼
> 一个人逛商店,一个人散步,一个人回屋
> 一个人看书,一个人大摆宴席,一个人睡去
> 一个人从早晨过到晚上
> 还要一个人走向生命的尽头

布娃娃在书架上落满灰尘
跟我一样也没有配偶
我离异了,而她是老姑娘
我们同病却无法相怜。

甚至连"我想要一个娃娃"的"理想",她都是这样表述的:"袋鼠是天生的良母,带着襁褓/花生干脆让自己长成摇篮的形状/甚至一棵大白菜都能生得出小白菜……"(《理想》)《单数》和《理想》等以其大胆而又绝妙的想象,透着诗人的深切渴望,展露出诗歌文字的峥嵘。

由以上分析可见,路也常常以具体的题目和具体的"身体"意象来书写身体被压抑的现实和感受,因而"出现于路也笔下的带有'锋芒与尖锐'色彩的'身体'意象,并不仅仅简单局限于肉体本身"[1]。路也通过身体意象的频繁使用,以身体感觉和身体体验将大叙事和小叙事、国家民族与一己悲欢等嫁接组合到一起,在语词的凌厉和张扬中使读者体味写作带来的身心痛感与快感。

综上可见,也正是唐亚平、路也等女诗人这种诗性语言意识的觉醒,以及对女性、身体和诗歌、语言之间统一和谐意识的强调,使女性不仅在性别意识上获得了一种诗性的彻悟和回归,形成了 90 年代女性诗歌身体写作的另一种话语类型——诗性话语的原生态身体书写,在诗歌意象上以身体感官意象、自然意象为主,在表达策略上采用女性天赋的身体直觉语言的感悟与直观、联想,意欲超越现实理性语言的有限性束缚而顿悟诗性的无限、统一、圆融之境,在诗学类型上属于一种真正原生态意义上的身体诗学。这种原生态的身体写作是对 80 年代中后期反抗性别压抑的身体写作的理性回眸与感性直觉省悟,它是女诗人在经过自白和呐喊期后的彻悟和回归,因而这种身体书写呈现出自然的诗性特征,是一种真正意义上的诗性话语。这种原生态的身体书写,也使女性最终放弃了与男权抗争的对抗话语和倒置话语,彻悟了"世界啊!我因为爱你而成为女人"(唐亚平语),大大提高了 90 年代女性诗歌写作的艺术品质,并将女性和女性诗歌在 90 年代推向成熟的境地。

---

[1] 张立群:《"反思"·"浮现"·"回归"——对世纪初诗歌的一种审视》,《文艺争鸣》2006 年第 1 期。

三 身体书写的双重性

在中国，自五四新文化运动至今，已近一百年了，"身体这个字眼却仍然处在暧昧不明和讳莫如深的尴尬境地，视女人的身体为不洁、为邪恶的观念至今仍然变换着花样禁锢着人们的头脑，束缚着女人自身身心的解放"[①]。有学者说："我们有过汗牛充栋的思想史和艺术史，但是我们缺少关于身体的历史。"[②] 这很中肯，女性在众多的禁忌面前是没有也不可能有自我的。因此，彻底敞开身体、裸呈心灵的女性诗歌的身体书写无论在文学审美还是在女性"身体解放"的层面上，都具有特殊的意义和价值。

如上所述，大众消费文化和西方女性主义者关于"身体写作""身体语言"的理论，成就了90年代女诗人自觉的身体写作的创作姿态。如果说80年代的翟永明、伊蕾和唐亚平们突破了身体书写禁区，只是女性诗歌的局部现象，也是特殊现象的话，那么90年代的女诗人们则将身体书写变成一种文学的普遍现象，变作一种常态。而且，90年代女性诗歌身体写作的再度涌现与80年代中后期的同类写作是不可同日而语的。90年代女性诗歌的身体书写尽管再度回归身体，回归自我，但这种表面上的"再现"不再是封闭性的，而是带有一种明显的性别意识的敞开性，同时，它也是在对诗歌技巧和语言明澈的追求下进行的一种近乎自觉的经营。因此我们看到，90年代的女诗人在创作上已经拥有了足够的自信。身体的美学和丑学，身体感觉甚至器官本身，都化为女诗人们笔端汩汩流淌的诗行。她们坚定而执着地表达其身体经验，并且坚信，女性的身体与经验是通向人类存在的另一途径。

虽然她们的作品招致不断诟病，但不可否认的是，她们的身体写作所开启的私人空间总有一些可观的风景杂陈其中，尤为可贵的是，在90年代女诗人所表述的身体感受中饱含着精神意识，这种写作方式对女性写作而言，其意义非凡。

以往幽微而闭锁的女性世界，带有极大的神秘性，对于男性来

[①] 刘思谦：《女人生命的刻度》，《文艺评论》2000年第2期。
[②] 代迅：《压抑与反抗——身体美学及其进展》，《西南大学学报》（人文社会科学版）2006年第5期。

说，乃是一种拒绝，是难以进入的。现在由于女性作家的展开，使这一神奇而丰富的世界在文学中有一种空前的展示。中国女性作家用小说，用诗，也用散文及其他文体，为中国文学所展开的这一丰裕的世界，不仅使男性，也使女性能够诗意地、情感地，当然更是形象地领略女性生理的、心理的、感觉的广阔的天空。这是中国女性写作对于中国文学的无可比拟的巨大贡献。[①]

文学，包括90年代以前的女性文学的话语方式一直是男权主义的，女性群体长期以来作为"沉默者"，不仅被剥夺了话语权，也被剥夺了话语方式。西苏说得好："男人受引诱去追求世俗功名，妇女们则只有身体。"女性要拥有她们自己的性别，只能退回身体，并由此出发来表征其独立的生命体验与价值立场。西方一些女性主义作家发出"书写女性身体"的口号，也是坚执女性身体是唯一不受男性文化"浸染"与"塑造"的，是唯一保存了女性"真我"的部分，是女性之为女性的真正特质。

因此，在某种程度上，身体写作是任何一个具有生理和文化身份的女诗人写作时不可回避的出发点，是一条必需在迷雾、陷阱、诱惑中顽强走出来的狭路。从这种意义上说，女诗人的终极目标是从身体进入精神的层面，为其重建一个独立的精神空间。在90年代女诗人的驾驭下，肉体从卑微、谦逊和低矮的日常生活中获得辽阔的疆域和翅膀。女性诗歌从心灵里释放、移动，最终蹿出黑暗的头颅，就如那清晨的一缕光，咬破了遮蔽的缁衣，反过来对着肉体说话。它消除内心的疾病，在向下的和向上的道路上解放着肉体的倦怠。

从总体上看，90年代女性诗歌身体写作的艺术探索主要立足于对诗歌本体的建构和对个体生命体验的观照，试图从女性主体的复杂体验中找到一些生命的与艺术的光亮，是回归到女性自身的写作。这种回归到女性自身的写作使女性诗歌在总体上趋于凝重，沉思多于浪漫，生命感大于使命感。通过身体写作，女性确认了其身体结构和灵魂渴求；女性不再模糊地消逝在无边的虚无中，其生存也不再缺席而处于出场之中，同时满足了女性自我倾诉的欲求，也使女诗人实现了更为清晰的自我认知。从诗语建构的角度看，女性诗歌以长久被压抑和盲视的另一角度、另一情感和话语方

[①] 谭湘记录整理：《"两性对话"——中国女性文学发展前景》，《红岩》1999年第1期。

式进行写作，无疑丰富了诗歌样态，开阔了诗歌观念。不仅成为女性解构男性中心主义文化强势最有力的突破口，也是女诗人建构女性诗学话语最适宜的一种方式。从符号学的角度看，身体写作用女性身体符号来争取建构另外一个话语空间，以此营构女性的主体性。身体符号进入写作，一方面打破男性的价值成规和价值标准，大量的私人经验、私人空间被带进了诗歌题材，使人性的丰富性得以展示，同时也开拓出新的美学空间。

然而，正如挪威女性主义批评家陶丽·莫依在其《性与文本的政治——女权主义文学理论》里所说："写作只不过是解放的一种媒介，而不是解放的法令。"① 西苏的女性写作理论是一种乌托邦理论，她的女性写作也只是一种乌托邦的理想。同时，这种恣肆的书写在表达女性反抗意愿的同时，可能不经意地走上了另外一条道路——向男性和世俗表现出迎合的姿态。一些"年轻的写作者们还来不及做更深入的思考、反省，就急忙把身体神化、肉体化，从而忽视了身体本身的丰富性以及它内在的残缺、不足和局限。从一个极端走向另一个极端"②。其结果就是造成了诗歌创作中"肉体乌托邦"现象的出现，从而使整个诗歌界直至批评界都对此感到无所适从。

在80年代女性诗歌的写作中，由于女性身体处于禁锢状态，对其进行的书写在一定意义上还具有严肃的文化色彩，而在90年代社会文化相对宽松的情况下，女性身体所负载的传统压迫已经基本上消失，身体描写的文化意义相对减弱。我们看到，在更年轻的女诗人这里，对女性身体的描写与以往相比显得更加开放和外扬，她们不仅没有像她们的前辈那样拒绝男性的趣味，而且主动地展示自己。"他们对身体美学进行了粗暴的简化——到最后，身体被简化成性与欲望的代名词，所谓的身体写作也成了性与欲望的宣泄渠道。"③ 如此，女诗人便在赢得她们自己富于特色的写作空间的同时，身不由己地陷入一个十分不利于女性诗歌健康成长的文化陷阱里。对此，已有女评论家尖锐地指出："一旦女性的隐私、女性的躯体、女性的性欲及情感欲望，被他人或自己出于商业投机的目的，以向世俗的男性阅读市场示爱、讨欢或献媚的方式进行'季节性降价销售'时，

---

① ［挪威］陶丽·莫依：《性与文本的政治——女权主义文学理论》，林建法、赵拓译，时代文艺出版社1992年版，第165页。
② 谢有顺：《文学身体学》，《花城》2001年第6期。
③ 谢有顺：《身体修辞》，花城出版社2003年版，第36页。

无疑将女性小说生命召唤的意义,在一片美丽的谎言中降格为一摊鼻涕。"① 德国神学家伊丽莎白·温德尔说:"身体不是功能器官,既非性欲亦非博爱之欲,而是每个成人的位置","欲望的问题在于它是否超出了其历史边界,关键是检查欲望并给予它一个历史性的度。……审美化的躯体既不是禁欲主义的囚徒,也非纵欲主义的奴隶,而是欲望、工具、智慧三种话语的游戏之所。"② 健康的身体写作需要把握身体内外体验的平衡点,表达个人感受不能逾越社会接受的尺度,诗人的人格力量只有在表现身体与时代、历史、社会交汇时才会有深刻的感召力。

诚然,女性诗歌的身体写作是一种姿态,是一种与世界对话的方式,一架通向身体与思想的桥梁。但是,女诗人在进行身体书写时,应以独立的人格和精神为基础,以鲜明的女性意识为旗帜,寻找一种不伤害自然与天性的健康本真、充满生机的女性特质,从身体出发而不囿于身体,书写身体而又通向精神,并延展到整个世界,从而让女性形象、女性命运在一种新的女性观上实现重写,展现女性历史与现实的真实存在。这样,女性诗歌才能真正成为文学皇冠上耀眼的明珠,才能真正成为传递精神的通道,成为点燃女性智慧、情感、生命之灵光的火炬。

第二节 诗与思的对话:智性书写

如果说 80 年代是一个诗歌抒情的年代,那么,相对而言,90 年代则是一个诗歌走向智性的时代,智性书写成为 90 年代诗人共同追求的一个目标。如诗人臧棣曾说:"只要一有机会,我就会强化诗歌的智性。""我认为本能地亲近智性,或许可以看成是我的文学性格。对我来说,智性是感性的美学定义上的悖论。如果只凭借感性写作,我就会觉得缺少什么。"③ 近年来比较活跃的女诗人阿毛曾说:"诗歌创作是一种无限的智性创作。"其他很多女诗人对此也有深刻的体认,那么何为智性书写?所谓智性书写是指诗人在写作过程中注重理性与情感的交融渗透状态,智性是由情性感受发展而来的,在充分展开感觉联想中的情感本身也充分地体现

---

① 王绯:《世纪之交的女性小说》,《小说评论》1996 年第 5 期。
② 彭富春:《身体与身体美学》,《哲学研究》2004 年第 4 期。
③ 姜涛:《被句群囚禁的巨兽之舞》,洪子诚主编:《在北大课堂读诗》,长江文艺出版社 2002 年版,第 232 页。

了深刻的理性，但未脱尽情性的感受。

　　从文化学角度考察，诗人的智性无非指智慧与知识的集合，从认识论上讲，智性介于感觉与理性之间，是两者的中间"驿站"……它尽管比理性低一档次，但仍尚未脱尽"思维本能"，因此它也是诗歌走向哲理升华的一把"拐杖"。①

陈仲义把智性定位在感性与理性之间。由此可见，情感的审美并不是诗歌艺术的唯一途径，诗歌还可以倚重冷峻和智性，超越情感直接到达智性，尤其是理智性与感觉性的结合，使现代诗歌艺术产生了飞跃，拓展出迥异于以往所有诗歌艺术的现代智性诗歌艺术。

一　历史视域中诗歌的智性书写

　　在西方近现代文学史上，象征主义诗歌的先驱者波特莱尔曾断言："任何拒绝和科学及哲学亲密同行的文学都是杀人和自杀的文学。"② 这说明哲学是象征主义诗歌创作的理论基础，象征主义诗歌本身就是一种哲学思考的产物，带着哲学的印记。到了20世纪20年代以后，西方现代主义诗歌大师 T. S. 艾略特从17世纪英国玄学派诗人身上，发现了这种哲学的智性成分，进而提出"思想知觉化"的诗学主张，认为要让读者"像闻到玫瑰香味那样地感知思想"，并提出："智性越强越好；智性越强他越可能有多方面的兴趣：我们的唯一条件就是把它们转化为诗，而不仅仅是诗意盎然地对它们进行思考。"③

　　同样，在西方现代智性诗歌写作中成就斐然的奥地利诗人里尔克认为，诗并非如人们所想象的只是情感而已，它是经验，他强调"诗是经验的传达"，要求把情感升华为理性，把经验提纯为思想，而在升华与提纯中又不抛弃感性，而要使思想"感觉化""肉体化"，使"肉感中有思辨，抽象中有具体"④。对于西方现代智性诗歌艺术的认同，尤其深受 T. S. 艾

---

① 陈仲义：《中国朦胧诗人论》，江苏文艺出版社1996年版，第226页。
② 波特莱尔：《异教派》，《波特莱尔美学论文选》，人民文学出版社1987年版，第50页。
③ 艾略特：《玄学派诗人》，《艾略特诗学文集》，国际文化出版公司1989年版，第31—32页。
④ 龙泉明、邹建军：《现代诗学》，湖南人民出版社2000年版，第65页。

略特以及里尔克等西方现代主义诗人美学追求的影响,中国20世纪三四十年代的一些现代诗人曾一度热衷于对现代智性诗歌艺术的开拓与探索。

戴右军对此做了明晰的梳理,他认为,就中国新诗的发展历程而言,在30年代,中国新诗曾出现一个艺术方向的转折,这就是智性转变。具体而言,30年代卞之琳、废名、纪弦、徐迟、柯可等为代表的智性诗人群,要求诗放逐抒情,要求感情明晰和感情追逐思想;提出现代诗要将感觉、感情和思想相融合,特别是融合思想的成分,从事物深处转化自己的经验等诗歌理念,这些诗歌理念可以被概括和界定为"智性"[1]。

在写作实践中,表现最为突出的是卞之琳,他于1935年出版的《鱼目集》标志着现代派的诗歌写作从主情向主智转换。他的诗歌不再追求主观抒情效果,而重视诗思的提炼和凝聚,追求诗歌的智性之美。这种"以智慧为主脑的诗",当时被诗人柯可(金克木)称作"新的智慧诗"[2]。到了40年代,冯至以其更富哲学意蕴与形而上色彩的《十四行集》将这种智性诗歌写作向前推进了一大步。随后以穆旦为代表的"九叶诗派",则更加突出了对"主智诗"的探索。他们的写作"在感性与智性,官能感觉与抽象观念的有机整合中,表现出一种沉思的美、智性的美,由此开拓出现代诗的崭新境界"[3]。

中华人民共和国成立后,由于种种原因,智性诗歌写作受到了抑制,无甚发展。尽管在70年代后期和80年代的新诗里,智性诗歌写作有所抬头,但仍未能形成气候。直至90年代,这种情况才有了较大的改变,智性诗歌写作得到为数不少颇有实力的先锋诗人的青睐,无论在写作理念上还是在写作实绩上均有相当大的突破,在不少地方超越了前贤们,从而将新诗中的智性诗歌写作推上了一个新的高度。这其中最值得称道的当数西川、臧棣、欧阳江河、王家新、南野等先锋诗人的智性诗歌写作。

由上文我们大致勾勒的中国新诗智性抒写的建构历程可以看出,除了非常时期外,20世纪中国新诗对于智性的追求几乎从未间断过。然而,在男性智性诗人群的背后,却隐藏着一群女诗人,她们也孜孜以求地进行着诗歌的智性书写。但长期以来,她们的智性书写却始终隐遁在男诗人智

---

[1] 戴右军:《现实主义与陈敬容诗歌创作》,《中国现代文学研究丛刊》1999年第4期。
[2] 柯可(金克木):《论中国新诗的新途径》,《新诗》1937年第4期。
[3] 龙泉明:《中国现代主义诗歌在40年代的调整与转化》,中国人民大学《复印报刊资料·中国现代、当代文学研究》2003年第4期。

性写作的光辉下，女诗人以智性建构的诗歌文本或被遗忘或被遮蔽。事实上，回视中国现代诗歌史，我们可以清晰地看到现代女诗人们对于智性书写的辛勤探索，女诗人的智性思考从未中止过，这在卓有成就的现代女诗人的创作中即可得到印证。她们在诗歌中静思默想，虽然在人数上无法与男诗人群相抗衡，但她们在诗歌写作方面所表现出的不绝于缕的智性因素，与男诗人相比却是毫不逊色的。

有人说女性是感性动物，此话的另一层隐含义是说女性缺少理性思维，似乎哲思与女性永远绝缘。诚然，在几千年的文学史上，相对男性而言，女性创作始终局限于狭窄的题材领域，对婚姻家庭生活的关注远远超出了对人生、自然、宇宙的形而上探索。因此，与此相伴而生的一个现象就是女性文学中表现思情、别情、怨情、悲情等的抒情文学成为主流，而具有哲理思辨风格的智性文本则很少看到。但是"五四"以后，这一状况发生了根本性的转变。这主要缘于"五四"以后中国妇女解放运动的蓬勃发展，女性的地位有所提高，众多现代女性纷纷走出家庭，步入社会，接受现代教育，甚至相当多的女性还有机会出国留学。这种中西文化的教育背景无疑开拓了女性的精神视野，也培养了女性的理性精神，因而在此时期，大批女作家如雨后春笋般破土而出。

一直以来，女诗人都被视为是长于抒情的，但"五四"以后的女诗人们也开始在智性的高地上耕耘和探索，如20年代的女诗人陈衡哲、冰心；30年代的新月派女诗人林徽因、方令孺；40年代的九叶派女诗人郑敏、陈敬容。她们的诗歌充溢着智慧和灵性，彰显着主体意识和生命价值，其中的哲思和顿悟更是使人感到耳目一新。她们用其智慧思考社会、人生，乃至辽远的历史和无垠的宇宙，创作出一批极具智性的诗歌文本，女性诗歌也由此开始成为智性建构的载体。

陈衡哲是第一个在女性诗歌文本中进行智性书写的现代女诗人。由于她自幼受其舅"造命"观的影响，她在其诗作《运河与扬子江》中就借自然河（扬子江）与人工河（运河）的对比来宣扬其"造命"的人生哲学。运河是一个安于命运、安于现状的传统女性的形象，代表的是一种安然自乐、奴性十足的人生观，而扬子江则是一个不畏艰险、不甘随波逐流、勇于奋斗、努力掌握其命运的新女性形象，代表的是积极进取、奋斗自立的人生观。扬子江不需要别人赋予的现成的生命，它要靠其自己的努力，去创造一个崭新的生命，去实现生命的意义。"狂风暴雨，／打得我好苦! /打翻了我的破巢, /淋湿了我的羽毛。/我扑折了翅膀, /睁破了眼珠, /也找不到一个栖身的场所!"为此, 哪怕要付出生命的代价, 哪怕撞得头破血流, 也心甘情愿, 在所不惜, 因为"奋斗的生命是美丽的!"很明显, 对命运的驾驭, 意味着主体对生命意义和生存方式的主动把握。这一蕴藉、深沉的奋斗哲学使诗承载了思想的重量和理性的光泽, 为现代女性在诗的花园里留下了生命思考的最初痕迹。她在诗歌《鸟》中表露了"五四"女性挣脱封建牢笼的勇气与决心, 表现出对自由人生的勇敢追求和热烈向往。鸟儿对自由的渴望, 为了自由宁愿粉身碎骨的勇敢和决绝与扬子江为了要"造命"而努力奋斗的决心和勇气是一脉相承的。诗歌通过"自由鸟"与"笼中鸟"的对比, 完成了先觉者对后觉者的启蒙, 也昭示出想要自由, 必先挣脱那金漆的笼这样一个颠扑不破的真理。在这样一个"理"的内在支撑下, 才有了那动人心魄的自由宣言: "我若出了牢笼/不管他天西地东/也不管他恶雨狂风/我定要飞他一个海阔天空/直飞到精疲力竭, 水尽山穷/我便请那狂风/把我的羽毛肌骨/一丝丝的都吹散在自由的空气中"。这是"五四"一代"人"的觉醒, 是时代新女性登上历史舞台后激情满怀, 冲决一切罗网, 创造新的自由生命的勇气和信念的表征, 也是现代女性在理性烛照下诗的发现。

陈衡哲的创作契合了时代的需求, 淋漓尽致地体现了作为"人之子"在冲破封建牢笼, 登上历史舞台后的欢欣、自豪以及渴望自由、创造新生命的热望和决心。但陈衡哲对诗的智性特征的认识和操作尚停留在观念形态和实验状态下, 像新诗初创期的其他诗人一样, 也存在着说理直白浅露的缺陷, 没有形成成熟的智性诗歌文本。但是, 作为浮出历史地表的第一代现代女诗人, 陈衡哲对生命的理性思考和诗中智性内涵的强化, 无疑为未来的女性诗歌创作提供了一个努力的方向和可供参考的样本。

冰心以小巧清灵、富含哲理的小诗在20世纪20年代带动了一场风潮, 她的小诗"与其说是感情的, 毋宁说是理智的, 哲学的, 甚至是格言的"[1], 因而她此时的创作充满着理性和智慧, 扮演着启蒙教化大众和改革社会的角色。"新诗的初期, 说理是主调之一。"[2] 到了小诗兴起于诗

---

[1] 任钧:《新诗话》, 上海国际文化服务社1948年版, 第52页。
[2] 朱自清:《诗与哲理》,《朱自清全集》(第2卷), 江苏教育出版社1988年版, 第333页。

坛时，说理更是蔚然成风。冰心的小诗集《繁星》和《春水》，"她自己说是读泰戈尔而有作；一半也是衔接着新诗说理的风气。……这是所谓哲理诗，小诗的又一派。"① 谢冕对冰心的诗做了比较中肯的评价："她的灵动的活泼思想的自由表达，以及人生的哲理思考于一般抒情之外的加入，无疑为初期白话诗输送了新血。"②

冰心的许多小诗都包含着朴素深邃、耐人寻味的哲理，可以说，她的每一首诗都充满着辩证色彩。换言之，这些小诗"理智富而情感分子薄"③，是诗人"智慧的凝聚"。诗与哲理的成功遇合成就了冰心诗歌的智性书写。她的小诗或是揭示人生真谛，总结人生经验，或是发人深思，启人心智。冰心擅长在人们司空见惯的事物和场景中挖掘事物所具有的哲理意蕴，如《春水·一一二》就蕴含着极为丰厚的哲学内涵："浪花愈大/凝立的磐石/在沉默的持守里/快乐也愈大了"。小诗的说理往往超越了一般的社会现实层面而具有哲理的意味。它寄托着诗人在日常生活经验中的感悟和智慧，对于自然的热爱和思考以及人生价值意义的探询和追问。如《繁星·一〇二》："小小的花，/也想抬起头来，/感谢春光的爱——/然而深厚的恩慈，反使她终于沉默。/母亲呵！/你是那春光么？"《繁星·一〇》通过"芽儿""果儿""花儿"与青年对话的形象化方式，来阐明诗人的人生价值观，即"发展你自己""贡献你自己"和"牺牲你自己"。这种自我发展、自我完善，将个人与社会统一起来的价值观念和生存哲学，也正是"五四"时代精神的体现。冰心用她的智慧和"爱的哲学"为我们营造了一个诗意盎然的哲思世界。

冰心努力在小诗这样三言两语的有限空间内提炼智性的晶体，较之于陈衡哲的智性书写，冰心的"母爱、童真和自然"在诗中的渗透，在智性的表现上更进了一层，同时也多了几分清新之气和含蓄隽永的味道。但是，由于小诗本身体式小容量小的特点，决定了它难以承载复杂的诗思的局限。所以我们看到在许多小诗中，都表现出诗人思想的火花转瞬即逝的缺憾，而诗人对社会人生的思考也如蜻蜓点水般浅尝辄止，很难进行深入探究。

---

① 朱自清：《〈中国新文学大系·诗集〉导言》，《中国新文学大系·诗集》，中国良友图书出版公司 1935 年版。
② 谢冕：《我们面对一个海》，《当代作家评论》1992 年第 1 期。
③ 黄人影：《当代中国女作家论》，上海书店 1985 年影印本，第 213 页。

30年代新月派的两位女诗人林徽因和方令孺也不同程度地在她们的诗中留下了智性建构的痕迹。尤其是林徽因的诗，充分体现了新月派理性节制情感的诗学主张，写得沉静灵活，时时闪烁着澄明的智性之光。其诗作中的智性光芒是以深厚的哲学底蕴做基础的。她"具有哲学家的思维和高度概括事物的能力"①，这种能力贯彻到具体诗歌创作中，必然使她的诗超越于情感表现之上，呈现出一种灵思和顿悟的气象。林徽因的诗是现代知识女性对生命存在的理解和感悟，是一种生命哲学。在她仅存的60余首诗中，随处可见这种在生命哲学之光照耀下迸发出来的智慧火花。如《莲灯》就是一个澄明智慧的现代女性对生命的智性思考，是生命哲学的寓言。

> 如果我的心是一朵莲花，
> 正中擎出一枝点亮的蜡，
> 荧荧虽则单是那一剪光，
> 我也要它骄傲的捧出辉煌。
> 不怕它只是我个人的莲灯，
> 照不见前后崎岖的人生——
> 浮沉它依附着人海的浪涛
> 明暗自成了它内心的秘奥。
> 单是那光一闪花一朵——
> 像一叶轻舸驶出了江河——
> 婉转它飘随命运的波涌
> 等候那阵阵风向远处推送。
> 算做一次过客在宇宙里，
> 认识这玲珑的生从容的死，
> 这飘忽的途程也就是个——
> 也就是个美丽美丽的梦。

生命是一朵偶然飘流到命运之河上的莲花，它在"人海的浪涛"里"飘随命运的波涌"，这是生命的无奈。相形之下，莲花之身不过是茫茫

---

① 林洙：《碑树国土上 美留人心中——我所认识的林徽因》，《人物》1990年第5期。

人海的外宇宙中芸芸众生的"人"。外宇宙和内宇宙的对立统一在诗人那里就成为人和神的和谐共处。林徽因承担着人的责任，品味着生命的无奈，却将神供奉在心中，用智慧清明的神性光辉照亮生命，这就是林徽因的生命哲学。从她的诗中可以看出，她有系统的宇宙观和生命哲学观，对生命本体有着清醒的认识。在《"谁爱这不息的变幻"》中，诗人为我们描绘了一幅宇宙万物的生命世界生生不息的变幻图景，最后道出了一个残酷的真理，"永恒是人们造得谎"，现实的世界，一切都是短暂的。在她看来，整个宇宙处于不断的轮回变化中，对于任何一个个体而言，生命只是一次不可逆的旅程。在《题剔空菩提叶》中，看到"智慧的叶子掉在人间"，她知道"孤零的终会死在风前，美／还逃不出时间的威严"。在《人生》中"人生／你是一支曲子。／我是歌唱的；／／你是河流／我是条船，一片小白帆……你和我，我永从你中间经过；／／我生存，／你是我生存的河道。现在我死了，／你，——／我把你再交给他人负担！"诗人把人生比作"河流"，把她自己比成"船"，"你是河流／我是条船，一片小白帆"，"我生存，／你是我生存的河道，／理由同力量"。可见，诗人对人生的认识已上升到理性的高度，人生是一种责任，也是一种义务。在《时间》《前后》《灵感》《黄昏过泰山》《昼夜》等诗中都表现出对抽象人生真谛、宇宙规律所进行的思索与探求。林徽因的诗歌处处闪烁着富含哲理的灵性之光，折射出一个智慧女性的内心世界，表现了她对生命多层的感悟和理性观照。正如刘思谦所说："她的作品是思之诗，她的思是一个聪慧的知识女性对生命存在的感悟和言说。她的一盏盏玲珑的生命之灯的荧荧之光，穿透了语言的遮蔽，在女性千年沉睡的混沌幽暗的夜空中熠熠闪烁。"[①] 林徽因像一个孤独漫游的沉思者，对生命的理性观照和宁静节制的诗语使她的诗充满了清明的智慧光辉。

方令孺的诗不多，但也富含智性色彩。比如《任你》这首诗就有一种参透世事的智慧：世间万物，没有永恒，"任你是天神一样尊严／或是冰崖一样凛冽／千年一现的彗星／能把你毁灭"。《灵奇》则涉足了人类永恒的矛盾。灵奇的光消逝了，爱与美不可得，徒留下黑夜的风，这是方令孺对生命悲剧的隐晦而智慧的表达。《爱》写道："看，那山冈上匹小犊／

---

① 刘思谦：《娜拉言说——中国现代女作家心路纪程》，上海文艺出版社1993年版，第23页。

临着白的世界/不要说它愚碌/它只默然严守着它的静穆"。从诗的表层看，小犊意象与开头"爱，只把我当一块石头"相呼应，表现了诗人对爱的婉拒，和林徽因的"一片的沉静/永远守住我的灵魂"相同，都表现了诗人在情感选择时的冷静和文本表达中的智性。再仔细体会，它似乎更有一种令人回味的绵长滋味，小犊表面的"愚碌"实际上是默守着它的静默，这静默中自有一种凡俗的真与美。短短两小节诗留给读者的思索是绵长的。

　　就智性写作而言，郑敏和陈敬容无疑是现代女诗人中对诗歌的智性写作追求最为自觉，成就也最突出的两位女诗人。郑敏毕业于西南联大哲学系，接受过严格的哲学训练，她曾说："当时对我影响最大的是冯友兰先生的人生哲学，汤用彤先生的魏晋玄学，郑昕先生的康德和冯文潜先生的西洋哲学史。这些课给予我的东西方智慧深入我的潜意识，成为我一生中创作与思考的泉源。"[①] 深厚的哲学基础，再加上沉静内省的性格，使郑敏本能地亲近智性，这使其诗歌创作中自然地表现出哲学思维的痕迹，她的诗真正达到了诗与哲学的高度融合，智性也因此成为郑敏诗歌的标记。唐湜在《新意度集》中曾评价郑敏是"用清明的数学家的理智来写诗"的，郑敏总是从日常事物中引发对宇宙和生命的思考，并将其凝定于静态而又灵动的意境里，形成一种独特的哲学境界。郑敏深受奥地利诗人里尔克的影响，习惯于在普通的意象上展开丰富而广泛的联想，营造悠远的哲思空间，带给读者无限的遐想与哲思。如《金黄的稻束》："金黄的稻束站在/割过的秋天的田里，/我想起无数个疲倦的母亲，/黄昏路上我看见那皱了的美丽的脸，/收获日的满月在/高耸的树巅上，/暮色里，远山/围着我们的山边，/没有一个雕像能比这更静默。"诗人由一捆稻束感悟到其与生命的关联，"稻束"和"疲倦的母亲"是人类生生不息的根基，而"历史也不过是/脚下一条流去的小河/而你们，站在那儿/将成为人类的一个思想"，表现出执着而朴实的生命价值意义。智性的强化使一些抽象的哲学命题也常常成为郑敏诗歌的书写对象。例如对于生与死这一永恒的哲理命题，郑敏就有独到的见解。在《时代与死》中，诗人把死亡看作"一座引渡的桥梁"，死亡"还美丽灿烂如一朵/突放的奇花，纵使片刻/间就凋落了，但已留/下生命的胚芽"，"倘若恨正是为了爱，/侮辱是光

　　[①] 郑敏：《诗歌与哲学是近邻：结构—解构诗论》，北京大学出版社1999年版，第473页。

荣的原因，/'死'也就是最高潮的'生'"。对于死亡，诗人表现出达观的态度，因为在诗人看来，死亡不过是生命的轮回。此外，她的《有什么可怕》《死难者》《一九四五年四月十三日的死讯》《垂死的高卢人》等诗歌文本也表现出强烈的思辨色彩，充溢着智性之美。

陈敬容的诗歌也充满着智性美，正如唐湜在《新意度集》中所说，陈敬容"将思索的钓钩抛到深情的潜意识的湖里，钓上一些智慧的火花来"。相对于郑敏沉静而克制情感的智性而言，陈敬容诗歌中智性和情感的融合更为浑然天成。她的诗也表现出对于生命的智性思索，具有一定的哲思色彩。如《珠和觅珠人》就蕴含着深刻的人生哲理，是诗人的生命宣言。珠"在密合的蚌壳里""紧敛住自己的光"，是为了等待真正的觅珠人的到来。那时，它便要"庄严地向生命/展开，投进一个全新的世界"。因而"最高的幸福是/给予，不是苦苦的沉埋"。而在《逻辑病者的春天》中则表现出对人类、生命存在本身的关注，诗歌在情感和理性的融合上也更见力度。"我们是现代都市里/渺小的沙丁鱼，/无论衣食住行，/全是个挤！不挤容不下你。"诗人在此对于现代都市中人类的生存状态进行了深刻而冷静的反思。"流得太快的水/像不在流，/转得太快的轮子/像不在转，/笑得太厉害的脸孔/就像在哭，/太强烈的光耀眼/让你像在黑暗中一样/看不见。"通过极具哲理思辨色彩的意象，透视出事物间对立转化、物极必反的哲学规律。此外，《船舶和我们》《水和海》《力的前奏》《群象》《飞鸟》《沉思者》《渡河者》等诗歌文本都蕴含着丰富的哲理内涵，表现出鲜明的智性倾向。

由以上分析可见，从 20 年代的陈衡哲、冰心，到 30 年代的林徽因，40 年代的郑敏、陈敬容，现代女诗人在新诗史上清晰地留下了她们智性探索的身影。虽然这种智性写作并不能涵盖上述女诗人的全部创作，或者说，智性写作只是女诗人建构女性诗学所进行的书写趋向之一，但是，它至少清晰地呈现出一条现代女诗人智性书写的线索和女性智性书写从无意识到自觉，从幼稚走向成熟的艰难历程。现代女诗人在短短的 30 年间为现代诗歌的智性建构贡献了心智和才华，同时也为当代女诗人的智性书写开辟了道路。

二　90 年代女诗人的智性舞蹈

如同男诗人的智性书写一样，女诗人的智性诗歌写作在中华人民共和国成立以后也受到了抑制，尽管在 70 年代后期和 80 年代的女性诗歌中，偶尔能见到思想火花的跳跃，但最终都被情感的激流所吞没。直到 90 年代，许多女诗人才又承继起前辈女诗人所开启的智性传统，纷纷拨开感性轻逸的面纱，精心营构起女性诗歌的智性空间。持智性写作取向的 90 年代女诗人们大多具有学院背景，受过良好的教育，文化视野相对开阔，深谙西方现代诗歌。她们将目光深入社会和生命的本质层面，注重情感与理性的交融互渗，在诗写中进行思与诗的多维建构。她们的诗歌充溢着智慧和灵性，彰显着主体意识和生命价值，其中的哲思和顿悟更是令人耳目一新。

郑敏这位对智性写作情有独钟的女诗人，到了 90 年代仍然用一种冷静的笔调进行着智性写作。年逾古稀的她，在诗歌创作上仍然保持了风格典雅而洗练，爱好冥想，有极丰富的想象力的特点。其诗作在思想内涵上具有更深邃、睿智的哲思，境界更为开阔，在艺术上更为圆熟，真正进入了"为所欲为"的境界。人到晚年的郑敏显示了深厚的知性与语言功力，无论在创作上还是在理论上都能做到深入浅出，寓深奥于平易之中。如《破壳》："沉浮混沌的液体里/内脏在痛苦中发展/嘴喙感到进攻的欲望/翅膀像没有水划的桨/佝偻的爪子没有泥刨/突然光像原子爆炸/它瘫跌在泥地上/粉红色无毛的身体/接受着生命的粗暴冲击/……/破壳而出/在颤抖的腿上/站起来，又跌倒。"诗所表现出的每一种生命存在的形态，无论大小，都因其得之不易和必要战胜艰难苦痛，而有其自足的存在意义。读来颇具哲理意味的那些短诗，如《关于床的沉思》《古》《秋天在发狂之前》，表面上呈现为题材的独特，实质上是女性思维对于生命与世界关系的深度把握——这种抽象和提升的结果使郑敏写出了"纯粹哲学"的诗，如《圆的窒息》："小虫子冲出苹果的圆/胎儿冲出母腹的圆/象征着完美的圆/象征着封闭和窒息/每一条自圆心出发的力量/咬破、冲破、剪破、突破/无数层懒惰的围墙/与相切的墙外力量结合。"这种建立在生命意志基础上的思维辩证法，是女性对于世界既成格局、既成思想的突破。更多的时候，诗人不仅独立地思考着世界，而且深深地结合着人生经验，构造着诗歌情智结合的形式，如："是黝黑的古树/还是猩红的头发/更令人深思？"（《秋天水潭边的思想》）又如："云过处，山隐消/队伍过后，山/夺回阵地/带着惊人的曲线/显示苍绿的尖峰/重占灰色的天空/否定制成飘逸/围着长长的白纱/飘渺变幻的裙衫。"这类诗歌的展开，本身是一种思维方式的展开，一种美的获取。经过进一步的努力，诗人就跨入了虚无——生命所来之所和归去之所，其秘密的探寻和意义的求索，是一切诗歌和哲学终极的努力所在，也是逻辑思维咄咄逼人的理论源泉。

她在1996年5月发表于《人民文学》上的《没有尽头的路》一诗中写道：

> 在世纪初
> 我有一个寂寞的童年
> 在世纪中
> 我给你们一个寂寞的童年
> 寂寞与寂寞
> 像山里的羊肠小道
> 是我们共同的命运
>
> 从那儿通向什么地方？
> 我寻找了一生，你们又陷入困境
> 这是一条没有终点的路
> 一个路标，又一个路标
> 我们仍在摸索着走
> 也许智慧是路边的树林
> 是山下的野果，水中的鱼
>
> 孩子，我们是迁徙的象群
> 走着，吃着，回想着，一条
> 没有尽头的路
> 默默中
> 寻求希望和平衡

明白晓畅的语言背后却蕴含着刻骨铭心的人生经验——人的生存状态与人的理想追求永远无法调和的矛盾。而最能体现郑敏智性诗歌风格的是组诗十九首《诗人与死》。郑敏在谈到该诗的创作时曾说：

第三章　女性个人化写作的三种向度

> 我写这组诗的时候，总的来讲受里尔克的影响很深。我念的是哲学，但却选了冯至先生的德文和他关于歌德、里尔克的讲座。……关于死当然是里尔克的一个很重要的题目……我这首诗写的时候意图是讲诗人的命运，也可以说是整个知识分子的命运，同时还有我对死的一些感受。①

可见，该诗是为悼念因医疗事故而死的"九叶诗人"唐祈而写的："让一片仍装满生意的绿叶/被无意中顺手摘下丢进/路边的乱草水沟而消失/无踪，甚至连水鸟也没有颤惊"，但郑敏却从唐祈的悲剧中引发出对诗人命运与死亡的思考："是谁，是谁/是谁的有力的手指/折断这冬日的水仙/让白色的汁液溢出"，"诗人，你的最后沉寂/像无声的极光/比我们更自由地嬉戏"，仅从所引的组诗开头与结尾的这几行诗，即可悟到诗人所写的并非局限于唐祈个人的悲剧，而是涉及整个知识分子的命运，乃至对人类整体生存状态和生存心理的严重关注。

> 我们都是火烈鸟
> 终生踩着赤色的火焰
> 穿过地狱，烧掉了天桥
> 没有发出失去身份的呻吟
>
> 然而我们羡慕火烈鸟
> 在草丛中找到甘甜的清水
> 在草丛上有无边的天空邈邈
> 它们会突然起飞　鲜红的细脚后垂。

该诗从生命哲学的角度，系统地沉思了生命与死亡、历史与死亡、永恒与死亡及整体与个体之关系。全诗在承认生命的脆弱、渺小和被动的前提下展开思想，对个体生命孤独、坚忍和痛楚充满了复杂的母性悲悯情怀，对现实生活的冷酷和民族文化中个体价值缺损的悲愤呈现于字里行间。当诗人把一种生命形态置于另一种生命形态的比照中，生命哲学以它

---

① 徐丽松整理：《读郑敏组诗〈诗人与死〉》，《诗探索》1996年第3辑。

辩证的认识,将死亡看成生命的另一形态而超越死亡。《诗人与死》倾心于哲学性诗思,把生与死这一永恒的主题纳入诗的框架,拷问着灵魂在生的过程中的磨难、荒诞和痛苦不幸,反思着死对生命的激励与无法穷尽的意义。这首诗的想象几乎是形而上的飞行,想象力能量依靠思想和情感双重输送,汉语语言在一种极致的状态下获得解放:

它的浪花是生命纷纷的落叶
在你消失的生命身后只有海潮
你在蓝色的拥抱中向虚无奔跑(《诗人与死第八首》)

你已经带走所有肉体的脆弱
盛开的火焰将用舞蹈把你吸吮
一切美丽的瓷器
因此留下那不谢的奇异花朵(《诗人与死第九首》)

诗人,你的最后沉寂
像无声的极光
比我们更自由的嬉戏(《诗人与死第十九首》)

该诗融合了中西的跳脱意象,绵长真挚的激情与深刻的思辨达到了完美的统一,很难想象这会出自一位70余岁老人的笔下。沉静内省的郑敏一生都把诗和哲学融为一体,如其在90年代出版的著作《诗歌与哲学是近邻》,其中对诗与哲学的关系进行了十分深入的探讨,该书既是她多年来诗歌创作经验的总结和反思,也表明她在诗歌创作中始终实践着她"诗歌与哲学是近邻"的诗学主张。

舒婷在90年代沉默三年后重新创作的诗,比其前期的诗更具有鲜明的现代倾向,尤其是比前期的诗增强了思辨色彩,这是缘于诗人对生命的感悟而达到了哲思的境地。如《秋思》《立秋年华》《日落白藤湖》等诗即是明证。有的甚至直接取材于佛教禅宗,如《滴水观音》《禅宗修习地》等诗。这是诗人有意识地超越她自己,转变诗风的标志。如《立秋年华》一诗表现出舒婷对于生命的感悟与沉思,充满了哲理和思辨色彩,给人以庄严深沉之感。让我们看看以下的诗句:"雁群哀哀/或列成七律或排成绝句/只在古书中唳寒", "眼光突然间/就像一瞥暗淡的眼神", "心管里捣鼓如雷/脸上一派古刹苔深", 最精彩的是最后两行诗人对于时空的慨叹: "不必查看日历/八年前我已立秋"。宇宙时空是无限的, 而个体生命则是有限的, 书写出感时悲秋这一人所共有的心态。《最后的挽歌》是舒婷创作于1998年的一首内容丰富、气势恢宏的诗歌。虽然是一首抒情长诗, 但却蕴含着深刻的哲思。诗中既有对于世纪末中国转型期社会每况愈下的世道人心的反思——"蒿草爬上塑像的肩膀/感慨高处不胜寒/挖鱼饵的老头/把鼻涕擤在花岗岩衣褶/鸽粪如雨", 也有对于现实社会所出现的光怪陆离的种种世态百相不无沉重的思考——"都市和农村凭契约/交换情人", "列车拉响汽笛从未停靠/接站和送站互相错过/持票人没有座位/座位空无一人", "一个吻可以天长地久/爱情瞬息名称", "像流通数次已陈旧的纸币/很多词还没捂热/就公开作废", "陆沉发生在/大河神秘消失之前/我仅是/最初的目击者"。此外, 舒婷的《真谛》也是一首富含理性意蕴的诗: "把人类约束在有限的陆地/再引诱他们中/最勇敢的人/凭借一方动荡的甲板/优美地起跳/投入无垠的深邃/同时放弃/来路深邃的无垠", 再如最后一节"我愿穷尽终生/歌颂你其中的一滴"。该诗让读者领悟到严肃深邃的哲理的"真谛", 具有浓厚的智性色彩。

李小雨90年代的作品依然保留了前期诗作中"以小见大"的表现手法, 即以小的事物作为题材, 开掘重大的、深刻的意蕴。但此时期的诗与以前不同的是, 多了几分凝重和沧桑感, 增强了理性思辨和哲理思考的色彩。如《墨水》就从小处着眼: "一滴/深蓝色的墨水/小小生命/舔着玻璃的牢笼//一滴, 一个深渊/一只沉沉的眼睛/它滚动、灼烤、抽搐、扩散, 然后/瞬间干涸", "有多少往事活着/有多少细节被湮没/成为千古之谜/有笔穿过/是誓言还是谎言/有感情被隐藏/只剩下褪色的背影……它改变着什么/又被什么推动"。诗人由一滴小小的墨水引发了对往事、人生、理想、爱情等问题的思考与追问。而在《剧场》一诗中, 女诗人的哲思更是跳跃于诗句之中: "在怪诞得近乎真实的秩序中/世界由无数门组成/戏剧和悲剧/只是两个小时之内/从一道门进入/又从另一道门退场。"

90年代的王小妮从女性最本原的家庭生活和日常生活入手, 对生活进行智性书写。虽然常常从日常生活的细枝末节入手, 叙述那些看似微不足道的凡尘琐事, 诗中大多是一些日常生活意象, 运用的也多是一些朴实

而简洁的语言,但是这丝毫未影响诗人向诗的更深层次开掘的力度,她的很多诗作都蕴含着深刻的哲理。比如《月光白得很》:

> 月光在一个深夜里照出了一切的骨头
> 我呼出了青白的气息
> 人间琐碎的皮毛
> 变成下坠的萤火虫
> 城市是一具死去的骨架
> 没有哪个生命配得上这样纯的夜色
> 打开窗帘
> 天地正在眼前交接白银
> 月光使我忘记我是一个人
> 生命的最后一幕
> 在一片素色里静静地彩排
> 月光来到地板上
> 我的两只脚已经预先白了

在皎洁纯净的月光之下各种让人眼花缭乱的东西最终都显露出本质,我们不过是一个普通人而已。王小妮在其散文和诗歌当中经常提到"自由",她所说的自由不是西方宣扬的那种民主自由而是植根于个体生命之上的一种自由,是一种天人合一、万物同一的自由。在她《花想要的自由》一诗中就有这种自由思想的体现:

> 谁是围困者
> 十个少年在玻璃里坐牢
> 我看见植物的苦苦挣扎
> 从茎到花的努力
> 一出水就不再是它了
> 我的屋子里将满是奇异的飞禽
> 太阳只会坐在高高的梯子上
> 我总能看见四分五裂
> 最柔软的意志也要离家出走

> 可是，水不肯流
> 玻璃不肯被草撞破
> 谁会想到去解救瓶中的生物
> 它们都做了花了
> 还想要什么样的自由？

在这首诗中，王小妮把万物的生长比作追求自由，但诗人却不是简单地讴歌自由：对人来说，花本身就是自由的，可是它却还不满足于自由。自由究竟是什么？诗人没有直说，她只是辩证地暗示，自由是不满足，自由是对立，自由是抗争，自由是相对的，是独立的，是永不能满足的，因此才会有"最柔软的意志也要离家出走"。诗人尽管思考不出自由背后的意义究竟是什么，但还是要去"做一回解放者/我要满足他们/让青桃乍开的脸全去眺望"。诗中的这种思考仿佛很细微，但却隐含了很深的哲理意义。此外，在《怎么样走到山的那边》《我们箭一样要去射中什么》《台风正在登陆》等诗作中都蕴含着诗人深刻的哲思，饱含着智性的因子。

翟永明的诗歌在90年代依然保留着她时时闪现的理性思辨色彩，她90年代创作的抒情思辨长诗《静安庄》《道具和场景的对话》，以情感的抒发与哲理的议论相结合为主，呈现出结构恢宏、气势磅礴的美学特征。《静安庄》将宇宙、自然与人类当作同构的存在纳入诗的结构。《道具和场景的对话》则执着于对人生哲理的不断追问：

> 似幻似真的戏
> 如泣如诉的唱
> 假的夜晚和真的白天
> 紧靠在一起
> 谁能分辨？
> ……
> 满台灯火照亮我的眼睛
> 照亮一块布隔断的人生
> 有傀儡般的人生
> 有辛苦奔波的人生
> 有真真假假的人生

哪一种人生是满台寂寞后的人生?

周瓒是90年代最具有代表性的智性女诗人。诗评家向卫国认为，周瓒是继翟永明、王小妮之后，汉语女性诗歌的又一代表人物。与最优秀的男诗人比肩而立的，将会有周瓒的身影。给周瓒以自信和自知的能力的，是她深厚的"知识底色"。毕业于中国最高学府的女博士，她学识渊博，许多诗歌评论都显露出不凡的见解，深刻而独到。实事求是地说，在女诗人中有如此深厚的理论功底的，迄今只见周瓒一人。[①] 在《翼·女性诗歌论坛》中，作为主持人的周瓒，采取了学者型的写作方式，这种写作方式也带动了论坛中的诗歌实验更侧重于对诗歌写作理论的研讨。所以《翼·女性诗歌论坛》在诗歌创作上的理论意义远远大于诗歌文本的"文化型"格调，其创作方向和理念已经由单纯的女性意识的表达开始向更远更阔处转向，从而也带动了一批女诗人朝着理性智性的诗歌写作方面发展。周瓒提倡并身体力行"理性写作"，她的诗坚持以理性节制情感，情感因为冷凝在思想的果核里而分量颇足，丝毫不见松散和轻浮。其诗所显现出的宏大气象，即使在男诗人那里也很少见到。如在《影片精读》中的作品《费穆:〈小城之春〉》中，女诗人为我们构筑了"黑"与"白"、"怀旧"与"未来"、"虚幻"与"真实"等一系列反差极大的场景:"黑白片时代的故事盛产怀旧的感伤泡沫/掉了磁的胶片更带来些许不现实的味道/久别重逢、意外的巧合，哦，尴尬处境……未来的岁月。生老病死，爱情并非一切/我看见，那窈窕端庄的女主角登高望远。"这首诗充满了张力，读来不由得使人产生对人生和命运的理性思索，充分显示了诗人深厚的文化知识素养和不凡的哲学思辨能力。

路也的诗在经历了80年代单纯的青春写作之后，90年代以来她的创作越来越成熟了。80年代的路也还是一个感性的女诗人，随着写作的日益深入，90年代的诗作中出现了新的创作动向，即她的诗作逐渐加入了深刻的思考。如其诗作《舜耕路》《豆荚》《走向》《在皮肤下滚动的冬天》《伉俪》《枯败的诞生》《二十七年以后》等都出现了区别于以往的深邃而不乏象征的语句，路也无疑是在逐渐成熟的过程中加深了对事物的哲理化以及自我情感表达的"双向思考"。如在《舜耕路》一诗中，诗人

---

① 向卫国:《周瓒诗歌及评论》,《诗选刊》2005年第3期。

将其青春期全然展示在我们面前,因此该诗也可以视为是诗人路也的一个小小的自传。但是,在篇末却表现出诗人已经开始对生活进行一种重新的体悟与思考:

> 最后一个舜耕人头插野菊,两手空空
> 只留下一些强说愁的诗篇
> 也许今生我从未到过舜耕路
> 所有一切不过都是虚幻

同样,其《子宫》一诗中也不乏深邃的诗句:

> 现在我多么爱你,怜惜你
> 你是我的另一只心脏
> 我甚至用你来思想,并且写诗……
> 他们为你立了一千种牌坊
> 不顾你怎样地疼痛,怎样地柔软
> 隐忍的快乐、愤怒的忧伤

《豆荚》也是非常耐人寻味的:

> 豆荚,你疼么
> 那双剥你的手多么像一句话
> 一句熟稳的却从未说出来的话
> 落日如一颗燃得憔悴的心
> 西窗正被缕缕忧伤镀亮
> 你疼么,豆荚

组诗《你是我的亲人》是路也诗作成熟的标志之一,诗作中字里行间都渗透着诗人对生命的思考:"谁都要到那里去的/仿佛隔着茶色玻璃/那边望得见这边,这边望不见那边",死亡和她如此地切近,她凝视着它,心底的悲剧意识油然而生:"人生从子虚走向乌有/自出生起就开始倒计时",死亡,是任何人都不能不面对的命题,"唯有这件事情无法抗拒/这是天下最高的法律"。只有诗人才能将死亡表达得这么凄美:"生是序,死是跋/把墙上的照片取走/然后像谢幕一样环顾四周/在心里打上'剧终'。"这组诗表现出诗人深刻的悲剧意识,"悲剧意识不能不是生命最根本的意识。对于身边的一切,对于逝去的、将要逝去的时间,人几乎无能为力"[①]。这种悲剧意识不仅增大了诗歌情感的容量,也增强了路也诗歌的密度和重量。

李见心是一位沉浸于理性激情的诗人,她的诗歌具有直指人心的锐利。她总是善于从逆向思维切入,喜欢在两个相反的词之间搭建一种和谐。诗人以审美思维的超常规跳跃和逆反寻找其智性的思维方式,并从中获得自由新鲜的通感。如《9路车》:"快乐的精神病/幸福的肝炎/美丽的结核/这是我小时候听到的最动听最诱人的词汇/……像小鸟一样快活地大喊/——快乐站到了/——幸福站到了/——美丽站到了";《近视》:"我的眼睛没有风景/只有事物和事物间固有的状态/石头一样的沉默"。而《你好吗?我很好》这样写道:

> 一个少年苍白的脸凝固了我的冬天
> 他流出的血又燃烧了我的夏天
> ……
> 从此一张18岁的比白被单还白的小脸
> 就浆洗了我的天真
> 还有他那向我伸出的和脸一样苍白的手
> 任我练习
> 而绝不喊痛
> ……
> 新年的钟声响了
> 他满足地咽下最后一口气
> ……
> 屋里听不到哭声
> 声音已被外面的钟声和鞭炮声淹没
> 他终于19岁了他永远19岁了

---

① 吴晓:《意象符号与思维空间》,中国社会科学出版社1990年版,第88页。

第三章　女性个人化写作的三种向度

通过生动具体的细节描写，不动声色地散发着人性的爱的光辉和对人性中最自然、最真实、最沉重的生离死别的超越，从而更接近思与诗的本质。

即使是对于爱情的书写，在李见心的笔下也表现得非常理性，非常独特。如《女理发师的男人》：

> 爱你才离开你
> 离开你是为了永恒地占据你

《慢半拍》：

> 不懂爱情时
> 我恋爱了
> 回头率百分之九十九
> 漏网的那一个成了我的柏拉图
> 不懂婚姻时
> 我结婚了
> 在我眼里爱情和婚姻是一家人
> 懂得婚姻时
> 我失去了婚姻
> 柏拉图露出了物质的眼神
> 被小麦当娜勾走了
> 懂得爱情时
> 我失去了爱情
> 红颜已老无视率百分之百
> 没有一个进网
> 懂得生命时
> 我失去了生命
> 柏拉图已给我买好了墓地
> 就等着我最后华丽地穿上它

《三嫁》：

>我嫁给了富有
>一个金碧辉煌的鸟笼
>提鸟笼的老者
>满脸皱纹
>每一道
>都是一张死期存折

李见心对爱的思维和剖析，别出心裁，对情的抒发和宣泄与众不同，读后让人拍案叫绝，给人印象极深，过目不忘，这缘于她的诗歌在经过理性的浸润后所展现出的独特魅力与生命力。

90年代以来，阿毛的诗歌写作也悄悄地发生了某些变化。正如张桃洲所评价的："她早年诗歌婉约而轻逸的以'情'为核心的抒发，变成了一种犀利而深重的以'意'为核心的内在思辨。"[①] 这说明阿毛90年代的诗歌创作开始注重融入智性因素，由感性写作向智性写作转变。可以说，中国推崇智性写作的诗人，都不同程度地受到了博尔赫斯的影响，尤其是博氏诗歌中的智性特征。阿毛亦不例外。她曾说："是博尔赫斯的诗歌使我进一步认识到：诗歌创作是一种无限的智性创作"，"希姆博尔赫斯的诗歌中无比广阔的视野、深刻的道德和哲理同抒情诗的最和谐的统一，令我着迷"[②]。在这种诗观的指引下，阿毛的诗是智性的，而非感性的，很有思辨色彩。阿毛的思辨是抒情的思辨，也就是说，阿毛的诗是思辨的，同时也是抒情的。其诗歌中的思辨形态从整体结构和抒情方式上可分为两类。一类可称为写实式思辨，如《当哥哥有了外遇》《我和我们》等。这类诗歌一般取材于现实的实像，在生动真挚的描述中逐渐从现实实像升华、结晶出包含哲思的意象。阿毛的另一类诗歌可称为象征式思辨。这类诗歌是诗人将一种精神或理念"寻找客观对应物"所致。这类象征式思辨，是当代诗歌建构哲理性深度模式的隐喻结构，是一种意象化的智力空间，它与思辨抒情结合后，具有了更大的哲理容量。这两种思辨形态在阿毛的诗歌创作中随处可拾，如在其近期的《爱情教育诗》《我和我们》《由词跑向诗》《午夜的诗人》等长篇诗作中，某种抽象的抒情渐渐为具

[①] 张桃洲：《向内的飞翔》，《诗刊》2007年第3期。
[②] 阿毛：《诗观》，《诗刊》2007年5月下半月刊。

体的写实所取代,并添加了大量的思辨色彩。而阿毛无论采用哪种思辨形态,都力戒出现以往某种思辨情感过分宣泄,理性脱离形象,过于赤裸的弊端,而创造了一种通过意象化象征与哲理相结合,具有深层哲理含量的新型思辨形态。

马莉的诗歌虽然环绕着风、雨、闪电、海洋、鱼、狗、转椅和喷水池等一些常见的事物写作,却超越了寻常女性的生命感性而获得一种与众不同的形而上品质,流露出罕见的思辨性。如在《影子落在了蝴蝶的翅膀上》《在暧昧的日子里》《奇迹没有发生》《我在一间空房子里朗读》等诗中,都表现出马莉超越女性的纯粹感性,凭借对事物的哲学本性的追问,向形而上的世界悄然飞跃。形而上成全了女诗人千叶,90年代的千叶也创作了大量的智性诗歌,如《说不的女人》写出了一个女人在现代生活的挤压、在先在的悲剧习俗的伤害之下坚决地"说不",语言繁复,弹性与张力极大。《无数个月亮借用同一张脸》写道:"而我经常地遇见耍蛇艺人,他们生活在半人的世界/在地铁入口处他们转过身来—一半是过去,一半是未来"。叶玉琳的诗同样充满着智性,从《穿过峡谷的流泉》《红樱桃谣曲》《初雪》《梅雨》等诗歌题目中可知,她更钟情于大地上的事物,但她与蓝蓝的神性书写不同,她运用智性书写变形的大地,如《大运河之滨》中"大运河啊,当我走到你身边/我的词语不见了"等诗句更显示出与事物搏斗的惊心动魄,也显示出其智性的风格。此外,对世界的怀疑,对语言暗色的执迷,使子梵梅的诗歌在生命之重的深渊里显示了思索的深度。她的《从内部逐渐减慢》《卡夫卡式的下午》《说话者和倾听者的失调》等诗作,从诗题就可看出一种很明显的哲学语境的营造意图。

综上可见,虽然上述对于90年代女诗人智性书写的粗疏勾勒并不能涵盖所有女诗人的全部创作,但是至少我们可从中窥见一个开满诗意智慧的女性诗歌花园悄然绽放于90年代女诗人的笔下,这是她们为女性诗歌苦心经营的充溢着哲学沉思的智慧空间。在此我们看到,相对于现代女诗人而言,90年代女诗人的智性书写更注重情感与理性的交融互渗。在女诗人智性文本中诗情与哲思相互交融叠合,多维地建构着感性与理性维度相结合的女性诗歌。

三 智性写作的性别价值

智性为90年代女性诗歌带来了全新的质素。首先,从性别层面看,智性的强化使女性的思维摆脱了长期被奴役化和边缘化的境况。据说一位人类学家曾经做了一个统计，在人类的文明史上出现的女数学家比女王要少得多。也许这个事实恰恰说明了人类两性之间在思维方式上的一个明显差别：相对而言，男性更趋于逻辑思维，而女性则更偏重于形象思维。而文学艺术的创造力恰恰是有赖于形象思维的。然而，只要稍加统计，就能得出这样一个事实：女性文学艺术家在人数上与男性相比，也同样少得多，而且在从事诗歌创作的人中，尤其如此。这个事实的后面实际上隐藏着极为复杂的人类学和社会学问题。这不是我们讨论的范围，但是我们也可以从这个简单的统计中看到女性长久以来都是被男性所规范的，以致她们连其思维都受到了局限，因而形成女性作家缺少智性的思考，思维能力始终匮乏的局面。如在古代女性诗歌中，少有理性注入的提升，智性不足导致其思想力量贫乏单弱；到了现代女性诗歌，对于理性的汲取与浸润已成为女诗人诗写的一种取向，虽说40年代有郑敏相对成熟的智性诗歌，但总体而言，这种智性写作还略显稚嫩简单；而到90年代以后，女性诗歌写作中的智性思考已经表现得较为成熟与深入，智性与情感的抒发相交融，女性诗歌的哲思空间也由平面走向立体，呈现出多维化的特征。从一定意义上讲，这标志着当代女性在社会中主体地位的提升和女性心智的成长与进步。

其次，如果从诗歌形式本体建构的角度来看的话，那么郑敏、王小妮、舒婷、周瓒、路也、李见心、阿毛等女诗人的智性写作，凸现了90年代女性诗歌的一种清醒而自觉的形式建构意识，即不再重视女性诗歌外在功能的承载，转而追求女性诗歌的内在美质，以期建立凭借女性诗歌本身的艺术魅力而获得自足生存的空间。这时的女性诗歌已不是一种概念的写作，更不是意识形态的写作，而是一种更加技术性的写作，诗歌写作日渐成为一门专业的技艺修炼，它将在更大程度上倚仗诗歌本身的修辞魅力和更复杂的诗学设想而生存。必须指明的是，这里所谓的技术或技艺，"并非如过去人们所认识的，是一种附着于思想内容上的装饰，而是直接参与诗歌构造，与诗歌的完美程度相关的诗歌创造过程"[①]。或者说，进行智性写作的女诗人，站在女性诗歌的本体立场上，倾心于对诗歌形式的

---

① 王家新：《回答四十个问题》，闵正道、沙光主编：《中国诗选》，成都科技大学出版社1994年版，第411—412页。

探索，注重诗歌语言的精粹性质，追求诗歌文本的完善性与创新性，写作中倚重深层的智性因素和高度的技艺，从而不断强化女性诗歌写作的专业性质。①

此外，女性诗歌的智性写作，使得女诗人普遍注重哲理思考与智性凝聚，讲求感性与理性的结合，她们的诗作有着高度的情感节制力和理性分析力，客观冷静，凝练有力，感性与智性、官能感觉与抽象观念有机配合，表现出一种沉思的美、智性的美。这在一定程度上击破了某些关于女性诗歌过于感性化，长于抒情缺少理性的偏见和陈规。也许在思维方式上男女两性确实存在差异，男性更加趋于逻辑与理智，而女性则更偏重于形象与情感。较之那些男诗人们纯粹理性玄想的智性书写，女诗人们更多的是从感情出发，但是，这并没有妨碍女性诗歌中智性因素的融入。相反，我们在90年代女性诗歌中看到，女诗人以她们丰厚的知识积累为依托，立足于女性特有的生命体验和感悟方式，将其智性思索化为流淌的诗行，与男诗人一同对人的生命存在和自然宇宙人生进行着形而上的探索。这些诗以生命的沉思、人生的体悟和哲理的思辨所构筑的女性诗歌本体，显示了女性思考世界的方式，具有独立的理趣之妙与智慧之美。它们既是对男性智性诗人群的丰富和补充，又具有自身独立的存在价值，也构成诗歌史上智性诗歌不可或缺的重要组成部分。同时，女诗人也注重对于哲学命题的开拓，哲学思辨的增强使女诗人们能如哲人般地面对客观世界和主观世界。哲学意义上"本我"的永恒寻找，使她们的追求升华为更高的价值需求。于是，惯常的微笑与痛苦的情影都隐去了，女性诗歌日益显出沧桑阅尽后的平静、豁达和超脱，这是90年代女诗人经营有效的智性写作所获得的"宁静的丰收"。

第三节 戏谑与文字相遇：青春的游戏书写

80年代出现过的女诗人群体，多数具有大致相同的理想、道德观和价值取向，但是70年代出生的以尹丽川为代表的一代女诗人越来越富有个性。个性并不一定值得赞美，但它是一条跟创造与反叛相关的通道。90

---

① 姜涛：《被句群囚禁的巨兽之舞》，洪子诚主编：《在北大课堂读诗》，长江文艺出版社2002年版，第243页。

年代末出现了一些才情激越、特立独行、具有挑战性格的女诗人，她们的作品显示出一种崭新的写作姿态——轻松的游戏的青春写作。70年代出生的尹丽川、巫昂、晶晶白骨精等以其大胆出位的写作而成为青春游戏书写群体的领军人物，她们的诗歌放松、随意、大胆、富有想象力，具有很强的后现代性。与女性诗歌的身体写作及智性写作截然不同，她们展示的是一种轻松甚至是放肆的游戏写作姿态。这显示出90年代以来日渐开放的观念意识为当下女诗人的自我塑造开辟了一条较为平坦的道路，她们不再对自身的女性身份惴惴不安，也不再渴望与男性并驾齐驱。她们坦然地承受着身心的微妙变化，尽情地释放着无尽的欲望，将其自己从传统女性的角色固置中解放出来。她们以其写作实践证明这种以轻松的游戏者姿态步入诗歌写作是一种既有力又颇为有效的写作方式，它使女性诗歌一度成为20世纪90年代末诗坛的焦点。

一 情欲主题的游戏书写

在尹丽川与巫昂的笔下，女性自身情欲的书写成为一个重要的主题。这种书写比起翟永明一代女诗人书写女性生命欲望的作品又有了极为大胆的突破，她们的描摹重点直接上升为对细腻的性行为性心理的描述，并着重表现原欲的躁动和生命本真意义的释放，既大胆张扬而又轻松随意，表现出一种游戏者的心态。

翟永明这一代女诗人注重写神，对女性身体做了诗化的象征处理，对女性欲望的抒写也是审美的，她们是用心灵去感受和倾听其身体和欲望的。而尹丽川等新一代女诗人则在前代开辟的情欲主题的道路上走得更加纵情恣性、毫无负担。从她们的创作中我们看到性被最大限度地还原了，还原成一种单纯的欲望，性就是性，没有那么多形而上学的东西。

尹丽川、巫昂这一代女诗人对性的描写大胆、直白、毫无顾忌，性在她们那里早已不是屈辱的疤痕，她们的描写更进了一步，这与翟永明一代女诗人的隐晦、遮掩、吞吞吐吐形成了鲜明的对比。翟永明一代的女性诗歌普遍负载着沉重的自我拯救的使命，即便是那些与女性身体有关的情欲主题的描写，虽然与传统相比显得比较大胆，但依然有所节制，其诗意的追求使她们的诗歌带有悲壮意味和某些人文色彩。

在她们的诗歌中"性主题自然成了歌唱的核心，性事化描写流行，性意识和潜意识构成了经验内容的基本模式"①。尹丽川曾经公开宣称："凡为士大夫、正人君子们所不齿之事，就是我要探究的——我相信那些地方隐含着创造的可能性。"② 她的诗歌实践即体现出对性的核心关注，如尹丽川在其诗歌《情人》中对男女性爱进行了赤裸裸的描摹："这时候，你过来／摸我、抱我、咬我的乳房／吃我、打我的耳光／都没有用了"。在《深圳：街景》中，性符号更是一览无遗地跳跃在诗句中："没有人在／大白天心惊肉跳／女孩们的月经／总是迟迟不来／避孕药吃多了／乳房像冬瓜垂到地上／屁股却飞到高空／翘的高度决定了前程／经过十年的遗精／五年的手淫生涯／少年们躲进青春，冒着虚汗／再也没什么事干／一个保姆抱着／别人的儿子，在世界公园／玩了整整一个上午"。该诗对现实生活中不正当的男女性爱关系进行戏谑的、不动声色的书写，看似没有掺杂诗人的任何情感，但其实针砭和批判已经蕴含在诗句中了。尹丽川的《为什么不再舒服一些》更是以游戏书写的方式突破禁区，宣称做爱与"上网聊天""口渴喝水""做一次面膜"等普通的日常行为是等同的。甚至"造爱已普及，像一次次日常生活的流水账，如同一次钉钉子，系鞋带，按摩，写诗，一次次洗头或洗脚"。③

> 当年伊蕾们基本还处于性观念层面的呼告，而今尹丽川们，则抛弃意识形态话语，直接进入"对等"的生理行为层面。造爱，不再附加其他内容，已"还原"为一次次日常生活的流水账。重要的是它的完成，全部取决于以舒服为旨归的快感，而不装载任何包括对男性性中心批判的成分。它完全从男女对等的快感出发，只追求快乐舒服，因而一切都变得如此简单而合情合理。④

如果说翟永明、伊蕾一代女诗人的身体书写只是鼓足勇气揭开了女性身体的神秘面纱，用女性特有的感性而细腻的笔触矜持而内敛地诉说着其

---

① 罗振亚：《朦胧诗后先锋诗歌研究》，中国社会科学出版社2005年版，第243页。
② 尹丽川：《尹丽川自述》，http://vip.rongshuxia.com/rss/bbs_viewart.rs?bid=105324，2008年10月21日。
③ 陈仲义：《肉身化诗写刍议》，《南方文坛》2002年第2期。
④ 陈仲义：《新世纪：大陆女性诗歌的情欲诗写》，《福建论坛》（人文社会科学版）2009年第1期。

内心的欲望，以此击碎男权话语霸权下的女性写作和表达的桎梏，力图建构起一个属于女性自己的私密空间的话，那么尹丽川和巫昂"身体力行"的游戏写作则是对于传统话语的彻底颠覆，她们像是驾着闪电的巫女呼啸而过，冲破道德伦理的羁绊，跨越清规戒律的禁忌，用叛逆、另类的生活方式宣称其肉体的胜利。

　　此外，尹丽川、巫昂在创作中像米兰·昆德拉一样成功地把性和爱分离出来。她们毫无顾忌地表现身体的自由，没有压抑，没有束缚，她们对爱情的看法更具有后现代性特征，她们的爱情观念是"情人不等于爱人"。她们在诗歌中对爱情的庄严感进行了瓦解，消解了爱情的神圣品格，对爱情亦进行了游戏书写。如尹丽川的《二月十四》将爱情高度地世俗化，这一边可以把爱情拿起来——"送你一朵玫瑰花"，那一边可以把爱情轻轻放下——"还要去唱卡拉OK"，爱情在这样的时空里变得廉价。诗人评价这种爱情"不是普希金的诗是香港的流行歌曲"。诗人说出了今天爱情的本质，它不再拥有诗歌一样的浪漫，爱情要精打细算，进行定额分配："让我每年流出一滴眼泪，再爱你一回。"这一代女性显著的心理标志是承认现实，保持着一种可怕的清醒，她们甚至不会给无奈的情绪留下丝毫奢侈的空间。尹丽川《恋曲2000》里的爱情也在变化中消逝，"你的如此这般的深情，飘逝转眼成安全套"，安全套不仅象征着情感的沦落，也意味着爱情在私人领域里的节节败退。诗人以几近刻薄的方式，追问了爱情的持续贬值，情感能力的持续衰退。此外，巫昂的《结婚（二）》也以诙谐的、游戏的方式揭露出现实婚姻生活中由于爱情的褪色而出现的背叛与出轨："所谓婚姻/就是你脱对方的衣服/如同脱自己的/两个人互相脱了/却对接下来该做的事/毫无办法/两个人裸体躺在那里/像两只衣冠齐整的猴子"。在婚姻中，面对着爱情已经飘逝而去的无爱婚姻，无论夫妻二人如何努力都显得"毫无办法"，"所谓黑/就是你的脑子里/满是通奸的细节/强奸和被强奸的性幻想/以及跟奸夫交流的乐趣"，所以当夜幕降临时，夫妻间就在夜色的掩饰下开始了各自的精神背叛与出轨。

　　尹丽川曾说，性总是生活的一部分，夸大它或藏匿它都是无聊的；诗歌总是艺术的一种，把它搞成圣经语录或黄色小调总是不妥的。因而尹丽川们的作品看似在写性但又不是赤裸裸地写性，她们是在用性思考，用性爱来透视可怕的人性。她们叙写的文字毫无情意绵绵的虚假作秀感，她们的性爱直接，不将性爱复杂化，她们是要把受过"良好"教育的中国人隐藏在体内的一切感知都发出声音来，"让灵魂穿过肉体"，以轻松的游戏方式来颠覆传统的情爱观。

二　传统老年女性生存状态的游戏书写

尹丽川与巫昂的诗歌中有种种日常化的接近生存真相的女性形象，既有"青年寡妇""骂街的大妈""空虚的老太太"，也有"挎菜篮的老年妇女"，累了一辈子的"妈"，这些都是我们所熟悉的中国传统家庭中普通的劳动妇女形象，她们含辛茹苦、坚忍柔顺、勇于牺牲又易被忽略，她们为家庭操劳奉献、默默牺牲却与儿女有着深深的隔阂，这些丑陋真实的老妇，更是一生付出却仍被伤害与背弃的老女人。虽然这些女性在现实中的生存之痛是如此的扎人，但尹丽川们却用轻松游戏的笔触揭示出她们的生存状态和身体经验。

在尹丽川看来，"之所以写作是一件个人的事，是因为写作时身处于一种为所欲为的状态"[1]，而巫昂则认为，"写作其实是人生而有之的一种享乐行径"[2]。由以上这些表述不难看出她们对于写作的态度，她们以青春的游戏书写现身诗坛，这必然导致其诗作中呈现出激进、自由和异端的文化态度，并以调侃与反讽的口吻来削平诗歌的精神深度。因此，即使我们透过她们那些描写传统普通女性生存状态及身体经验的诗歌文本，也已然看不到上一代女诗人的沉重与责任，千钧重任在她们的笔下均变成了一串串声调怪异的口哨。如尹丽川的《你想当什么样的老女人》通过对病床上一个孤单猥琐的老女人的轻松客观的身体书写，并将其与她富态而安详的母亲对比，展示出诗人对传统女性生存困境的思考与反叛。

　　她的乳头早就没人摸了
　　这个女人还大把大把地掉头发
　　缩在床单下
　　就像另一条揉皱的床单
　　到处都是瘪的，还被撕破了

---

[1]　尹丽川：《再舒服一些》，中国青年出版社2001年版，第268页。
[2]　巫昂：《从亲人开始糟蹋》，大众文艺出版社2003年版，第6页。

这个女人老成了一个老女人
那些水分和鲜肉呢
这个老女人也没有子孙来看她
不停地吃药，不停地老下去
不停地偷看——病房这边，我的妈妈
富态而安详，满足于我们围在身旁
妈妈也有很多的皱纹
但妈妈就是不一样
妈妈不是老女人
妈妈用妈妈的眼光看着我
而我看着那个不是妈妈的老女人
我们的关系也许更紧密。

诗人在洞察这种失去自我的母性真相后，通过隐秘的交流与审视描述了女性普遍面对的现实——生存的艰难与传统的桎梏，开始了对命运的反思与审察。这是一个正值花季的少女眼中所见的老妇。少女与老妇构成了最基本的转喻性置换关系，由此生发出青春/衰老、亮丽/干枯的对应与互补。尹丽川的艺术之笔令人震惊、令人恐惧。这是一种透入骨髓、揪人心肺、令人无言而又无处逃逸的生命的大悲凉。

尹丽川的《手》以一个女人的"手"为线索，串联起一个传统家庭妇女平凡而普通的一生。

你的手常年在一筐圆白菜中
找出最值的那个。都是一块钱
你可有三个孩子。你的手在食堂
擦几十张饭桌。油腻是洗不掉的了
回家拿起毛衣针，女儿还皱眉：
妈，把电视关了，我在做功课。
你的手忙来忙去，扯住丈夫的衣角
丈夫最终没走，比以前更瞧你不起。

在诗中，隐含的叙述者为我们描述了一个辛勤持家、操劳一生的传统家庭主妇形象，她辛苦了一辈子，但地位却始终十分卑微低下，她辛劳一生却既得不到子女的关爱，还得不到丈夫的认可。在看似零度的叙述中，诗人将对这种传统家庭主妇生活方式的否定和鄙夷深深地隐藏起来，但我们读者感受到的却是直抵内心的痛楚和大悲凉。尹丽川的另一首关注老年女性生存状态的作品《妈妈》，则直接以一个女儿的眼睛透视出年轻的新一代女性的人生观和价值观。在新一代女性看来，传统女性任劳任怨的生活方式是应该遭到弃置的，她们拒绝像她们母亲那样的生活方式，所以女儿不断地追问：

> 十三岁时我问你
> 活着为什么。看你上大学
> 我上了大学，妈妈
> 你活着又为什么。你的双眼还睁着
> 我们很久没说过话。一个女人
> 怎么会是另一个女人
> 的妈妈。带着相似的身体
> 我该做你没做的事么，妈妈
> 你曾那么美丽，直到生下了我
> 自从我认识你，你不再水性杨花
> 为了另一个女人
> 你这样做值得么
> 你成了个空虚的老太太
> 一把废弃的扇。什么能证明
> 是你生出了我，妈妈。
> 当我在回家的路上瞥见
> 一个老年妇女提着菜篮的背影
> 妈妈，还有谁比你更陌生

作为女儿、女人，接下来或许同样会变成一位母亲，女儿角色，女性定位，可能成为母亲的未来命运，这使诗人处于深深的矛盾中，她抗拒传统母亲的悲剧命运，对母亲的无谓付出暗含嘲讽，描写两代至亲之间的隔膜与冷漠，借此反衬出母亲们一生付出的荒谬与无意义。同时，她通过客观而轻松的述说有效地完成了对传统伦理道德的颠覆。

巫昂的《阴雨天·林秀利》《老妇女》也是以轻松的游戏姿态对老年妇女的生存状态进行书写的优秀之作。《老妇女》为我们展示了老年妇女的生存状态：

> 出虚汗，下白带
> 一个妇女应受的总是这些
> 像个枕头瘫在樟脑丸的床上
> 白白的脸，修长的脖子
> 一个妇女应该有点美感
> 应该被抚慰
> 被架到急诊室，打开一扇
> 残忍的窗
>
> 外面总是有一些应景的东西
> 一个男孩在公交车站向女同学求爱
> 一堆水果在夏末招惹了苍蝇
> 生活还很新鲜
> 可是妇女老了，转眼就停了经
> 用十年前就不再流行的眼睛
> 望着儿子
>
> 她在出最后一点血
> 出完这血后她就该出院
> 医生用钳子挑出她多年的罪恶
> 流产、偷情、诱骗少男
> 一些器官开始没用
> 另一些早就没用
> 她像一撮腐烂的土
> 等着被吸收
> 被葬到柴火堆里

>她死后，别的妇女依旧玩乐
>依旧出虚汗，下白带
>用棉球和纱布止住
>同一部位的血

诗中的老妇女面对新鲜的生活却丧失了以往的活力，年老色衰的她不仅肉体上深受病痛的折磨，而且在精神上也被深深的孤独和寂寞所笼罩，连她的亲生儿子都觉得她厌烦，甚至懒得注视她充满情意的"十年前就不流行的眼睛"。

在对传统女性生存状态的游戏书写中，我们看到在平淡轻松的叙述背后却蕴含着同样作为女人的诗人对这一类传统女性的复杂情感，这种复杂性一方面体现出诗人对传统家庭女性生存本相的深刻体认与不动声色的同情——那种心灵与生命的疼痛感被深深地隐藏起来；另一方面却表现出对这些传统女性人生价值的质疑与嘲讽。这种质疑体现出新一代女性与传统女性之间的心灵隔阂与迥异的价值观。尹丽川在《咬着牙齿拼命装乖》中说："过着相似的日子不可怕，做着相似的梦就很可怕了。"这显示出在以商品经济为主导的今天，新一代女性大都只关心她们自己存在的意义，拒绝传统妇德，拒绝牺牲，主张特立独行，这种个性造就了她们缺乏理想，追求享乐的生活理念。

三 佻复的语言操作

20世纪90年代持游戏写作姿态的很多女诗人在诗歌语言方式上表现出一种游戏的精神，其言语革命和离经叛道之胆大妄为，足以让温文尔雅的古典诗美甚或现代诗美的信奉者痛心疾首。在诗歌写作中，她们在继承第三代诗人的民间立场的基础上，摒弃了一切形而上，将生活的细节和心理的嬗变以真实的口语表达出来，抛弃欧化语言和书面语言。她们在语言的运用方面，基本上杜绝了文学化语言的任何痕迹，比如尹丽川的《纪念同居生活》：

>那是在冬天，我在我温暖的家
>穿上大衣、围好围巾、戴上帽子
>男人在沙发上看报，头也没抬：

去哪儿?外面在下雪。
哦。我脱下大衣。

爸爸也这样仔细穿好过鞋子
妈妈在炒菜,妈妈不担心
爸爸一去就没回来。
爸爸那天仔细穿好了鞋子。说去拿报纸。

我总算坐在了火车上
我走在一条不认识的城市的街
点燃一根烟。一个骑摩托车的人
想做出租生意:去哪儿?

就让我一个人在一个地方用一段时间
抽完一根烟吧。

我哪儿也不去。

  该诗基本上都是以日常原生态的口语入诗,没有意象,没有词语的交错和变形,只有来自于最基本的生活本原样式的言说。而尹丽川的《肉包子》一诗更是如此:"我从没想过/写一个肉包子/因为我从没见过/一个热气腾腾的肉包子/掉在雪地上。那时候天/快黑了,雪是青白色的。"巫昂的大部分诗歌也体现出运用原生态口语的特点,如其诗歌《西宁的好处》就完全以无任何修饰的日常原生态口语进行叙述:"西宁的好处/是正午,所有的饭店都便宜/饭店里的老板娘都胖/在稍微拥挤一点的地方/可以发现新鲜的面/和羊肉汤"。

  尹丽川等女诗人不仅用原生态的口语进行创作,而且对其进行佻复性的语言操作,这充分体现出她们青春的游戏写作姿态。如尹丽川的《惊蛰,3月6日》:

春天必须合身
又挠人

第三章 女性个人化写作的三种向度　　185

　　从头到脚
　　每个关节都痒
　　小动物爬出来
　　小恋曲哼起来
　　春天快来
　　我要发疯疯
　　农民
　　我还想叫您"伯伯"
　　春雨
　　我还想写你"沙沙沙"
　　绿油油地下
　　请你们酥麻麻

　　诗中运用了"发疯疯""酥麻麻"不合语法规范的叠词，彰显出鲜明的游戏语言色彩。这种对原生态口语的游戏性的语言处理方式在尹丽川的诗歌《中式RAP》中得到了更加淋漓尽致的体现。诗人以平白的、不加装饰的极生活化的语言不厌其烦地玩着重复词语的游戏：

　　爱呀爱呀爱呀爱
　　名呀命呀命呀名！
　　爱情是湿的，革命是干的
　　一湿你就干，一干它就干。
　　革呀革呀哥呀坐
　　坐呀坐呀做呀哥
　　把酒杯坐穿！把爱情做干！

　　在《情书》中，诗人仍旧不动声色地将词语玩弄于股掌之间："这样，你就在这里，不在那里。这里不是那里，可这样就是那样。……诗在抄袭字。字在抄袭笔画。白菜在抄袭黄瓜。……重复地重复。总好过，带有新意地抄袭。你怎样爱我，我就怎样爱你。我要重复你，我要继续你，我要歌词你，我要爱上你。"由此可见，诗人以调侃、嘲讽、佻复的语言操作和叠词游戏，使其诗作在游戏与诚挚间自由出入。

游戏写作取向是90年代女性诗坛的急先锋,它的文化背景是后现代的,文化态度是激进、自由和异端的,它将女性诗歌中已初露端倪的解构主义姿态与文化虚无主义推向极端。比较注重"性"题材的开发,并力图以回到身体、回到现场说话的方式来超越一般性的口语写作,使其游戏的、性感的语言在快乐的原则下飞动,用调侃与反讽的口吻削平精神深度,大胆摒弃悲剧意识,任喜剧情调与游戏精神溢满文本。如果说80年代中后期的女诗人还把身体当作反抗"菲勒斯"中心的武器的话,那么,在尹丽川与巫昂这里,身体只是为了她们自己的感官娱乐而存在;如果说翟永明们还给身体赋予了过于强大的反抗男权中心的能量的话,那么,在尹丽川与巫昂这里,身体就是身体,性就是性,没有那么多的罪恶但也不值得大力鼓吹,尤其不必赋予它太多的反抗性或所谓"先锋"意义。这个身体不思考而只享受,镣铐与遮羞布统统没有了。由此可见,身体不但能够对抗和颠覆"菲勒斯"的象征暴力,而且,身体在消解意义之外,在语言结构的碎片之外,还能提供一个享乐的乌托邦。围绕着身体,尹丽川和巫昂建构了一个充满快感和愉悦的乌托邦。因而,尹丽川与巫昂的身体写作说到底不过是对肉体的一次表层抚摩。这不仅在上文我们对她们诗作的分析中得到验证,而且从她们的诗观中亦可得到证明。尹丽川曾在《下半身》创刊号中说:

> 我们先要找回身体,身体才能有所感知。在有感觉到来的那一刻,一个人可以成为另一个人。一个忘掉诗歌和诗人身份、忘掉先验之说、能指所指,全身心感受生活新鲜血腥的肉体,还每个词以骨肉之重的人。这是一场肉体接触——我们和周遭面对面,我们伸出手,或者周遭先给我们一个耳光。如果我疼了,我的文字不会无动于衷。如果我哭了,我的文字最起码会恶毒地笑。我们的身体已经不能给我们一个感官世界,我们的身体只是一具文化科学符号,在出生之前就丧失了基本功能,在出生之后竟渐渐习惯了这种丧失。不要怕回到彻底的肉体,这只是一个起点。①

---

① 尹丽川:《再说下半身》,《下半身》(创刊号),北京民间诗刊,2000年7月,第119—120页。

因此，在她们那里，身体被简化成了性和欲望的代名词，而所谓的身体写作也成了性和欲望的宣泄渠道。从她们的诗歌文本中，我们读到了太多松弛的快感话语和肉体的分泌物，正如马尔库塞所言："整个身体都成了力比多贯注的对象，成了可以享受的东西，成了快乐的工具。"[①] 而与游戏相伴而生的是这些诗歌的粗鲁气质——极端的肉体乌托邦，完全形而下，几乎闻不到任何精神的气息——除了在最短的时间内有力地帮助诗歌接上了身体这一命脉之外，还把女性诗歌带进了崇拜肉体乌托邦的新危机之中。

固然，90年代是个人性日益彰显的时代。感应着特定的时代风气，"游戏"作为一种生存状态被女性诗歌文本所吸纳，它在一定程度上代表着现世生活的某种自由度，体现了相对的个人"自由空间"的一种构成方式。它意味着对意识形态虚伪性的嘲弄，对旧的道德规范的蔑视，对私人领域的捍卫；也意味着对信仰、理想、责任的丢弃，对肉体化生存的迷恋和对精神深度、终极价值的回避。但我们也应看到，持游戏身体写作观念的尹丽川与巫昂等女诗人大都将抒情主人公对于欲望的追求与满足置于极其重要的地位，而忽视任何伦理的、道德的规范与约束，并且她们常常将情爱的追求和性欲的满足分割开来。在尹丽川和巫昂的作品中，对于身体与欲望的恣意游戏书写与渲染，对于性生活的细腻描绘和展示，将女性的欲望追求性欲满足放在绝对重要的地位，以致忽视任何理性对于欲望的抑制与规范。当她们带着其诗作中那些敏感、率真、颇具浪子气的青春女性们闪亮登场时，我们既看到了青春在游戏中自由地挥洒，也感受到了游戏的青春所不可承受的轻飘。

---

① 马尔库塞：《爱欲与文明》，黄勇、薛民译，上海译文出版社1987年版，第147页。

第四章

诗艺空间的多维建构

立足于女性诗歌本体的审美研究，应当成为女性诗歌研究的重镇。很多研究者仅仅将女性诗歌视为男权压制下的女性文化载体予以研究，在女性意识和女性权利的关系中很少研究其诗歌方面的特质，以致完全脱离了诗歌的本体研究。鉴于这样的认识和理解，本章着重从题材、语言及文体互渗三个审美维度对90年代女性诗歌本体进行研究。如果说在20世纪80年代，女性诗歌关注的是女性自身的生存境遇的话，那么，进入90年代以来，女性诗歌的视阈则投向了整个人类的生活，尤其是日常生活在女性诗歌中的集中再现，使女性诗歌不再是单纯的、玄虚的、与生活无涉的。因此可以说，较之于80年代女性诗歌而言，90年代女性诗歌所涉及的范围更广泛，对语言选择的自由度也愈加明显。那种指责女性诗歌在90年代滑向了日常、凡俗、平庸，仅仅热衷于描写普通的日常事物，是精神上下滑的说法，显然是不了解这其中所包含的诗歌新认识；同样地，女性诗歌中"叙事"因素的融入，不但没有将女性诗歌变成讲故事的工具，相反地，在女诗人讲述的过程中，却使语言的真正诗学价值得以充分体现。由于抒情与非抒情，好词与坏词在女性诗歌中都获得了诗学观照，处于平等地位，这些均成为女性诗歌确立的材料，成为女诗人理解世界、认识世界的最好观照物。可以说，90年代的女性诗歌是从80年代女性诗歌的诗意中延续下来的，是向未来的个性弥漫开去的诗歌。

第一节 回到尘世：日常生活的诗意呈现

女性诗歌在经历80年代中后期高歌猛进式地讨伐文化中的男性中心观念，书写出具有轰动和震撼效应的女性文本后，90年代的女性诗歌走出黑夜，呈现出喧嚣过后的平和。女诗人自觉寻求诗歌写作的新的生长点，她们的目光不约而同地投向日常生活。曾经风靡于80年代的那些局限于女性身体与女性性别经验的题材渐渐式微，取而代之的是家长里短、衣食住行的日常化小题材的风行，女性诗歌也相应地呈现出日常化、大众化和生活化的特征。这就使得90年代女性诗歌形成了区别于80年代女性诗歌的一个显著特征，即日常生活开始大规模地成为女诗人创作的出发点，日常生活独立的审美价值在女性诗歌创作中获得了它的合法性，探寻日常生活的诗性成为90年代女诗人集体的审美追求。

一 日常生活的隐遁与崛起

无论是从人类个体的角度，还是从人类整体生活结构及社会历史发展的角度看，日常生活都是具有自身意义和价值的领域，它在人类生活中有着不可取代的意义和价值。然而在20世纪上半叶，日常生活的重要意义一直没有得到哲学、美学、文学的真正自觉的关注和研究。19世纪末叶之前，西方美学以对庸常的日常生活的超越为荣，视日常生活为琐屑的、低级的、微不足道的。西方哲学自柏拉图以来试图以抽象思辨和理念去把握现实，有轻视现实生活和远离现实生活的倾向，推崇抽象思辨。自马克思开启日常生活现实研究的先河以来，日常生活这一长期被轻视和排除在哲学美学视野之外的领域，到了列斐伏尔那里，直接成了哲学思考的对象，他主张"用一种非平庸的看法来看平庸"[①]，从而改造哲学、扩大哲学的研究领域，并进行日常生活的批判，以弥补以往哲学重视宏观政治经济等非日常生活领域而忽视日常生活和个人解放的空缺。此外，卢卡奇、胡塞尔、海德格尔、赫勒也都从不同的角度关注并研究日常生活，经由这些理论家的努力，它的意义和价值日益为人们所认识，并随着他们研究的渐次推进，日常生活逐渐从背景性、基础性的领域跃居时代的前台和学术的中心，成为哲学美学上具有自身意义和价值的合法性领域。正视、肯定并凸现日常生活的价值，不仅是哲学、美学发展的必然，也是人类社会经济、社会、历史发展的必然。

随着西方日常生活理论在中国的译介和研究，在哲学领域，从1989

[①] 陈学明、吴松、远东：《让日常生活成为艺术品——列斐伏尔、赫勒论日常生活》，云南人民出版社1998年版，第35页。

年开始，我国学者衣俊卿在广泛吸收国外日常生活批判理论的基础上，展开了中国的日常生活批判。他认为，中国传统文化具有浓重的经验化和人情化特征，要实现人自身的现代化和文化转型，就必须从传统日常生活的批判和重建入手，打破传统日常生活结构和图式对人的生存和社会活动的过分统治，通过科学、艺术、哲学等自觉的人类精神来增强主体的自我意识和批判意识，使人由自在自发的存在状态进入自由自觉的存在状态。[①]在美学研究领域，则更多地受费瑟斯通等关于"日常生活审美化"理论的影响。随着我们的日常生活越来越趋向于美化，人们越来越追求视觉愉悦和快感体验，陶东风、金元浦、王德胜直接肯定"日常生活审美化"在我国社会的存在，并将它作为新的美学原则，陶东风提出文艺学必须正视审美泛化的事实，紧密关注日常生活中新出现的文俗艺术活动方式，及时调整、拓宽其研究对象与研究方法。王德胜、金元浦则更多地肯定和突出"日常生活审美化"中日常生活的视觉性表达和享乐满足的美学现实，并为这种美学现实的合法化做辩护。张天曦也肯定在当代中国，日常生活的审美化是一个实实在在的事实，又是一个势不可挡、日益壮观的社会潮流。陶东风对文艺学提出的问题无疑是敏锐合理的，但陶东风、王德胜、金元浦在论述中不同程度地存在着对日常生活中视觉和感官享受合法化的过分渲染，对技术力量在人的日常生活审美化方面的巨大作用的突出，对日常生活审美化的概念、范围、对象不加界定和辨析的情况，这使得他们提出的"新的审美原则"受到童庆炳、鲁枢元、朱志荣、赵勇等众多学者的质疑。日常生活审美化成为中国学术界争论的热点问题。

  在文学领域，日常生活也呈现出由隐遁到崛起的过程。在西方20世纪五六十年代，女性主义者从改变女性的现实处境出发，并在启蒙主义重理性轻感性的二元论视域下讨论日常生活，所以重视非日常生活而轻视日常生活，主张妇女走出日常生活领域，进入非日常生活领域，从而实现经济独立，男女平等。20世纪60年代末到70年代，女性主义者开始认识到日常生活对于女性物质和精神解放，尤其是精神解放的重要意义，把目光深入日常生活的方方面面，如性、生育、母职、家务、日常心理等揭示父权制对女性的压迫以促进现实妇女的觉醒和妇女日常生活境遇的改善。到了20世纪80年代后的女性主义者那里，日常生活直接成为其关注的对

---

① 参见衣俊卿《现代化与日常生活批判》，黑龙江教育出版社1994年版。

象，她们既阐释身体、衣着、家居、购物等对女性主体建构的价值和意义，又批判男性中心消费文化对女性身体和消费的建构。在对基于日常生活体验的身体话语的发现和重估中，她们发现了日常生活对于女性的意义及其所蕴含的颠覆和打击男性中心文化的无限可能性。

而我国现当代女性文学中的日常生活书写是在接受和反叛以男性为主流的民族国家话语的制约和影响下展开的。从20世纪20年代末女性文学中恋爱、亲情、家庭等日常生活内容逐渐被工农大众的革命斗争生活所置换，到30年代的左翼文学特别是40年代的解放区文学带有强烈社会革命色彩和民族解放斗争气息的创作，到中华人民共和国成立后"十七年"文学继续强调政治运动、军事战争、工农兵生产等非日常生活题材的绝对优势，日常生活在人们的现实生活与文学中不断被贬抑。到了"文化大革命"时期，女性文学中对日常生活的表现基本上呈现出隐遁的状态。在文学创作领域，自从80年代末新写实小说对都市平民原生态日常生活进行表现以来，日常生活的世俗性日渐深入人心，很多女作家将笔触重新涉入日常生活。进入90年代以来，日常生活已经成为时代的中心词，对日常生活的关注逐渐构成了90年代文学的主要想象空间，日常生活不仅成为晚生代作家、"70后"作家的叙事法宝，[①]也是作为精英文学代表的作家和诗人们关注的重要领域，日常生活直接成为文学书写的中心。

由此可见，从20世纪末到21世纪初，日常生活逐渐成为哲学、美学、文学的热点问题，日常生活不仅进入了理论家的视野，也深入了作家和诗人的创作。他们不仅从一般意义上理解日常生活，视日常生活为非日常生活等宏大叙事的基础和背景，而且正视和肯定日常生活之于每个个体生存的意义，肯定凡俗日常生活琐事所具有的不可忽视的价值。

二 女性对日常生活诗性追寻的自觉

其一，90年代的女诗人如翟永明、王小妮、蓝蓝、路也、唐丹鸿等均以一种平常心态对待诗歌，她们不但将以往颇为神秘的女性经验逐渐日常化，而且开始重视体验普通的、尴尬的甚至有些卑微的平民的处境，大量日常生活琐事频频进入诗行，这使得90年代的女性诗歌从总体上呈现

[①] 参见王爱松《日常生活叙事的双重性》，张霖：《日常生活：90年代文学的想象空间》，《文艺评论》2004年第6期。

出生活化、日常化、平民化的倾向，别具一种朴素自然的风格。女性诗歌的这种日常化取向并不是突然而至的天外来客，而是有着深刻的内外动因的。

毫无疑问，90年代女性诗歌的日常化取向是有着丰富的诗学资源和诗学传统的。事实上，诗歌中的日常生活比较贴近女性的生活经验。伍尔夫曾经分析说，由于女人的大部分时间在家庭起居室和厨房度过，天长日久，养成了在日常生活中观察、揣摩各种人的性格、心理的习惯。可以说，日常生活自身所蕴含的无穷丰富的意义和价值，召唤着有追求的作家对它进行独具个性的书写。列斐伏尔曾郑重地肯定：

> 正是在日常生活中才存在着塑造人类——亦即人的整个关系——它是一个使其构型的整体。也正是在日常生活中，那些影响现实总体性的关系才得以表现和得以实现，尽管总是以部分的和不完全的方式，诸如友谊、同志之谊、爱情、交往的需求、游戏等等出现。①

而女性被指定于日常生活领域的地位，造就了女性与日常生活的天然亲和力，也造就了女性对日常生活细节、情感、事件等惊人的观察和表现能力，成就了女性对日常生活叙事的才华。诚如胡云翼在《中国妇女与文学》中所说："无论文人怎样肆力去体会女子的心情，总不如妇女自己所了解的真切；无论文人怎样描写闺怨的传神，总不如妇女自己表现的恰切。"西蒙娜·德·波伏娃作为一个女作家，以其自己的亲身体会说：

> 女人擅长去形容周遭的气氛和它的特性，表明特性之间微妙的关系，使我们也感受到内在酝酿的波动……她们能很容易地形容自己内在生活、经验和天地。对于事情隐藏成分的察觉，表现出特有的经验，以温暖、芬芳也许世俗的语句形容。她们的文字通常比语句的结构更能引人注意，因为她们对事物的本身比对事物之间的关系更有兴趣；她们的目的不在于表示抽象的美，但是，她们的语句反而更能直接道出它的意义。②

---

① Henri Lefebvre, *Critique of Every Day Life*, Trans, John Moore, Verso, 1991, p. 97.
② [法] 西蒙娜·德·波伏娃：《第二性》，中国书籍出版社1998年版，第504—505页。

此外，人类学家研究表明，女性在深远的历史中养育婴儿，在处理家务的日常生活劳作中，形成了突出的网式思维方式，这种思维方式使她们对语言有天生的敏感，感情细腻，富有忍耐力，善于对问题进行关联性思考，善解人意并善于与人沟通与合作，在从事精细操作活动方面优于男性。①

如果说历史上女性被囿于日常生活，使她们的创作不得不以日常生活为起点的话，那么，即使是在摆脱了被男性指定于日常生活领域的今天，女性对所感知过的事物形象较为敏锐、清晰、准确的记忆和对生活细节、情态韵致、直觉意象等方面的特殊敏感，使她们仍然保持着对日常生活始终的关注和表现。因此，无论中外，女性以日常生活为内容和题材的创作均积累了丰厚的资源和传统，这有别于男性的叙事传统和资源，因为"男性审美中心从古到今，从东到西都把'伟大'的艺术定义为宏大、理性、形而上和气势磅礴的标准。感性的、纤弱的、个人特性的女性气质被视为艺术中次一等的标准"②。

回顾中国现代女性文学的创作，我们会发现中国女性作家对于日常生活的书写自始至终未曾中断，对日常生活书写的偏爱和这一领域对女作家才华的激活，使日常生活在中国女性文学史上有着不能被政治风云和时代变换所割裂的连续性和丰富性。在五四时期就有很多女作家如冰心、卢隐等开始对爱情、友情、亲情等日常人伦情感和小家庭柴米油盐进行书写；到20世纪三四十年代萧红对乡土女性日常生活的书写，张爱玲与苏青对都市女性世俗日常生活的书写；再到新时期女作家对日常生活的多元表现（如张欣辛、张洁、谌容、王安忆对于日常生活合理位置的探询，池莉、方方对当代平民原生态日常生活的呈现，陈染、林白对于女性个体身体和精神体验性日常生活的凸显及卫慧、棉棉对日常生活审美化、物质化消费的张扬），这是一个显性的日常生活的书写过程。在这一过程中还有丁玲、茹志鹃、宗璞等在民族国家话语覆盖下隐性的日常生活书写。由此可见，虽然在经过五四时期短暂、多彩的女性情性与日常生活的书写后，从20年代末到新时期以前的现当代女性文学总体上接受着以男性为主流的民族国家话语的制约，消隐女性情性，回避或淡化日常生活的书写，在顺

---

① ［美］海伦·费希尔：《第一性》，王家湘译，辽宁人民出版社2002年版，第11页。
② 翟永明：《"我们都是男/女性"？》，《读书》2004年第1期。

应动荡时代的革命需求中得到主流文学的认同但也以丧失女性主体意识为代价。然而，自从新时期以来，女作家开始引领文学书写方方面面的日常生活之潮，体现出对崇尚非日常生活叙事的男性中心主流文学的反叛和颠覆，触发了人们对日常生活在女性文学中地位和意义的思考。从以上对中国女性文学中日常生活书写的粗线条的勾勒中，我们不仅看到了一个女性作家关于日常生活书写的大致历史图景，也体现出女性作家对于日常生活诗性探寻的自觉。

其二，90年代的女诗人首先将其自身看作女人而不是诗人。她们不想当超人或思想家，甚至只想过好她们自己的生活，特别是世俗的庸常生活，这与80年代有很大的不同。80年代中期，提到女诗人总给人一种身份的特异感觉，以致人们在谈论女性诗歌时想到的不是诗歌，而是女性。因而90年代女性诗歌向日常生活叙说的转换，不仅涉及诗语问题，而且是女诗人对自我身份的一种反思与消解。

对于90年代更多的女诗人而言，特别是年轻一代的女诗人很少认为自己是诗人。她们"只为自己的心情去做一个诗人"。王小妮在《重新做一个诗人》（1997）中写道："有人说这里面/住了一个不工作的人。/我的工作是望着墙壁/直到它透明。/我看见世界/在玻璃之间自燃红色的火/比蝴蝶受到扑打还要灵活/而海从来不为别人工作/它只是呼吸和想。"吕约说："我承认，我一直把诗歌当作垃圾桶使用"。在她们看来，诗不再是一种职业或一种谋生手段，更不是改造世界的工具，写诗如同吃零食一样，只是一种生存方式。她们远没有前代诗人的使命意识和诗的崇高感，她们只想"是女人"而不是"像女人"一样活着，写诗便纯粹成了她们自己的事情，写诗的目的是体验在此过程中的快感。正如王小妮所说："诗写在纸上，誊写清楚了，诗人就消失，回到他的日常生活之中去，做饭或者擦地板，手上沾着淘米的浊水。"① 如上所述，90年代女诗人的写作已经进入非常自由与快乐的境界，她们把其自身定位在食人间烟火的平凡而真实的女人的基础上并以此展开细腻、勇敢、真切的自我书写。她们已经不再看重诗人身份而是看重诗歌本身，她们已经不把诗歌作为参与社会生活的方式而只作为表达心情的需要。"那些真实的心情，是最真实的东西，甚至比广大的现实世界还要真实，而与心情最贴近的，正是个人的

---

① 王小妮：《木匠致铁匠》，《现代汉诗：反思与求索》，作家出版社1998年版。

感受和记忆，琐琐碎碎的日常经验。"① 女诗人的绝大多数诗作说明她们已经形成了这样的共识：以一个现实中平凡的女人的心态体验并书写自己真实的内心和日常生活。林祁说："给我一百次生命／我只愿切实地／做一回女人"（《浴后》）。邵薇说："我是个平和的女子／能吃开心的食物"（《过日子》）。"那个女人，清淡如云，通晓风情"（《猫王和希拉》）。唐亚平则说："我的腰变粗，嗓门变大／一口碎牙咬破世界／唠叨是家常便饭，有滋味／……／我鼠目寸光，儿女情长"（《主妇》）。由此可见，90年代女性诗歌的日常化取向，使得女诗人所塑造的形象丰富多样，她们不再是单一的女性精神启蒙和女性代言人的角色。女性主义者的自我张扬与叫嚣消失了，代之而起的是一些"日常、卑微却真实地自我"②。她们已经没有了往昔女诗人的神圣感、优越感、另类感，而呈现出生活化、日常化、平民化的色彩。正如诗歌评论家徐敬亚对王小妮的生活和写作状态所做的真实而鲜活的描述：

> 她，像街头上任何一个人那样活着，安详地洗衣、煮饭。读着字，写着字……她，是这个家庭24小时的钟点工，是一个全天候的母亲，一位全日制的妻子……一日三餐，她按时地从她的天空之梯上和顺地走下来，在菜市场、洗衣机和煤气炉之间，她带着充分溶化了似的由衷母性，为她的两个亲人烧煮另一种让双方心里温暖的作品。在这一切之后，她才是一个世界上全职的诗人。③

这也可以被看作所有90年代女性日常主义诗人的一个缩影。

其三，众所周知，日常生活在20世纪已成为全球性的学术热点问题，而与此同时，90年代的中国文学正式进入了没有主流，没有权威，批评和创作都我行我素、自言自语的后新时期文学阶段。没有主流没有权威，使日常生活书写成为可能并有着存在的空间，而正是对主流、对权威创作的疏离，使女诗人将诗笔转向了日常生活。因而，女诗人对日常生活的关注与书写，既是顺应时代潮流，参与共同关心的时代问题，也是使其自身

---

① 王光明：《为自己的心情去做一个诗人——王小妮90年代以来的诗》，《诗潮》2004年第2期。
② 谢有顺：《1999中国新诗年鉴·序》，广州出版社2000年版。
③ 王小妮：《我的纸里包着我的火》，春风文艺出版社1997年版，第16页。

与时代生活息息相关,获得时代感和焕发生机的有效途径。

在我国 70 年代末以前,日常生活一直是一个受轻视的背景性领域,日常生活的世俗性和合理性一直受到质疑和排斥,代之而来的是以政治生活为主要内容的非日常生活对人的日常生活的改造、组织和批判。进入新时期以来,人们开始反思和批判政治生活对日常生活的压制所带来的负面效果,开始探询日常生活在人们生活中的合理位置。在世纪之交,伴随着"日常生活审美化"在中国是否存在,"日常生活审美化"的主体是谁等问题的提出和广泛讨论,日常生活成为学界的热点问题,并将对此问题的讨论汇入世界性的"回到日常生活,肯定日常生活"的潮流中。由此可见,日常生活逐渐成为我国哲学、美学、文学的热点问题,日常生活不仅进入了理论家的视野,也深入作家的创作中。他们不仅是在一般意义上理解日常生活,视日常生活为非日常生活等宏大叙事的基础和背景,而且正视日常生活对于每个个体生存的意义,肯定凡俗日常生活琐事不可忽视的价值。

进入 90 年代以来,随着中国市场经济体制的确立和发展,日常生活的世俗性和合理性得到直接肯定,日常生活无须提升,日常生活本身即有其自在的意义和价值。女诗人们面对这一日常化的潮流及日渐商业化、世俗化的世界,发现那些局限于女性身体与女性性别经验的写作已远远不能涵盖复杂的生活现象本身。尽管一些女诗人仍然在"内宇宙"的圣殿中继续寻求着女性精神的超越,营造女性理想的栖息地,但大部分女诗人已开始回归日常世界,直面当下人生,在日常生活和事物中重新发现可能的诗意。

德国诗人里尔克说过:一句好的诗,背后是十年的沉积和生活。90 年代的女性诗歌对庸常平实的日常生活加以直接表现,试图传达出女诗人在世俗化大潮中的真实感受。实际上,日常生活总是每一个作家创作的最初源头,丰富的人性表达总是要落实到日常生活细节的把握上,深刻的思想内涵总是从个体最细微的生活体验开始的;而日常生活中的两性情爱、婚恋等总是文学表现的永恒主题,抽离日常生活的正常情欲,只有非日常生活的男女生存是畸形、片面的,决不可能代表真正的男女生存,也不是现实中男女生存的真实愿望。再普通、琐碎的日常生活,在女诗人创造性的发现和表现中,也可以获得不同寻常的意义。

如果说 80 年代女性诗歌"内宇宙"的写作强调的是向上的趋升的

话，那么向外的日常化写作则是强调当下，强调介入，强调不凌空蹈虚，强调在底层在民间，日常化写作体现了女诗人作为普通人生命欲求的宣泄与满足。因此，90年代女诗人对日常生活的诗性探寻，既是对日常生活与日常存在的重新阐释，也是对人的诗意生存方式的重新探索。它标志着女性诗歌对一种更加"属人"化的新的生活趣味、生存方式与审美维度的热切追寻。

三 日常生活的集中再现

如果说80年代女性诗歌主要书写的是女性的痛苦与生命的呼喊，那么90年代的女性诗歌则向日常生活叙说转换，更多的女诗人选择了回归日常生活。可以说，向日常化转移已成为90年代以来相当一部分女诗人的共性。在日常生活的体验和感悟中，女性诗歌渐渐成长起来，与现实的关系越来越无间。女诗人在这游牧和栖居的大地上找寻着诗意的存在，构建其诗意化的世界。

张闳在评论蓝蓝时说："蓝蓝的诗总是在提醒人们低下头颅，弯下身躯，垂下眼睛，去关心脚下的事物。放低姿态，关心平常的生活及其细屑的事物。"[①] 这种评价同样适用于90年代具有日常化倾向的其他女诗人。无论是80年代就已成名的舒婷、王小妮、翟永明、陆忆敏、唐亚平，还是路也、宇向、蓝蓝、巫昂、丁丽英、小安、千叶、尹丽川等90年代出现的诗坛新秀，她们的诗作都呈现出日常化特征。她们以日常化的眼睛透视日常生活的方方面面，看似平淡无奇琐屑的日常生活和饮食起居，在其笔下都可化为诗意盎然的诗篇。如《活着》（王小妮）、《过日子》（邵薇）、《早餐》（傅天琳）、《让我接受平庸的生活》（蓝蓝）、《翻开今天的报纸》（海男）、《日常生活》（小君）、《长椅上的两女生》（周瓒）、《如果我不在家，就在图书馆》（赵丽华）、《两个女子谈论法国香水》（路也）、《小车时代》（刘虹）、《酒这东西》（林珂）等诗都是在日常俗事中寻找诗意的作品。女诗人们"以平常心去体悟琐屑遮蔽下的温馨，揭示平凡覆盖下的生命价值；从中发掘出易被人们忽视的人生况味与文化意义"[②]。

---

① 张闳：《"让我领略无奈叹息的美妙"——蓝蓝的诗》，黄礼孩、姜涛主编：《诗歌与人》"最受读者喜欢的10位女诗人"特辑。
② 吴思敬：《转型期的中国社会与当代诗歌主潮》，《江苏行政学院学报》2001年第2期。

90年代女性诗歌日常化取向的主要表现之一是女诗人们注重从日常经验中提取所需要的成分。来自日常生活的经验，作为女性诗歌的基本表现对象，越来越多地为女诗人所重视。她们将目光深入当下，伸向现实场景和世俗人生，使经验日常化。如翟永明所说："我喜欢从日常经验中提取我需要的成分，对此我也不介意人们用看自传的眼光来看我的诗，我相信每个作家的作品中都或多或少隐藏着他们自己的自传线索。"[①] 90年代的翟永明已由一个滔滔不绝的独白者蜕变成为一个打捞日常生活的残章断片并为之倾注热情的平凡女人。翟永明曾坦言对女性生存状况的关注始终是她写作的动力。而关注的切入点已从80年代的自我经验描述，转向生活现实中普通女人的生存状况，目光游走于世俗场景中捕捉写作对象。唐亚平曾说："女人用诗营造世界就像营造自己的家居环境一样，使诗与存在与日常生活统一于身。"[②] 在唐亚平看来，这种由日常经验而生发的真实可靠的声音，自然蕴藏着深奥的哲学、美的光华和生命的智慧。蓝蓝说：

> 写远离我们的生活，写过去，山那边的桃林；写我们幻想中的一切，渴望和悲伤——为什么我常常忘了我是从一张办公桌上出发上路的呢？而且，窗外是32路公共汽车，是贩鱼市场上和阳光一起蒸腾的叫卖争吵声——没有这些，美好的记忆变得没有来由。[③]

蓝蓝的诗歌《让我接受平庸的生活》即是体现其走向世俗，从日常生活中发现诗意的文本：

> 让我接受平庸的生活
> 接受并爱上它肮脏的街道
> 它每日的平淡和争吵
> 让我弯腰时撞见
> 墙根下的几棵青草

[①] 沈苇、武红：《中国作家访谈录》，新疆青少年出版社1997年版，第331页。
[②] 唐亚平：《语言》，《诗探索》1995年第1期。
[③] 蓝蓝：《写作手记》，《内心生活》，春风文艺出版社1997年版，第238页。

让我领略无奈叹息的美妙
生活就是生活
就是甜苹果曾是的黑色肥料
活着，哭泣和爱——
就是这个——深深弯下的身躯。

从中可见诗人对日常生活所进行的审美考量，在归还事物在日常世界里失去的光辉与真实的同时，也为我们带来更加清新的目光和深刻的启示。

归于平凡女人的90年代女诗人开始注重对于司空见惯、平凡琐碎的日常生活的描摹和原生态的呈现。从日常生活出发发掘诗的题材几乎成为她们的共同追求，她们往往截取其日常生活为题材，世俗化的日常生活景观充斥于大量的女性诗歌之中，甚至连生活的锅碗瓢盆、饮食起居都成为女性诗歌美学的快乐使者。我们习惯了的80年代女性诗歌的神圣光环和生活的理想色彩已然褪去，呈现的只是最平凡最普通的原生态日常生活。这种日常生活是我们每天都在经历着但却总是被我们忽视和不屑谈起的。如舒婷的作品《天职》就表现了一个普通女人最为本色的世俗日常生活：

某一天我起了个绝早
沿海边跑得又轻松又柔韧
我想要削减我的中年
有如削减军事开支
全凭心血来潮 且
不能持之以恒……顺路去黄家渡市场
买两斤鸡蛋半个西瓜
恨菜贩子不肯杀价
趁其不备抓了两根葱
某一天我自觉
履行联合国秘书长的职责
为世界和平操心个不停
也没忘了
给儿子做碗葱花鸡蛋汤。

诗人从平淡的日常生活里发掘出诗意，用一种冷静、客观、心平气和的态度来叙述其琐碎凡庸的日常生活。小君的《日常生活》是：

> 我坐着
> 看着尘土的玻璃窗
> 心境如外面的天空
> 阴郁
> 或者晴和
>
> 没有第一个愿望
> 也没有其他的愿望
>
> 某个女朋友
> 她要出嫁
> 另外一个
> 我很想念她
>
> 就这样
> 我的表情
> 一会儿很满足
> 一会儿很空虚
> 像窗外的天空。

也是对一个平凡女性日常生活状态的真实呈现。邵薇在《女人》中为我们展示了"清淡如云，通晓风情"的生活："你平凡的人们/没有奇迹/花开花落是几十年的事情"。娜夜在《美好的日子里》强调重视"及时行乐"般的现实生活："一朵花　能开/你就尽量地开/别溺死在自己的/香气里"。

王小妮的90年代诗歌一如既往地书写着那些不起眼的生活琐事和生活细节。如她90年代创作的《西瓜的悲哀》一诗，题材的来源只是日常生活中一个最普通、最平常的生活细节：买一只西瓜回家。然而就在这个日常生活的普通细节里，女诗人却让思索走入其中，从中透视、感悟到人生的命运也正像此刻的西瓜一样悲哀：被一种莫名的力量牵引着，变幻无常，而丝毫不能做主，从而赋予它不平凡的意义。《一个少年遮蔽了整个京城》：

> 荒诞啊
> 突然在一个九月的早晨
> 北京成了巨大的不可知
> 八百年的古缄
> 为我一个人重筑护城的高墙。
>
> 我送出门的是个单纯少年
> 千层万层收藏好能到达北京的票
> 光芒随后披云戴月跟了过去
> 我变成了我
> 答案变回了谜题
> 容易统统变化出了难
> 它曾经宽敞的街道
> 再三折叠成为弯曲不明的胡同。
>
> 北京城因为他
> 而却滴水不泄
> 成了一件高不可取的新神器。
> 所有的故事都蒙上天鹅绒
> 这是我们母子之间
> 博大精深的魔术。
> 我总是那个猜谜的人。
>
> 吃半碟土豆已经饱了
> 送走一个儿子
> 人已经老了。

写送儿子去北京上学这样最为普通的一件小事，然而却在这个普通的小事里，将一份普通的亲情放大到遮蔽了整个京城，在一个母亲的心中，"我送出门的是个单纯少年"，母亲千叮咛万嘱咐还是觉得不够，"光芒随后披云戴月跟了过去"，儿子走了，母亲的心也紧随其后，"我变成了我"，一颗单纯的爱子之心，一个纯粹的母亲。在这里，母性单纯而沉重：以致"吃半碟土豆已经饱了/送走一个儿子/人已经老了"，将母亲对儿子那份真挚的亲情挥洒得淋漓尽致。这既是艺术的夸张，也是真实的再现。这样的好母亲是"临行密密缝，意恐迟迟归"的传统母性之继承，王小妮所表现出来的是一个成熟女人的担当感："一种好女人、好母亲的纯情忠贞，都为她的诗歌写作预示着一种博大的人文关怀，一种阔达的精神向度。"[①] 此外，《看望朋友》《回家》《活着》《坐在下午的台阶上》《火车经过我的后窗》《他们把目的给喝忘了》，等等，这些日常化取材的诗歌都是王小妮90年代的作品。由这些诗作我们一方面可以看出女诗人在90年代着力书写日常生活的倾向，而另一方面也可看到，女诗人在日常生活中，无时无刻不在思索，她们正是通过这种诗思的方式在日常生活中完成对人生、世界、生活以及命运的形而上思考的。

路也90年代的诗歌也呈现出与时代及日常生活结合之后的一种鲜明倾向。其诗作《晚宴》《胡椒粉》《农家菜馆》《睡衣》和《一床棉被》等，由题目即知均是从人们熟视无睹的事情和物象中发掘诗歌题材的。如《晚宴》：

    我是黄昏里操劳的女人
    挽着袖子，露出细白的臂腕
    我从水里捞起嫩生生的菜
    刀切在案板上，一下又一下
    加重着窗外的暮色
    厨房里聚集了对生活的热爱
    刚刚燃起的炉火多么温暖
    我像只鼹鼠，搬出囤积的食物。
    我想在把西红柿和茄子下锅之前

[①] 杨远宏：《水晶的诗光——王小妮诗歌创作论》，黄礼孩等主编：《诗歌与人》2004年第8期。

都亲吻上一遍。
烤鸭在印花瓷盘里想着来生。
我找出了颜色焦虑的红糖
准备了一些油盐酱醋，一些葱姜蒜。

这首诗使我们从庸常的生活中看到了幸福和快乐，体味到生活原来是如此细密而美丽。还有《胡椒粉》一诗仅仅为我们在淡然的平常生活中加进了些许胡椒粉，就使平凡的日常生活变作充满盎然生机的诗意世界。陆忆敏的近作较少，但她的作品一直没有被人们忘记，日常性、世俗性构成了陆忆敏诗歌的特质。这是因为陆忆敏的诗歌从来都不是从某些特定观念出发的，区别于那些意志化的表述。她的诗源于一种日常经验，总是从日常生活出发，从生活细节中寻找可怖的幽灵，寻找生活中日常的欢欣，散发着淡淡的神秘气息。

女诗人在为我们展现"过日子"式的平庸日常生活的同时，也为我们书写了现代都市的物质化日常生活。如路也在其《两个女子谈论法国香水》（1997年）、《女生宿舍》（1999年）、《眉毛》（1999年）等作品中谈论法国香水不过是要在一些女人的日常琐事中说明："沾着粉笔灰高谈阔论的一群女人如何成为粗糙的女人的"，这些其实和"乱七八糟"的"女生宿舍"，美容院里的"眉毛"等都是一种都市的世俗化情境和在此情景下都市女性的日常生活。90年代翟永明创作的《咖啡馆之歌》《终于使我周转不灵》《周末与几位忙人共饮》《潜水艇的悲哀》等诗歌文本中所呈现的"咖啡馆""酒吧"等都市化日常场景，在80年代翟永明的诗中几乎很少见到；而像"现在是周末：40度的伏特加/加冰　与计划经济时代的白酒/一起倾斜　与几个忙人/共同浣肠　除了在座的一位/素食主义的年轻信奉者"（《周末与几位忙人共饮》）这样的诗句则更难被以往熟悉翟永明创作的读者想象为出自翟永明之手。而冯晏为我们书写出现代都市人虽然有丰裕的物质保障，但现代城市快节奏的生活使得生活于其间的人们必须像机器一样快速地连续旋转，"一种巨大的压力像无法消除的虫卵藏匿在你衣柜边缘、发丝深处以及白色牙齿的连接点"，生活于都市的每个人都真真切切地感受到了这种压力的无处不在。"喝咖啡、茶、牛奶或饮少量的啤酒，在不同的时间和地点总要想办法把身体上的压力清洗干净，犹如每天都在送月亮无论以什么方式离开然而，你永远无法避免人睡之前，月亮会准时回来"(《城市的压力》)。暂时的心弦放松只会将压力稍稍稀释，一切清除压力的挣扎终归都是徒劳的。诗人在为我们呈现出都市物质化日常生活的同时，将现代城市人生存的焦虑、艰难宣泄无遗。王小妮的《工作》《晴朗》更是选择日常生活的俗境以及坦然的心态，揭示出一位生活于城市的90年代诗人的生活处境以及光环消失之后的平凡状态。而这种描写对于90年代诗歌以及诗人的现实生活处境无疑是具有代表意义和绝对的真实性的。

女性诗歌日常化取向表现之二是女诗人对于生活中微不足道的时刻和一些极平凡细节的关注，并由此呈现出诗人"内省式"的精神情感体验性的日常生活。因为"一个人的精神生活不是表现在华而不实的词藻方面，尤其不是体现为自说自话的标榜。它最终体现在对于细节问题的关注和敏感上面"[①]。所以诗歌创作本身对于诗人而言无疑是一种最个人化也是最深刻的精神生活。而且，日常生活中那些看似毫无意义的细节，恰恰是人们千百年来未曾变化的生活的那种不可替代的根基，它们真正地承担起了与时代、与人性对话的重任。诚如诗评家陈仲义在《日常主义诗歌——论90年代先锋诗歌走势》一文中所言："诗人的职责恰恰在于对日常生活加以过问和追究，而且要处心积虑。因为诗性的东西隐匿在日常周围。"90年代的女性诗歌深入生活的细枝末节，从细节中寻找生活的诗意。

翟永明曾明确表示：

> 指引我进入诗歌的往往是日常生活中不足以进入诗的某些细节，这些细节总会有个秘密通道通向更深层次的体验和交合，转化就在那一瞬间产生，也许是铺好稿纸，拿起笔的时候，也许是某个细节触到我内心的认识，于是这一瞬间就成为日常经验与诗歌经验的一次合作。[②]

如翟永明的《十四首素歌》的开篇就是一个日常的生活场景："在一个失眠的夜晚/在许多个失眠的夜晚/我听见失眠的母亲/在隔壁灶旁忙碌/

[①] 崔卫平：《带伤的黎明》，青岛出版社1998年版，第200页。
[②] 翟永明：《未完成之后又怎么样》，《标准》1996年春创刊号。

在天亮前浆洗衣物"。诗歌离开了"黑夜""死亡""血液""可疑"等语境，开始了一个平实的叙说。《吸管》："每吸一下／我就颤抖一下／我的用力／吸干了你我之间的空气／吸管变得如此轻／它不该被如此挤压／它应该充满／蓝色的液体／假若我离我的力量远一点"，在吸管的用力与否的细节中体悟爱情关系中距离的重要，而诗歌情绪在日常生活场景与意象选用中体现出某种散淡平实的韵味。另一首《脸谱的生活》："我唱出谁的曲调？／后台的阴谋无止无休／戏剧却总是如此凄美／戏中距离不是真实的距离／体中的灵魂是否唯一的灵魂"。诗歌中的叙述发生在"我"与"那人"之间，然而，叙述的经验却发生在读者的经验之外。赵丽华在《如果我不在家，就在图书馆》一诗中也表现了都市女性"内省式"精神情感体验性的日常生活，"我拿着高级知识分子的工资／住着160平方米的房子／衣食无忧／吃穿不愁／为什么我的缺憾总是很多／惊喜总是很少"，诗人借助平凡生活的细节传递出向平凡生活妥协后的现代女性精神的忧虑、无奈与困惑，同时透过日常的表象律动出一种对于生活的开朗与豁然。

  相对于80年代的诗歌来说，王小妮90年代以来创作的诗歌中日常生活的痕迹更加突出，多呈现出一种生命本真的原始状态。王小妮说："我让我的意义只发生在我的家里"（《工作》1995）。她常常以一个"心平气和的闲人"的形象出现："阳光走在家以外／家里有我／这个心平气和的闲人"。几乎是用完全纯粹的白描手法，叙写她在没有痕迹的日子中所做的百无聊赖的日常生活琐事。面对日常生活的琐碎，诗人一方面平心静气、得过且过："不为了什么／只是活着／像随手打开一缕自来水"。另一方面，她实不甘心"就这样平凡地活着"，因此她于择菜、淘米、做饭之际，"试到了／险峻不定的气息／正划开这世界的表层"，"我的纸里／永远包藏着我的火"。在诗人平静、冷漠的外表下包裹的是一团炽烈的理想之火。王小妮的另一首《晴朗》——"在米饭半熟的时候／云彩褪去。／我看见窗外／天空被揭开／那诗神的目光"——也表现了同样的意旨，即诗人在包围着她的日常生活中形体上的沉溺与精神上的突围。因而，崔卫平称赞王小妮"在陷入日常生活的种种琐事之后还能保持自己独立的天地"[①]。

  90年代的林雪也将部分目光转向平凡生活中的人和事，"对日常状态

[①] 崔卫平：《苹果上的豹》编者序，北京师范大学出版社1993年版。

和生存细节的关注与感知更加细微、更加空灵、更加清晰"[①]。此时的诗歌也更具日常性。林雪和所有日常主义女诗人一样回避所谓的重大题材而切实回到芸芸众生现实生存的层面，更注重对个人生存体验的精心捕捉与呈现，个体的生命形态受到前所未有的珍惜与凝视。林雪的诗集《大地葵花》中的诗歌，将平庸、破碎的生活细节以打破时空界限，给予更多人性光芒的个人方式组合起来。该诗集后部分《葵花篇》将笔墨重点放在普通人身上，在《葵花篇》里，林雪为我们书写了在《乡村客车》中遇见的慈善的老邻居，为了及时接到女儿而《在大风中追赶汽车的妈妈》，来自外省的可怜的《公交站牌下南方小孩》，口齿不清的《平遥报童》，还写了遭遇不幸而突然病倒的无名兄弟，年仅16岁就被机器撕裂的砖厂青工《陈红彦之死》，诗人对于这些平凡的普通人无奈而艰难的生活细节的呈现，为我们平添了许多精神上的感动。这些诗歌的力量或许源于诗人内心这种诗歌信念："一只手握住平凡而普通的生存之忧，握住形而下的心灵之碎，另一只手攀越重峦叠嶂，以期到达人性光芒的山顶。"[②]

　　此外，女性诗歌的日常化倾向还表现在女诗人对自然与乡村日常生活的书写上。自90年代以来，蓝蓝、杜涯、鲁西西、千叶、汪怡冰等女诗人也写日常生活，但有时这种日常生活更多的是展示农村生活的。这些女诗人大多有在乡间生活的经历，或者说她们原始的根即在农村。在此仅以杜涯与蓝蓝为例。因为这两位诗人有很多相似之处，即在她们的诗作中有对自然的敬畏与感激，有对乡村世界的乌托邦想象。杜涯的诗从不借助炫人眼目的词语和实验技巧，只依托于对熟悉的山冈和田野的记忆以及对流逝生活的回顾，诗风自然、俊朗、清婉。因此可以说，杜涯更情愿亲近自然，自然的山冈、林木、河流在她的眼中均具有灵魂和生气，它们都作为精神材料进入她的诗歌领地。可以说，杜涯的诗完全是展示农村生活的。尤其是对于具有乡村经验的读者来说，杜涯的诗歌中有着太多熟悉的风景：三月的桃花，冬天的柿树，静默的乡村，乡亲们一年四季"种植，收割，吃饭，生病"，这些平凡而恒常的事物都被杜涯写入她的诗歌中。但与醉心古代田园的士大夫式诗人不同，她同时也是一个关注现世生活细

---

　　① 李震：《"我只是取了我自己的水"——林雪和她的诗歌写作》，《在诗歌那边·序》，春风文艺出版社1997年版，第18页。
　　② 林雪：《林雪专稿》，《诗林》2008年第1期。

节和生存智慧的诗人，因此她的诗集《风用她明亮的翅膀》中的作品才这样令人信服。在这部诗集中，她写季节时序的变化，写对父母的怀念和思念，都体现出对生命既依恋又豁达的淡然处之的意味。她的诗时时处处流露出一种意味和精神：无论是树木、枯叶和黄花，还是微不足道的"草民"，它们都有各自存在的理由——它们的生存价值。诗人对于这种生存价值的认定，便是对一切生命存在的肯定。以此来看待花开花落，树叶枯荣，人的生存与死亡，多一点豁达开朗而少去计较生命自身之外的那些附加物。如她的《岁末为病中的母亲而作》既呈现出杜涯的精神包容，也体现出诗人对"草民生活"和人生价值的一种认同和肯定。而《为一对老夫妇而作》更是对于"草民"世界的真实呈现，该诗以平淡的笔调叙述了一对老夫妇苦难、顽韧的一生：儿子的早夭，生活的贫困和孤单，寂寞无声的亡故。但是，这对老夫妇却用善良的心来对待生活艰难和命运的无常，最让人感动的是他们仍然渴求并赐予这个世界以温暖："他们年年步行十几里，老夫妇俩/穿过树林，穿过麦地、桥梁、河流/穿过几条长长的乡土路/到我们家走亲戚——/为了人世上的温暖、相爱、亲和力"。其中饱含了诗人对人生的体味和对生命本身的怜悯，这样的诗读来会使我们深受感动。杜涯的诗"书写的是人类共同的经验和恐惧，关注的是个体的困境如何上升为普遍的人生困境，这使她的诗避开了自恋的狭隘天地，因而体现了一种大气、淡定和不断向着超脱之界迈进的朴素沉稳，这种气质使她的诗歌有力地切入这个日常世界的根本，也有效地避免了女性作家俗常的困境。"[①]

　　蓝蓝的作品亦是如此。她对农村风物的描写达到了绝对精微的程度，她用高度的技巧写出十分自然的诗。"夏天就要来了。晌午/两只鹌鹑追逐着/钻入草窠/看麦娘草在田头/守望午夜孕穗的小麦/如果有谁停下来看看这些/那就是对我的疼爱"（《在我的村庄》）。这是蓝蓝1992年的作品。因为有了对自然的关注，就增添了对小事物的体察，一种发自内心的爱与悲悯由此而生。对美好事物的颂扬和对大自然的感激，成为蓝蓝诗歌的永恒主题。蓝蓝的诗歌是不需要过多阐释的，她简简单单、自然自在，而透过那些轻盈明亮的诗句，人们可以窥视到灵魂的真相："幸福在一片废墟之上弥漫/在瓦砾间坚定地伸出她的手掌/苦难，我已记不得它是什么/或

[①] 赵黎波：《杜涯的创作心态及身份意识》，《文艺争鸣》2008年第6期。

许曾有这种东西/但我的头脑,这才生出的物质/为新的清晨林间的阳光而欢喜"(《无题》)。这是对大自然的谦恭。这个姿态不同寻常,它是人性善的体现,需要真和美做底蕴。另外,蓝蓝的《矿工》,李南的《小小炊烟》《下槐镇的一天》等作品,将笔触伸向底层,对现实的介入和对下层人民的同情让我们感受到她们的大地情怀。虽然女诗人笔下的农村只是乌托邦世界,也许她们确实美化了农村,但她们却更多地抓住了农村日常风物的灵魂,用朴素而温暖的文字写出了小村子的日常生活以及平凡事物所映现的天堂倒影。而这类描写农村日常生活的诗歌,自然是从女诗人很多日常人生感受中获取的。

综上可见,女诗人在家庭、都市与乡间辗转,用女性纤细的心灵抚摸景象的细节并且"不流连于具象"。她们对日常生活和经验做出了智者的领悟和提升。在现实中营造其诗意化的世界。日常生活多个层面均在90年代女性诗歌中得以丰富的展现:柴米油盐的"过日子"式的日常生活,都市物质化的日常生活,"内省式"的精神情感体验性的日常生活,乡土式的自然的日常生活……在这其中,无论是少女、妻子、母亲,或是职业女性、家庭主妇的日常生活都在女诗人笔下一一呈现,这不仅是在男性话语的盲点之上女性界说自身的一种要求,也是对作为主流的民族国家书写的反叛和纠偏,在凸现了女性日常生活的多样存在的同时,张扬了女性日常主义诗歌作为边缘话语对主流中心话语的颠覆潜能。

四 日常化取向的利与弊

正如诗评家王光明所言:

> 女诗人从社会历史的"宏大叙事"回到个人心情和与心情联系最紧的日常经验,不只是经验和诗歌题材的解放,也是人格独立、思想自由、精神放松的表现。这不仅对女诗人,而且对中国诗歌都有不可小觑的意义。[①]

首先,90年代女诗人将其自身定位为平凡的女人,她们也乐于平凡,

---

① 王光明:《为自己的心情去做一个诗人——王小妮90年代以来的诗》,《诗潮》2004年第2期。

主张"以常人地位说常人的话,举凡生活之甘苦,名利之得失,爱情之变迁,事业之成败等等,均无不可谈,且谈之不厌"。在女诗人这种平常心之下的日常生活书写中,我们获知了平凡女性的日常生活细节和都市家庭主妇的日常生活烦忧。而从女诗人对女性原始爱欲的坦然正视和需求,对女性经验毫无规避的大胆坦白,对女性的妻性和母性的袒露心迹式的表述中,我们发现了一个有别于男性代言的女性的生动和真实的生活和情感世界,也看到了90年代女诗人在这一领域的抒写是对80年代女性诗歌创作的某种推进。

90年代剧烈的时代转型,使许多诗人放弃了以往对时代宏大政治意识形态的写作,放弃了讴歌式的集体抒情,而将思考和写作放在日常生活的微观层面,用客观的叙事语言将激情节制在个人化日常生活经验的表述上。女诗人从女性生存日常中提取诗意,为女性日常生活做见证,她们诗中的女性和以女性为主体的生活事件中以往的被描述,转换为自审、自述,从而不是滑向无语的琐屑、平庸,也不是退回到男性视域的女子气、优美,而是在女性觉醒之光的照亮下呈现出自身的存在本相。与此同时,我们可以看到,尽管90年代女诗人常常从日常生活的细枝末节入手,叙述那些看似微不足道的凡尘琐事,但是,这丝毫未影响诗人向更深层次开掘的力度。许多女诗人的日常主义诗歌中隐含着深刻的哲思。虽然这种思考十分细微,与日常生活仿佛没有距离,但却隐含了很深的哲理意义。因此可以说,也正是在日常生活的转向中,女诗人不仅完成了诗歌写作的转型,也完成了女诗人对人生、世界、生活等形而上问题的思考。

其次,90年代女诗人对日常生活的诗性探寻就其实质而言,既是对日常生活与日常存在的重新阐释,也是对人的诗意生存境界与诗性存在方式的重新探索。它是女诗人在90年代历史文化转型的语境下,运用女性经验烛照日常生活与日常存在,并探索个体诗性生存的一次集体的审美实践,体现了女诗人深切的境遇关怀与深挚的人文关怀。女诗人对物质生存与精神生存,自然生命、精神生命与文化生命等多重因素的辩证整合,体现了她们构建新的诗意生存境界的努力,体现出既从日常生活出发又超越日常生活,日常存在与终极存在良性互动的审美致思。

因此,与遮蔽个体日常人生的宏大叙事相比,女诗人对日常生活的诗性探寻,其美学价值不仅在于它对日常人生与日常存在意义和价值的还原与澄明,对人的存在基础与本原的还原与澄明,还在于它有效地剥离了既往文学对宏大叙事特别是意识形态叙事的依附状态，获得其真正独立的审美品格，为文学解决日常生活叙事与现代启蒙叙事的矛盾提供了有效的审美路径与有益的审美经验。同时，透视女诗人对日常生活诗性的探寻，还有助于我们把握90年代女性诗歌的精神面貌与内在发展逻辑，有助于我们感悟与认识90年代女性诗歌乃至整个当代女性诗歌的精神与审美生存论的转向。从文化意义上说，女诗人对日常生活的诗性探寻，契合了中国当代文化对人的生存问题的关注，对我们思考当下的历史语境与文化走向，思考世纪之交人的生存处境和生存方式都不无裨益。总之，已经发生与正在发生的文学事实表明，女诗人对日常生活的诗性探寻确实构成了90年代女性诗歌，甚至是20世纪以来中国诗坛一道亮丽而显赫的文学风景。这道新的诗坛风景标志着一种新的生活趣味、新的生存方式与新的审美维度的出现，标志着现代人文主义话语在90年代这一新的历史文化语境下走向了深化。

此外，90年代女性诗歌的日常化倾向，一方面表现出迥异于80年代女性诗歌的美学倾向，另一方面也表现出与朦胧诗后的"第三代诗"相异的美学特征，即对日常生活的关注，回避抒情。事实上，朦胧诗后的"第三代诗"即表现出此特征，尤以"他们诗派"中的韩东、于坚等为突出代表。也许有人会认为，90年代女性诗歌的日常化转型是在追随韩东、于坚等人的"第三代诗"的日常化主张。尽管"王小妮对日常诗性的发掘，伊蕾对情感欲望的表白，都可以在男诗人于坚、吕贵品等人的作品中得到参照。在诗歌的意义上，她们可以毫不逊色地和他们站在一起"。但与此同时，"她们关于怀孕、行经，关于与生俱来的准备流血的伤口，关于为丈夫织毛衣，淘米做饭，关于母亲的体验和言说是任何男诗人无法感受也无法准确表达的"[①]。

由此可见，事实上90年代女性诗歌的日常化取向与韩东、于坚等的"第三代诗"对日常生活的处理是截然不同的。抛却女性诗歌从"消除80年代诗到语言为止实验的激进色彩，进入历尽沧桑后的超脱平静不说，仅仅是其寻找既和生活发生摩擦又符合现代人境遇的表现方法，就和第三代诗无谓的平民化展示，在取向上截然不同；那种更多着眼于生活中高尚、普遍、永恒事物的视点，也和第三代诗的丑的展览、死亡表演有本质区

---

① 耿占春：《失去象征的日常世界——王小妮近作论》，《文学评论》2007年第2期。

别；至于它接近诗歌的方式，就更和第三代诗的自我包装、商业炒作气息不可同日而语了"①。正如翟永明所表明的：

  我更愿按事物本身的面目来理清某些实质。我其实更相信，某些朴素的事物比它们的表面耐人寻味，它们更深的层面被我们忽视了，我希望我的诗歌之锹在写作的时候刨开意象和词汇的浮土，不断挖下去，就接触到事物的核心，它们像砂架卵石一样，坚实、有力，滤干了多余的水分，因此成为美学大厦的最可靠的地基。②

  因此，女性诗歌的日常化取向，表现出女诗人努力找寻写作的新途径，找寻的结果是写作空间的加大与延伸，当女性诗歌将其自身贴近大地的时候，便已然生出了在空间里展开的翅膀。

  然而个别"先锋"诗人们却说："我甚至认为，呈本真状态的任何事物都是诗意的，我们只需抓住经过我们身边的任何东西，记录下它们，便是诗歌。"③ 这种观点显然是偏激的，它混淆了诗与日常生活之间必须有的"界限"，因为并非所有的日常生活都具有"诗意"。有些女诗人以日常化的场景与事物为写作对象，降低写作难度，消灭形而上的想象、追问、知性、思考、隐喻，但保留对社会与现实的所指与影射力量，扩大形而下的细节、场景、事件、遭遇、直感、欲望等内容。如尹丽川的《生活本该如此严肃》：

  我随便看了他一眼
  我顺便嫁了
  我们顺便乱来
  总没有生下孩子
  我随便煮些汤水
  我们顺便活着
  有几个随便的朋友

---

① 罗振亚：《朦胧诗后先锋诗歌研究》，中国社会科学出版社 2005 年版，第 307 页。
② 翟永明：《纸上建筑》，东方出版中心 1997 年版，第 194 页。
③ 马永波：《随便谈谈——一代诗观》，《诗》丛刊 1997 年总第 1 期。

时光顺便就流走
我们也顺便老去
接下来病入膏肓顺便还成为榜样
好一对恩爱夫妻
……祥和的生活
我们简单地断了气
太阳顺便照了一眼
空无一人的阳台。

这显然表现了女诗人试图通过日常书写以实现自我救赎的目的,可是这种"自赎"永远不具有独立的、完整的意义,它仅仅是一个残梦。它与宏大事件及其所掀起的热情恰好形成同构和对立的关系,"一个要超出日常生活,高于日常生活,一个却自甘降到日常生活的水平之下,比日常生活还要低。这两者殊途同归:一样地不能在日常生活这个中间地带找到一个适当的位置,而要将它硬拽到自己的那个方向上去"①。

有些女诗人虽然也是以日常生活入诗,但却仅仅以平庸的生活直接入诗,使作品停留在生活的表层,缺少对生命本质的逼视和承担,没有穿透力,致使痛苦是缺少重量的痛苦,冲突是缺乏张力的冲突,坚守是缺乏力度的坚守,作品干瘪、萎缩、苍白,流于平庸。可以说,这仅仅是一种追随流行时尚的写作,与商业气息浓郁的炒作造势有关,并有廉价自我包装推销的嫌疑,写作的难度降低到了零,仿佛"诗人只能写自己的日常生活,仿佛诗人除了自己身边那点琐事,就不应该关心在更广大的空间发生的现实,仿佛宇宙中发生的一切都与我们的存在毫不相干似的。这实际上是要窒息诗人的心灵,使它在虚假的、平庸的现实包围中一天天虚弱下去"②。比如鲁西西的诗《三月》:"远远望见童年在楝树下,在三月的/雪的空白里,出现了一次/童年的记忆有时宁静,有时像风/弯曲,像流水弯曲,像鲨鱼弯曲,像海/弯曲,像一个犯罪的身体/弯曲"。"诗歌在艺术上失去活力,在精神上沦为大众消费时代的同谋。"③

---

① 崔卫平:《诗歌与日常生活——对先锋诗的沉思》,《文艺争鸣》1995 年第 4 期。
② 西渡:《写作的权利》,陈超编:《最新先锋诗论选》,河北教育出版社 2003 年版,第 315 页。
③ 同上书,第 314 页。

第二节 "面对词语本身"：语言世界的重建

诗是语言的艺术。《尚书》即有"诗言志"之说，诗就是用语言来表现情志。亚里士多德的《诗学》也开宗明义地指出，诗"所用的媒介"是语言，"只用语言"来模仿。语言把诗物质化为我们可以触摸的文本，它是诗的存在方式；但同时语言也影响了诗人的思维和言说方式。语言作为一种先验性存在钳制了诗人的头脑，它制约了诗人情感、意志和经验的表达限度。如何取法既有语言资源去更为准确地"言说"自身，从而最大限度地指示诗人隐秘的心理空间，成为几千年来困扰诗人的一个难题。如何在现有的语言资源内表现"最大量意识活动"，如何选择与建构自己的语言以表达个人"经验"成为90年代女诗人一个无法躲闪的课题。

90年代女诗人已经意识到，如果不从语言创造上寻找最终归宿，对于诗的本体、本质、本性的理解，终难渗透诗歌的第一要义与最核心的奥秘。唐亚平曾明确表示：

> 语言已成为人类文明的自然。诗是语言的自然。诗人成全了诗，诗成全了语言，语言成全了诗人。我愿意善待每一个汉字，愿意和它们一脉相承，息息相通。我希望我的诗能把语言组织起来，我的语言能把事物组织起来造成世界。①

海男曾说：

> 语言除了是一种符号之外，在更为广泛的意义上，语言是解决生活的问题，语言解决我们说话的问题，语言解决我们活着呼吸的问题，语言解决死亡之前一个充满谎言的世界，语言解决一个已经在混乱中沉溺太长的心灵世界。②

翟永明也在一篇文章中说：

---

① 唐亚平：《黑色沙漠》，春风文艺出版社1997年版，第224—225页。
② 海男：《心灵往事》，《心灵挽诗》，湖南文艺出版社1998年版，第93页。

90年代以来，我对词语本身的兴趣超过了以往任何时期，当然，它们仍然贴近我内心的情感，我对纯粹的文字游戏一向不感兴趣，我所说的是过去不为我所注重的口语、叙事性语言以及歌谣式的原始语言，都向我显示出极大的魅力和冲击力，来自词语方面的重负（我对自己的某些局限）被逐步摆脱了，一切诗歌的特性以及这个时代的综合词语都变得极具可能性。①

这些话反映了相当一部分 90 年代诗人在创作中的追求，即不再热衷于搞激进的语言实验，而力求用多种手段让语言更贴近诗人自己的内心。

一　直面词语本身

诗歌要通过语言言说呈现自身，而"语词"就成为诗人抒写灵魂的栖居地和炫耀技艺的无限机智的狂欢舞台。自"朦胧诗"以降，诗人们对诗歌本质进行了深入的探察，并开始体悟到语词作为诗句最基本的生成单位所拥有的一种重新纺织现实和秩序的力量，因此，他们都不同程度地表达了对语词的虔敬。如王家新认为："不仅诗歌最终归结为语词，而且诗歌的可能性，灵魂的可能性，都只存在于对语词的进入中。"② 欧阳江河说："记住，我们是一群语词造成的亡灵。"③ 女诗人对此也有深刻的体认："词已经成为我的护身符。"④ 由此，基于对语言的活力，对语言可能性的迷恋以及对于语言的信心，她们努力创造其自己的语言奇观，渴望构建属于其自己的词语乌托邦，这几乎成为每一个参与诗歌写作的女诗人的共识与梦想。"事实上，面对词语，就像面对我们自己的身体，我们总能够本能地、自觉地认出那些美丽的部分，并且深知唤醒它的活力、灵气的秘密方法。"⑤ 如翟永明在《面对词语本身》中写道："事实上，面对词语，就像面对我们自己的身体。"她所期待的就是："我，同时也相信与我一样的那些女诗人们，只是默默地像握住一把火似的，握住那些在我们

---

①　翟永明:《面对词语本身》，《作家》1998 年第 5 期。
②　王家新:《游动悬崖》，湖南文艺出版社 1997 年版，第 188 页。
③　欧阳江河:《'89 年后国内诗歌写作，本土气质，中年特征与知识分子身份》，《站在虚构这边》，生活·读书·新知三联书店 2001 年版，第 17 页。
④　海男:《紫色笔记》，陕西师范大学出版社 1998 年版，第 366 页。
⑤　晓音:《女子诗报年鉴》，中国文联出版社 2003 年版，第 268 页。

体内燃烧的，呼之欲出的词语，并按照我们各自的敏感或对美的要求，把它们贯注在我们的诗里。"① 海男说："词语中的秘密与我们内心的理想有关系，对我而言，可以深藏的理想是秘密的，它的秘密在于很多时候把我们自身连同身体都隐现在唯我能托的时刻。""倾听自己的声音时我会忘记我自己。"② 综上可见，90年代女诗人对于词语的关注超过了以往任何时期，这是由于性女诗人开始注重对诗歌本体的关注，她们意识到对于"女性诗歌"，应当多谈些"诗"，少谈些"性别"，因为性别意识是潜在地、自然而然地从文本中浮现的。

因此，如果说80年代中后期的女诗人关心的是她们的躯体如何从男性中心文化禁锢中解放出来，那么90年代以来的女诗人则更多地开始关注如何将"体内燃烧的，呼之欲出的词语"，按照各自的敏感，或对美的要求，贯注到诗里，因而90年代以来的女性诗歌开始直面词语本身。"面对词语本身"带来了词语的解放，正如翟永明所说的那样："来自词语方面的重负（我对自己的某些局限）被逐步摆脱了，一切诗歌的特性，以及这个时代的综合词语都变得极具可能性。"③

法国女性主义理论家朱莉亚·克里斯蒂娃在《妇女的时间》一文中指出，女性书写经历三个阶段：第一，对男性词语世界的认同；第二，对男性词语世界的反叛，即二元对立式的词语立场；第三，回到词语本身，直面词语世界。我们通过考察90年代女性诗歌的写作流程，就会发现90年代女性诗歌文本的实践是对朱莉亚·克里斯蒂娃的女性书写理论的自觉实践。它呈现出的是女性进入词语世界的轨迹，不仅是一种女性主义的实践过程，也是一个女性主义主体策略的展开过程。

在第一阶段，女性要求在象征秩序中获得与男性平等的权利，即要求进入已有的词语世界，这个词语世界显然是天生不平等的。因而，这种进入的努力实际上是以男性已有的美学规范与审美标准作为女性的规范与标准的。这种对于男性词语世界的认同在本质上是以男性的风格代替女性的风格，是对女性风格的否定。尽管这种努力非常有成效，但却不是女性本身固有的风格。如郑敏、陈敬容等女诗人的创作即是如此。她们的书写是

---

① 翟永明：《面对词语本身》，《诗探索》1997年第2期。
② 海男：《心灵往事》，《心灵挽诗》，湖南文艺出版社1998年版，第81页。
③ 翟永明：《面对词语本身》，《正如你所看到的》，广西师范大学出版社2004年版，第34—35页。

对已有的男性文本的模仿，或可以说，她们的诗歌在一定程度上已经成为某些男诗人的模拟和翻版。在这种模仿中，也就是第一阶段的女性主义对于男女平等的要求，但这种要求是以放弃女性本身而以男性为标准的努力，所以从本质上讲，是对于男性词语世界的认同。

在第二阶段，女性书写试图通过"进一步的女性词语世界的努力"，来"否认已有的男性词语世界的合理性，强调女性可能重建一个属于自己的词语世界"[①]。这个词语世界要求女性的书写与风格应该用女性自己的规范来言说，她们的笔不再是男性话语世界的附属与仿写工具，而是奋力伸向了一个从来就处在男权秩序和她们自己的女性蒙昧所共同压抑和遮蔽下的世界。90年代女诗人打破男性已有的美学规范，建立了一个属于女性自己并比男性词语世界更完美的词语世界。它与男性风格与规范迥然不同，但却具有同等的意义。因此，这是与男性对立的词语世界。90年代女性诗歌的躯体写作就是很好的文本实践的例证。翟永明、海男、伊蕾、唐亚平、陆忆敏等女诗人从女性的身体出发表现女性在现实世界中的经验世界，通过对于女性经验世界的命名来颠覆男性已有词语世界对女性身体的覆盖。比如翟永明的《女人》，唐亚平的《我举着火把走进溶洞》和《我是瀑布》，伊蕾的《独身女人的卧室》《罗曼司》等就是"对于已有的男性世界被书写女人的反书写"，所以诗中"充满了对峙的激烈、拼杀和厮杀的痛苦和扭曲，表现一种前所未有的激情，这是女性词语世界与男性词语世界直接相遇的结果"[②]。因此这是互相排斥、迥然相异的二元对立的词语世界。

与第一阶段进入语言和第二阶段重建语言不同，在第三阶段里，女性面对语言世界的态度有所改变，她们开始拒绝男女两分法，面对客观的不完善不完整的语言世界，采取了另外一种策略——游戏文本，她们采取变被动为主动的方式，在游戏文本的过程中保持区别于男性范畴的独立性。在此女性承认了种种的差异性，承认在已有的语言中独立的可能。她们认为，人不能离开语言而存在，只有在语言的游戏规范中解构已有的规范，在已有的游戏规范中重建一种新的规范，在解构和重构中确认一种双性并用语言的方式。其结果是获得了男性、女性双重视觉的词语世界，使这个

---

① 荒林、王光明：《两性对话》，中国文联出版社2001年版，第108页。
② 同上书，第113页。

词语世界变得复调、多样，从而也打破了词语世界的价值判断及美学判断的单一，呈现给我们的不仅是双性词语世界，也是双性文化空间。

事实上，90年代女诗人的书写正处于女性书写的第三阶段。她们汲取了世界女权主义运动和女性主义面对词语世界的许多成果，这些成果在实践中具体转化为90年代女性诗歌的语言策略。她们意识到女性话语的浮现要争取较好的文学生存空间，必须注意如何运用语言，通过真实的语言去进行重新的编码组合来凸显她们的主体意识。女诗人认识到诗歌的世界是博大的，它不应该仅仅局限于某一点，也不应仅仅止于女性。正如英国女性主义文论家伍尔夫所说："我们独自走着，我们的关系应当是一种同现实世界的关系，而不应当是男人同女人的关系。"[1] 如翟永明就很注意对情节和修辞的语词性的解构，在书写中避免男女对立的书写方式。她在《黑夜的意识》中指出："在女子气—女权—女性这样三个高低不同的层次中，真正具有文学价值的是后者。"她宣告："我更热衷于扩张我心灵中那些最朴素、最细微的感觉，亦即我认为的'女性气质'……同时勇敢地袒露它的真实。"[2] 其诗作《黑夜里的素歌》就是以一种温和的女性话语来表达的，使"词语的再生获得一种强烈的质感，并通过女性自身传统的寻求，来呈现一种女性写词的可能和女性文本的再生性、生产性"[3]，从而使女性的词语世界变得更为丰富，并赋予其独特的个性。

简言之，女性诗歌在八九十年代的写作，可以说是浓缩了西方近200年女权主义运动的成果，是一种有明确的努力目标的、自觉的写作实践，同时对女性主义理论的建构也变得非常自觉，这使女诗人没有滞留在已有的女性诗歌躯体写作风格上，使女性诗歌能够打破父权话语体制和美学规范。所以女性诗歌写作与女性主义的结合，使女性回到对于主体的建构上，对女性主体在认识世界和改造世界尤其是对世界的全新的努力上所做的尝试，都体现为一种对词语世界的重建。尤其是90年代以来，女诗人对于诗歌本体也有了更为自觉的追求。对于语言的重视成为女诗人的普遍共识，她们将语言的思考与想象切实地贯注于诗歌的创作中，在更深刻的意义上重新观照诗歌创作本身。对于语言的深入思考使女诗人开始或追求

---

[1] ［英］弗吉尼亚·伍尔夫：《一间自己的屋子》，生活·读书·新知三联书店1989年版，第46页。
[2] 翟永明：《黑夜的意识》，《磁场与魔方·新潮诗论卷》，北京师范大学出版社1993年版。
[3] 荒林、王光明：《两性对话》，中国文联出版社2001年版，第251页。

语言的陌生化效果，或大肆进行语言的冒险与游戏，而她们的诗歌写作对于语言的选择也显得格外自由与多元，既有语言的口语化、叙事化和澄明化的取向，又有语言的狂欢化的选择。

二 语言的日常口语化倾向

由于90年代女性诗歌普遍走向世俗，女诗人以平民化的眼光透视社会生存的点点滴滴，用一种冷静、客观、心平气和的态度来叙述琐碎凡庸的日常生活，从平淡的日常生活里发掘诗意。所以，90年代以来的女诗人开始躲闪女性主义的对抗激情和狭隘性，由自我独白式的痛苦生命的呼喊向日常生活叙说转换，将注意力转向词语本身。90年代女性诗歌的语言就自然地呈现出日常口语化的倾向以及叙事化的特征。尽管对于口语的推崇在杨黎、于坚、沈浩波等男诗人的诗歌创作中也十分流行，杨黎甚至还因此被戏称为"废话教教主"，但是很多男诗人仍然坚持现代汉诗的艺术性，推崇写作的难度，甚至很多人仍然坚持"唯美"写作，用意象诗来抵抗口语诗。但是口语诗的创作在女诗人中更为流行，近年来发表诗作数量最多的几位女诗人，如赵丽华、安琪、路也、尹丽川等人尽管风格不同，特别是写作的内容及思想性不同，但是在语言方面几乎都放弃了传统诗歌语言的"诗家语"，转而推崇"口语"。因而相对于80年代女性诗歌而言，诗歌语言的口语化无疑是90年代女性诗歌区别于前者的显著特征之一。

相对于书面语言，日常语言具有非抒情性的、非隐喻性的特点，它来源于民间，具有质朴的底色并具有鲜活性、真纯性、柔韧性和弹性，日常语言更贴近日常人生的现时和当下，它的粗糙与朴实使其本身具有丰富的质感。日常语言"储藏丰富，弹性大，变化多，与生活密切相关而产生出生动，戏剧意味浓"①，从而更具弹性和韧性，能更好地通过文字来指示诗人内在的个人化经验。因此，日常语言更适合诗人作为明确表达诗情诗思的利器。现代诗人很早就发现了这种日常语言对诗质建构的积极作用，艾略特就曾经预言："不论诗在音乐上精巧化的方向走得多远，总有一天，诗再被唤回到日常语言的时候一定会到来。"② 袁可嘉也认为："现

---

① 袁可嘉：《对于诗的迷信》，《论新诗现代化》，生活·读书·新知三联书店1988年版，第67页。

② 艾略特：《诗的音乐性》，沈奇选编：《西方诗论精华》，花城出版社1991年版，第332页。

代诗人极端重视日常语言及会话节奏的应用,目的显在二者内蓄的丰富;只有变化多,弹性大,新鲜,生动的文字与节奏才能适当地、有效地表达现代诗人感觉的奇异敏锐,思想的急遽升替,作为创造最大量意识活动的工具。"① 女诗人对日常语言的亲近,正是日常语言本身的优点与女诗人自身的要求相契合的结果。同时,女诗人的日常语言建构,深深植根在她们回归现实的土壤和热望中。由于90年代女性诗歌的日常化取向,女诗人不得不以大量的口语调整她们的诗歌语言。这种日常语言是90年代女诗人寻求诗艺与现实双重平衡的结果。正是这种日常化的诗歌语言,使女性诗歌在诗质的营造和诗的表现力方面呈现出了与80年代女性诗歌迥异的新的风貌。

90年代女诗人注重挖掘口语的潜在诗学元素,以日常口语入诗,无论是80年代就开始写诗的女诗人,还是90年代初才开始写作的部分女诗人,都成为口语诗歌写作的追随者。翟永明曾明确表示,90年代以来她对词语本身的兴趣主要集中在口语、叙事性语言等方面,从日常经验中提取所需要的成分。"自我和经验,日常生活的尊严,都是女诗人手中把握的原料,每分钟制造出语言的欢乐。"② 日常口语与叙事性语言的渗入,使女性诗歌的风格由张扬转为内敛,情感由激烈转为平和。因此,90年代女诗人对日常口语的吸纳与运用"决不是说她们的用法即是常人的用法"③,她们对日常口语的语言建构决不是对日常口语的简单复制、照搬,它融汇了个人的诗情与诗思,同时她们不断揉捏日常语言的弹性与韧性,从而锻造出更有表现力的表达方式。女诗人对日常语言的借鉴与利用,是她们忠实于各自内心诗艺的结果,也是她们努力开拓诗歌语言的一个方向。

以翟永明、王小妮为代表的女诗人在最初的书面语写作中融入大量的日常口语,丰富了她们的诗歌语言资源;而以尹丽川、吕约为代表的新一代女诗人从写诗之初就大量融入了口语。她们似乎秉持了口语诗的守卫者——诗人于坚对口语的偏爱和理解:

---

① 袁可嘉:《新诗现代化》,《论新诗现代化》,生活·读书·新知三联书店1988年版,第6—7页。
② 翟永明:《对着镜子深呼吸》,《诗潮》2002年第9—10期。
③ 袁可嘉:《综合与混合》,《论新诗现代化》,生活·读书·新知三联书店1988年版,第203页。

> 口语是诗歌的原始基地。诗是从口语里面流出来的，口语是诗的基础，是诗产生的母体。口语诗歌不是从书本、从纸上、从文化出发，从诗歌教育出发，而是从身体、存在，从当下的生活世界，从经验、感觉出发，它是创造者的诗歌。①

王小妮80年代的诗歌就渗入了大量的日常口语，具有明显的口语化特征。从《不要帮我，让我自己乱》《晴朗漫长的下午怎么过》到《紧闭家门》等作品，都呈现出由口语到诗的转换魅力。在她90年代的作品中，从短诗《等巴士的人们》《清晨》《看到土豆》《抱大白菜的人仰倒了》《卸在路边的石头》《白纸的内部》《脆弱来得这么快》《骤然震响的音乐》到组诗《看望朋友》《和爸爸说话》，日常口语均贯穿始终而最终成为诗人重要的语言资源。王小妮已经形成了这样的语言观："我不喜欢书面语，我感觉那不是我的语言，有些隔阂。""我今天的语言要求是：到位，——最接近瞬间感受；简单，——最平凡，即不做作，尽量口语。能做到这两点，大约就有了更多可能。"② 如《抱大白菜的人仰倒了》（1999年）一诗，前三句诗人用接近口语的方式陈述一个诗人坐飞机的时候飞过田地在半空中看到"大白菜"的场景："飞机倾斜着接近傍晚的田地/我在低空中/看见遍地大白菜/向我翻开了/鲜嫩清脆的心"，但随之诗人话锋一转，变主动单向的陈述为互动并巧妙地运用了拟人化修辞，在诗人眼里"大白菜"是有生命的，仿佛诗人在跟"大白菜"对话，她看见了"大白菜"，"大白菜"也向她毫无保留地敞开心扉，由此这个具有生命的"大白菜"在诗中就成为一个隐喻。

翟永明不再追寻80年代寓言式的写作方式，也弃别了抽象理念的表达方式，90年代的她转身汇入了口语化诗歌写作的大潮中。在80年代，翟永明的诗歌主要以书面语为主，而在90年代，她的诗歌语言也趋向口语化。这一时期，口语句式、语调以及大量似乎不宜入诗的时代语汇（如光驱、墨盒、网虫、水泥、酒精、大麻、追星族、酷族等）都肆无忌惮地进入了诗歌中，并呈现出活力和灵气。口语写作和时代语汇的运用，确实给翟永明的诗歌注入了鲜活爽利之气，带来了具体的、在场的感觉，

---

① 于坚、谢有顺：《于坚谢有顺对话录》，苏州大学出版社2003年版，第33页。
② 王小妮：《王小妮谈诗、散文、小说》，《文学界》2009年第3期。

第四章　诗艺空间的多维建构　　221

使诗歌更能表达一种"对个人生命的存在、生命环境的基于平常心的关注"①。如其诗作《去面对一个电话》：

  这是被称为最衰的时代
  衰透了就有
  最动人的变化
  还好吧，有一个男人爱我
  与我分享生活
  他不是绝望者
  他也不是豆腐渣工程
  他甚至不是我中意的痴情者
  看来我们已经接近
  爱的本质
  我们就要像某些动物般
  互相吞吃大片的云就要
  托起我们奔跑
  这原本是多么轻松的事
  当我去面对一个电话
  我又开始变得沉重

  该诗完全用口语表现女诗人个体生命游走于现代都市生活中的复杂感受。《我醉，你不喝》完全是一首用一种平淡直白的、富有生活气息的日常口语写就的诗："爱如同酒/有人闻它有人饮/它才存在它才滴滴见血/才让人心痛"。在《眼泪秀》中用口语化的诗句表现出对女人眼泪的观察和对此的看法："在电视上在文字里/在男人怀中/被配以痛苦最终/被弄成搞笑/它也有不如意之处/所以我痛一切的痛/失一切的眠/最多让它存在/或把它变成一个呵欠。"在《给我爱情，我就爱他》中："给我爱情我就爱他/犹如给我花我就香/给我夏天我就明亮/去动人或去疯癫吧/去灌溉或去死吧/它们都是望天收。"该诗用口语表达了对男性之爱的质疑和反

---

  ①　于坚：《诗歌之舌的硬与软：关于当代诗歌的两种语言向度》，陈超编：《最新先锋诗论选》，河北教育出版社 2003 年版，第 415 页。

讽。由此可见,翟永明90年代的这类诗作都呈现出与80年代迥异的口语化语言风格。

尹丽川是在90年代崛起的女诗人,写于1999年的几首早期诗作如《什么样的回答才能让你满意》《玫瑰与痒》《机关里的抒情岁月》等,就已经显示出这位女诗人超众的智慧与非凡的创造力。同时,由其诗歌文本可见,尹丽川是一位以口语进行写作的诗人,她对词语的敏感与掌控,远远超过了90年代其他女诗人,这也是这位女诗人红极一时的主要原因。在诗歌写作中,她在继承第三代诗人民间立场的基础上,摒弃了一切形而上,将生活的细节和心理的嬗变以真实的口语表达出来,抛弃书面语言。她的诗歌在语言的运用方面,基本上杜绝了文学化语言的任何痕迹。

> 传达室只有一位老人,趴在那张桌子上
> 阴沉沉睡了多年。我在他面前轻轻闪过,
> 他嘴角必定偷偷浮起一些狡黠笑意。
> 谁跟谁呀,我们相熟已久。他从我的
> 脚步声中早听出了梦游的味道。正是午后两点。
>
> 楼道墩布清洗的残痕。
> 水雾的湿气混合着灰尘,
> 这轻盈的腐朽令人心醉。
> 阳光惨淡,在地上画出方格。
> 玻璃门默然无语,井然有序。
>
> 每扇乳白色的门都半掩着,
> 里面两张办公桌并在一起,
> 一男一女相对而坐,厚厚的
> 卷宗档案报告文案堆砌在公事公办的书架上。
> 男的咳嗽一声,回音满楼。

在《机关里的抒情岁月》这首诗中,词汇都是再平常不过的口语,但这些口语通过诗人的组合却形成了某种默契,读起来使人眼前一亮、心领神会。尹丽川的用意是希望读者去发现潜藏于那些口语间的浓浓诗意。

同样是90年代初现诗坛的吕约也写了很多具有口语化倾向的作品。如《凌晨五点的火焰》和《黑喇叭》均是以口语写就的作品。但是《黑喇叭》一诗却接近口语的极端，显示出诗人对语言的掌控还稍显稚嫩，即诗人在口语与诗语言之间的转化能力还显得过于薄弱。但写于1996年的《幻影》与《四个婚礼三个葬礼》组诗（第四首《这里很好，出不出去》、第七首《给闪电让位》），均显露出吕约作为一个诗人所应有的对词语的控制力。

90年代女诗人注重发掘日常语言的审美性，并发展超越之，她们的成功之处就在于从那些相同的，男诗人也在使用的质材中发现并实现重新演绎的多重可能，创造了一种以日常语言为元符号并与其有质的区别的艺术语言。从某种意义上而言，她们运用的语言实质上是一种反语言，超语言。虽然"日常语言本身即包含着达意的科学用法与表情的艺术用法，诗语言只是将它的表情的艺术加以发展与超越。诗语言的审美特性如意象性、象征性、表现性、直觉性、主情性、音乐性、整体性、审美性、独创性与超越性等，这些特性在日常语言中，有些本来就有，只是较为次要，或者退化了；有些则提供了改造与发展的可能性"①。当然，需要诗人在发掘的基础上致力于发展与超越。因此90年代女诗人着重对于日常语言语法的破坏、变革与创造，往往通过词性的移换，词序的错位，语法成分的删减等，以词语的特殊排列组合方式，取得日常语言诗化的奇妙效果。

唐丹鸿这位90年代的天才女诗人的诗作无疑是实现了日常语言诗化的卓越代表。因为她的诗词语搭配大胆、诡异，因而生成的短语和句子既灼人感官，又撩人想象。比如"机关枪新娘""斜线皇后""孔雀机器""我的坏在哀求我的好""躺在三天宽的歌喉上""他们骂弯了清晨一米"这些意外的词语组合，给人新奇之感。如《机关枪新娘》：

　　那是纯洁的燃烧的星期几？
　　穿高筒丝袜的交叉的美腿一挺
　　我吹哨：机关枪新娘　机关枪
　　你转动了我全身的方向盘
　　你命令我驶向了疯人院

---

① 吴光辉：《诗，超语言的语言艺术》，《艺术广角》2002年第3期。

> 那是东边的火药瞄准西边的头发
> 那是愤怒的朝霞插入扳机的食指
> 那是大丽花突然抬起微风捂住乳房
> 那是你，把钢琴剧痛的脂肪往下按
>
> 你的裸体在锉子六月下泛蓝
> 你的叹息给铜管乐划了一把叉
> 但愿我的鼻子形同手掌
> 机关枪新娘　机关枪
> 远远地，我抱着你的肩，捧着上面的香水
>
> 我是反光纠缠着钥匙私语
> 我是正光抽打的无知的阉人
> 我是闪身让你加速的高速公路
> 我是棉花，是水银和……呜咽

这首诗通过词语的大胆搭配，调动和打通了阅读者的各种感官，显得非常性感。同时，词语的意外搭配以及整首诗波浪式地层层推进所产生的柔韧感，也使这首诗有很强的节奏感。此外，她的《向日葵》一诗更是集中了许多奇异的词语组合：

> 我要撇开那甲乙的双腿不谈
> 你聪明的体温才是火灾的朋友
> 你啊，我的狂笑宝贝
> 长着骏马体魄的向日葵
> 你像扑鼻的香皂那样滑倒了我整个人
>
> 我要撇开那紧跟着红色的黄色不谈
> 既然眉毛下的指南针已对你盯梢
> 你啊，美女们的美女长
> 一格又一格怀孕的望远镜
> 如果你是葵花，我肯定就是向日

第四章　诗艺空间的多维建构

　　我要撇开那初恋的黑暗鼻音不谈
　　高大的脸庞回绝追求者的洗脸水
　　要不然矮子怎么在跑道失血
　　金色的袜子还挟在腋下，你啊，你
　　你像无情的电车那样吻着我的手

　　该诗以新奇的词语组合所产生的眩目的词的质感及形成的明快节奏，构成了整首诗的总体语感特征。"向日葵"既作为一个喻体呈现在诗中，同时也被诗人视为一个能够唤起声音和视觉联想的词语。尽管诗中"你"被比作了向日葵，但诗人并未对向日葵进行描摹，整首诗中只有几处与向日葵有关的表达："长着骏马体魄的向日葵""高大的脸庞"是对向日葵形态与体态的描述；"如果你是葵花，我肯定就是向日"则是对"向日葵"这个词语的拆解与重组，显示的是"我"和"你"抽象却密切的关系。其中"聪明的体温""初恋的黑暗鼻音"等奇特的词语组合及"你像扑鼻的香皂那样滑倒了我整个人"，"如果你是葵花，我肯定就是向日"，"你像无情的电车那样吻着我的手"这样结构别致的句子使整首诗有一种鲜活、跳脱的节奏，平常的词语在诗人的想象中以出人意料的方式分解重组并排列成队，并在总体上获得了一种欢快洒脱的诗的语调，从而实现了日常语言的诗化效果。

　　综上可见，90年代女诗人注重挖掘口语的潜在诗学元素，以日常口语入诗，日常口语的宁静简洁、明亮生动、具有无限亲和力这些特点，使女性诗歌焕发出新的活力。与此同时，90年代女性诗歌的口语写作直接表现人的现实处境，从而达成对生存体验的深刻体认。总的来说，其口语写作拥有一种健康的指向，既直面世界，又不放弃人文精神的追求。

　　正如口语写作倡导者所言，口语能够软化由于过于强调意识形态和形而上思维而变得坚硬好斗的现代汉语，能够从常识和经验的角度，而非意识形态和形而上的角度，从生命的、存在的角度以及从芸芸众生之一员的立场与世界对话。[①] 口语不仅更适宜表现个体的、当下的、具体的生命感受，而且通过改变诗歌的修辞风格、叙述语调等形式层面来改变诗歌整体

[①] 于坚：《诗歌之舌的硬与软：关于当代诗歌的两种语言向度》，陈超编：《最新先锋诗论选》，河北教育出版社2003年版，第414页。

上意欲表现的那个"世界"及其背后的意义。对同样的事物进行描述，使用书面语与使用口语的效果是截然不同的。与其说这是两种不同体系的语言，毋宁说，本质上它们就是两种不同的面对世界的态度。当女诗人转用口语写诗时，其实已经先在地注定了女性诗歌意义的转变：90年代女性诗歌对女性问题仍有相当关注，并因为将其置于种种现代语汇创造出来的现实语境中而显得更实在真切，对男权社会的批判也仍有精彩独到之处，但关注和批判似乎都流于平面化，显得过分单薄轻松，成了"生命中不可承受之轻"。这也许正是"口语写作"所造成的"悖论"：一方面，正是语言的口语化与大量时代语汇的涉入促使"女性诗歌"摆脱抽象黏滞的书面语叙述而进入灵动自如又具体可感的对女性现实生存经验的观察和诉说，并且拥有了新颖别致的反讽语汇和视角；另一方面，这种观察和诉说又因为口语的使用而削弱了反讽的力度。此外，口语既然是轻松的、随意的、戏谑的、与时代同步的、带有一次性消费性质的，那么由口语营造出来的反讽便不可能是深刻、有力、沉痛的，相反，更像是一种有趣的"语言游戏"。另外，大量极富刺激性的、与感官物欲相关联的词（如毒、酒精、大麻等）似乎使其诗歌被深深"嵌入"这个物化的世界中，缺乏精神上的超越感。当然，也许我们不能以"超越感"来要求这一时期的女性诗歌，因为口语化写作以及使用大量的时代语汇，其目的也许就是要使"我们不再害怕黑夜来临／我们不再害怕尖叫／我们不再害怕梦"，就是要"把所有的黑夜格式化／把所有的黑夜扁平化"（翟永明《女友和我的梦》）。

三 语言的叙事性和澄明化

90年代的女性诗歌叙事性增强，这种叙事话语在抒情诗中的出现，在90年代女诗人的创作中，可说是俯拾皆是。像王小妮的《得了病以后》，海男的《今天》，翟永明的《十四首素歌》等，均可视作抒情诗中的叙事文本。叙事性构成了90年代女性诗歌的另一个显著特点，这是毋庸置疑的。当然，这种"叙事"式的冠名，并不是在文类趋于兼杂的时代向小说进行了某种"借代与挪用"，它更多的是为强调"事件或场景"以及"感觉化的细节"而出现的"诗歌思维延长的一根触须"，它"实在是凝聚矛盾复杂的现代个人经验，探索感觉思维的自由与约束，实现诗歌情境的具体性与丰富性的一种有效艺术手段"①。

翟永明曾说:"通过写作《咖啡馆之歌》,我完成了久已期待的语言的转换,它带走了我过去写作中受普拉斯影响而强调的自白语调,而带来一种新的细微而平淡的叙述风格。"② 从写作的惯性上说,前期那种普拉斯式的自白风格要一下子自发地转为内省的叙事,恐怕是不可能的。所以可以断定,这种转变是当时男诗人影响的缘故。因为在20世纪80年代张曙光们便开始了叙事实验,其作品《岁月的遗照》就具有强烈的叙事元素。

> 我们已与父亲和解,或成了父亲
> 或坠入生活更深的陷阱。而那一切真的存在
> 我们向往着的永远逝去的美好时光?或者
> 它们不过是一场幻梦,或我们在痛苦中进行的构想?
> 也许,我们只是时间的见证,像这些旧照片
> 发黄,变脆,却包容着一些事件,人们
> 一度称之为历史。

叙事出现的目的是要修正诗与现实的传统性之间的关系,讲究诗的技艺,打破规定每个诗人命运的意识形态幻觉,使诗人不再在旧的思想框架中写作。正如王家新所说:"这种叙述性质的写作,导致了诗歌对存在的敞开,它使诗歌从一种'青春写作'甚或'青春崇拜'转向一个成年人的诗学世界,转向对时代生活的透视和具体经验的处理。"③ 到90年代前后,男诗人已完成重要的叙事作品,如王家新的《瓦雷金诺叙事典》,西川的《远游》等,叙事性写作已成为一个公开的秘密。

90年代女诗人作为创作个体,长期以来形成的思维习惯和创作原则是一时无法完全转变的。面对这种叙事性,这种倍感亲切而又陌生的诗学写作观念,且这种写作观念很可能就代表着诗歌的创作趋势,代表着时代的足音,女诗人自然无法等闲视之。之所以做出这样的选择,是因为女诗

---

① 王光明:《在非诗的时代展开诗歌——论90年代的中国诗歌》,《中国社会科学》2002年第2期。
② 翟永明:《纸上建筑》,东方出版中心1997年版,第204页。
③ 王家新:《当代诗学的一个回顾》,《诗神》1996年第9期。

人尊重并顺应诗歌内部发展的客观规律，因此这绝不代表女诗人随波逐流，更不是邯郸学步。如翟永明写于 1992 年的《壁虎与我》尚有许多前期的女性身体体验成分："当我容光焕发时/我就将你忘记/我的嘴里含有烈性酒精的香味/黑夜向我下垂/我的双腿迈得更美"。而她后期却是这样的："我们压低嗓音交换/呼机号码和黑色名片/我的身体被时间剖开/一半匆忙/一半安宁"（《周末与几位忙人共饮》）。"现在我敲打我那黑白的/打字机键盘/颇为自得/像干一件蠢事般自得"（《十四首素歌》），白话叙述，直白易懂，紧张压抑的独白不见了，多了一份宁静舒缓。如此，可以判定翟永明等女诗人诗歌风格的转变应该看作是受当时男诗人写作的影响。

在 80 年代，抒情性往往被看作诗歌得以存在的最主要品质之一，然而，到了 90 年代以后，诗歌中的抒情性因素似乎开始逊位于它的叙事性。一种漫不经心、深藏不露的叙述将强烈或纯净的抒情取而代之，诗歌的小说化，尤其是戏剧化成分大大加强。加之女诗人在叙事中的智性既遏制了语言的不良习惯，又激活了语言的本性，使文本活力倍增，呈现出更多的魅力。相对于过去的"自白"，翟永明也加大了诗的叙事性，且常常运用一种偏口语化的叙事。在诗作《孩子的时光》中，翟永明采用的是切近人们生存感受但又具有意指的多义性戏剧性叙事结构方式："祖母和孩子坐在戏园/半世纪苍髯浮生/半世纪红粉佳人/让祖母惹动了痴心……台上已过去千年/台下仍是一盏茶的时间/——真戏在作/假戏在演"。在熟悉与陌生的场景之间，运用的是一种与我们的内心足以产生对话的笔调："台上人轻装窄袖　一色的刘海儿/台下人击节轻叩　一齐地喝彩/祖母出神地倾听/想起了尚未出阁的当年/我只是个七岁的孩子/在台下游动/鼓点铿锵　我看到了死亡"。从这些诗句中我们看到，一方面，诗人写出了我们所熟悉或体验过的场景；另一方面，这些场景虽出自现实，但又比现实更高，更强烈，更复杂。因为它是诗歌中的现实，是当代诗歌传统中所罕见的一种思想。这种叙事是包含了很强烈的"抒情性"的，它甚至比抒情更能震撼人心，更像一部生活的启示录。诗评家唐晓渡认为，在翟永明的诗里，"叙事性"的重要在于可以借此打破那种"来自经验底层"，并逐步凝定为一套"固有词汇"的力量对于写作的控制，由此发展出一种具有"细微的张力、宁静的语言、不拘一格的形式和题材"的更见成熟的个人风格。并且其诗作的叙事因素越是有所加强，语言就越是趋于单

第四章　诗艺空间的多维建构

纯、舒缓和缩减。①

叙事性语言也构成了王小妮90年代诗歌的一个重要特征，也正是叙事性使王小妮90年代的诗歌具有一种陌生化的冷静性陈述性特征。

> 这种陌生化的冷静性陈述性特征客观上在诗歌和读者之间造成了一种新的现代意义上的陌生化审美距离，从而使诗歌形成一种现代诗歌特有的张力美。这种张力正体现在：由于这种现代性陌生化审美距离的存在，让读者智性的思索走入诗中，使读者和诗的作者，透过诗意的智性思索，在诗与思之间展开一场意义多维度的对话。②

如王小妮在90年代创作的《从北京一直沉默到广州》即是典型例证。该诗通篇采用叙事的语调，叙述了诗人从北京到广州一路的所见所思。诗中的北京和广州一北一南的两个城市，既是地理位置上的实际城市，又是人生旅途起点和终点的象征，因而它们在诗中既是实指又是虚指。整首诗表面上叙述的是从北京到广州一路上的旅途以及在此过程中的沉思，而实际上暗示着短暂、仓促的人生及人一生的奔波和遭逢："在中国的火车上／我什么也不说／人到了北京西就听见广州的芭蕉／扑扑落叶。／车近广州东／信号灯已经裹着丧衣沉入海底"。在这样短暂的犹如从北京到广州就可走完一生的同一条人生旅途上，人却活在不同的存在维度层面："这么远的路程／足够穿越五个小国／惊醒五座花园里发呆的总督／但是中国的火车像个闷着头钻进玉米地的农民"。在绝大多数中国人为世俗生计所累，无暇顾及生死等形而上问题的思索时，不同国度的中国以外的人却过着形而上的富足优雅的智者生活；"这么远的路程／书生骑在驴背上／读破多少卷凄凉的诗书／火车顶着金黄的铜铁／停一站叹一声"，在物质匮乏的古代，人们苦读深思，以苦为乐，以悟道为乐，过着超越的精神生活。而在物质富足的当下时代里人们却为金钱利禄所累，不再对生命进行形而上的追思。从北京到广州的短暂旅途让诗人在不经意间体悟到如此厚重而深刻的道理。

---

①　唐晓渡：《先锋诗歌·序》，唐晓渡编选：《先锋诗歌》，北京师范大学出版社1999年版，第10—11页。
②　赵彬：《王小妮论》，《文艺争鸣》2009年第4期。

对于诗歌的叙事性，路也有其独特的见解："在我看来诗歌中的叙事应该属于一种'虚拟叙事'，这种叙事不完全等同于叙述事件本身，与日常生活保持亲和，又要克服来自物质生活的非诗因素的引力，既要站在大地上又要仰望着天空。"① 路也在1996年和1997年用《洪楼》《舜耕路》《得返终宫》三首长诗，有意识地对她自己的这种诗歌叙事想法做了实践，这三首诗歌中的叙事成分较之其以往的诗作明显加强。杜涯也表现出了非同一般的叙事能力，很少有写作者能够具有她那样出色的和持久而大面积的叙事。她的大部分作品似乎都有一个习惯的叙述线索，但又从来没有给人留下重复或者雷同感。常常是眼前的此情此景勾起对孩提时代的感伤记忆，或者干脆就是对如烟往事的无端回味，但这些回忆往往能够激起读者同样的生命痛楚，或者是对存在的深沉之思。因此在某种程度上，这样的叙事也是真正的抒情，如她的《为一对老夫妇而作》即是典型的例子，这样的诗因为其中饱含了对人生的体味和对生命本身的怜悯而不得不使我们为之动容。

90年代部分女诗人的语言向澄澈明朗化转变，试图将语言作为存在的澄明与去蔽。翟永明的诗歌语言明显由险象环生的生涩神秘而步入绚烂后的平淡。如其诗作《塔》：

> 敏感的星空下
> 谁来看望塔里的妇女？
> 邻近的小屋
> 走过受惩罚的动物
> 猫头鹰声声呼叫
> 远处的山坡上　你看！
> 塔外的妇女听见了什么？
> 她停止剪枝
> 凝望将冷冷的夕阳浇透
> 塔里的女人再次把灯擦拭
> 她看见潺潺的灵魂在灯下行走
> 妇女的手伸出

---

① 马知遥、路也：《诗和小说混为一谈——路也访谈》，《厦门文学》2004年第11期。

她前额的黑发爬满吓人的花朵
她的脸　让死人也能
站在她的面前
何时你仰望星空
何时你就能看到她们
活脱脱的眼睛
以及那后面深深的阴影

　　诗中所想象的一个女人在世界的位置和她的孤独是多么清明："何时你仰望星空／何时你就能看到她们／活脱脱的眼睛／以及那后面深深的阴影"。性别激情隐藏在词语的背后，不再像前期那样直接宣泄，语言显得非常澄明。翟永明的变化使其诗歌写作不再局限于性别的领域，而是由对性别的专注而转向对整个世界的关注。她也由此完成了从性别的获取到超越的过程，从而使其真正成了一个获得语言实现的诗人。
　　路也的诗歌语言一如既往地延续着其创作以来的澄净与透明："如果我有一个女儿／一个奶糖般的女儿／我要用梦和花的衣裳／把她打扮成格林童话／叫她小红帽或者豌豆公主"。这是路也在《如果我有一个女儿》中的诗句，澄明的语言传达出诗人渴望成为母亲的情感，表现出母性伟大的根性。这种语言的澄明在其《寻找一个孩子》等诗作中也有鲜明的体现。善于制造语言迷宫的海男，90年代的诗歌语言也少了一些以往的晦涩难解，诗的语句之间有了连续性，不再互不相干，显现出难得的明朗化特征。如其诗作《花园·第八十二首》："等待着你在有一天的清晨，突然从花园归来。／你满身露水和香气／你把芳菲带回故乡，故乡便是花园。"《镶嵌》："移植在花园一角的树正枝叶茂盛／亲爱的，你如消失，你如果永远消失／那是你的梦。你如回来，回到我身边／那是镶嵌的某个时刻，除了我，谁配爱你。"以上两首诗均以平实与朴素的诗句超越过去的紊乱激情，从而使海男的诗歌语言呈现出从未有过的澄明。还有一首怀念父亲的诗《细小的脉搏》也显示出这一特点：

　　经常回忆父亲的死，他劳动时
　　使用不同的机器，在晚上用口琴
　　我穿着短裙，蹲在一个角落，自惭形秽

>听父亲从悦耳的口琴中吹出来的歌曲
>听见了细小的脉搏，一根草茎
>听见了十全十美的音符盘绕在我的头顶
>父亲稳固的骨架使我对一切事物都敏感
>对经济和炼金术的渴望上升
>对黑夜，皱一皱或眼皮眨一眨
>然后我长大，父亲却死在一个棺材中
>怀有极度的对人世和热气的眷恋
>对那只口琴的泪如泉涌，啊，父亲

该诗以澄明的语言表达出诗人在生命深处对父亲刻骨铭心的爱和至深至真的亲情感。

与80年代女性诗歌那种直逼内心世界的黑暗所产生的尖锐与激烈的方式不同，90年代以来女性诗歌表现的另一变化是诗歌不再避讳对现实场景的表现。因为叙事性诗歌在相当程度上是运用陈述语句代替抒情话语，借重细屑的叙说风格反拨象征、隐喻、意象化的路数，以此最大限度地包容日常生活经验，拓展并增进诗歌的现场感。维特根斯坦也说过"回归生活就是回归家"。女诗人认识到如果只是局限于个人狭隘的生活经验，而不以她们自己的方式更加深入地介入对现实生活的表达，诗歌只会变成一种无聊而虚伪的自我重复和自我欺骗。因此女诗人赋予诗歌以敞开的现实场景，各种角色穿行其间，而在这些舞台般的场景中，诗歌加强了喜剧性。"诗人丰沛的想象力再一次赋予充满现场感的诗歌以活力，'回到词语本身'的自觉使诗人更深切地体会到诗歌那随物赋形的自由和创造性，而游走于诗歌中的'我'的身形也更加多姿多彩。"[①] 如翟永明在《潜水艇的悲伤》中反思了写作本身所需要的那种"必须"的沉潜心境。正是在这种沉潜的心境下，诗人才写出了《出租车》《第二世界的旅行》《菊花灯笼漂过来》《电影的故事》等一批优秀之作。

90年代女诗人在诗歌语言上还有一个特点就是通过语言增殖，句子越来越长，叙事化成分不断加重等方式言说她们在创作中所意识到的一切。这缘于女诗人成熟之后语言的丰富，所要表现的内容日趋多样。如海

---

① 周瓒：《简评翟永明诗歌写作的三个阶段》，《星星诗刊》2002年第7期。

男的诗歌作品数量之多、幅度之长，以及被公认"难懂"之最，或许均可排在同时代女诗人的前列。其中海男写于1998年的《女人》组诗竟长达近万字。路也在1998年创作的《镜子》《尼姑庵》和稍后的《单数》，安琪在1999年创作的长诗《九寨沟》《灵魂碑》等在诗歌语言上也表现出语言增殖、句子越来越长及叙事化成分不断加重的倾向。

90年代女性诗歌语言的日常口语化、叙事性和澄明化的特点使女性诗歌显得更加质朴自然、单纯而深邃。90年代女诗人显然与于坚等男诗人出于反文化目的处理世俗生活的方式不同，她们试图寻找一种既与日常生活发生"摩擦"，又对人的生存表示严重关注的更符合现代人复杂境遇的表达方法。她们以日常口语、叙事性语言写作对诗歌写作提出了更高的要求，使诗歌直接进入事物的本质，呈现人类精神的高尚、普遍、永恒的部分。与商业气息浓郁的炒作造势无关，与廉价的自我包装推销无关，更与流行时尚无关。

四 语言狂欢的陷阱

在90年代女性诗歌的横断面上还存在着语言狂欢的写作取向。90年代以来，许多70年代出生的女诗人承继了翟永明、唐亚平等的语言策略进行诗歌创作，比如沈洁、李劲松、沙光、南子、燕窝等，她们都创作出了更个人化、更边缘化的诗歌作品。但与此同时也有一些女诗人如阳子、安琪、鲁西西等将女性诗歌引向了语言狂欢的歧途，这种对语言写作的误解极具污染性，从而导致女性诗歌染上了末世病症，为90年代女性诗歌带来了灾难性的后果。

语言狂欢在90年代初始于男诗人，个别女诗人由原来的体验抒情转向了语言狂欢。虽然，语言狂欢并非女诗人自发的行为，是在男诗人导引下产生的一场虚妄庆典，不具有独立的开辟意义，而是带有明显的商业行为，但却使女性诗歌植入一种末世病症。正如同翟永明所说：

"女性诗歌"固定重复的题材、歇斯底里的直白语言、生硬粗糙的词语组合，毫无道理、不讲究内在联系的意象堆砌，毫无美感、做作外在的"性意识"倡导等，已经越来越形成"女性诗歌"的媚俗倾向。……使"女性诗歌"流于肤浅表面且虚假无聊，更为急功近利之人提供了捷径。①

有些女诗人对文字施虐,这样做的结果往往是书写者被文字围困,形成一个语言的硬壳。如何挣破语言的硬壳,对 90 年代女诗人来说始终是个问题。

女诗人郑敏对于语言的狂欢表现出了深深的忧虑:

> 当代汉语正承受着来自多方面的干扰、污染和挤压,一是来自多年意识形态灌输所形成的套话,一派官腔,内容空洞令人生厌;另一是来自拙劣的翻译,以弯弯绕为深奥;再一是浑身沾满脂粉气的广告、流行歌曲、片头歌的滥美温情的庸俗。②

无独有偶,顾城在香港中文大学的一次讲演中发表过类似的看法:"语言就像钞票一样,在流通的过程中已被使用得又脏又旧。"③

显然,在 90 年代女诗人个别诗歌文本中,语言不是专为诗歌而存在的,语言的自我呈现和表演欲望尤为明显。女性诗歌在此成为精心策划的词语展示,成为汉语语言反常规的癫狂舞蹈。语言的弥漫式的飘动淹没了诗歌的诗性,语言的自由舞蹈颠覆了读者习以为常的阅读经验。在这些女性诗歌文本中,语言成为压倒一切的存在,词语本身的组合方式充满着诡异,其所指涉的意义变得不再重要。这种词汇的诡异组合、过度铺张性的语言释放,显示了女诗人一种强烈的语言表演欲望。如安琪的诗句"直到某个馒头上午","夜晚脱下夏天,坐在椅子上,有人变成阳光的鼻屎"等,无视固定的语词规则,任何词都可以组接,词与词频繁跳跃,让人不解其意,对视网膜形成了强大的冲击力。如唐亚平的《天上的穴位》:"月亮露出天上的肚脐/我腹部受凉,伤了风/望星星,我按摩天上的穴位/染上月亮的怀乡病/夜这么静,雨只会哭"。"啃完一只发皱的苹果/月亮在酒杯里煽风点火/为了你我可以浪迹天涯"(唐亚平《铜镜与拉链》)。词汇之间的巨大反差使诗歌显得荒诞离奇,令人有生涩诡异之感。又如陆

---

① 翟永明:《纸上建筑》,东方出版中心 1997 年版,第 232 页。
② 郑敏:《诗歌与哲学是近邻》,北京大学出版社 1999 年版,第 399 页。
③ 王安忆:《岛上的顾城》,《漂泊的语言》,作家出版社 1996 年版,第 3 页。

忆敏的《风雨欲来》:"穿过门厅回廊/我在你对面提裙/坐下/轻声告诉你/猫去了后院"。词汇与词汇的组合随意、荒谬,没有必然的联系,造成荒诞的效果。这就使女诗人在试图用语言颠覆一个现实世界的同时,又陷入了语言为她们构筑的巨大陷阱中。

海德格尔说:"语言是存在的家。"但语言并不是人类唯一存在的家园。语言既有自我指涉性,又必然包含着有关经验和生存的积蕴,必然与现实人生相关联。若一味追求文本的快乐,沉溺于能指层而置所指于不顾,将使写作变为空洞的语言游戏,导致生存的空洞与精神的荒芜,使书写成为无深度的平面上的时间游戏。有些女诗人在语言的运用方面,基本上杜绝了文学化语言的任何痕迹。[①] 比如尹丽川的《什么样的回答才能让你满意》:

> 他们都那么愤怒
> 他们问我为什么
> 那么需要男人
> ……
> 如果我回答你们
> 我要的只是男人的怀
> 是一顿和平的早餐
> 是亲吻和抚摸头发
> 甚至是你们痛斥我
> 不懂的爱情
> 你们就满意了么
> 我就会比现在
> 更纯洁了么
> 而我的身体是
> 怎么也交不出去的
> 它在这儿孤单地沉默
> 谁也拿不走

---

① 吴思敬:《90年代诗歌的平民化倾向》,《诗学沉思录》,辽宁人民出版社2001年版,第281页。

谁也留不住
　　谁也不能把它和我
　　分开。哪怕在你进入的
　　某个瞬间。哪怕我宁愿
　　死在这瞬间，我仍然是那个
　　独自死去的人

　　该诗基本上都是以日常口语入诗，没有意象，没有词语的交错和变形，只有来自最基本的生活本原样式的言说。但是口语并不是诗，口语在经过诗人处理之后，有些成了诗，有些只是口语，永远是口语。①

　　我们也应看到，一些女诗人在写作中忽略了日常语言与诗歌语言之间的转换，而使她们的诗歌沦为口水诗。21世纪初出现的"梨花体"事件即是由此而引发的诗坛事件。由此可见，对于诗歌语言的日常口语化，如果掌控得法，那么可以从日常口语中发掘出诗意，创作出优秀的口语诗，达到意想不到的效果。但如果运用失当，也会对女性诗歌带来不良的后果。

　　首先，以口语入诗，对于增强语言的表现力，其作用不容低估，但是"口语亦不是天生就适合入诗的，它当然有一些与诗性语言相近的性质，譬如它的不断变化，不断生成的语式和语义。但它也有一些似乎可以说是'反诗性'的因素，比如它的瘤赘，它的过于强大的交流性，尤其是它的粗鄙化倾向"②。或者说，口语化写作如果控制不好，则"容易失之油滑或低层次的欲望的宣泄"③。如果操之过度，忽视从大众口语中发掘语言的特殊规律，省略对日常口语的提炼加工，而只是简单而肤浅地处理直接由日常生活提供的诗歌素材，仅仅以对日常口语的描摹为满足，就会走向"反诗性"的一面而落入俗套。因此导致许多诗歌文本浅白、粗鄙、庸常，一方面会引起人们对诗的失望甚至反感，另一方面也会给文学爱好者以示范。比如这样的句子："阳台酒足饭饱，唱起饥不择食的歌谣／一切都装上易容的手术／你养儿育老，把乳酪混同蚱蜢在国家载重／的胸腹上。

---

① 于坚、谢有顺：《于坚谢有顺对话录》，苏州大学出版社2003年版。
② 王晓明等：《无声的黄昏》，人民文学出版社1999年版，第77页。
③ 吴思敬：《诗歌薪火递向21世纪》，民刊《诗参考》1999年总第14、15期合刊。

阳光真是好样的。"（安琪《爱情跳》）"我们是酒吧的玩具/13月57日，诗歌开会议，摘下眼镜/距离就消失/这个夜晚比你猖狂……嘿，晚上好"（安琪《晚上好》）。

其次，诗语言与日常语言有着本质上的差异。日常语言本来不是为诗而存在的。日常语言交流思想的消息性，重于传达的工具性，约定俗成的符号性这些主要特征正好与诗美创造的根本要求相反。诗要创造情感之美，最忌陈诉，也不在消息传递。诗语言是工具更是目的。诗重意象，"诗也者，有象之言，依象成言，舍象忘言是无诗矣，变相易言，是别为一诗甚且非诗矣"（钱锺书《管锥篇》第一卷）。诗语言又最为个性化，最富创造性，最忌陈词滥调的通用和格式化。因此，诗在本质上是无法以日常语言为媒介的一种艺术。但在有些女诗人那里，现成的又只有日常语言，所以直接将其用作诗歌语言，仅仅对日常语言进行描摹，而不是对日常语言进行加工，使其成为异质的新东西。因此以日常口语写作在此成为一种急功近利、贪慕虚名而自我炒作的策略，从而导致诗歌文本粗糙浮泛，内容也缺乏起码的生活阅历的积淀，沦为一种追求时尚的写作。如赵丽华从不隐瞒她对于口语写作的热爱和推崇，她的《大雨倾盆而下》《风沙吹过……》等诗歌将口语运用得恰到好处，但她的诗作《让我满意的事物不多》《铲车》《大叶黄杨》等已经接近口语写作的极端。"玉兰花我只看到两朵/白色的/桃花我看到很多/统统是粉色/开得又烂又俗"（《让我满意的事物不多》）。"它抓土/伸着胳膊/张着大爪子/动作迟缓、夸张/它一抓就是一大铲/它抓住后就一股脑儿倒进/拖斗车里/它接触最多的/除了地上的土/就是拖斗车了/还有冷漠的世界在它的外面/滚烫的汽油在它的里面"（《铲车》）。"园丁手艺不高/他只能把大叶黄杨/剪成/水平状/波浪状/和圆状/如果不剪的话/园丁对我解释说/黄杨就乱了"（《大叶黄杨》）。可以说，这些诗句就是完完全全的日常白话，缺乏日常语言向诗歌语言的转换。这种写作实际上是在无意义的观念中浪费才华，缺乏终极指向与精神高度，是一种无效的写作。

还有一批女诗人在直面词语世界的同时却玩起了语言，她们打破了传统的诗语言与非诗语言的界限，一些轻飘的语感训练和语言游戏纷纷出现，更严重的是对语言施加暴力，如评论家崔卫平所描述的："从一种'奇迹'的效果出发，任意改变一个词原先的用法，无端杀死一个词原先的含义，毫不相干的词语被粗暴地捆绑在一起，结果却并未赋予和产生任何新的含义,因此看上去狰狞可怖,花里胡哨,实质空空洞洞,毫无新意。"① 女诗人对语言施加暴力的结果是使事物遭到扭曲。她们常常喜欢打破传统的规范用语和句法,摧毁日常话语的内在秩序,这固然会使陈旧和平庸的语言焕发出新的活力。但是如果操之过度,将汉语词义的"所指"彻底放逐,语言的指涉被无限制地扩大,用女诗人自己的话来说就是"不断地篡改词义",尝试着使用属于女性的非规范的个人化语法。女诗人海男为建立这种语言方式进行了许多实践,她在其组诗《女人》和《花园》的序言中说:"我的最大愿望就是到没有语言的地方去。"而这片没有语言的地方使用的是女人的语法。她随意地拆解着语言,以不合语法的表述方式进行创作:"到有音乐的地方去,我们要休息/事物就是这样开始的,我们发展它/好呀,我们从一开始就是种子/音乐来了,冲击耳朵"(《花园》第一首)。这种反常规的随机性语言在她的作品中随处可见。"大树纷纷倒下,你扶起我/要爆炸秋天啦,亲爱的人/腿渐渐滑进森林,我们捆绑熔岩"(《女人》之三)。翟永明也做过类似的尝试:"太平盛世,有个人返家/看见虚构的天空在毁灭/五天五夜向北/然后向西消融。"(《称之为一切》) 安琪的诗歌中更是密布着许多诸如"说着皱纹的话语""煤油在黑夜里包扎睡眠""月光分为妖娆和镣铐两半""你可以进入两根冰棍的睡眠""它温驯的布脸,崎岖地微笑"等不合常规的语言。这些不合语法逻辑的表达使她们的创作陷入了自言自语的困境中,她们所要表达的深刻思想与女性的生命体验往往被含混晦涩的语言给遮蔽了。

"语言狂欢沉溺于自我意识的转换里,并触及无意识层面,具有歇斯底里的特征,精神分裂症患者般的追求言说快感,不负担、不指向、不穿越,仅仅把地盘划于语言之内。"② 如阳子的《意志之箱》:"骨头也有过节的心情/痛饮、昏迷、歌唱着/啊,意志分配给人闪亮的/颂词,凭借长梯 爬上高高的地方看人"。再如她的《飞吧,飞》:"所有翅膀倾斜着失去重量/昼夜交替的惊惧有别于死亡/真理和月亮之间是生育划过的光/捧出心脏,说:'飞吧,飞……'"虽然单句给人才华横溢的感觉,但是组

---

① 崔卫平:《诗歌与日常生活》,《中国诗选》第 1 期,成都科技大学出版社 1994 年版,第 314 页。

② 梦亦非:《女性诗歌:上升·迟疑·狂欢》,《诗歌与人》2002 年第 2 期。

合在一起就不知所云了。

　　对语言的消费,任意地残缺句法,偷换语义,高频率地让语词偶然性地碰撞,靠语感的牵引无止境地延伸到语言自行停下来,把达达主义改头换面地拿过来。写作的难度已被取消,解读难度被加到最大,在语言的狂轰滥炸之下,诗歌文本也就不可以卒读,因为你不可能记住上下文的关系,甚至单个句子都不能表达出一个你明白的意思,后面出现的句子不断地颠覆着前面暂时建立的解读。换句话说,当语言的弹性被增到最大时,便没有了弹性,像快速转动的轮子看上去是静止的一样,但上面的语义标记已被混淆。在拓宽语言的能指功能方面,语言狂欢矫枉过正,彻底打碎了语言能指与所指的联系。当已有的诗歌的宏伟叙述和语言抒情性遭遇失效后,女诗人只能用一种语言策略转向表达精神的寄托与逃逸。而当这一切走向极端时,有些女诗人的诗就变成了玩弄语言技巧的形式实验,情感无限冷漠,非诗的韵律消失,失去音乐性的语言碎片及白话脏话的杂烩拼贴,使许多诗成了真正的"到语言为止"。诗因此变得不是太过晦涩就是太过庸俗直白,从而使诗失去神性。

　　如果仅仅从意义的角度来看,这种写作方式扩大了女性解放的内涵,使女性诗歌从思想到载体都烙上了鲜明的女性色彩。但从诗歌自身的角度看,却并无多大益处。"当我们意识到写作更加接近汉语的规范性,我们就可能丢失自己;当我们越是渴望制服庞大无当的话语体系,最终会发现,我们俘获的只是它运作的技巧,而丧失的却是'写作者的诗意'。"①

　　尽管个别女诗人陷入了她自己构筑的语言境域里,对女性诗歌带来了消极的影响。但是90年代女性诗歌对于语言世界的重建,其积极意义是不容置疑的。首先,90年代女诗人直面词语本身,她们带着对不同质地的语词的深切的生命感受,在具体的女性诗歌文本中为我们打开了一个个充满思想张力并能供想象自由奔走的诗性空间。她们通过对语词色彩的巧妙辨析、对语义涵括力的精准度量以及在具体的语境中对语词的能指与所指的重新编码,在词语间寻找着精神的安放与救赎,而诗歌鲜活的生命力也正来自于语词与日常生活所建立起的无法拆解的统一体中。如果说将女性诗歌的躯体写作看成是一种文化颠覆的实践,那么它对于语言世界的重

---

①　程光炜:《孤独的漫游者》,海男:《是什么在背后·序》,春风文艺出版社1997年版。

建就是一种文化建构的行为,从某种意义上也可以说是女性写作的深化。

其次,直面词语世界使得女诗人在文本内外都借助写作进行了一次智性的自审和定位,使女性诗歌文本的价值得以提升,更接近诗的核心。同时也使女性诗歌从精神还原到了物质——语言本身便是一种物质。诗歌说到底是语言的艺术,是一种以日常语言为元符号并有着审美情感的符号系统。如果不从语言创造上寻找最终归宿,那么终究难以渗透诗的要义。口语及叙事性语言的运用,使女诗人过去那种自白的话语方式被对生活细致入微的观察、叙述所取代,从而使女性诗歌褪去了激进的女性主义色彩,更接近诗的本身。正如1990年诺贝尔文学奖获得者、墨西哥诗人奥克塔维奥·帕斯所言:"没有一个诗人,除非他感受到了摧毁语言或者创造另一种语言的诱惑,除非他体验到了无意义的魅力,以及同样令人可怕的无法解释的意义的魅力。"[①] 重建语言世界的努力使她们从男人、女人的二元对立式的关系走向一种多元的世界,使女性诗歌的写作更为广阔、丰富,更具有女性诗歌的意义,也更接近诗歌的本质。

此外,女性诗歌在语言方面的努力,使得90年代的女诗人一方面成为女性诗歌写作的先锋代表,另一方面平等地与男诗人共享新诗传统资源,共同开创新诗前景。尽管从80年代开始女性诗歌就被归入先锋诗歌的行列,但我们看到,女诗人从来不追求表面的先锋效果,更不会将其视为某种特权而滥加使用。正像女诗人总是习惯于凝神静观和倾听一样,她们也总是专注于语言本身:不仅从其固定陈规的鞭长莫及之处,而且从那些往往一味创新的人们所忽视的陈规自身的罅隙中发现新的可能性。90年代女诗人对于语言世界建构的努力,使女性诗歌实现了由80年代的"先锋"而至90年代的"常态",以80年代的"盛名"而至90年代的"自然"境界。

第三节 文体的交响与互渗

90年代女性诗歌中的一些先锋诗歌在文本体式上表现出不同于以往的探索与革新,即在文体上呈现出跨文体的特征。90年代的女诗人将诗

[①] 转引自吴光辉《诗,超语言的语言艺术》,《艺术广角》2002年第3期。

歌文体的大门敞开，她们力图打破以往所设定的文体界限，尤其是突破传统诗歌分行体和单一抒情视角的限制，将其他文类的形式和诗歌的精神杂糅在一起，从而使90年代的女性诗歌成为一种包容复杂异质性成分的综合性的语言艺术。女性诗歌文体的交响与互渗一方面提升了女性诗歌应对和处理错综复杂的现实的能力，为女性诗歌写作提供了新的可能性；另一方面也为人们重新理解女性诗歌写作开拓了新思路。

一 女性诗歌文本的跨体集结

90年代以来，跨文体写作成为普遍的现象，文体之间的融合加剧。就诗歌来说，一方面，它与各种文学文体之间的渗透加深，越来越多地吸取和融合了散文、随笔、戏剧、小说等文体的特征，在此基础上，其文体包容性日趋增强。90年代女性诗歌也着力打破以往诗歌写作中的文体界限，形成前所未有的跨体集结。其跨文体写作的创作实绩主要体现在翟永明的戏曲题材系列，路也的《如果我有一个女儿》《迎接》《陪妈妈去医院》《陪床》以及温情款款的"冬冬系列"——如《女孩冬冬一个人的生活》《今生今世》《小站》，安琪《轮回碑》等作品中，以及荣荣、舒婷、沈杰、李轻松等女诗人的部分诗歌文本中。在这些跨文体写作的诗歌文本中，翟永明、荣荣、李轻松、舒婷等人的文本突出地将小说、戏剧的文本特征吸纳进来，翟永明、路也的文本则明显地融入了散文、随笔的元素，而安琪的长诗更是大胆地杂糅一切非诗文体，成为跨文体写作的极端代表。90年代女诗人的这种写作方式打破了文体之间的壁垒，调动了各种文体的优势，最大限度地服务于女性诗歌这一目标，形成了一种文本的狂欢。

（一）对小说、戏剧文本特征的大胆移植

"戏剧化"是现代新诗的审美特征之一。所谓戏剧化或曰戏剧性，即是"每一刹那的人生经验都包含着不同的矛盾的因素"，诗的表现也是在"不同的张力"中求得"螺旋形的"辩证运动。[①] "一直以来，诗歌与戏剧两种文体关系就相当密切，戏剧诗歌化古已有之。进入现代社会后，中国新诗人在诗歌体式探索中，却特别看重戏剧文体对于诗歌文体张力形成

---

① 唐湜：《搏求者穆旦》，《新意度集》，生活·读书·新知三联书店1989年版，第90—91页。

的作用。"① 如在中国新诗史上，著名诗人袁可嘉在20世纪40年代就曾提出新诗的戏剧化问题。在袁可嘉看来，诗歌、戏剧两种文体的相互渗透是新诗发展必须解决的重要课题，也是新诗现代化的重要路径。袁可嘉认为，新诗的问题"既不纯粹是内容的，更不纯粹是技巧的，而是超过两者包括两者的转化问题"，解决这些问题的手段就是"新诗戏剧化"。这就要求诗歌不仅体现其抒情的功能，还应像戏剧那样具有一定的冲突性和较大的情感张力，能够显示出心灵深层的运动与变化。

翟永明90年代的诗作注意吸取小说的长处，注重对琐屑生活与日常事件的描述与探寻，对话有趣、叙述准确，充满了生存情境与事件，诗歌文本变得沉缓而庞杂，呈现出小说化的趋势。但是，翟永明尤为擅长的是运用一些戏剧的表现手法入诗，使诗作富于戏剧性。我们看到，翟永明在90年代的新时空下开始了诗歌戏剧化写作的尝试。翟永明的戏剧化，不借助于紧张的矛盾冲突，而是使用戏剧手段甚至是小说的叙事策略，在时间、地点、场景的维度中，搭建一个戏剧舞台，以此营造曲折婉转的戏剧效果。陈仲义对此评价说："翟永明在相对客观化的语境中，都把戏剧性玩转得十分娴熟，中国现代诗人似乎难出其右。她的后期诗写，时而是多幕剧，时而是独角戏，或是哑剧或是双人'相声'。现实、生存、自身和世界，有机地溶解在她的戏剧性结构中。"②

"戏剧化"最突出的特点包括表达的间接性、客观呈现、间离性以及场景典型化等。③ 翟永明最喜欢的一个题材便是戏剧，她的作品贯穿着戏剧性质以及对世界戏剧的观察。翟永明诗歌的"戏剧性"主要表现为其诗作直接以戏剧为题材，借戏剧写人生。如《道具和场景的述说》《祖母的时光》《孩子的时光》和《脸谱生涯》都是以中国传统戏曲为题材的文本。在《道具和场景的述说》中，翟永明写道："良辰—青春易逝/美景—看到痛苦的形迹/赏心—面目全非的苦头/乐事—美的死亡加速度/一人诠释/一人排演/一盏灯要照亮寻常百姓的生死/一个人要交融现实和往昔/一个梦重叠真景与幻觉"。这似乎是在说戏，但实际上却是在谈人生。

---

① 方长安：《现当代文学文体互渗与述史模式反思》，《湘潭大学学报》（哲学社会科学版）2008年第6期。
② 陈仲义：《黑夜，及其深渊的魅惑——翟永明诗歌论》，《南京理工大学学报》2009年第4期。
③ 夏元明：《论翟永明诗歌的"戏剧性"》，《黄冈师范学院学报》2006年第1期。

生与死，现实和往昔，真景与幻觉，有谁分辨得清？关键是"诠释"，是"排演"，原以为十分确定的东西，也不过是一种主观臆想。翟永明站在"诠释"者的立场上给予我们超乎常情的阐释：所谓的美好背后，隐藏的却是痛苦和死亡，"豆蔻年华里看到死亡的形状／幸存者集中到一个舞台上"。而《脸谱生涯》则是将人物"脸谱化"，通过舞台上"脸谱和脸谱疾走不停"指涉了"脸谱下的你已不再是你"，"戏中距离不是真实的距离／体内的灵魂是否唯一的灵魂"，"面具之下，我已经死去／锣鼓点中，好比死者再生"，"我唱出谁的曲调？／后台的阴谋无止无休／戏剧却总是如此凄美"。人生是如此变幻叵测、无从把握，在令人感慨唏嘘的同时也领教了女诗人的洞彻明世。诗评家程光炜对此有过精辟的评论：

> 对"脸谱——人格面具的研究，使她九十年代的诗发散出一种深不可测的悲怜，也使她的叙事游离纯粹的个人体验，而变得愈加混沌。翟永明对诗歌做了小说化的处理，也就是说她对结构极其在意。她更看重词语之间的游戏关系，无非说明，戏剧性历来是她孜孜以求的效果。①

翟永明诗歌的戏剧化还表现在突出其戏剧场景，表现戏剧冲突，刻画类型化形象方面，如《咖啡馆之歌》《时间美人之歌》《三美人之歌》《编织和行为之歌》《乡村茶馆》《小酒馆的现场主题》等诗作。《咖啡馆之歌》是翟永明20世纪八九十年代写作的分水岭，"如果说它有点美国诗的味道，也许和它的背景有关。它差不多就是我在美国近两年的内心总结，因此它对我的创作转变起重要的作用。"②《咖啡馆之歌》完全把"戏剧"融入生活，具有鲜明的戏剧化倾向。诗人在诗中描述了一个具体的场所，像一出短剧，具备了场所、场景、道具。在"下午"—"晚上"—"凌晨"的时间里，在"忧郁 缠绵的咖啡馆"这一具有西方文化意味的场景中，拼贴了咖啡馆里不同的角落："北极圈里的中国餐馆""七二年的一家破烂旅馆""偏僻闲散的小乡镇""西北偏北一个破旧的国

---

① 程光炜：《不知所终的旅行》，程光炜编选：《岁月的遗照》，社会科学文献出版社1998年版，第11页。
② 翟永明：《完成之后又怎样？》，《纸上建筑》，东方出版中心1997年版，第249—250页。

家"以及"汽车穿过的曼哈顿城",以此来整合作为在异国漂泊的诗人破碎的记忆。而不时插入的简单对话——"外乡人……/外乡我……""上哪儿找,一张固定的床?"——不断地提醒着诗人作为"外乡人"的身份。"因此男人/用他老一套的赌金在赌/妙龄少女的/新鲜嘴唇 这世界已不再新//凌晨三点/窃贼在自由地行动/邻座的美女站起身说/'餐馆打烊'。"而《乡村茶馆》则如同一个多幕剧,直接介入现实场景。全诗共7节,每节一个场景,每个场景表达一个意思。通过三个人物的百无聊赖,呈现出可视性颇强的画面,从而流露出消磨时间的普通人生的无奈。

翟永明十分注重戏剧手段的运用,讲究情节的戏剧化。如在《时间美人之歌》的三段咏唱中,分别写出三位女性——赵飞燕、虞姬、杨玉环——的悲剧,这三个古代美人最后统统毁于男人的掌控。在悲剧的每个"幕间",切入作者的写作人生,从年轻到中年再到衰老,形成结构上某种不对称的"对称",也体现了一种"诗中之诗"的后设实验。人生的巨大悲喜紧紧环绕着对男性中心主义的审判。而《三美人之歌》则写了中国民间世代相传的三位烈女,分别以三种颜色象征:红色象征孟姜女,白色象征白素贞,黑色象征祝英台。孟姜女的红是生命的激情,人性的烈焰,白素贞的白是纯洁坚贞,而祝英台的黑是黑透深处的决绝。"红""白""黑"这三种颜色的鲜明对比,获得了统一而丰满的戏剧效果。

在《盲人按摩师的几种方式》中则借助物理治疗场景中的医治过程,身体在接受治疗,意识却总在别处,因而构成一种戏剧性的"对谈"。诗作中穿插了"我"与盲人按摩师的对话:"'注意气候,气候改变一切',/梅花针执在盲人之手/我尽力晃动头部:'这是什么?'"在与按摩师的对谈中"我"的思想却在漂浮:"生命,是易碎的事物/还是骨头,骨节,骨密度/梅花针扎在我的头部","分享我骨头里的节奏";医生的推拿在摧毁身体的痛苦,而来自肺腑的痛苦却在一天天扩大。"当他使劲,十根指头落下/贯注全身的一股深邃的力量知道/一种痛苦已被摧毁//另一种痛苦来自肺腑/来自白色袍子的适当切入。"整首诗如同漩涡一般层层推进,进入核心。盲人"那触手一摸,心灵的辨识/比眼睛的触摸更真实","盲人的俯身,推拿/疼痛的中心,一天天扩大"。诗人在一种戏剧性场景的建构中进行着充满张力的叙事,戏剧加小说的叙事策略的采用,增加了诗歌的客观性与批判色彩。《莉莉和琼》事实上是一个戏剧片断的组接,公园、急诊室、电影院、晚会、吧座、科罗娜19号,诗人主体性后退,"隐身"式地穿插在诗的前8节里,远远地在一旁观察、窥视女性们的生活、生命和命运的奥秘:"命运赶制着镀金的脸谱/为了一个晚上在台上颠扑/有人中箭落马辗转而死/有人扮相清雅唱做俱佳/琼的双腿晃荡,追逐音乐的节奏"。隐藏着的主体性带着怀疑与互否,人物命运在相当客观化的舞台上做自我呈现:"科罗娜19号/琼在楼上莉莉在楼下/科罗娜19号,女人在梦里男人在梦外。"

综上可见,"戏剧性"贯穿着翟永明90年代以后的诗歌写作,已成为她恒久的艺术追求。翟永明的"戏剧体",有些是西式的,更多的是中国本土的"戏曲",它主要是充分运用中国舞台的道具、行头、布局;诗人自由穿越时空,不受拘束;善于运用对称性结构,不时配之以唱白式的评介。[①] 重要的是,"戏剧性"不仅作为翟永明诗歌的一种艺术手段,还形成了一种思维方式。翟永明以"戏剧"的目光打量生活,既带有轻松的调侃,又隐含着一缕缕感伤。从戏剧化的生活中感受历史的虚无与荒诞,同时也体会出生命的沉重与严峻。

沈杰是女诗人中技术高明的一个,她往往从一个瞬间的镜头扩展,联想开去,以极女性的体验方式,以繁衍性极强的语言显现了现代女人的尴尬处境,戏剧化的场面,命运的比照被富于意味的语句表现出来,效果节制、细腻,结构平衡,语言清晰,富于质感。比如这样的诗句,"我看见,女人的梦想,从母亲额头/沿着暑气中甲虫划出的弧线/一点点回归/变成窗帘上的一摊溃迹"(《透过白色窗帘的想象》)。舒婷在90年代的诗歌创作,一改以前作品中沉重的悲剧氛围,而呈现出一种较为轻松活泼的喜剧色彩。如诗题就具有反讽意味的《伟大题材——旅德记事》一诗:

    伟大题材伶仃着一只脚
    在庸常生活的浅滩
    濒临绝境
    救援和基金将在许多年后来到
    伟大题材
    必须学会苟且偷安

[①] 陈仲义:《黑夜,及其深渊的魅惑——翟永明诗歌论》,《南京理工大学学报》2009年第4期。

从前的果酱作坊
　　　都改成语言屠宰场
　　　经过流水线的重新组装
　　　拼凑现代恐龙
　　　见风茁壮成长
　　　吞噬读者
　　　排泄诗人

　　　麦子、乌鸦、蝙蝠
　　　从旋转舞台——隐去
　　　灯光再亮时
　　　骷髅被评为最佳主角
　　　演员们各领三五天风骚
　　　评委声名鹊起……"

　　李轻松的很多诗歌就如戏剧一般，有着舞台的感觉。李轻松的《向日葵》是一首纯粹的诗，但它也是李轻松一次新诗戏剧化的远航之作，体现出诗的戏剧化，是对袁可嘉"新诗戏剧化"主张的无意回应和实践。一方面，《向日葵》是一部从内心出发的诗剧。在诗中，诗人颠倒了精神病人和健康人的关系、治疗与被治疗的关系，以此探讨罪恶与救赎，疯癫与文明，爱与被爱，治疗与被治疗，人类的孤独处境，自由与囚禁等问题。另一方面，《向日葵》同时也是开放的诗剧，诗人将诗歌里的创作理念延伸到戏剧里，将戏剧的创作理念延伸到诗歌里，从而达到抒情的客观性与间接性的诗歌戏剧化效果。

　　荣荣的诗作也引入了小说、戏剧的表现手法。如《这里和那里》一诗即是在戏剧性场景中的对话，体现出一种戏剧结构："就像这里和那里/快乐和痛楚有着同样密集的雨脚/只有春天漫天漫地这就够了/当我对你说：'这里！'/我的手也指着那里"。这里和那里互为背景，快乐和痛苦相伴而生，置身于其间的充满"丰富快乐和痛苦"的"我"在感受着它们的同时也被它们触摸，以此暗示人生就是在这种悲喜剧式的戏剧化场景中穿行的。在《双人床》中，荣荣为我们呈现出生活化、戏剧化的场景。在此诗中，荣荣融入了小说、戏剧的元素，以冷静的叙事陈述一对夫妻睡眠的"图形"。"她"只是执着于一个拼图的完成，"整个晚上/他们一直在那里搭着拼图//起先他们平躺着/保持着铁轨的距离//慢慢地身子移动起来/先是左边然后是右边/我们看到了一双略微参差的筷子……"而最终"这个图形保持得更久些/直到各自奔波的白天逼近//我们听到了这样的对话：/'一个晚上我都睡不踏实/做着分离的梦……'/唉，我爱你总比爱自己要多些……"荣荣以对话的方式书写着具有反讽效应的情感，虽然只是一场戏剧的话外音，却产生了强烈的戏剧效果，并以戏剧化的诗质方式呈现出"平淡是真""相濡以沫"的夫妻生活。在《诉说》中，无论题目还是双引号，都说明这是一次"诉说"，而"诉说"的实质却是一个个场景的叠加，因此，其实质就是戏剧化的另一个侧面。"他们指手画脚/把一个女人从暗中揪出来又一脚踢入暗里"，"他们给出了一个暗的背景/如果我粗粝我将只能更暗"。"他们说：一个偏执的女人/她的生活被幻象摧毁/她无端的猜疑是最美的……"

"对话性"当然并不仅仅指一种加了引号的叙述，而是指代一种态度，一种互为表里的介入。这可以使"我"与世界之间既轮廓分明，又千丝万缕："我"是他者眼中"偏执的女人"，他们和"我"之间的关系在于对一个暗的背景的变幻。由此可见，荣荣"90年代的叙述总是在场景过程中嵌入'对话性的练习'，而其最终目的是完成互文性结构"[①]。

(二) 对散文、随笔表现手法的灵活借用

正当翟永明、荣荣、阿毛、沈杰等女诗人尝试将小说、戏剧的文本特征吸纳到她们的诗作中来，使其诗作兼有诗歌的想象、小说的悬念和戏剧的剧情等优点之时，另外一些女诗人则不断试验一种在形式上相当散文化、随笔化的诗歌新文本，在这方面做得比较成功的是路也、翟永明等。

散文化可以说是白话新诗与生俱来的文体倾向之一。但90年代以来，随着日常化和生活化书写取向的盛行，这一倾向无疑已呈现出一种前所未有的普遍性。何为散文化？王泽龙认为，散文化是现代诗歌把非音律的某些非诗歌形式的散文因素融入诗歌，化散文入诗，使诗歌具有内在的诗质与现代的诗意。[②] 回望中国诗歌史，在古代就有"以文为诗"的传统，

[①] 张立群：《生活中的"女性"及其诗的世界》，《文学界》2008年第3期。
[②] 王泽龙：《"新诗散文化"的诗学内蕴与意义》，《中国社会科学》2007年第5期。

"到现代这一传统再次受到重视，胡适、郭沫若、艾青、朱自清、何其芳等从现代语境与使命出发，对新诗散文化做了理性思索，散文体与诗歌文体的互渗、互文，成为不少诗人重要的文体意识"①。新诗散文化的首倡者胡适在1915年提出"须作诗如作文"的主张。在胡适看来，自由的诗体最适合表现丰富复杂的现代生活与现代人的思想情感，也最能体现现代人心灵的自由向度与精神的大解放，因此新诗的散文化是中国诗歌历史的必然选择。

很多现代诗人以写作实践来应和胡适的观点。在新诗散文化的探索上，周作人的诗集《过去的生命》是开一路新风的。其早期的象征诗《小河》即运用散文化的诗体，以一种散文的组织与诗歌的自然节奏、情绪音调，较好地容纳了诗人自己的想象，恰切地表现了诗人复杂的现代情绪与体验。郭沫若是新诗散文化的滥觞者之一，其诗作《女神》即是散文化诗观的产物。至20世纪三四十年代，基本上是散文化的自由体诗歌占据主导。此时的艾青倡导新诗的散文美，他认为："散文的自由性，给文学的形象以表现的便利。""那种洗练的散文、崇高的散文、健康的散文，或柔美的散文之被用于诗人者，就因为它们是形象之表达的最完善的工具。"② 受艾青、田间影响的七月诗派也在创作上体现出强烈的散文化特征。而朱自清、何其芳与九叶派诗人在散文入诗的道路上也做出了更加成熟和具有诗学意义的探索。

90年代以来，散文化诗潮方兴未艾。王家新自90年代以来，先后创作了《反向》《临海孤独的房子》《游动悬崖》等被标明为"诗片断系列"的文本。在这些文本中，诗人以一种非常开放、宏阔的写作姿态，有力地表达了时代的思想冲突与自身的灵魂分裂，尤其在形式方面进行了相当自由而又大胆的探索与创新。这些文本都没有采用传统分行的诗歌形式，而是以一种颇为散文化的片断或文本使诗歌走出了"自我闭合的'有机构成'"的窠臼，迈向"解构"，"具有了'异质的共生'的性质"③。西川也非常注重在诗歌文本的建构中融入散文、随笔的文本特征。

---

① 方长安：《现当代文学文体互渗与述史模式反思》，《湘潭大学学报》（哲学社会科学版）2008年第6期。
② 艾青：《与青年诗人谈诗》，《诗刊》1980年第10期。
③ 王家新：《当代诗歌：在确立与反对自己之间》，《没有英雄的诗》，中国社会科学出版社2002年版，第32页。

他的两首组诗《致敬》《近景和远景》用近于散文和随笔的体裁写成,堪称 90 年代先锋诗歌跨文体写作的典范性文本。

90 年代的女性诗歌也呈现出散文化、随笔化趋于强化的特点。散文化倾向几乎伴随着翟永明大部分的诗歌创作,最为突出的表现则是在《死亡的图案》这首被评论者高度认可的著名长诗中。

> 我的母亲抓住我的手
> 你眼中的凄厉把我的心锯成粉末
> 没有人知道此刻
> 我心中的哀鸣永远无人知道,我也绝不说出
> 在这个世界上
> 你的坚韧,东方式的孤独
> 让我感动不已
> 你在内部崩溃,不抱希望
> 你的本性让我感动不已
> 你吞进苦水,忍受剧痛
> 你的能耐让我感动不已
> 爱为何物,你至死都不知道
> 爱为何物,我至今都不知道。(《死亡的图案·第四夜》)

在《死亡的图案》中,翟永明将散文的自由、少有拘束与诗的空灵结合起来,传达出她的诗情。虽然该诗运用了大量散文化的句子,语言口语化,但是因为"语言本身所拥有的反省能力,成为诗歌中最活跃的因素",所以这些形式上相当散文化的文本仍然"可以辨认为诗歌而不是散文"[①]。而散文化倾向并没有削弱其思想性。该诗主要描述含蓄慈爱的东方母亲在履行为人妻为人母的职责之时,却从未曾体验"爱为何物",她们从未有过生命原本应有的创造快乐的生存状态,由此暗示了东方女性本质(母性)的深重悲剧。这种悲剧更可怕的后果是它的遗传性,遮蔽生命本质的传统美德流布在"我"的身体里——直到死亡将其敞开。

[①] 西渡:《凝聚的火焰——90 年代诗歌案例之一》,西渡:《守望与倾听》,中央编译出版社 2000 年版,第 107 页。

因而，翟永明通过《死亡的图案》一诗"完成了对东方女性传统道德（主要是性道德）的清算"①。由此可见，诗篇把女性生命的疼痛感直接传达给读者，具有深刻的思想内涵，这也是《死亡的图案》在艺术上的个人创获。

路也说："我拿诗当日记来写，我的诗首先对我个人的生命有意义，然后才具有文本上的意义——我一直是这么希望的。我想在我成为老太婆的时候，可以常常翻开它们看看，想起我在何时何地都干了些什么。"②路也的这种诗观决定了其诗歌在选材和语言上都具有散文化风格。因而我们看到她的诗作既有像在《长途电话》中那样的直白而大胆的抒情——"为什么你的声音像胆小的兔子／为什么你不能热烈呼唤我的名字／你手里的话筒是炸弹吗／你身旁安了一千只窃听器吗"，又有像在《五月的重量》和《日记》中那样缠绵悱恻的叙述，还有像在《青岛》《曲阜印象》《写在去曲阜之前》等文化诗篇中那样的荒诞叙述——"去曲阜之前／我给孔府打长途电话／约定跟圣人会面的时间／听说孔子久不在家／去周游列国寻求赞助了……现在已经找不到发行克己复礼的出版市场／七十一贤弟子都去经商或者写通俗小说了／只有颜回还在曲阜师大中文系教书……"（《写在去曲阜之前》）正如路也所说："此类诗歌大多活泼有余严肃不足……我承认它们在表达方式上是极端的，我控制不住。"③ 这是种灵性的自由抒写，具有自由、流动不定的阴性书写特征。如《外省的爱情》一诗即是典型的例证："我是爱你的，我隔着中国最长的河爱你／隔着中国最雄伟的山爱你"，"我来自一个出圣人的省份／我是她的逆女／／活了三十年，像找寻首都一样／／找到了江心洲／像找寻真理一样找到了你"。诗中的语言看似随意，散文诗的风格体现得淋漓尽致，如果取消诗分行排列的限制，连缀成篇，即是一篇精致的散文。但仔细诵读，又会感觉到诗歌音乐的节奏感与韵律和诗人的情感节奏相得益彰的力度。女性散文诗是路也诗歌的特征之一。对于这种特征，我们不可求全责备，路也很坦白："我认为自己一向很注意维护诗歌原本的质地，注意语感和内节奏，还有跳跃性。我承认可能在某些时候吸取了散文的一点手法，因为各种文体特征本

---

① 荒林：《女性诗歌神话：翟永明诗歌及其意义》，《诗探索》1995 年第 1 期。
② 路也：《路也诗观》，《诗刊》2003 年 11 月下半月刊。
③ 马知遥、路也：《诗和小说混为一谈——路也访谈》，《厦门文学》2004 年第 11 期。

来就可以互相渗透的，一种文体只有擅长吸取其他文体的特点，才能保持自身的活力。我在诗中使用散文手法时是非常克制的，并没有'散文化'。""至于'理性'或者'拷问'却不是我的追求。"① 她的诗歌在力度与深刻感上是缺乏的。

综上可见，女性诗歌散文化诗潮不仅使女性诗歌呈现出开放的姿态，而且使其从外部形式到思想内质都获得了最大的自由空间，从而表现出真实的自我。但是与散文化相伴而生的却是其所带来的女性诗歌语言的芜杂，诗体形式的混乱，诗歌节奏的弱化，诗思的散漫等不可等闲视之的重要问题。这些问题的产生，主要是由于有些女诗人在进行散文化写作实践时，对散文化的内涵与不足缺乏理性的认识而造成的流弊，这极大地伤害了女性诗歌的品质。因而女诗人在顺应诗歌的散文化潮流的同时要对此保持应有的警惕，以防止因散文化的过度而导致女性诗歌散漫化的倾向。

（三）与其他非文学文体的杂糅

"近年十分活跃的安琪，显示了女诗人少有的包容，先以《干蚂蚁》的多维辐射，追求肌质博杂开放。最近转向全盘接受庞德《断章》影响，引发《九寨沟》大面积综合，《事故》般梦魇横行，《任性》场景堆积，走向语言与意识流同步吞吐。"② 安琪是 90 年代以来最富于诗歌创新精神的女诗人之一，她也是在跨文体写作的道路上走得最远的女诗人。其跨文体写作的实践集中体现在她的诗集《任性》中，其中的《轮回碑》是安琪创作于 1999 年的最重要的一首长诗。在这首长诗中安琪极尽跨文体写作之能事。该诗的戏剧化、散文化以及与简历、菜谱、处方等应用文体的沟通，显示出安琪"逾界"建构诗歌文本的意图。诗中至少堆积了十几种文体：邀请函、演出、访谈、儿歌、任命书、布道、写真、菜谱、词典、处方、案例，以及用括号标明的"后设"文体。因而"《轮回碑》即是综合写作的极端"，全诗"打破文类界限，进入一次诗的跨体集结。文类互渗的可能，在此得到回应。一种众声喧哗的混声诗：总体混沌、单体相对清晰的语词狂流，拼缀成文本的嘈杂庆典"③。

《轮回碑》几乎使用了所有的实验手段，其中最突出的就是将各种

---

① 马知遥、路也：《诗和小说混为一谈——路也访谈》，《厦门文学》2004 年第 11 期。
② 陈仲义：《大陆先锋诗歌（1976—2001）四种写作向度》，《诗探索》2002 年第 1—2 辑。
③ 同上。

"非诗因素"或者是"另类文本"植入诗歌。全诗共30节,各节均有独立而独特的标题。标题不仅界定了各自的疆域,还表明了破坏和敞开自身只是一首诗的组成部分。30节中除了21节传统的分行诗外,还包含了十种以上的非诗文体,如第9节的"任命书"和"人物简历",第10节无标点的"意识流散文体",第13节"剧情说明",第16节"邀请函",第18节"名词解释",第19节问答式"访谈录",第22节荒诞性的"菜谱",第28节"新闻拟写或改写"以及第30节"文学理论"等。这种跨文体的实验,完全超出了诗性警戒线,而安琪似乎在写完30节后还意犹未尽,竟然在末尾还标注上"全诗未完成"的字样。正如罗振亚所言:"安琪的长诗《轮回碑》堪称跨文体写作的极致……以其奇谲诡异外化生活的梦境般的荒诞和破碎本质,从中体验驳杂文体组合时那种自由与文化施暴的快乐,实现着后现代的超现实追求。"①

《任性》诗集中的另一首实验诗歌文本《庞德,或诗的肋骨》也体现出鲜明的文体互渗特征,"恰如时代的拼盘"。该诗在表达对庞德敬意的同时又跳出了这一狭隘的主题——"完整的肋骨造出完整的女人"。"诗的肋骨,庞德/庞德的肋骨,在现代的左右两边,你在左边你是艾略特/你在右边你是H.D."。诗作中还出现了艾略特、H.D.、叶芝、沈从文、伽利略、李白、屈原等一系列人物。诗人在旁征博引的同时又将之与现实生活中的场景有机结合起来并将过去、现在与未来交织在一起,融中西方文化背景,个人和他人记忆与现实经验,日常阅读体认,超现实想象等于一体。该诗的成功之处在于诗歌的整个结构具有典型的开放性,这种开放性一方面表现为文体的开放,即该诗打破常规的诗歌写作,把一切非诗的因素融入诗歌。正如此诗所言:"这恰如时代的拼盘:股票、军火、土地、民族……/什么都往里装。"开放性的另一方面则体现为整首诗的无中心,每一节每段相对独立,诗节自由地呼吸生长,似乎见风就长,把各种可能性散布在文本中,"每一节每一段相对独立",甚至"可以抽出来读,变化诗作节段的顺序似乎无损于诗。以至于在诗作删节二三十行发表于《诗刊》后仍无损诗作。"②

---

① 罗振亚:《凭文本支撑的精神鸣唱:"中间代"诗歌论》,《广东社会科学》2007年第2期。

② 康城:《语言的白色部分》,http://www.poemlife.com/magazine/2000_11/pl-1.htm。

此外，安琪创作的长诗《神经碑》《灵魂碑》和《五月五，灵魂烹煮者的实验仪式》等都是不凡之作，这些长诗也实践着安琪自90年代末以来痴迷的跨文体写作。由上可见，安琪不求一首诗作的精致完整与和谐，而是使其处于一种发散的辐射状态，其诗作在宏观布局与结构上不惜引入不同类型的非诗文体，引发各种类型文体界限的混淆，致使其诗作的容量超出了我们的思维所能包容的范围，正如同宇宙的无始无终一般，诗句独立运行，无头无尾。正如诗人在2001年"21世纪中国首届现代诗歌研讨会"的现场发言中所做的自我总结：

> 以我自己的经验，我要求自己不断改变，现在很多人指责我最多的就是写作上的混乱，其实要完美要纯情我也有过，1993—1995年的那些诗作要怎么完美就怎么完美，我也不是不会写看得懂的诗。只是我认为，当我经过杂糅包容状态后，所有我经历过的一切都能进入诗中，那么当我经历的事件巨大时，我的诗也将是巨大的。而非小抒情，小感慨。①

因而我们不能把安琪《任性》中的诗作仅仅当作诗歌文本来考察，而应当作诗人的一种思维方式，一种解决某种困惑的途径和精神存在赖以确立的行动。

二 女性诗歌文体"兼类"的审美动因

任何事物的出现都有着深厚的背景和内在的规律，90年代女性诗歌的跨文体写作自然也不例外。首先，90年代女性诗歌文体的交响与互渗，既是文体自身发展变革的规律使然，又有时代语境的催生，以及女诗人作为创作主体的自觉追求。从文体发展变革的规律上看，诗的散文化、小说化以及戏剧化，是多种文体互相渗透浸润的结果。正如罗振亚所言：

> 各种文体的规定性具备合理性同时也都充满局限，其分类及要求的越发精细、狭窄，使其在相对封闭的格局中日趋僵化，步履维艰，难以独立支撑门户；于是出于传情达意、表现生活的内部需求，它必

---

① 向卫国：《目击道存》，《青海社会科学》2004年第1期。

然会谋求和其他文体结合。①

因此文体互渗的写作实践实际上取消了传统意义上严格的文体界限。"文体互渗无疑是一种古老的现象，不同时代的文学中均存在着文本渗透情形，它彰显着特定时代的文化精神与审美取向，折射出作家的思维方式、情感表现特点及其审美创造力。"②

回视整个20世纪中国现当代文学史，不难发现任何一个时期作家的文体互渗意识恐怕都没有20世纪作家这么强烈与自觉，作家的这种打破文体边界，倡导文体相互渗透的意识贯穿着整个世纪的始终。由此我们也会发现，通常那些具有划时代意义的作品往往都具有文体互渗的特点。反之，也正是文体上的互相渗透，互相激励，使许多作品不仅具有新的异质性的外在形态，而且具备内在的结构性张力，从而使其能够在特定时期成为开风气之先，引领文学潮流之作。

诗人向来是引领风气之先的先行者，他们有很强的文体意识，因而女性诗歌跨文体写作的出现源自女诗人对诗歌写作探索的深入。正如陶东风所言："文学史上那些富有创造力的作家常常都有极强的反传统意识，表现在文体上就是强烈的文体创新意识，其极端形式甚至表现为一种反文体意识，即认为有关文体的界定都是人为的。"③纵观中国现代新诗史，现代诗人在文体创新上是用力最深最勤的一群。许多诗人在如何使新诗在艺术表现力上超越古诗方面做了艰辛的努力和探索，而最终大多将目光集中在诗歌文体的互渗上——新诗的小说化、戏剧化、散文化就是这种探索的重要体现。回首中国现代诗歌史，可见诗人这种对于诗歌体式上的创新与探索从未中断过，如闻一多针对初期白话新诗的平白无味，提出了诗歌的"三美"理论，主张将音乐、绘画、建筑的文体特点融入诗歌中，并自觉追求诗歌的戏剧化。至九叶派诗人更是力倡新诗的戏剧化，为此袁可嘉还明确提出了"新诗戏剧化"的口号，他说："诗所起用的素材是戏剧的，诗的动力是戏剧的，而诗的媒介又如此富有戏剧性，那么诗作形成后的模

---

① 罗振亚：《悖论与焦虑：新文学中的"文体互渗"》，《湘潭大学学报》（哲学社会科学版）2008年第6期。
② 方长安：《现当代文学文体互渗与述史模式反思》，《湘潭大学学报》（哲学社会科学版）2008年第6期。
③ 陶东风：《文体演变及其文化意味》，云南人民出版社1994年版，第2页。

式岂能不是戏剧的吗?"① 而新诗的"散文化"可以说是与中国新诗相伴而生的,自胡适在新诗草创期提出新诗的"散文化"主张后,在新诗发展过程中,又先后有朱自清、艾青、废名等人倡导新诗的"散文化"或"散文美"。朱自清说:"现代是个散文的时代,即使是诗,也得调整自己,多少倾向散文化。而这又正是宋以来诗的主要倾向——求自然。"② 艾青一向提倡诗的"散文美",在《诗的散文美》一文中,艾青充分阐述了他自己对诗歌"散文美"的赞同,他认为,散文先天就比韵文美。这在前文已有详尽论述,在此不再赘述。

时光飞逝至20世纪90年代,此时的诗歌在剥离了强加于其身上过多的政治和社会负载,回复到艺术的本体地位后,已然卸去了所担当的启蒙与教化的功能,其时的诗人既无启蒙的重任也无教化的义务,自由成为90年代诗人的绝对精神支撑。而90年代的中国恰是自由的旗帜迎风招展的时代,文体互渗也因此重获新生并兴盛一时。这种文体互渗和交响不仅打通了固有的文体写作的界限,也构成了诗坛的一道独特风景。许多先锋诗人如钟鸣、王家新、萧开愚、陈东东等都曾在文体互渗方面做过大胆而有益的尝试。王家新在谈到他的那些"诗片断"时说:"我想达到的是一种比以往任何时候都更为自由、开阔的表达,同时又使它们以诗的有意味的片段呈现出来,换言之,在不采用诗的完整形式的同时,又力求使之成为诗歌的文本。"③ 西川则说:"我一直在努力打破各种界限,语言的界限、诗歌形式的界限、思维方式的界限","我把诗写成一个大杂烩,既非诗,也非论,又非散文"④。而诗人们的这种努力,"把诗歌引向了一种反体裁、反风格模式和形式限制的'混合型'写作"。在具体的实践中,我们看到在王家新、西川、萧开愚、于坚、陈东东、西渡以及孙文波等诗人的一些具体作品中,确实进行了成功的跨文体的书写实验,其诗作也体现出一种不同于以往的更为复杂、宽宏的诗歌意识。与此同时,90年代的女诗人凭借着不落窠臼、图新求变的艺术精神和对诗歌艺术创新的强烈愿望,再加之时代文化语境的催生与推动,在诗歌文体方面做了有益的尝试和实验。她们在有意或无意间模糊了各种文体的边界,跨越了文体界

---

① 袁可嘉:《谈戏剧主义——四论新诗现代化》,《大公报·星期文艺》1948年6月8日。
② 朱自清:《朱自清全集》(第2卷),江苏教育出版社1996年版,第392页。
③ 王家新:《回答四十个问题》,《游动悬崖》,湖南文艺出版社1997年版,第23页。
④ 西川:《与弗莱德华交谈一下午》,http://www.bhgx.net/html/classic/20070627/79.html。

限，将诗歌这一单一的文体杂糅进小说、戏剧、散文等众多非诗文体中。女诗人们力求通过文体的相互渗透与激励，提高女性诗歌的内在张力，从而形成女性诗歌创作的新气象。由此可见，正是这种文体意识规约着90年代女诗人的审美活动，赋予90年代女性诗歌以内在的活力。

其次，跨文体写作在90年代被女诗人反复操练的另一个重要原因，是女诗人作为创作主体的自觉能动性追求。这是促成跨文体写作出现的关键所在。20世纪90年代是一个"杂语"时代，女诗人置身于这样的多种话语并起、相互冲突并相互混合的社会话语实践中，不得不重新审视其以往的诗歌艺术观念，在新的文化语境下集合起不同的话语类型与文体形式的优势或特长，让它们相互杂交与相互衍生，从而使其诗歌写作具有更大的包容性与更多的新的可能性，用以解救曾一度陷入困境的女性诗歌写作。这些都在客观上促使作为创作主体的女诗人势必要撑破和溢出传统诗歌文体的规定性，消解以往在诗歌写作中人为设定的文体界限，实现诗歌书写形式上的自由和开放。可以说，跨文体写作已经成为90年代部分女诗人的一种自觉追求和行为。就此而言，跨文体写作在一定程度上是从女诗人的内部开始生发的，它更多的是一种内心形式和情感表达的需要，它的强劲出现和创作主体的自觉能动性追求息息相关。而女诗人这种把诗歌引向一种"反体裁、反风格模式和形式限制的'混合型'写作"是不少先锋诗人的共识，这样一来，既"突出了诗歌作为一种'吸收、转化'的艺术的魅力及可能性"[①]，又体现出90年代女诗人一种比以往更为复杂、宽宏的诗歌意识。由此可见，女诗人的跨文体写作在一定程度上折射出90年代女诗人的精神状态与审美取向，与此同时也弥补了女性诗歌在80年代末期一度失之落寞与不知所从的现实。因此，从某种意义上而言，女诗人在文体上的创新与努力就如同在其身上插上别人的翅膀一样，不是为形式和形象，而是为了表现的实用，为了更自由的飞翔。

此外，除却以上文体互渗的传统、时代语境的催生以及女诗人创作主体的能动性以外，女诗人的多栖写作所带来的多重身份是导致女性诗歌文体兼类的重要原因。事实上，诗人的大逃亡以及创作者身份的转换及反串已经构成了90年代文坛的一大奇观。女诗人自然也未能免俗，她们或者

[①] 王家新：《当代诗歌：在确立与反对自己之间》，《没有英雄的诗》，中国社会科学出版社2002年版。

停止诗歌创作，或者在进行诗歌创作的同时又步入其他领域从事创作，如王小妮、舒婷、海男、李轻松、安琪、路也、尹丽川等女诗人就纷纷介入小说、散文、戏剧、影视等领域。由于女诗人对于散文领域的涉足，在客观上又造成了女性散文热日益加温，从而形成90年代女性散文的繁荣景观。而另外一些女诗人则介入小说、戏剧甚至从事影视剧的创作与编导。女诗人多重身份角色的频繁转换，从一个方面说明90年代原有文体界限的日益消失和新的更具包容性的文体日趋形成这样一个文坛现状，从另外一个方面也说明正是女诗人的多栖创作及其身份的多重性，导致她们90年代的诗歌文本呈现出鲜明的跨文体特征，而多种文体在女性诗歌中的交响与互渗，也成为90年代女性诗歌区别于以往女性诗歌的一个显著特征。

王小妮、路也、海男、尹丽川等女诗人既从事诗歌的写作，同时还进行小说和散文的创作，因此她们的身份除了是一位诗人外，还是一位较为出色的小说家、散文家。对此路也曾在《郊区的激情》中说："我身上这种'郊区'状况其实已经扩展到我生命的每一个角落"，"就写作的文体来说，在诗人中我有时会被看成是写小说的，在小说家中我又往往被看成是个写诗的，后来我又写起了散文，我好像居住在这种文体与那种文体的接合部，在每一种文体的'郊区'"①。路也的这种自我感受，从侧面说明了诗人创作风格日趋综合以及文体不断"兼类"的事实。路也自认为是其迄今为止最重要的作品"一个异乡人的江南"②系列即是充分体现她所谓的"郊区状态"的作品，表现出引人注目的"临界点意识"。而王小妮、海男也是当代诗坛的多面手，她们既写诗，又写散文，偶尔还写小说，她们的诗文体现出鲜明的互文性特征。

尹丽川、阿毛作为近几年来非常活跃的女诗人和女作家日益受到文坛的关注，尤其是尹丽川的特立独行更为吸引大众的目光，她在90年代末初入诗坛便震惊四座，在诗坛初露锋芒的她很快加入了小说的创作大军，21世纪又成为风光无限的电影导演。在当代诗坛像尹丽川这种多面手是不多的。而阿毛则同时在诗歌、小说、散文的田园里耕作，是一只"在三棵树上歌唱"的鸟，取得了非常可喜的成绩。相比较而言，她的"三栖写作"中诗最值得注意，而她的小说和散文也受到了诗意和感觉的渗

---

① 路也：《郊区的激情》，《文艺争鸣》2008年第6期。
② 路也：《一个人的诗歌史·路也1998—2004·一个异乡人的江南》，自印作品。

透。舒婷这位 80 年代风光无限的女诗人，在 90 年代转而从事散文的创作，而且有意尝试跨文体写作。她在谈到其散文集《柏林，一根不发光的羽毛》的写作时说："我尝试了一种'跨文体'的写作，让多种文体缀起来。如：嵌入家父病危的手书，儿子在德作文，资料、文献、日记、诗作以及丈夫'吾国遥控'和'谆谆教导'等等。多种混杂的'诗意缝缀'是我书写的一个基本点……"①

女诗人李轻松如精灵般在小说、戏剧、电影和诗歌中自由穿行。她是真正的跨文体写作者，既是诗人、小说家，也是编剧。而李轻松在每个领域都很自如，她说："写诗不仅培养了我的好奇心、独特意识、率真的生活态度和对一切事物的敏感，更主要的是我经历了语言最有难度，也是最高的训练，单纯的诗歌形式已经无法满足我的需要，我要无所顾忌地抵达更宽广更辽阔的空间。"她在诗歌的创作上已经寂寞了 20 载。可李轻松在接受记者采访时却坚持认为，她的真正的角色是位诗人，她给她自己的创作定位是："小说是我的柴米油盐，散文是我的一道靓汤，电影是我的一个梦，戏剧是我的另一个人生，只有诗是我的灵魂。"②

安琪在世纪之交的表现可以称得上是女诗人中的"急先锋"。她凭借代表性诗作《未完成》《干蚂蚁》《节律》赢得了 1995 年第四届柔刚诗歌奖这一荣誉。从 1999 年到 2001 年的三年时间里，安琪创作了这一阶段最有分量的诗作、百行以上长诗 100 多首，这些长诗可以说是跨文体写作的极端。除此之外，还有数量众多的组诗、短诗、散文、随笔、书评，这些是亟待整理和研究的，被标题为"明天将出现什么样的词"的"诗散文"，因其形式上是散文的，而句子又完全是诗歌的，所以我称它们为"诗散文"。

翟永明始终认为，只有诗歌才是最适合她自己的，她说：

> 我现在写散文或随笔，是希望能够通过自由地尝试其他写作，能带给我诗歌写作上的更多经验，或者，更自由的状态。最重要的是，写诗，让我感觉始终活在原初的信仰中，以及一种寻找快乐的过程中。也许，我会在某些时候尝试一些新的文类，其目的是在诗歌写作

---

① 舒婷：《试一试拼盘》，《柏林，一根不发光的羽毛·代序》，花城出版社 1999 年版。
② 杨东城：《辽宁省女诗人李轻松寂寞转身二十年》，《华商晨报》2007 年 5 月 21 日。

的间隙，消除对现存秩序和生活本身的厌倦感和无聊状态。①

虽然翟永明没有像其他女诗人那样改弦易张，但她还写散文和随笔，而且非常喜欢阅读小说和戏剧，尤其喜欢民间戏曲。进入 90 年代后，翟永明一直试图将小说和戏剧的一些优点融入其诗作中。写于 1993 年的《咖啡馆之歌》成为翟永明诗歌写作的一个重要的转折点。该诗由于成功地借鉴了小说和戏剧的写法，尤其是小说的写法，从而清除了翟永明 80 年代诗歌写作中受普拉斯影响而强调的自白语调，并带来了一种新的细微而平淡的叙说风格，所以此后翟永明的诗作《莉莉与琼》《道具与场景的述说》《脸谱生活》《盲人按摩师的几种方式》等均表现出对于日常生活细节的格外关注，非常讲究诗歌的结构与布局，叙述准确而简约，并注重吸纳日常化口语、叙事性语言以及歌谣式的原始语言入诗，自此翟永明的诗歌变得冷静而客观、细微而滞缓，具有鲜明的小说与戏剧的文本特征。

综上可见，许多 90 年代的女诗人同时是诗文小说戏剧兼修的多栖作家，多个领域的创作经验常常互相渗透、彼此影响。多栖写作所导致的诗文兼修的多重身份，带给女诗人的不仅仅是表达形式的多样和自由，更重要的是，这种在不同文类之间的自由穿梭，既使女诗人获得轻灵而不失严肃的文化立场，又使其在艺术规律的范围内，从书写文体的自由走向创造文体互渗的自觉。

三 文体大门敞开后的反思

恰如福柯所说："写作就像一场游戏一样，不断超越自己的规则又违反它的界限并展示自身。"② 90 年代女诗人的跨文体写作不仅显示出其"逾界"建构诗歌文本的意图，显示了女诗人非凡的驾驭文本的能力和才华，也是女性诗歌创作多元化、探索诗艺新路的表现。无论 90 年代女性诗歌跨体文学潮的美学成就和未来终究如何，单就其写作实践的状况而言，它已经体现出特有的美学解放功能，具有一种文体革命的意义。这突出表现在它以跨文体形式突破文体界限，带来女性诗歌文体的解放，在多

---

① 翟永明、周瓒：《词语与激情共舞——翟永明访谈录》，《山花》2009 年第 12 期。
② ［法］米歇尔·福柯：《什么是作者？》，王岳川等编：《后现代主义与美学》，北京大学出版社 1992 年版，第 288 页。

体混成、诗意缝缀中展示新的意义表达可能性，使特定文本之内还蕴含着多重文本，从而深化和拓展了中国女性诗歌的美学境界。

毋庸置疑，女诗人的跨文体写作已经汇入20世纪末中国的跨文体创作潮流中，尽管还处在探索的初级阶段，但至少她们的这种跨文体写作已经体现出很强的吸纳性和扩展性。与80年代女性诗歌相比，90年代"跨文体"的女性诗歌文本显得复杂、混沌、综合性强，有一种开放性以及多音齐鸣的效果，体现了90年代女诗人的精进、包容力以及写作的活力。女诗人们面对日益复杂的当代现实，通过跨体的集结，以勇于求变创新的艺术精神祭起"跨文体"的法宝，努力应对这似乎越来越难以言说的世界。女性诗歌不仅打破了形式的约束，获得了语言的自由舒张，带来诸多可供诗歌继续增殖的新质元素，顺利渡过女性诗歌艺术隘口的难关，而且因一些跨文体诗作模糊了文体界限而难以归类的性质，也打破了人们对于诗歌的传统理解，改变了读者的传统阅读方式。

由上可见，女性诗歌的跨文体写作具备了一定的先驱性意义，这是无可否认的，特别是对于21世纪女性诗歌写作来说更是如此。但是，我们从90年代女性诗歌的写作实践中透视到：跨文体写作是一项非常刺激但又充满危险的游戏，就如同骑马在布满陷阱的战场上驰行，一不小心，就会悲惨落马。谁能智慧地避过这些陷阱，谁才会获得成功。可见，跨文体的书写方式并非如此的简便，对于女性诗歌书写者来说，尝试的两难悖论的境域才刚刚开始。

首先，这种无范式可依，无公约可循，完全依赖于女诗人个体对诗的认识以及文化语境变动不居的跨文体诗歌写作方式，是一种赢利大，亏损也大的风险投资行为。女诗人们在纷纷追求着诗的阔大境界与混响效果，努力创作出有别于传统诗歌概念的，更能应对与表现复杂现实的，也许更具诗的本质的跨文体诗歌文本的同时，"由于愈演愈烈的繁缛，亦使文体失去读者，堵塞了流通"[①]。女诗人在不同类型的话语和不同文体之间任意遨游，并将之结合在一起，试图做出新的阐释。似乎跨文体让她们找到了一条无所不能抵达，无所不能进入的路子，且越走越远。她们将互文的跨体，链接到任何想入非非的地方。而"多文体的变种、播撒，无结构'踪迹'，漫游铆连，混乱中集结，堆砌中断开。相互倾轧，相互征服。

[①] 陈仲义：《大陆先锋诗歌（1976—2001）四种写作向度》，《诗探索》2002年第Z1期。

异质材料在众声喧哗里,异常刺目,令人眼睛生疼,非诗文体在诗性通道中横冲直撞。艺术失去了分寸感,失去了某些规定性,人们在阅读中陷入迷惘。……一波波的爆破与窒息,轰得你耳膜生疼,视线失察"[1]。如此跨体运作委实顺应了世界范围内,自20世纪80年代以降,愈演愈烈的超文本写作潮流,但是如此操作下的诗歌却成了"大杂烩""大拼盘",给人造成似乎诗歌怎么写都行的错觉与布拉德伯利所说的"无餍感"。

其次,跨文体写作不等于没有文体,跨文体的诗歌仍需具备诗歌取材、表达上的特点。部分女诗人在进行跨文体书写时将太多异质材料杂糅于女性诗歌中,这种异质性的排他使非诗倾向陡然疯长。诗毕竟是诗,文毕竟是文,两者不仅具有质的不同,还有"度"的区分。诗是语言的艺术,是以最简洁、最节省的语言表达人类最丰富的情感。但有些女诗人在进行跨体写作时,已经不再重视诗语的这种特性。在更多的情况下她们关心的是如何谋篇布局,像经营小说、散文那样经营诗歌,而不是如何炼字、炼句。于是,诗语便成了精神的工具性载体而不是其同构。把诗歌写成天书,写成没有节奏没有韵律的"分行散文"。虽然也是分行排列,可诗句之间毫无空隙,阅读时根本品不出分行的意味。节与节之间亦无跨跳,一顺水地写将下来,仿佛诗只是把句子分行排列一下,并不看重其内容是否有真正的诗意。就如朱子庆在《无效的新诗传统》中所说:"分行看贵为新诗,不分行啥也不是;知我者谓我自由(诗),不知我者谓我胡诌。"甚至有些女性诗歌越写越长,冗长到令人不堪卒读,越来越小说化、散文化。没有诗意的口语化,没有节奏的散漫化,没有节制的冗长化,仅这三个方面就足以败坏女性诗歌的名声,将女性诗歌由散文化导向散漫化的误区。这种现象的出现,与女诗人缺乏足够的文体警醒不无关系。许多女诗人常常挥霍了大量的文字,却没有获得满意的效果,她们往往忘记了"文体的峻洁",却铺排了自己。[2] 而对读者来说,读这样的诗作与吃注水的猪肉有何区别?不必讳言,这种散文化、小说化、戏剧化的女性诗歌,在艺术质量和艺术品位上还有待提高,因为它们的确存在着较多的毛病和不足。诗固然可以像小说散文,也可以像戏剧,但无论怎样借鉴、移植别的文体的方法技巧,它始终应当保持诗的本性,首先必须是

---

[1] 陈仲义:《纸蝶翻飞于涡旋中——论安琪的意识流诗写》,《山花》2003年第12期。
[2] 张洪波:《文体的峻洁》,《文学自由谈》1998年第2期。

诗，而不是不伦不类的"四不像"文体。因而王一川的话对这些女诗人不无警醒的作用："如果仅仅停留在'玩跨体'层次而缺少更高的形象衍生、诗意缝缀和异体化韵的追求，那一定是平庸或失败之作。"①

此外，就诗歌文体本身的建设而言，女性诗歌跨文体写作极度轻视诗的节奏感和音乐性的做法也值得反思。诗歌是离不开音乐性的，但是，这个音乐性不是古代诗歌必须具备的音律性，而是诗歌内在音乐性与语言的自然节律性特征。这是新诗区别于古代诗歌韵律的根本性特征，又是散文化的新诗必须具备的诗质性特征。应该说，现代诗歌音节或现代诗歌节奏是现代诗歌的血脉。"写出自然优美的音节，协和适当的词句"②，尽管写诗可以不为朗诵与咏唱，可以大胆追求诗的"无声境界"，可以制作出放弃音乐性而专供阅读、以"视觉"为是的诗歌文本，尽管"诗"与"文"有时候界限很难说清，过分强调诗歌的文体独特性不利于文体创新，也尽管诗人们可以"由关心写诗到关心写作，写作是一件更开阔的事情。诗人没必要作茧自缚"③。很难想象完全摒弃了韵律，丧失了音乐性的诗歌，还剩下多少可供持守的内在本质属性？因为音乐性对于诗歌而言是浸入诗歌肌体的重要属性，并不是可有可无的缀饰。沈泽宜说得好：

> 任何优秀诗歌内部都潜藏着音乐，一种需要用心灵去倾听的隐在歌唱。它与心脏的搏动同步，但更优美、更沉重。诗歌之所以吸引人，很重要的原因之一是我们在阅读时能感觉到这种非语言所能表达的轻轻歌唱。这种能使心灵抖动的隐在歌唱将深深地进入灵魂，永志不忘。④

事实上，"跨文体写作"应当是为文体增添新质的写作，这种增添的新质应该是与文体原有的肌理融通的、和谐的，是对文体固有美学特性的不断丰富和补充，因而它是很有难度的写作。对女诗人来说，跨文体的写作尝试和摸索当然值得肯定和鼓励，因为它不失为女性诗歌写作的一个新

---

① 王一川：《倾听跨体文学潮》，《山花》1999 年第 1 期。
② 宗白华：《新诗略谈》，《少年中国》1920 年 2 月 15 日第 1 卷第 8 期。
③ 参见陈超《当前诗歌的三个走向》，王家新、孙文波编：《中国诗歌：90 年代备忘录》，人民文学出版社 2000 年版，第 311 页。
④ 沈泽宜：《我们逐渐失去了歌唱》，《诗刊》2003 年 8 月号上半月刊。

途径。在某种程度上,她们要依凭于"跨文体写作"实现诗歌在技术层面上的写作创新。但问题是如果女诗人对文体缺乏足够的理解和尊重,没有足够的明了和顿悟,仅靠足够的"打通"的勇气而缺乏办法、技巧和能力,那么她们的跨体书写也只是在"跨文体写作"的名义下,失之轻浮的随意命名和率尔操觚,即使是那些看似老道的油滑书写,也都是不足效法甚至贻笑大方的。

结　语

　　站在 21 世纪的第二个十年，倍感时光匆促。当"90 年代"已经成为一个"过去时"而被言说和回溯时，我们也得以在一种有距离的观照中重新思考那一时期的女性诗歌写作。尽管已经尘埃落定，曾经的辉煌也归于平淡，但 90 年代女诗人所开创的火树银花的女性诗歌大格局，依然清晰地留存在我们的记忆中。

　　处于大众消费文化语境中的 90 年代女性诗歌，既承继了 80 年代女性诗歌的优良传统，同时又产生了一些新质。一方面，大众消费文化语境下的消费社会使 90 年代女性诗歌呈现出具有鲜明时代烙印的个人化写作特征，另一方面，大众文化视野的形成催生了新的媒介与传播方式的蓬勃发展，也促成了女性诗歌与新媒体的互动。很多女诗人借助网络等大众传媒发展女性诗歌。互联网这一新媒体使 90 年代的女性诗歌得以尽情绽放，女性诗歌也因网络而有了新的艺术元素和想象的空间，并且形成了与以往纸质媒体诗歌不同的新特色。此外，在 90 年代女性诗歌和诗人群体中，女性意识呈现出复杂的复调特征，即彰显、淡化、超越的多声部特色，这既说明在 90 年代女性诗歌中女性意识的流变总趋向是一个呈现螺旋上升的历时性的线性历程，也表明女性意识的彰显、淡化和超越是共时性地并存于 90 年代女诗人和她们的诗歌文本中的。即使在个别单个女诗人身上，女性意识也是复调而多元地存在着的。90 年代的女诗人对女性诗歌的写作做出全面均衡的理解与把握，既坚守女性立场，在诗作中彰显女性意识，同时又试图挣脱女性身份的束缚，进行超越女性意识的超性别写作，从而使女性诗歌实现了"由女性隐秘的内心欲望的倾吐到对人类整体命运的领悟，由女性生命体验的强化到对女性生命体验的超越"①。90年代女性诗歌中女性意识的多元张扬以及多维度多层面的叠加，使其诗歌形成了一种多元化的审美态势，同时也使其在诗意发现、诗歌意象、语词实验、形式艺术、自我意识等向度全方位铺展，从而实现了对于80年代女性诗歌的超越。

虽然有评论者指出，90年代女性诗歌"少见雄然矗立的'浪尖'"②。但事实上，在90年代始终有优秀的女诗人和杰出的女性作品不断涌现。无论是王小妮、翟永明，还是周瓒、蓝蓝、马莉等，这些女诗人的名字可以毫不逊色地与男诗人并肩而立。她们以其出色的诗歌作品得到了很多男诗人的认可，同时也昭示出女性诗歌在90年代所取得的卓越成绩。如诗人于坚曾说："王小妮是我会阅读的少数中国诗人之一，一个值得信任的诗人，她的诗歌总是令人心灵感动，获得智慧，更深刻地理解人生。""她是一个人生的诗人，这是我们相通的地方。文章为天地立心，我在她的诗歌中时常感到汉语的这个悠久传统。"③ 评论家向卫国曾评价周瓒："她将是翟永明、王小妮之后，汉语女性诗歌的又一代表人物。很可能是她，在坚守女性意识的书写中，完成对当代汉语语境中'女性意识'的成功超越，达到汉语诗写（不是女性诗写）的时代高度。与最优秀的男诗人比肩而立的，将会有周瓒的身影。"④ 甚至有评论家认为，在周瓒的诗作中所显现的大气象，在男诗人的诗作中都很少见到。而身居学院的臧棣和力倡民间的韩东，都曾把蓝蓝列在其偏爱的诗人名单里。在90年代女诗人的不懈努力下，女性诗歌取得了一定的实绩，实现了更加自由地飞翔。就某种意义而言，90年代的女诗人们已经实现了翟永明在80年代曾经许下的愿望：女诗人已经"不仅仅是凭借'女性'这个理由在文学史中占据地位，但也不仅仅因为'女性'这个理由就无法与男诗人并驾齐驱，站在最杰出诗人之列"⑤。

90年代女诗人与以往各个时代的女诗人最大的不同之处在于，她们中的绝大部分是既有其相对成熟的诗歌观念，又能将敏锐的感觉和表达

---

① 吴思敬：《从黑夜走向白昼——21世纪初的中国女性诗歌》，《南开学报》（哲学社会科学版）2006年第2期。

② 方雪梅：《激情时代的终结——20世纪90年代女性诗歌综述》，《当代文坛》2002年第2期。

③ 于坚：《说说王小妮》，《诗潮》2006年1—2月号。

④ 向卫国：《边缘的呐喊》，作家出版社2002年版，第217页。

⑤ 翟永明：《"女性诗歌"与诗歌中的女性意识》，《诗刊》1989年第6期。

力，与良好的知识储备、思辨能力较好地结合在一起的诗人，这一点成为90年代女诗人区别于以往女诗人的独特之处，也成为她们最大的优势。这从90年代女诗人为我们所奉献的那些令人欣喜、惊异和感动的优秀诗篇中即可窥见一斑，无论是私语还是直白，抑或叛逆无羁、狂放戏谑；无论是对传统的回归，还是对现实和自然的贴近，都显示出女诗人敏锐的诗歌感受力。而且，越来越多的90年代女诗人以比较专业的精神对待诗歌写作。在她们那里，诗歌不再是消愁遣恨的工具，也不再是青春期苦闷的泄露口，大多数90年代的女诗人已经具有非常自觉的专业意识，她们对诗歌技巧孜孜以求的不懈探索和对阅读的重视，都表现出女诗人的专业意识和专业精神，这使90年代的女诗人在诗艺上不断超越，显示了一种极强的综合能力和自我更新能力。在这个大众消费文化盛行的非诗时代，女诗人以其美丽的坚守使女性以诗歌的方式得以展开，为我们呈现出不同于以往的、具有鲜明异质性特征的诗歌文本。

90年代女性诗歌既关注人的本质与生存处境，又尊重诗歌艺术发展循序渐进的演变规律。诗中既包含着较强的忧患意识，又闪现着理想的光辉。在90年代这样一个浮躁矫情的年代，独善其身的女诗人们不仅以其优秀的诗作展现了自身的创作实力，使诗歌的写作重新获得了一种深刻真实的质地，深化和强化了一种难能可贵的诗歌品质，而且使我们再次体会到诗歌的光辉和尊严。90年代女性诗歌以其可贵的品质和女诗人的专业精神，影响着新世纪女性诗歌的发展方向和女诗人的创作。从21世纪近十年的女性诗歌创作来看，女性诗歌"整体色调比较明亮，在对女性世界的复杂性不断探索的同时渗透了一种深厚的人文关怀"[1]，在21世纪，有更多的女诗人"追求大气厚重的诗风，贴地而行的人文关怀，理性澄明的思想力度和视野高阔的当下关注"[2]。

简言之，90年代的女性诗歌无论在写作主题、思想内涵，还是在技术的运用等方面都发生了深刻的变化，呈现出区别于80年代女性诗歌的异质性特征。90年代的女诗人在承传传统文学和女性诗歌自身传统的基础上，既书写出了大量的表现出鲜明而强烈的女性意识和女性情感体验的

---

[1] 吴思敬：《从黑夜走向白昼——21世纪初的中国女性诗歌》，《南开学报》（哲学社会科学版）2006年第2期。

[2] 刘虹：《为根部培土》，《诗刊》2004年6月上半月刊。

女性诗歌，同时，由于女诗人写作队伍的壮大和写作上的差异与特质，使其诗歌表现主题和技艺追求各异，呈现出独特的个人化风格，因而使90年代的女性诗歌呈现出爆发式的多元景观。可以说，90年代的女性诗歌创作超乎以往任何时期，它以一种盛势和锐利的姿态矗立于中国诗坛，成为一股不可忽视的力量。

毋庸讳言，90年代女性诗歌在带给我们光鲜亮丽一面的同时，还是存在许多缺憾与不足的。其一，在个别女诗人那里，将个人化写作简单地等同于私人化写作。这一方面使90年代女性诗歌表现出"丰富的贫乏"，另一方面也为新世纪的女性诗歌带来了不良的影响。诚然，真正的诗人应该是非常"个人化"的，他必须用属于其自己的语言方式，去传达来自个人灵魂深处的声音，以期待共鸣。但是，有些女诗人将个人化写作推向极端，使之落入私人化的窠臼。诗歌成为私人生活的载体，个人才气的炫耀，而唯独缺少对他者存在状况、群体命运的深切关怀。她们踯躅于即兴的、浅表的无中心、无压力的写作方式之中，从而使90年代的女性诗歌表现出外在的丰富，内在的贫血。

我们看到，在20世纪90年代女性诗歌中渐成潮流的个人化写作，到了21世纪女性诗歌那里已经成为一种常态。纵观21世纪十年的女性诗歌，无论是在诗思，还是在诗情、诗歌语言方面，个人化特征越来越明显。然而，随着个人化写作的深入和广泛，加之很多女诗人对个人化的误解，使得21世纪的女性诗歌出现了私人化、时尚化、浅俗化等表征，这些表征无一不消解着女性诗歌的整体精神。女性诗歌的私人化导致女性诗歌充满极度个人化感觉的话语，对私人感觉的关注代替了现实的存在，女诗人再次回到封闭的女性内心世界，陷入自恋境地。而诗歌时尚化的直接后果是语言艺术美的缺失和诗性的流失，在此，诗歌的个人化写作被作为一种追逐时尚的游戏，这类时尚诗歌中要么云集诸多自造的陌生词汇，使诗歌变成收购和堆积词语碎片的垃圾场；要么通篇是浅俗的口语，将诗歌完全等同于日常语言，令诗歌的艺术功能完全丧失。如2006年的"梨花体"事件，就表明诗歌不是几句浅俗的口语、几句分行排列的语言游戏。事实上，人们对于诗歌及其语言还是有一种期待的成规的。还有一些女诗人沉迷于其日常生活的琐碎之中，在同一个层面上不断重复她们自己，以致丧失了对性别的超越精神，从而使诗歌成为世俗化的浏览和浅俗的消费品。女诗人在书写日常生活、凡俗人生时，应该保持心灵的视角，开采她们的精神空间,"把灵魂和繁星的天空迎进屋来"①,使其变得深广。

其二,女诗人或主动或被动地成为大众消费文化的同谋,使女性诗歌沦为其体制和规范内的一部分,丧失自身价值,这对女性诗歌的健康发展产生了一定的不良影响。有些女诗人为了名利,或是主动迎合大众消费文化,使其诗作成为大众的娱乐或饭后的谈资;或是自觉地配合市场经济的规律和策略,出卖其性别特征和个人隐私,以此换取"声名"。这种沽名钓誉的做法不仅降低了女性诗歌的品位,也亵渎了诗歌的尊严。另外,一些女诗人虽然坚守着她们的诗歌理想,拒绝与大众文化合谋,但是她们的诗歌却被包装成"个人写真集",被动地沦为大众消费文化体制的一部分。除前文述及的翟永明的诗集《在一切玫瑰之上》外,由百花文艺出版社 1995 年出版的娜夜的诗集《冰唇》,封面上醒目地印上了女诗人的玉照和一段暧昧的诗句:"我用口红吻你,你云遮雾罩的语言从来/击不中我的要害/被痛苦消瘦的腰肢/却让你格外/赏心悦目"。在此,"女性"已经成为吸引消费者的卖点,女性诗歌也成为取悦和迎合大众口味的可口茶点,这使追求独立、平等生命价值的女性诗歌重新陷入了"被看"的境地。

上述现象所产生的负面效应和不良影响在 21 世纪女性诗歌中继续延续着,21 世纪的女诗人以其"出位"和"异端"的书写吸引了公众的眼球,而《诗歌与人——2002 年中国女性诗歌大扫描》《诗歌与人——中国诗访谈录》《诗歌与人——最受读者喜欢的 10 位女诗人》等书中一幅幅美女诗人的照片,一段段柔美充满灵性的文字,使女性诗歌被纳入了商业运作轨道,一方面成为吸引读者的卖点,另一方面为大众消费文化所同化和吞噬,并沦为其体制和规范内的一部分,从而丧失其自身的价值。此外,作为大众消费文化一部分的网络这一新媒体的出现,为女诗人提供了书写的平台,大量的女诗人能够以发帖的形式自由地发表作品,但这种失却规范的自由,也引发了某种集体狂热症,使大量良莠不齐的作品泥沙俱下,造成女性主体性的迷失。

其三,诗歌理论的匮乏。诗歌创作不仅需要感性的投入,还需要智性的理论力量的注入,感性与智性就如同诗歌的双翼,缺一都不能实现女性诗歌飞翔的梦想。虽然 20 世纪 90 年代汇集了许多优秀的女诗人,然而不

---

① 沙戈:《短句》,《诗刊》2004 年 4 月上半月刊。

得不承认女性诗歌在理论力量上一直比较匮乏。虽然很多女诗人如郑敏、李见心、阿毛等在诗歌创作中有意识地追求智性写作，增强了诗歌的智性特征；还有一些女诗人如翟永明、周瓒、安琪、黄芳等也都努力在诗歌理论和批评方面投入了一定的力量，她们不仅进行智性的创作，而且进行诗歌的批评，试图以此建构女性诗学的理论体系。但相对于男诗人而言，无论是这些女诗人所致力的智性写作，还是从事诗歌评论的理性支撑点，都显得那么柔弱单薄，感性还常常凌驾于理性之上。就此而言，90年代的大部分女诗人还是"单翼的天使"，她们只有丰满智性的羽翼，并展开智性抒写之"翼"，才能达成飞翔的愿望；而女性诗歌只有实现诗歌创作与理论力量的多向度结合，才能构筑起坚实的女性诗学理论体系。

综上可见，虽然90年代女性诗歌取得了一定的实绩，但我们也应该清醒地看到，在历次诗歌运动大格局的生成中，女性均处于被动参与的地位；21世纪的女诗人仍然处在一个相对分散的状态中写作，需要更为集中与自觉的性别凝聚力，同时，女性诗歌写作的一些盲区、歧途、陷阱仍然存在。从写作的角度看，女诗人还应确立起对于传统资源的再认识意识，更好地扩展其词语、主题和艺术手法。同时，也应该意识到女性诗歌理论的建构对女性诗歌写作的重要性。正是女性诗歌理论的贫乏使得女性诗歌的写作难以上升到智性写作的高度。正如我们所看到的，女诗人的写作总是处于变化和动荡之中，就像一条河流，很难界定它的河床和流速，但它的方向是不变的，它总是向着大海日夜奔腾并梦想着拥有大海的蔚蓝和辽阔。21世纪女性诗歌的写作就像河流一样指向大海，并向无限敞开。

参考文献

（一）论著类

赵毅衡编选：《"新批评"文集》，中国社会科学出版社1988年版。
杨匡汉、刘福春编：《西方现代诗论》，花城出版社1988年版。
张京媛主编：《当代女性主义文学批评》，北京大学出版社1992年版。
张京媛主编：《新历史主义与文学批评》，北京大学出版社1993年版。
吴思敬主编：《磁场与魔方：新潮诗论卷》，北京师范大学出版社1993年版。
王小妮：《浮躁的烟尘》，新华出版社1993年版。
洪子诚、刘登翰：《中国当代新诗史》，人民文学出版社1993年版。
陈仲义：《诗的哗变》，鹭江出版社1994年版。
鲍晓兰：《西方女性主义研究评介》，生活·读书·新知三联书店1995年版。
王小妮：《放逐深圳》，云南人民出版社1995年版。
林树明：《女性主义文学批评在中国》，贵州人民出版社1995年版。
陈旭光：《诗学：理论与批评》，百花文艺出版社1996年版。
朱立元：《当代西方文艺理论》，华东师范大学出版社1997年版。
程光炜：《诗歌时评》，河南大学出版社1997年版。
李银河：《女性权力的崛起》，中国社会科学出版社1997年版。
林树明：《性别与文学》，重庆大学出版社1997年版。
王小妮：《手执一枝黄花》，东方出版中心1997年版。
王小妮：《目击疼痛》，湖南文艺出版社1998年版。
王光明：《现代汉诗：反思与求索》，作家出版社1998年版。
翟永明：《纸上建筑》，东方出版中心1997年版。

王一川：《中国形象诗学》，上海三联书店 1998 年版。

乔以钢：《低吟高歌》，南开大学出版社 1998 年版。

崔卫平：《带伤的黎明》，青岛出版社 1998 年版。

刘小枫：《沉重的肉身》，上海人民出版社 1999 年版。

郑敏：《诗歌与哲学是近邻》，北京大学出版社 1999 年版。

刘士杰：《走向边缘的诗神》，山西教育出版社 1999 年版。

徐坤：《双调夜行船——九十年代的女性写作》，山西教育出版社 1999 年版。

李小江：《解读女人》，江苏人民出版社 1999 年版。

李新宇：《中国当代诗歌艺术演变史》，浙江大学出版社 2000 年版。

王家新、孙文波编选：《中国诗歌九十年代备忘录》，人民文学出版社 2000 年版。

李小江：《女性？主义——文化冲突与身份认同》，江苏人民出版社 2000 年版。

戴锦华：《雾中风景》，北京大学出版社 2000 年版。

陶东风：《文化与美学的视野交融》，福建教育出版社 2000 年版。

於可训：《当代诗学》，湖南人民出版社 2000 年版。

王晓明主编：《在新意识形态的笼罩下——90 年代的文化和文学分析》，江苏人民出版社 2000 年版。

罗钢、刘象愚：《文化研究读本》，中国社会科学出版社 2000 年版。

洪子诚：《当代文学研究》，北京出版社 2001 年版。

王岳川：《中国镜像：90 年代文化研究》，中央编译出版社 2001 年版。

吴思敬：《诗学沉思录》，辽宁人民出版社 2001 年版。

李震：《母语诗学纲要》，三秦出版社 2001 年版。

唐晓渡：《唐晓渡诗学论集》，中国社会科学出版社 2001 年版。

胡经之：《西方文艺理论名著教程》，北京大学出版社 2001 年版。

谭正璧：《中国女性文学史》，百花文艺出版社 2001 年版。

康正果：《风骚与艳情》，上海文艺出版社 2001 年版。

荒林、王光明：《两性对话：20 世纪中国女性与文学》，中国文联出版社 2001 年版。

何锐主编：《批评的趋势》，北京图书馆出版社 2001 年版。

李新灿：《女性主义观照下的他者世界》，中国社会科学出版社 2001

年版。

赵树勤：《找寻夏娃：中国当代女性文学透视》，湖南师范大学出版社 2001 年版。

乐烁：《中国现代女性创作及其社会性别》，郑州大学出版社 2002 年版。

王春荣：《女性生存与女性文化诗学》，辽宁大学出版社 2002 年版。

张柠：《飞翔的蝙蝠》，学林出版社 2002 年版。

张清华：《内心的迷津：当代诗歌与诗学求问录》，山东文艺出版社 2002 年版。

臧棣、孙文波、肖开愚编：《激情与责任：中国诗歌评论》，人民出版社 2002 年版。

李小江：《文学、艺术与性别》，江苏人民出版社 2002 年版。

王光明：《文学批评的两地视野》，北京大学出版社 2002 年版。

王光明：《现代汉诗的百年演变》，河北人民出版社 2003 年版。

程光炜：《中国当代诗歌史》，中国人民大学出版社 2003 年版。

陈超编：《最新先锋诗论选》，河北教育出版社 2003 年版。

谢有顺：《身体修辞》，花城出版社 2003 年版。

汪民安、陈永国主编：《后身体：文化、权力和生命政治学》，吉林人民出版社 2003 年版。

乔以钢：《多彩的旋律——中国女性文学主题研究》，南开大学出版社 2003 年版。

叶舒宪：《千面女神》，上海社会科学院出版社 2004 年版。

陶东风：《文化研究导论》，高等教育出版社 2004 年版。

林树明：《多维视野中的女性主义文学批评》，中国社会科学出版社 2004 年版。

彭予：《美国自白诗探索》，社会科学文献出版社 2004 年版。

翟永明：《正如你所看到的》，广西师范大学出版社 2004 年版。

孟悦、戴锦华：《浮出历史地表》，中国人民大学出版社 2004 年版。

荒林：《花朵的勇气》，九州出版社 2004 年版。

任一鸣：《抗争与超越》，九州出版社 2004 年版。

禹建湘：《徘徊在边缘的女性主义叙事》，九州出版社 2004 年版。

罗振亚：《朦胧诗后先锋诗歌研究》，中国社会科学出版社 2005 年版。

洪子诚、刘登翰：《中国当代新诗史》，北京大学出版社 2005 年版。

李银河：《女性主义》，山东人民出版社2005年版。
乔以钢：《中国当代女性文学的文化探析》，北京大学出版社2006年版。
张清华主编：《中国新时期女性文学研究资料汇编》，山东文艺出版社2006年版。
常文昌主编：《中国新时期诗歌研究资料》，山东文艺出版社2006年版。
王艳芳：《女性写作与自我认同》，中国社会科学出版社2006年版。
王宇：《性别表述与现代认同》，上海三联书店2006年版。
周瓒：《透过诗歌写作的潜望镜》，社会科学文献出版社2007年版。
翟永明：《天赋如此　女性艺术与我们》，东方出版社2008年版。
翟永明：《最委婉的词　翟永明诗文录》，东方出版社2008年版。
晓音：《诗性沉思录》，大众文艺出版社2008年版。
张晓红：《互文视野中的女性诗歌》，广西师范大学出版社2008年版。
罗振亚：《20世纪中国先锋诗潮》，人民出版社2008年版。
［瑞士］埃米尔·施塔格尔：《诗学的基本概念》，胡其鼎译，中国社会科学出版社1992年版。
［美］杰姆逊：《后现代主义与文化理论》，唐小兵译，北京大学出版社1997年版。
［法］西蒙娜·德·波伏娃：《第二性》，陶铁柱译，中国书籍出版社1998年版。
［美］凯特·米利特：《性的政治》，钟良明译，社会科学文献出版社1999年版。
［法］让·鲍德里亚：《消费社会》，刘成富、全志钢译，南京大学出版社2000年版。
［澳］杰梅茵·格里尔：《完整的女人》，百花文艺出版社2002年版。
［美］道格拉斯·凯尔纳、斯蒂文·贝斯特：《后现代理论：批判性的质疑》，张志斌译，中央编译出版社2004年版。
［英］伊丽莎白·赖特：《拉康与后女性主义》，王文华译，北京大学出版社2005年版。
［美］哈罗德·布鲁姆：《影响的焦虑》，徐文博译，江苏教育出版社2006年版。
［美］勒内·韦勒克、奥斯汀·沃伦：《文学理论》，刘象愚等译，江苏教育出版社2006年版。

［英］伊格尔顿：《二十世纪西方文学理论》，伍晓明译，北京大学出版社 2007 年版。

（二）诗集类

翟永明：《在一切玫瑰之上》，沈阳出版社 1992 年版。
张烨：《绿色皇冠》，沈阳出版社 1992 年版。
崔卫平选编：《苹果上的豹》，北京师范大学出版社 1993 年版。
海男：《风琴与女人》，沈阳出版社 1993 年版。
虹影：《伦敦，危险的幽会》，中国文联出版社 1993 年版。
舒婷：《舒婷的诗》，人民文学出版社 1994 年版。
翟永明：《翟永明诗集》，成都出版社 1994 年版。
海男：《虚构的玫瑰》，云南出版社 1995 年版
路也：《风生来就没有家》，百花文艺出版社 1996 年版。
路也：《心是一架风车》，作家出版社 1997 年版。
翟永明：《称之为一切》，春风文艺出版社 1997 年版。
舒婷：《舒婷诗文自选集》，漓江出版社 1997 年版。
王小妮：《我的纸里包着我的火》，春风文艺出版社 1997 年版。
唐亚平：《黑色沙漠》，春风文艺出版社 1997 年版。
海男：《是什么在背后》，春风文艺出版社 1997 年版。
虹影：《白色海洋》，春风文艺出版社 1997 年版。
林雪：《在诗歌那边》，春风文艺出版社 1997 年版。
林珂：《在夜的眼皮上独舞》，春风文艺出版社 1997 年版。
张烨：《生命路上的歌》，春风文艺出版社 1997 年版。
阎月君：《忧伤与造句》，春风文艺出版社 1997 年版。
李琦：《最初的天空》，春风文艺出版社 1997 年版。
张真：《梦中楼阁》，春风文艺出版社 1997 年版。
李小雨：《声音的雕像》，春风文艺出版社 1997 年版。
傅天琳：《结束与诞生》，春风文艺出版社 1997 年版。
蓝蓝：《内心生活》，春风文艺出版社 1997 年版。
海男：《是什么在背后》，春风文艺出版社 1997 年版。
虹影：《白色海岸》，春风文艺出版社 1998 年版。
杜涯：《风用它明亮的翅膀》，春风文艺出版社 1998 年版。

虹影：《快跑，月食》，台湾唐山出版社1999年版。
黄礼孩编：《70后诗人诗选》，海风出版社2001年版。
张新颖编：《中国新诗1916—2000》，江苏文艺出版社2001年版。
马铃薯兄弟编：《中国网络诗典》，复旦大学出版社2002年版。
翟永明：《终于使我周转不灵》，河北教育出版社2002年版。
幻小安：《种烟叶的女人》，河北教育出版社2002年版。
黄礼孩编：《狂想的旅程》，海风出版社2002年版。
谭五昌编：《中国新诗白皮书（1999—2002）》，昆仑出版社2004年版。
安琪：《像杜拉斯一样生活》，作家出版社2004年版。
诗刊社：《新世纪十佳青年女诗人诗选》，时代文艺出版社2006年版。
尹丽川：《因果——尹丽川诗集》，海风出版社2006年版。
海男：《美味关系》，中国广播电视出版社2006年版。
林雪：《大地葵花》，春风文艺出版社2006年版。
杨克等主编：《1998中国新诗年鉴》，花城出版社1999年版。
杨克等主编：《1999中国新诗年鉴》，广州出版社2000年版。
杨克等主编：《2000中国新诗年鉴》，花城出版社2001年版。
杨克等主编：《2002—2003中国新诗年鉴》，天津社会科学出版社2004年版。
杨克等主编：《2004—2005中国新诗年鉴》，海风出版社2006年版。

（三）期刊类

《诗探索》第13—16辑，首都师范大学出版社1994年版。
《诗探索》第17—36辑，社会科学文献出版社1995—1998年版。
《诗探索》第37—56辑，天津社会科学院出版社1999—2004年版。
《诗探索》第1—4辑，时代文艺出版社2005年版。
《诗探索》第1—4辑，时代文艺出版社2006年版。
《诗探索》第1—2辑，九州出版社2007年版。
《诗探索》第1—2辑，九州出版社2008年版。

（四）民间诗刊

黄礼孩、江涛主编：《诗歌与人：中国当代少数民族女诗人诗选》第8期，2005年8月。

黄礼孩、江涛主编：《诗歌与人：2002 中国女性诗歌大扫描》第 4 期，2002 年 2 月。

黄礼孩、布咏涛主编：《诗歌与人：中国女诗人访谈》第 6 期，2003 年 8 月。

黄礼孩、安琪主编：《诗歌与人：中国大陆中间代诗人诗选》第 3 期，2001 年 9 月。

黄礼孩主编：《诗歌与人：最受读者喜欢的十位女诗人》第 9 期，2004 年 10 月。

黄礼孩主编：《诗歌与人：第四届诗歌与诗人奖专号 蓝蓝诗选》第 1 期，2009 年 1 月。

晓音主编：《女子诗报年鉴 2002》，明星国际出版公司 2002 年版。

晓音主编：《女子诗报年鉴 2003》，明星国际出版公司 2003 年版。

晓音主编：《女子诗报年鉴 2004》，明星国际出版公司 2005 年版。

晓音主编：《女子诗报年鉴 2005》，华夏民族杂志社，2005 年。

晓音主编：《女子诗报年鉴 2006》，华夏民族杂志社，2006 年。

晓音、唐果主编：《女子诗报年鉴 2007》，华夏民族杂志社，2008 年。

周瓒主编：《翼》诗刊。

（五）女性诗歌网站

《女子诗报》论坛（晓音、唐果等主持）。

《翼·女性诗歌论坛》（周瓒、翟永明等主持）。

中国女诗网（严家威、小羽毛主持）。

（六）英文文献

Van Crevel（M. 柯雷），1996. Language Shattered：Contempory Chinese Poetry and Duoduo. Leiden：CNWS.

Wilcox, H. et al., eds. 1990. "The Body and the Text：Helene Cixous." *Reading and Teaching*. New York [etc.]：Harvester.

Worton, M. and Still, J. eds. 1990. *Intertextuality：Theories and Practices*. Manchester and New York：Manchester University Press.

Michelle, Y.（奚密），1991. *Modern Chinese Poetry：Theory and Practice*. New Haven, CT and London：Yale University Press.

Yip, Wai-lim, ed. , 1993. *Diffusion of Distances*: *Dialogues between Chinese and Western Poetics*. Berkeley, CA [etc.]: University of California Press.

Michelle, Y. 1992. Light a Lamp in a Rock: Experimental Poetry in Contemporary China 18. 4 (1992) .

Michelle, Y. 1998. "The Cult of Poetry in Contemporary China. " *China in Polycentric World*: *Essays in Chinese Comparative Literature*. ed. Yingjin Zhang. Stanford University Press.

Sellers, S. 1991. *Language and Sexual Difference*: *Feminist Writing in France*. Basingstoke: Macmillan.

Hom, S. K. ed. 1999. *Chinese Women Traversing Diaspora*: *Gender*, *Culture and Global Politics*, Vol. 3. New York and London: Garland.

Larson, W. 1998. *Women and Writing in Modern China*. Stanford: Stanford University Press.

Liu, L. H. 1993. "Invention and Intervenion: The Making of a Female Tradition in Mordern Chinese Literature. " *From May Fourth to June Forth*: *Fiction and Film in Twentieth Century China*. eds. Ellen Widmer and David Der-wei Wang. Cambridge, MA: Harvard University Press.

Barlow, T. E. ed. 1993. *Gender Politics in Mordern China*: *Writing and Feminism*. Durham and London: Duke University Press.

Dooling, A. D. and Torgeson, K. M. eds. 1998. *Writing Women in Modern China*: *An Anthology of Women's Literature from the Early Twentieth Century*. New York: Columbia University Press.

Evans, H. , 1997. *Women and Sexuality in China*: *Dominant Discourse of Female Sexuality and Gender since* 1949. Oxford: Polity Press.

索 引

A

阿毛　50,76,92－94,97,98,151,
　　172－174,247,257,269
安琪　19,27－29,47,71,78,83,127,
　　218,233,234,237,238,241,
　　251－253,257,258,261,269

B

冰心　5,7,48,78,91,154－156,
　　160,193

C

超性别写作　86,115,116,119,
　　128－131,264
超性别意识　86,114,116－119,129
陈衡哲　7,78,154－156,160
陈敬容　7,153,154,159,160,215
陈仲义　5,32,134,152,177,204,
　　242,245,251,260,261
传统题材　14,107,110
崔卫平　4,78,83,111,204,205,212,
　　237,238

D

大众消费文化　11,17,34－43,45－
　　47,51－55,68,69,74,83,132,
　　135,140,148,264,266,268
戴锦华　23,72,89,96,119
丁丽英　13,15,25,47,71,103,105,
　　106,197
丁燕　47,71,138
杜涯　13－15,47,103－106,114,
　　119,124,125,206,207,230

F

方令孺　7,78,154,157,158
傅天琳　5,9,44,197

G

橄榄树网　72
个人化写作　17－24,30,67,73,74,
　　76,77,97,114,132,143,264,267
共同诗学　24

H

海男　10,11,27,44,45,47,56－58,

索 引

61,62,64,85,91,94,134,141,
197,213-216,226,231-233,
238,239,257

虹影　18,47,71,76

J

贾薇　22,136,139,141,142

K

口语化　27,218,220-223,226,228,
233,236,249,261

跨文体写作　24,28-30,241,249,
251-254,256,258-263

L

蓝蓝　13,25,33,47,78,83,103,104,
173,191,197,198,206-
208,265

李见心　47,71,78,127,143,170-
172,174,269

李南　15,16,119,125,208

李琦　9

李轻松　19,28,47,50,71,92,98,
102,103,136-139,241,246,
257,258

李小雨　4,5,9,121,165

利玉芳　138

林白　77,85,134,193

林徽因　7,78,154,157-160

林雪　10,44,47,138,205,206

林子　3,5,9,55

刘虹　136,197,266

鲁西西　47,76,133,206,212,233

陆忆敏　5,10,25,38,44,47,62,63,
91,92,134,136,197,203,
216,235

路也　13,14,25,27,29,33,47,92,
95-98,105,107,109-112,
143,145-147,168-170,174,
191,197,202,203,218,230,
231,233,241,247,250,251,257

吕约　19,27,47,71,76,194,219,223

罗振亚　24,32,33,77,109,127,177,
211,252-254

M

马兰　22,70-72

马莉　20,21,71,75,76,173,265

穆青　19,20,47,49,70-72,77,119

N

80年代女性诗歌　10,17,25,32,36,
38,48,49,51,54,56,57,59,60,
64,69,74,83,84,94,95,97,
101,102,114,130,135,141,
150,188,189,196,197,199,
209,210,218,219,232,260,
264-266

娜夜　22,47,200,268

《女子诗报》　12,48,49,71-73,78,
117,118,126

《女子诗报》论坛　70

女性经验　9,12,25,35,51,94,95,
99,107,111,122,130,131,140,
191,209,216

女性诗学 35,57,66,77-79,83,
　　150,160,269
女性视角 12,13,16,30,52,66,74,
　　90,98,110,116,119
女性题材 12,13,99,112
女性文化 10,35,89,142,188
女性意识 2,4-6,9,10,31,36,37,
　　49,55,56,68,79,81,82,84-
　　86,88-103,107,108,110-
　　119,121-131,134,151,168,
　　188,264-266

Q

千叶 22,25,138,173,197,206
青春的游戏写作 133,184
情欲主题 59,67,139,176

R

日常化 24-26,179,189,191,192,
　　195-198,202,204,206,208,
　　210,211,219,247,259
日常生活 21,22,24-28,65,76,
　　83,98,135,136,139,149,156,
　　165,177,188-200,202-206,
　　208-212,218,219,230,232,
　　233,236,238,239,259,267
荣荣 28,29,241,246,247

S

20世纪90年代女性诗歌 1,38,50,
　　142,265,267
散文化 29,46,247-251,253-
　　255,261,262
沙戈 22,268
邵薇 195,197,200
身体写作 31,74,80,81,92,95,
　　102,132-136,139-143,145,
　　147-151,176,186,187
沈杰 14,92,98,107,109,136,241,
　　245,247
诗生活网 70-72
舒婷 3-5,9,25,33,44,45,47,50,
　　51,55,58,59,63,88,91,102,
　　119,121,164,165,174,197,
　　199,241,245,257,258
宋小杰 13,104
孙悦 16,125

T

唐丹鸿 19,47,71,76,92,98,136,
　　139-141,191,223
唐晓渡 3,32,33,43,65,113,130,
　　145,228,229
唐亚平 2,3,5,10,14,25,38,47,
　　56,58-63,65,67,85,91,92,
　　94,101,107,109,134,136,137,
　　143-145,147,148,195,197,
　　198,213,216,233,234

W

王小妮 4,5,9,20,21,25,27,32,
　　38,44,47,71,74,75,119-121,
　　165-168,174,191,194,195,
　　197,200,202,204,205,208,
　　210,219,220,226,229,257,265

巫昂　22,25,47,52,114,176,178,179,182,184,186,187,197

吴思敬　4,32,33,35,72,197,235,236,265,266

X

戏剧化　29,228,241-247,251,253,254,261

小安　18,25,47,76,197

晓音　19,47,49,70,71,78,114,117-119,126,128,214

谢冕　3,11,22-24,48,55,73,74,156

新媒体　34,69,72,264,268

徐敬亚　32,121,195

叙事性　27,106,214,219,226-230,232,233,240,259

Y

《翼·女性诗歌论坛》　70-73,168

《翼》　12,48,49

燕窝　14,47,72,233

伊蕾　2,9,10,47,56,58,62-65,67,85,91,92,94,101,114,134,136,137,139,148,177,210,216

意象　7,10,12-14,20,22,26,49,51,57,59-63,90,105,109,142,145,147,159,160,164,165,170,172,173,184,193,205,211,218,223,232,233,236,237,265

尹丽川　22,25,27,47,52,72,114,175-181,183-187,197,211,218,219,222,235,257

宇向　25,27,47,72,197

语言狂欢　233,238,239

Z

翟永明　2-5,9,10,14-16,18,23,25-29,32,34-36,38,44,47,50,53,56,58-65,67,68,70,71,78,79,81-83,85,91-94,97,99-102,107-109,112-114,117-119,121-124,130,134,136,137,139,143,148,167,168,176,177,186,191,193,197,198,203,204,211,213-217,219,220,222,226-228,230-234,238,241-245,247,249,250,258,259,265,268,269

张烨　4,9,14,47,107,109,121,136,139

张真　4,47,136

赵丽华　47,71,197,205,218,237

郑敏　7,9,44,47,78-81,83,87,114,116,119,128,154,159-164,174,215,234,269

智性书写　151-154,156,160,165,173,175

中国女诗网　70,72

周瓒　3,19,20,32,33,38,47,49,70-72,77,78,81-83,113,114,119,126,127,130,168,174,197,232,259,265,269

朱虹　15

致　　谢

本书是在我博士学位论文基础上修改形成的。在本书付梓之际，我要感谢导师罗振亚先生三年来对我源源不断的指导与关怀！先生宽广的思想维度和犀利敏锐的理论直觉，永远牵引着晚辈悉心向学。先生严谨的治学风格与谦和的为人风范是我一生学习的榜样。一贯缺乏学术自信的我，总是害怕在无意间泄露自己的浅薄与无知，所以总是忐忑不安地与先生保持着距离。可是，这一切都在师母对我生活上无微不至的温暖关爱与先生在学业上悉心的指导和鼓励中化解。是先生的多次面授和提点，使我终于树立起学术自信，这是先生给予我的一生受用不尽的财富。感谢先生对我论文写作的精心指导，从论文框架到开题报告直至论文成稿，大到论文整体结构的调整，小到字词标点的改动，无不浸透着先生的心血。正是先生无数次为我细致地修改论文，才使我的论文最终顺利完成。先生所给予的一切，值得学生终生感念。

感谢乔以钢教授、耿传明教授、李新宇教授、李锡龙教授在博士学习期间的悉心传授和论文开题时给予我的宝贵建议！

感谢我的父母，是他们在我求学期间为我照顾年幼的女儿，使我无后顾之忧地专心向学。还要感谢我的爱人和女儿，他们永远是我人生前行的力量之源和精神皈依。

董秀丽
2009 年 3 月 29 日
南开大学西区公寓